Über dieses Buch Die Pointe zu diesen beiden vertrackt komischen, melancholischen, verquer ineinander verschlungenen Liebesgeschichten – zwischen dem uralten Textilkönig Salomon Rubinstein und der ältlichen Chansonsängerin Cora einerseits und dem Taxifahrer Jeannot und der Buchhändlerin Aline andererseits – lieferte das wirkliche Leben nach. Bis zum Juli 1981 hingen die Verkaufserfolge der unter dem Namen Emile Ajar erschienenen Bücher auch mit dessen Pseudonym zusammen. Als sein Roman ›Du hast das Leben noch vor Dir‹ 1975 mit dem Prix Goncourt ausgezeichnet wurde, war der leibhaftige Autor nicht aufzutreiben. Mit Verlag und Öffentlichkeit verkehrte er nur über einen Anwalt. Drei Jahre später spürten Journalisten den 1940 in Nizza geborenen Paul Pavlowitch als Verfasser auf. Der Neffe von Romain Gary bekannte sich auch zum Werk, obwohl einige Kritiker von Anfang an seinen Onkel hinter dem ursprünglichen Pseudonym vermuteten. Im Sommer 1981 kam die ganze Wahrheit heraus. Tatsächlich ist Gary, der sich vor allem mit dem Roman ›Die Wurzeln des Himmels‹ (1956) Weltruhm erschrieben hatte, Autor sämtlicher unter dem Namen Ajar erschienenen Bücher. Dieser zärtlich-bittere Roman ›König Salomons Ängste‹ von der Bewältigung der Einsamkeit gehört mit zum Bezauberndsten, was in den vergangenen Jahren aus der französischen Literatur in die Bundesrepublik gekommen ist.

Der Autor Emile Ajar (i.e. Romain Gary) wurde als Sohn eines georgischen Diplomaten und einer französischen Mutter 1914 in Wilna geboren; lebte seit seinem 14. Lebensjahr in Frankreich; Studium der Rechte; im II. Weltkrieg Bomberpilot, anschließend diplomatischer Dienst (u.a. Konsul in Los Angeles); lebte einige Zeit in Südamerika; gewann zweimal den Prix Goncourt; beging 1980 in Paris Selbstmord.
Vom selben Autor sind im Fischer Taschenbuch-Programm lieferbar: ›Du hast das Leben noch vor Dir‹ (Bd. 2126); unter Romain Gary: ›Kleider ohne Leute‹ (Bd. 8053).

Emile Ajar

König Salomons Ängste

Roman

Aus dem Französischen
von Eugen Helmlé

Fischer Taschenbuch Verlag

Für Anne

Ungekürzte Ausgabe
Fischer Taschenbuch 8066
April 1983
Fischer Taschenbuch Verlag GmbH, Frankfurt am Main
Lizenzausgabe mit freundlicher Genehmigung
der S. Fischer Verlag GmbH, Frankfurt am Main
Die Originalausgabe erschien unter dem Titel
›L'Angoisse du Roi Salomon‹

Umschlagentwurf: Fritz Blankenhorn
Gesamtherstellung: Hanseatische Druckanstalt GmbH, Hamburg
Printed in Germany
980-ISBN-3-596-28066-4

I

Er war am Boulevard Haussmann in mein Taxi gestiegen, ein sehr alter Herr mit einem schönen weißen Schnurrbart und einem weißen Bart, die er sich nachher, als wir uns besser gekannt haben, abrasiert hat. Sein Friseur hatte zu ihm gesagt, das würde ihn älter machen, und weil er schon vierundachtzig und noch was auf dem Buckel hatte, brauchte er nicht noch ein paar Jährchen dazu zu machen. Aber bei unserer ersten Begegnung hatte er noch seinen ganzen Schnurrbart und einen kurzen Bart, einen sogenannten spanischen, wie man den nennt, denn in Spanien ist er zum ersten Mal aufgetaucht.

Ich habe sofort gemerkt, daß er von seiner Person her sehr würdevoll war, mit gut gezeichneten, kräftigen Zügen, die er sich nicht hatte kaputtmachen lassen. Seine Augen waren das, was bei ihm noch am besten erhalten war, dunkel und sogar schwarz, ein Schwarz, das überquoll und ringsum Schatten machte. Selbst im Sitzen hielt er sich sehr gerade, und ich war erstaunt von dem strengen Ausdruck, mit dem er während der Fahrt nach draußen sah. Er machte ein resolutes, unerbittliches Gesicht, als ob er nichts und niemanden fürchtete und den Feind bereits mehrere Male völlig aufgerieben hätte, obgleich wir erst am Boulevard Poissonnière waren.

Ich hatte noch nie jemanden befördert, der in seinem Alter so gut angezogen war. Ich habe oft bemerkt, daß die meisten alten Herren, selbst die, die von den Personen, die sich um sie kümmern, bestens versorgt werden, am Ende der Strecke immer Kleider tragen, die sie schon seit langem hatten. Man bestellt sich keine neue Garderobe für die kurze Zeit, die einem noch bleibt, das ist unwirtschaftlich. Aber Monsieur Salomon, der meines Wissens noch nicht so hieß, war, herausfordernd und voller Vertrauen, von Kopf bis Fuß neu eingekleidet, ein Glencheck-Anzug mit einer kleingetüpfelten blauen Fliege, eine rote Nelke im Knopfloch, ein grauer Hut mit festem Rand, auf den Knien hatte er cremefarbene Lederhandschuhe liegen und einen Stock mit einem silbernen Knauf in Form eines Pferdekopfes, er verkörperte die Eleganz der letzten Stunde, und man spürte sofort, daß er nicht der Mann war, der sich so einfach sterben ließ.

Ich war auch über seine Stimme verwundert, die knurrte, sogar, um mir die Adresse Rue du Sentier anzugeben, obwohl es keinen Grund dazu gab. Vielleicht war er wütend und wollte nicht an seinen Bestimmungsort. Ich habe im Wörterbuch nach dem Wort gesucht, das am besten zu unserer ersten historischen Begegnung paßte, und nach dem Eindruck, den er auf mich gemacht hatte, als er mit dem Kopf voran in mein Taxi gestiegen ist und mir dabei die Adresse Rue du Sentier angegeben hat, entschied ich mich für *knurren, tiefe, dumpfe Laute von sich geben, undeutlich oder ärgerlich leise sprechen,* aber ich wußte damals noch nicht, daß es auf Monsieur Salomon noch genauer zutraf. Später habe ich weitergesucht, und ich fand *Grimm, tiefer, oft unterdrückter Zorn, verhaltene Wut.* Wegen seinem hohen Alter war er ganz steif und hatte es stark im Kreuz, in den Knien und sonstwo, und er ist in mein Taxi gestiegen mit diesem Feind auf dem Buckel und seiner verhaltenen Wut auf diesen Angreifer. Als er saß und ich angefahren bin, gab es eine Koinzidenz. Ich hatte das Radio angedreht, und das erste, was wir gehört haben, waren wie zufällig die letzten Nachrichten über den Schiffbruch und die Ölpest in der Bretagne, fünfundzwanzigtausend Vögel sind im Heizöl umgekommen. Ich habe geschimpft, wie gewöhnlich, und Monsieur Salomon hat sich mit seiner schönen, brummenden Stimme ebenfalls empört.
»Es ist eine Schande«, sagte er, und ich habe im Rückspiegel gesehen, wie er geseufzt hat. »Die Welt ist jeden Tag schwerer zu ertragen.«
Bei dieser Gelegenheit habe ich erfahren, daß Monsieur Salomon sein ganzes Leben lang in der Konfektionskleidung gewesen war, vor allem mit Hosen hatte er zu tun, aber nicht mit getragenen. Wir haben ein wenig geredet. Er hatte sich seit einigen Jahren von den Hosen zurückgezogen und kümmerte sich in seiner freien Zeit um Wohltätigkeitseinrichtungen, denn je älter man wird, um so mehr braucht man die andern. Er hatte einen Teil seiner Wohnung einem Verein abgetreten, der *S. O. S. Freiwilligendienst* hieß und wo man Tag und Nacht anrufen kann, wenn sich die Welt kaum noch ertragen läßt und sogar erdrückend wird, und die Angst kommt. Man wählt die Nummer, und bekommt Trost gespendet, was man moralische Hilfe im Sprachlichen nennt.
»Sie waren in finanziellen Schwierigkeiten und hatten keine

Räume mehr. Ich habe sie unter meine Fittiche genommen.« Er hat gelacht, als er von seinen Fittichen sprach, und auch da war es ein Knurren, als ob das Lachen etwas wäre, das er in seinen Tiefen hat. Wir haben von den Arten gesprochen, die vom Aussterben bedroht sind, was normal war, weil er bei seinem Alter als erster davon bedroht war. Ich bin ganz langsam gefahren, um nicht zu schnell anzukommen. Ich kannte schon *S. O. S. Freundschaft*, aber ich wußte nicht, daß es noch andere gab und daß die Hilfe in geordnete Bahnen gelenkt wurde. Ich war interessiert, das kann jedem passieren, nur daß es mir nicht in den Sinn käme *S. O. S. Freundschaft* oder andere anzurufen, weil man nicht sein ganzes Leben lang am Telefon hängen kann. Ich habe ihn gefragt, was das für Leute sind, die auf die Anrufe antworten, und er gab mir zur Antwort, es wären junge Leute guten Willens, und es wären auch vor allem Junge, die anriefen, weil die Alten sich daran gewöhnt hätten. Er hat mir erklärt, daß es da ein Problem gäbe, man mußte Freiwillige finden, die kommen, um den andern zu helfen, und nicht, damit sie sich wohler fühlen in ihrer Haut. Wir waren nicht weit von der Rue du Sentier entfernt, ich hatte das nicht begriffen, mir war nicht klar, wieso ein Hilferuf den erleichtern kann, der ihn entgegennimmt. Er hat mir wohlwollend erklärt, daß es das in der Psychologie ziemlich häufig gibt. Es gibt zum Beispiel Psychiater, die in ihrer Jugend nicht geliebt worden sind oder die sich immer mies oder ausgestoßen gefühlt haben und die sich nun schadlos halten, indem sie Psychiater werden und sich um junge Drogensüchtige und um arme Schlucker kümmern und sich wichtig fühlen und sehr gesucht sind, sie herrschen, sie sind umringt von Bewunderern und schönen Mädchen, die sie anders nie kennengelernt hätten, und sie haben so ein Gefühl der Macht, und so behandeln sie sich selber und fühlen sich in ihrer Haut wohler.

»Wir haben Freiwillige im *S. O. S.* gehabt, die steckten voller Ängste, das, was man ›Gemütswaisen‹ nennt, und wenn die einen verzweifelten Anruf bekommen, fühlen sie sich nicht so allein ... Die humanitäre Hilfe stellt eben auch ihre Probleme.«

Ich bin noch langsamer gefahren, ich war wirklich interessiert, und da nun fragte ich Monsieur Salomon, wie er von der Konfektion zur humanitären Hilfe gekommen sei.

»Bei der Konfektion, mein junger Freund, weiß man nie genau, wo es aufhört und wo es anfängt ...«

Wir waren in der Rue du Sentier angekommen, Monsieur

Salomon ist ausgestiegen, er hat mich bezahlt, mit einem sehr anständigen Trinkgeld, und da ist es passiert, nur, daß ich nicht genau weiß, was. Als er mich bezahlte, hat er mich freundlich angesehen. Und dann hat er mich noch einmal angesehen, aber so ganz komisch, als ob ich etwas im Gesicht hätte. Er ist sogar zusammengezuckt, eine brüske, unbewußte Bewegung, die Ausdruck einer starken Verwunderung war. Einen Augenblick lang hat er nichts gesagt und mich weiter angestarrt. Schließlich hat er die Augen zugemacht und sich mit der Hand über die Lider gefahren. Dann hat er die Augen wieder aufgemacht, und er hat mich weiter starr angesehen, ohne ein Wort zu sagen. Dann hat er den Blick abgewandt und ich sah, daß er nachdachte. Er hat mir wieder einen Blick zugeworfen. Ich sah deutlich, daß er eine Idee im Kopf hatte und daß er zögerte. Darauf hat er seltsam gelächelt, ein wenig ironisch, vor allem aber traurig, und völlig unerwartet hat er mich eingeladen, einen mit ihm zu trinken. Das war mir in meinem Taxi noch nie passiert.

Wir haben uns in eine Kneipe gesetzt, und er hat mich wieder erstaunt angestarrt, als ob das einfach nicht möglich wäre. Danach hat er mir einige Fragen gestellt. Ich habe ihm gesagt, daß ich von Beruf Autoschlosser sei, eigentlich Boßler, ich war handwerklich geschickt, um alles, was nicht mehr funktioniert, wieder in Ordnung zu bringen, die Klempnerei, Elektrizität, Kleinmechanik, von der Theorie hatte ich zwar keine Ahnung, aber durch Übung hatte ich gelernt. Ich hatte auch einen Anteil an dem Taxi, zusammen mit zwei Kumpels, Yoko, der auf Masseur studierte, um nach Hause an die Elfenbeinküste zurückzugehen, wo so was fehlt, und Tong, einem Kambodschaner, dem es dank der thailändischen Grenze gelungen war, sich in Sicherheit zu bringen. In der übrigen Zeit studierte ich für mich in den Stadtbüchereien, als Autodidakt. Ich hatte nur die Volksschule besucht, und seitdem bildete ich mich allein weiter, vor allem in den Wörterbüchern, die das Vollständigste sind, was es gibt, denn was da nicht drinsteht, steht nirgends. Das Taxi gehörte uns noch nicht, wir hatten Geld aufgenommen, es fehlten noch eineinhalb Millionen alte Francs, aber wir hatten die Lizenz und gute Hoffnung, das Geld zurückzuzahlen.

Und dann hats mir so die Sprache verschlagen wie noch nie in meinem Leben, denn diesmal war es angenehm. Monsieur Salomon saß vor seinem Kaffee und trommelte zerstreut mit den

Fingerspitzen, wie das seine Gewohnheit war, wenn er meditierte, ich habe es später gesehen.
»Nun, ich könnte Ihnen vielleicht helfen«, sagte er, und dazu muß man wissen, daß das Wort *helfen* das Wort ist, das König Salomon allen anderen vorzieht, weil es nämlich das ist, das ihm am meisten fehlt. Ich sage »König Salomon«, ohne was zu erklären, aber das kommt noch, man kann nicht überall gleichzeitig sein.
»Ich kann Ihnen vielleicht helfen. Ich hätte nämlich gern ein Taxi zu meiner vorrangigen Verfügung. Ich habe zwar einen Familienwagen, aber ich habe keine Familie, und ich fahre nicht mehr selber. Ich hätte auch gern ein Beförderungsmittel, das bedürftigen Personen zur Verfügung steht, die aus physischen Gründen, Herz, Beine, Augen *undsoweiter* Mühe haben, irgendwo hinzukommen ...«
Ich war platt. Früher gab es legendäre Könige, die auf ihrem Weg das Glück ausstreuten und gute Geister in den Flaschen oder sonstwo, die mit einer herrischen Handbewegung machten, daß das Unglück aufhörte, aber das war nicht in der Rue du Sentier. Natürlich stand es nicht in der Macht von Monsieur Salomon, mit einer herrischen Handbewegung das Unglück aufhören zu lassen, weil sein Vermögen nämlich ein wenig unter der Preissteigerung und dem Fall der französischen und ausländischen Valuta gelitten hatte, aber er tat sein Bestes, und nachdem er im Hosengeschäft reich geworden war, verteilte er auch weiterhin großzügig seine Geschenke und zeigte sich plötzlich denen, die schon nicht mehr daran glaubten, um ihnen zu beweisen, daß sie nicht vergessen waren, und daß es am Boulevard Haussmann jemanden gab, der für sie sorgte.
Chuck, der hier noch nicht aufgetaucht ist, weil alles schön der Reihe nach geht, sagt, daß Monsieur Salomon das nicht so sehr aus Herzensgüte tut, sondern um Gott eine Lektion zu erteilen, damit ER sich schämt, und um IHM den richtigen Weg zu zeigen. Aber Chuck macht sich immer über alles lustig, das verlangt seine Intelligenz von ihm.
»Sie könnten auch unserm Verein *S. O. S. Freiwilligendienst* nützlich sein, denn manchmal haben sie Hausbesuche zu machen, in dringenden Fällen ... Man kann den Leuten nicht immer telefonisch helfen ...«
Und während dieser ganzen Zeit starrte er mich weiter eindring-

lich an, und trommelte dabei mit einem etwas traurigen Lächeln und kleinen ironischen Lichtern in seinen dunklen Augen auf dem Tisch herum.

»Na? Paßt Ihnen das?«

Ich hatte eine richtige Gänsehaut. Wenn einem etwas so Gutes passiert, daß man das noch nie erlebt hat, außer vielleicht in legendären Zeiten, dann muß man mißtrauisch sein, denn man kann nicht wissen, was sich dahinter versteckt. Ich bin nicht fromm, aber selbst wenn man nichts glaubt, gibt es Grenzen. Man kann nicht grenzenlos glauben, weil es für alles Grenzen gibt. Ich sah genau, daß Monsieur Salomon nicht übernatürlich war, selbst wenn er einen Blick hatte, der einen verbrannte, während er normalerweise in diesem Alter eher erloschen ist. Er mußte mindestens achtzig Jahre alt und etwas darüber sein. Er war ein Mensch aus Fleisch und Blut, der seinem Ende entgegenging, was sein strenges und grimmiges Aussehen erklärte, denn so was sollte man uns nicht antun. Aber ich begriff nicht, wie mir geschah. Ein sehr alter Herr, den ich weder von nahem noch von weitem kannte – das ist einer meiner Lieblingsausdrücke, wegen dem irdischen Paradies, das so nah und doch so fern ist, als gäb's da einen Zusammenhang – der einem das Angebot macht, die restlichen Schulden an dem Taxi zu tilgen, das hat er mir nämlich am hellichten Tag auf der Terrasse einer Kneipe in der Rue du Sentier vorgeschlagen. Chuck sagte mir, daß man so etwas seit Harun al Raschid nicht mehr erlebt hat, der sich verkleidete, um sich unters Volk zu mischen und dann seine Wohltaten auf die herabregnen ließ, die ihm würdig erschienen. Ich spürte, daß ich jemand Besonderes kennengelernt hatte, und nicht nur einen Geschäftsmann aus der Konfektionsbranche, der über jede Hoffnung hinaus Erfolg gehabt hatte. Ich habe noch am gleichen Abend mit Chuck und Tong darüber gesprochen, mit denen ich die Bude teile, und sie haben mir zuerst zugehört, als ob ich auf den Kopf gefallen wäre und zwischen dem Boulevard Poissonnière und der Rue du Sentier religiöse Visionen gehabt hätte. Aber es stimmt, daß Monsieur Salomon etwas Biblisches an sich hatte, und das nicht nur wegen seines hohen Alters, sondern wie Moses in den *Zehn Geboten* von Cecil B. de Mille, die man in der Cinémathèque gespielt hat, ein Film, der, was die Ähnlichkeit angeht, das Beste ist, was ich je gesehen habe. Sogar später, als ich Monsieur Salomon gut gekannt habe und anfing, ihn so zu

mögen, wie man einen einfachen Menschen gar nicht mögen kann, und ich den beiden erzählte, wie mein Arbeitgeber sich in Freundlichkeiten verausgabte wie niemand sonst, hat Chuck sofort etwas Intelligentes zu sagen gewußt. Seiner Meinung nach wollte Monsieur Salomon allseitig geliebt, verehrt und von Dankbarkeit umgeben sein, anstelle von jemand anderem, der eigentlich daran hätte denken müssen und den er so mir nichts dir nichts ersetzte, mit einem strengen Vorwurf, um die Aufmerksamkeit Jehovas auf alles das zu lenken, was er zu tun hatte und was ER nicht tat, und um IHN zu beschämen. Ansonsten hat Chuck noch gesagt, daß die Philantropie immer eine Art ist zu herrschen und ein Trick, daß man einem seinen vielen Zaster verzeiht und daß das 1978 ungeheuer komisch sei. Aber Chuck kann alles erklären, deshalb muß man sich vor ihm hüten wie vor der Pest. Wenn man was nicht versteht, bleibt wenigstens noch das Geheimnis, man kann glauben, daß sich dahinter was verbirgt, das plötzlich hervorkommen und alles ändern kann, doch wenn man die Erklärung dafür hat, bleibt nichts mehr übrig, nur noch Ersatzteile. Für mich ist die Erklärung der schlimmste Feind der Unwissenheit.
Ich saß also da, und ich muß ein komisches Gesicht gemacht haben, weil Monsieur Salomon angefangen hat zu lachen, er sah genau, daß ich nicht gläubig war, darauf hat er sein Scheckheft herausgeholt, und ohne mit der Wimper zu zucken, hat er mir einen Scheck über eineinhalb Millionen ausgestellt, als ob das ein Pappenstiel wäre. Ein Mann, den ich eine halbe Stunde zuvor weder von nahem noch von weitem kannte. Da fingen mir wirklich die Knie an zu zittern, denn wenn Unbekannte anfangen, einem Schecks über eineinhalb Millionen auszustellen, kann einem alles passieren, und das macht Angst. Ich bin sogar ganz weiß geworden, mit dem Scheck in der Hand, und Monsieur Salomon hat einen Cognac für mich bestellt. Ich habe getrunken, aber ich konnte es immer noch nicht fassen. Es war unbegreiflich. Nichts hat eine solche Wirkung auf mich, wie das Unbegreifliche, denn es eröffnet alle Arten von Hoffnungen, und Monsieur Salomons Auftauchen in meinem Taxi war das Unbegreiflichste, was ich in der Art je erlebt hatte. Nachher, als wir auseinandergegangen sind, habe ich mir gesagt, daß die legendären Zeiten vielleicht doch nicht völlig idiotisch waren.
»Wir können Ihnen in achtzehn Monaten das Geld zurückzahlen«, sagte ich ihm zu.

Er schien amüsiert zu sein. Er hat immer so etwas wie ein Lächeln um die Lippen, nicht richtig, sondern eher so etwas wie die Spur eines Lächelns, das vor sehr langer Zeit einmal da war und von dem für immer ein wenig zurückgeblieben ist.
»Mein lieber Junge, ich rechne überhaupt nicht mehr damit, Geld zurückzubekommen, aber in achtzehn Monaten oder besser noch in zehn oder zwanzig Jahren wäre es mir natürlich angenehm, wenn wir uns wieder darüber unterhalten und die Rückzahlung vielleicht auf einige Jahre später verschieben könnten«, sagte er, und diesmal hat er zu lachen angefangen bei dem Gedanken, daß er in seinem Alter in achtzehn Monaten oder in zehn Jahren noch da ist.
Das war Humor. Bestimmt wurde er jeden Morgen mit klopfendem Herzen wach und fragte sich, ob er noch da war.
Ich habe den Scheck genommen und mir die Unterschrift angesehen, *Salomon Rubinstein*, mit fester Hand geschrieben. Hinter seinem Namen kam ein Komma und das Wort *Esq.* mit einem Punkt, so daß es *Salomon Rubinstein Esq.* hieß. Ich wußte nicht, was das heißen sollte, ich erfuhr später von einem Englischlehrer, daß *Esq. Esquire* bedeutet, das man im Vereinigten Königreich auf den Adressen hinterm Namen benutzt, um auf die Personen von guter Qualität hinzuweisen. Monsieur Salomon setzte also *Esq.* hinter seinen Namen, um darauf hinzuweisen, daß er noch von guter Qualität war. Er hatte zwei Jahre in England gelebt, wo er mit mehreren Läden guten Erfolg hatte.
Als ich dann aufhörte, mir den Scheck anzuschauen, um endlich daran zu glauben, habe ich gesehen, daß mein unerwarteter Wohltäter wieder angefangen hatte, mich mit der größten Aufmerksamkeit zu beobachten.
»Ich sehe mich gezwungen, Ihnen eine Frage zu stellen«, sagte er, »und ich hoffe, daß ich Sie damit nicht beleidige. Sind Sie schon einmal im Gefängnis gewesen?«
Peng. Es ist doch immer das gleiche, bei meiner Fresse. Ein Nichtsnutz. Ein Zuhälter. Dieser Kerl ist doch ein richtiger Taugenichts. Ich weiß nicht, woher ich mein Gesicht und mein komisches Benehmen habe, weil mein Vater nämlich vierzig Jahre lang Fahrkartenknipser in der Metro gewesen ist und jetzt im Ruhestand lebt. Meine Mutter ist eher niedlich, und sie hat sich das sogar zunutze gemacht, um meinen Vater unglücklich zu

machen. Ich muß das also von meinen Vorfahren, den Galliern, haben.
»Nein, ich habe noch nie im Gefängnis gesessen, ich habe es nicht einmal versucht. Dazu fehlt mir das Zeug. Wissen Sie, ich gleiche mir nämlich überhaupt nicht. Ich sehe nur so aus. Wenn ich wegen einer Reparatur zu alleinstehenden Personen kam, habe ich oft bemerkt, daß sie etwas nervös wurden, vor allem die Frauen. Wohlgemerkt, ich wäre viel lieber ein Gauner, der so richtig unverfroren ist und allen Komfort hat.«
»Allen Komfort?«
»Den moralischen Komfort, meine ich. Der sich eben einen Dreck drum schert.«
Ich habe gesehen, daß er ein wenig enttäuscht war. Scheiße, habe ich mir gesagt, ist er vielleicht ein Gangsterboß, ein Drogenhändler oder ein Hehler, der mich wegen meiner Visage angeworben hat? Ich konnte natürlich nicht wissen, was in seinem Kopf vorging, und selbst jetzt, wo er schon lange in Nizza ist, Gott sei seiner Seele gnädig, bin ich mir dessen nicht sicher, ich kann einfach nicht glauben, daß er sich die Sache von Anfang an überlegt hatte, mit noch mehr Ironie und Groll, als man sich vorstellen kann. Und er konnte noch so sehr König Salomon sein, die Fäden hatte er mit seiner ganzen Allmacht doch nicht in der Hand. Vielleicht war ihm der Gedanke flüchtig durch den Kopf gegangen, wie das normal ist, wenn man ständig an etwas denkt und einfach nicht drüber hinwegkommt, es weder vergessen noch verzeihen kann. Es ist doch bestens bekannt, daß die Liebe manchmal ein richtiger Schweinskopf ist. Monsieur Salomon war das, was man bei Vulkanen schlecht erloschen nennt. Er war innerlich noch vulkanisch, er kochte und explodierte leidenschaftlich, und da kann man halt nie wissen. Es war unsere erste Begegnung, ich kannte ihn nicht und ich habe mich gefragt, warum er etwas verärgert zu sein schien, als er erfuhr, daß ich noch nicht im Gefängnis war. Aber ich war viel zu aufgeregt, um mir Fragen zu stellen. Ich hatte einen Scheck über eineinhalb Millionen in der Hand, wie die Alten sagen, wenn sie zwei Nullen dran machen, und man konnte fast sagen, daß ich gerade eine religiöse Erfahrung gemacht hatte.
Er hat aus seiner Innentasche eine Brieftasche aus echtem Leder gezogen und hat mir eine Visitenkarte hingehalten, auf der zu

meiner Überraschung gedruckt stand: *Salomon Rubinstein, Esq., Hosenkönig.*
»Das ist eine meiner früheren Visitenkarten, denn ich habe mich vom Geschäft zurückgezogen«, sagte er. »Aber die Adresse ist immer noch die gleiche. Besuchen Sie mich mal.«

II

Ich habe ihn besucht. Die Wohnung am Boulevard Haussmann ging zur Straße, sie lag in einem Haus, das nicht neu war, aber noch einen guten Eindruck von Solidheit machte. Wenn man hereinkam, ohne anzuklopfen, stand man vor einer Telefonzentrale mit fünf Plätzen, wo die Freiwilligen des *S. O. S.*-Vereins die Anrufe beantworteten. Ein oder zwei waren immer da, denn es gibt nichts Schlimmeres, wenn man sich in einer moralischen Notlage befindet, als wenn nicht abgehoben wird oder ständig das Besetztzeichen zu hören ist. Sie verfügten noch über einen weiteren Raum, über Kaffee und belegte Brote. Monsieur Salomon hatte sich in der übrigen Wohnung mit dem größten Komfort eingerichtet. Er zögerte nicht, selber einzuspringen und sich höchstpersönlich in die Telefonzentrale zu setzen, vor allem mitten in der Nacht, wenn die Angst in Hochform ist.
Als ich das erste Mal kam, waren sie alle am Reden mit denen, die am andern Ende der Leitung sind, außer einem, der gerade aufgelegt hatte, ein großer Rothaariger mit einem Brillengesicht. Er hieß Lepelletier, als wir uns später kennenlernten.
»Sie wünschen?«
»Monsieur Salomon Rubinstein, Esq.«
»Sind Sie neu?«
Ich wollte ihm sagen, daß ich Taxifahrer bin und daß Monsieur Salomon mich eingestellt hatte, um Besorgungen zu machen, aber er hat mich gar nicht reden lassen.
»Das ist ziemlich schwierig, wissen Sie. Schließlich beschränkt sich alles auf ein Übermaß an Informationen über uns selbst. Früher brauchte man sich nicht zu kennen. Man konnte seine Illusionen behalten. Heute ist die Welt durch die Massenmedien, das Transistorgerät und vor allem das Fernsehen maßlos sichtbar

geworden. Die größte Revolution der modernen Zeit ist diese plötzliche, grelle Sichtbarkeit der Welt. Wir haben im Verlauf der letzten dreißig Jahre mehr über uns selber erfahren als in Jahrtausenden, und das ist schockierend. Wenn man sich immer wieder sagt, aber das bin ich gar nicht, das sind die Nazis, das sind die Kambodschaner, das sind die ... ich weiß nicht was, dann begreift man schließlich doch, daß es hier um *uns* geht. Um uns selber, immer, überall. Die Folge, Schuldgefühle. Ich habe gerade mit einer jungen Frau gesprochen, die mir ihre Absicht angekündigt hatte, sich aus Protest zu verbrennen. Sie hat mir allerdings nicht gesagt, wogegen sie auf diese Art protestieren wolle. Das ist übrigens auch klar. Der Ekel. Die Ohnmacht. Die große Verweigerung. Die Angst. Die Empörung. Wir sind in unseren eigenen Augen er-bar-mungs-los sichtbar geworden. Wir sind brutal ins grelle Licht gezogen worden, und das ist nicht lustig. Ich fürchte, daß es sich hier um einen Prozeß der Desensibilisierung handelt, um durch Verhärtung die Sensibilität zu überwinden, oder um sie durch Überwindung abzutöten, wie die roten Brigaden. Der Faschismus ist immer eine Sache der Desensibilisierung gewesen.«

»Entschuldigen Sie bitte, aber dafür bin ich nicht gekommen«, sagte ich zu ihm. »Ich will Monsieur Salomon besuchen, wegen dem Taxi.«

»Da entlang.«

Danach ging ich auf Zehenspitzen an der Telefonzentrale vorbei, wie im Krankenhaus oder bei verstorbenen Personen, die Respekt erheischen, und ich ging geradewegs zu Monsieur Salomon, der mir jeden Tag eine Liste gab mit den Besorgungen, die zu machen waren, Geschenke, die zu überbringen waren, denn er ließ seine Güte auf alle menschlichen Fälle herabregnen, die ihm gemeldet wurden, im Gegensatz zu einem andern, den ich nicht kenne und wofür ich also nicht einstehe, ich will die Leute, die gläubig sind, nicht beleidigen, und außerdem hat es bei den G 7-Taxis einen Chauffeur gegeben, den im sechzehnten Arrondissement, an der Ecke Rue de l'Yvette und Rue du Docteur Blanche plötzlich der Glaube überkam.

III

Monsieur Salomon schickte mich vor allen Dingen zu den älteren Personen. Ich kam nie mit leeren Händen, sondern immer mit einem großen Korb Obst und den Glückwünschen von Monsieur Salomon, *Esq.*, die mit einer Nadel am Cellophan befestigt waren. Er hatte einen speziellen Luxusladen, der ihn belieferte, und es waren immer Früchte, die sich nicht um die Jahreszeiten kümmerten und aus den vier Himmelsrichtungen der Welt kamen, um einer alleinstehenden Person in einem Winkel von Paris eine Freude zu machen, die sich nie vorgestellt hatte, daß es jemanden gab, der für sie sorgte und ihr die herrlichsten Trauben, exotische Orangen, Bananen und Datteln schickte, wie in ganz alten Zeiten, die sich damals hauptsächlich im Orient abspielten.

Mein erster Besuchter war Monsieur Geoffroy de Saint-Ardalousier, in der Rue Darne, der Autor war. Er hatte noch nichts drucken lassen, weil er an seinem Lebenswerk arbeitete, und er mußte noch warten, um bis ans Ende zu gehen, er war über fünfundsiebzig Jahre alt, aber er wollte, daß sein Buch vollständig sei, und weil er noch lebte und ihm vielleicht noch Dinge zu sehen und zu spüren blieben, hatte er ein Problem, das nicht leicht zu lösen war, denn wenn er unversehens sterben sollte, würde das Werk unvollständig bleiben, und wenn er vorher aufhören würde, dann wäre es nicht wirklich abgeschlossen, da es da noch ein Stück Leben gäbe, das fehlen würde. Monsieur Salomon bestärkte ihn sehr darin, sein Buch vorher abzuschließen, selbst wenn die letzte Seite fehlen sollte. Ich glaube, daß Monsieur de Saint-Ardalousier Angst davor hatte aufzuhören. Ich ging jede Woche zu ihm, um nachzuhören, wie es ihm geht, er hatte niemanden, und das war gut für seinen inneren Halt, wenn er spürte, daß sich jemand für ihn interessierte, denn er war Atheist. Er hatte Ähnlichkeit mit Voltaire, den ich im Fernsehen gesehen hatte, und er trug ein Käppchen, das er aus dem Nachlaß von Anatole France ersteigert hatte, der ebenfalls Atheist war. Er war wahnsinnig allergisch gegen Religion und sprach immer davon, als ob es nichts anderes gäbe.

Da war auch noch Madam Cahen, die nicht mehr weit von hundert entfernt war und die Monsieur Salomon voller Hoffnung aushielt, denn wenn ihn etwas interessierte, dann war es die Langlebigkeit. Es gab noch viele andere Vormalige – so nannte Monsieur Salomon die alten Personen, die nicht mehr wußten, wer sie waren und nicht mehr so zählten wie früher. Monsieur Salomon sagte mir, daß er mich ausgesucht hätte, weil mein Äußeres etwas ausstrahlt, was sie beim *S. O. S.* »gute Vibrationen« nennen, die sich denen mitteilen, die keinen Lebensmut mehr haben. Aber an der Art, wie er mich manchmal ansah, nachdenklich und mit den Fingern trommelnd und kleinen ironischen Lichtern in seinen schwarzen Augen, begann ich zu spüren, daß er vielleicht noch einen anderen Grund im Kopf hatte.

Ich kam zu einer Dame in ihrem Rollstuhl, ich sagte ihr, ich käme von Monsieur Salomon, dem Konfektionskönig, der wissen wolle, wie es ihr geht, und sie fragen lasse, ob sie irgend etwas brauche. Da sie Monsieur Salomon weder von nahem noch von weitem kannte, kam zur Überraschung noch das Geheimnis, und das Geheimnis schließt immer die Tür der Hoffnung auf, was ganz besonders wichtig ist, wenn es nichts anderes gibt. Aber man durfte auch nicht zuviel versprechen. Ich erklärte, daß Monsieur Salomon nur der Konfektionskönig war und mehr nicht, damit niemand etwa an Demonstrationen einer höheren Instanz glaubte. Monsieur Salomon legte ungeheuren Wert auf den Ausdruck *Konfektion,* er hatte für ihn eine Bedeutung, die von der Geburt bis zur Sterblichkeit ging. Manchmal war es auch, als ob er sich so über alles lustig mache, was man als Trost finden und anbieten konnte. Später, als wir uns besser gekannt haben, habe ich ihm diesbezüglich eine Frage gestellt, die mit dem Kleiderbereich zusammenhing. Er hat mir nicht gleich geantwortet, aber er ist auf dem wiesengrünen Teppich seines Büros ein wenig hin- und hergegangen, und dann ist er mit dem Ausdruck einer ein wenig traurigen Güte vor mir stehengeblieben. Der Ausdruck der Güte ist immer ein wenig traurig, denn er weiß, womit er zu tun hat. »Was tut ein Kind, wenn es auf die Welt kommt? Es fängt an zu schreien. Es schreit, es schreit. Nun, es schreit, weil die Konfektion anfängt... Freude, Leid, Beklemmung, Bangigkeit, ganz zu schweigen von der Angst... das Leben und der... na ja, der ganze Rest. Und der Trost, die Hoffnung, die Dinge, die man in den Büchern lernt und die man Philosophie nennt... das alles ist ebenfalls Konfektion. Manchmal ist sie ganz alt und immer die gleiche, und manchmal findet man eine neue, nach dem Tagesgeschmack...«

Und dann hat er mir, wie er es oft tut, mit einer belehrenden Gebärde eine Hand auf die Schulter gelegt, und er hat geschwiegen, um mir Mut zu machen, denn das Schlimmste, was manchmal bei Fragen passieren kann, ist die Antwort.

Als ich von den Gefälligkeiten sprach, die König Salomon anderen Personen erwies, die man ohne Freude oder kleine Annehmlichkeiten vergessen und auf die man ihn hingewiesen hatte, erklärte mir Chuck, daß dies seine Art sei, DEM bittere Vorwürfe zu machen, dessen Gefälligkeiten und dessen Güte durch völliges Fehlen glänzten. Er kam immer wieder darauf zurück und schien so sehr an seiner Erklärung festzuhalten, daß ich mich schließlich fragte, ob Chuck nicht selber ein Problem in dieser Hinsicht habe. Ein Problem mit der Abwesenheit des Königs Salomon, aber des richtigen. Er behauptete auch, bei dem Chef des *S. O. S.* sei das nur die Folge seiner Angst, daß er versuche, Gott auf sich aufmerksam zu machen, wie das oft bei guten Juden der Fall ist, und zum Austausch dafür ein paar Jahre mehr zu bekommen. Chuck sagt, daß die Juden, die gläubig geblieben sind, persönliche Beziehungen zu Gott haben, Beziehungen von Mensch zu Mensch, daß sie oft mit Gott diskutieren und sich sogar lauthals mit Ihm streiten und versuchen, Geschäfte mit IHM zu machen, ich gebe dir das, und du gibst mir das, ich gebe den andern mit vollen Händen, und dafür bedenkst du mich mit guter Gesundheit, langem Leben und später mit noch Besserem. Wer weiß, was noch alles kommt.

Wenn ich zu einer alten Dame im Wartestand kam, um nachzuhören, wie es ihr geht, und ihr von Monsieur Salomon Obst brachte, Blumen oder ein Rundfunkgerät, um die ganze Welt zu empfangen, war diese Person gerührt und manchmal sogar erschreckt, als hätte sich etwas Übernatürliches ereignet. Man mußte achtgeben, daß man keine allzu großen Freuden verursachte, und so haben wir Monsieur Hippolyte Labile verloren, dem Monsieur Salomon eine lebenslängliche Rente ausgesetzt hatte und der darauf vor lauter Aufregung gestorben ist.

IV

Ich wußte immer noch nicht, warum Monsieur Salomon mich auserwählt hatte und warum er mich nach wie vor manchmal lächelnd betrachtete, als ob er etwas mit mir im Sinn hätte. Er schien eine Zuneigung zu mir gefaßt zu haben, und er mochte es, wenn ich ihn grundlos besuchte, denn bei ihm konnte ich endlos viel lernen. Ich muß allerdings sagen, daß ich mich vor allem durch sein Beispiel beruhigte, denn wenn man so alt werden konnte, brauchte ich mir noch keine Sorgen zu machen. Ich setzte mich vor ihn und beruhigte mich, während er seine Briefmarken betrachtete.

Ich habe schnell herausgekriegt, daß Monsieur Salomon, obwohl sehr reich, ganz allein auf der Welt war. Die meiste Zeit traf ich ihn an seinem großen Philatelisten-Schreibtisch sitzend an, eine Lupe im Auge, wie er voller Freude seine Briefmarken betrachtete, als seien es echte Freunde, und auch die Postkarten, die aus der Vergangenheit stammten und aus allen Ecken der Welt kamen. Sie waren nicht persönlich an ihn gerichtet gewesen, denn es waren welche drunter, die im letzten Jahrhundert bei der Post aufgegeben worden waren, als es Monsieur Salomon kaum gab, aber bei ihm sind sie schließlich angekommen. Ich habe ihn mehrere Male auf den Flohmarkt und zu den Trödlern gefahren, wo er sie kauft, und die Händler legen ihm ganz besonders die beiseite, die am persönlichsten sind und die mit dem meisten Gefühl geschrieben worden sind. Ich habe einige davon aus Indiskretion gelesen, denn Monsieur Salomon versteckt sie eher, wegen ihrem privaten Charakter. Eine war darunter, die ein junges Mädchen darstellte, das angezogen war wie zu Beginn der modernen Zeit, mit vier kleinen Jungens im Matrosenanzug und mit Kreissäge, auf der es hieß *Liebling, Liebling, wir denken Tag und Nacht an Dich, komm schnell zurück und vor allem deck Dich gut zu, und zieh Deine flanellene Leibbinde an, Deine Marie.* Und das komischste ist, daß Monsieur Salomon diese Karte gelesen hat und daß er sich dann eine flanellene Leibbinde kaufen ging. Ich habe weiter nichts gefragt, ich habe so getan, als hätte ich nichts bemerkt, aber mir ist es ganz kalt den Rücken runter gelaufen, so was von Einsamkeit und nichts und niemand. Es war eine Karte von 1914. Ich weiß nicht, ob Monsieur

Salomon die flanellene Leibbinde zur Erinnerung an diese Marie oder an den Kerl, den sie geliebt hat, angezogen hatte, oder ob er so tat, als hätte sie an ihn so zärtlich gedacht, oder ob er es nur wegen der Zärtlichkeit überhaupt tat. Ich wußte nicht, daß Monsieur Salomon das Vergessen nicht leiden konnte, die Vergessenen, die Leute, die gelebt und geliebt haben und die nichts und Staub geworden sind, die Vormaligen, wie ich jetzt weiß, daß er sie nannte. Dagegen protestierte er mit der größten Zärtlichkeit und dem furchtbarsten Zorn, den man bei den biblischen Personen Grimm nennt. Manchmal hatte ich den Eindruck, daß Monsieur Salomon da Abhilfe schaffen wollte, daß er die Dinge in die Hand nehmen und das alles ändern wollte. Natürlich, wenn man schon nicht weit davon entfernt ist, selber keine Spur mehr zu hinterlassen, hat man allen Grund dazu. Im ersten Augenblick habe ich also nicht fragen wollen, aber ich bin nie wieder darauf zurückgekommen. Und nicht nur das, aber jetzt werden Sie mir wohl nicht glauben, bloß bin ich nicht imstande, stärker zu erfinden als das Leben, das sich nicht zu genieren und auch keinen Glauben zu finden braucht. Monsieur Salomon hatte bei Dupin Frères, Impasse Saint-Barthélemy, eine Postkarte gefunden mit dem Foto einer Odaliske, wie sie sie damals in Algerien hatten, das noch französisch war, und auf der Rückseite standen Liebesworte *ich kann ohne Dich nicht leben Du fehlst mir am allermeisten auf der Welt ich werde am Freitag um sieben Uhr unter der Standuhr an der Place Blanche sein, ich erwarte Dich von ganzem Herzen, Deine Fanny.* Monsieur Salomon hat diese Karte sofort in seine Tasche gesteckt und dann hat er auf seiner sehr wertvollen Schweizer Uhr nach dem Tag und der Zeit geschaut. Er hat die Stirn gerunzelt und ist nach Hause gegangen. Am folgenden Freitag hat er sich um halb sieben an die Place Blanche fahren lassen und er hat nach der Standuhr gesucht, bloß es gab da keine. Er sah unzufrieden aus und er hat sich im Viertel erkundigt. Wir haben eine Concièrge gefunden, die sich an die Standuhr und an die Stelle erinnerte. Er ist schnell wieder hinausgegangen, um nicht zu spät zu kommen, und um Punkt sieben war er dort, und auch da habe ich nicht rausgebracht, ob er das zur Erinnerung an dieses verstorbene Liebespaar tat oder ob es war, um gegen den biblischen Wind zu protestieren, der alles verweht wie Nichtigkeiten und Staub. Eines ist sicher, nach Chucks Meinung, und da glaube ich, daß er recht hat: er war ein

Mensch, der protestierte, er war ein Mensch, der demonstrierte. Schließlich habe ich mir ein Herz gefaßt, und als er vor dem Haus, das auf seiner Postkarte mit Feuerwehrmann seinen Namen und seine Adresse von 1920 angab, mit vielen Küssen und dem Glück, sich am nächsten Sonntag wiederzusehen, einen Strauß roter Rosen niederlegen ging, habe ich ihn gefragt, als er ins Taxi gestiegen ist:

»Monsieur Salomon, entschuldigen Sie, aber warum tun Sie das? Von dieser Kleinen ist doch nichts mehr übriggeblieben, was also solls?«

Er hat den Kopf gesenkt, als wollte er sagen natürlich, natürlich.

»Mein kleiner Jean, man besucht doch auch die Stätten, an denen Victor Hugo, Balzac oder Ludwig XIV. gelebt haben, nicht wahr?«

»Aber das waren doch sehr bedeutende Leute, Monsieur Salomon. Victor Hugo war eine wichtige Persönlichkeit. Daß man an die denkt und sich ergriffen an sie erinnert, ist ganz normal. Sie waren historisch!«

»Ja, alle Welt erinnert sich an die berühmten Männer, und niemand kümmert sich um die Leute, die nichts gewesen sind, die aber geliebt, gehofft und gelitten haben. Um die, die demütig unsere ganze Konfektion bei der Geburt empfangen haben und die sie demütig bis zur Endstation mitgeschleppt haben. Und schon dieser Ausdruck ›die nichts gewesen sind‹ ist gemein, wahr und unerträglich. Ich kann ihn im Maße meiner bescheidenen Mittel nicht hinnehmen.«

Dabei hat er ein wenig geheimnisvoll gelächelt und den Kopf gehoben, sein Gesicht war plötzlich streng geworden, und er hat seinen Stock mit dem Pferdeknauf fest in der Hand gedrückt.

»Ich tue es nicht für diese ›Kleine‹, wie sie sagen. Ich tue es zu Ehren der Sache.«

Ich habe nichts begriffen. Ich verstand nicht, was das für eine Sache war und was für eine Ehre sie haben konnte. Was nutzte es, daß sich Monsieur Salomon über die postalischen Spuren längst erloschener Leben und vergangener Lieben beugte, er konnte sie damit doch nicht wieder zum Leben erwecken. Vielleicht war er persönlich nie geliebt worden und bezog die Worte *mein Liebling mein Geliebter* ein wenig auf sich, um Zärtlichkeit einzusammeln, diese Worte, die mit einer Tinte geschrieben waren, die selber schon am Verschwinden war. Wer kann das schon wissen. Später hat sich Chuck, als ich ihm von diesen Postkarten erzählt habe, die Monsieur Salomon ständig in seiner Wohnung empfing, als ob es *S. O. S.*-Rufe seien, die längst vergessene Leute geschickt haben und die für ihn immer noch gültig waren, hat Chuck also eine Theorie gewagt. Ihm zufolge hatte mein Arbeitgeber ein Problem mit dem Ephemären, mit der Zeit, die vergeht und dem Gebrauch, den sie beim Vergehen von uns macht, weil er sich nämlich selber von unmittelbar Bevorstehendem bedroht fühlte und seinen Protest und seine Opposition im ganzen Ausmaß seiner Mittel und Möglichkeiten zum Ausdruck brachte.

»Er gestikuliert, das ist alles. Es ist, als würde er die Faust schütteln und Zeichen geben, um zu protestieren und Jehova zu verstehen zu geben, daß es ungerecht ist, alles vergehen zu lassen, alles dahinzuraffen, und ihn selber an erster Stelle. Stell ihn dir auf einem Berg stehend vor, in weißes Linnen gehüllt, vor fünftausend Jahren, er schaut zum Himmel hinauf und brüllt, daß das Gesetz ungerecht ist. Du wirst den Alten so lange nicht verstehen, wie du nicht weißt, daß er ein ganz persönliches Verhältnis zu seinem Jehova hat. Sie diskutieren miteinander, sie beschimpfen sich. Das ist sehr biblisch bei ihm. Die Christen gehen bei ihrem Verhältnis zu Gott nie bis zur Beschimpfung. Die Juden hingegen ja. Sie machen Ihm eine häusliche Szene.«

Ich hatte Chuck König Salomon vorgestellt, der ihn von psychologischen Spezialisten hat testen lassen, so daß er, dank ihren wärmsten Empfehlungen, ehrenamtlicher Freiwilliger beim *S. O. S.* werden konnte, denn es ist eines der großen Geheimnisse, daß Chuck, der nur Ideen im Kopf hat, auf einmal Herz hat, sobald sich jemand im Unglück an ihn wendet. Und er hat einen leichten amerikanischen Akzent, was ungemein beruhigt, denn es ist eine Großmacht. Er ist innerhalb weniger Wochen die beste moralische Stütze des *S. O. S.* geworden, und es ist ihm sogar gelungen, ein Mädchen vom Selbstmord abzuhalten, indem er ihm nachwies, daß es hinterher noch schlimmer sei.

Postkarten hatte Monsieur Salomon Tausende und aber Tausende. Er ordnete sie sorgfältig in Alben, die eine ganze Wand einnahmen. Eines von diesen Alben hatte er immer aufgeschlagen auf seinem Schreibtisch liegen, nie das gleiche, denn jedes kam mal an die Reihe. Eines Morgens fand ich ihn über das Foto eines französischen Soldaten von 14–18 gebeugt, zu Lebzeiten stolz fotografiert, mit Worten auf der Rückseite, die damals ergreifend gewesen sein mußten. *Meine liebe Frau, ich hoffe daß es euch allen gutgeht; denn hier herrscht Krieg. Küsse die Kinder. Sie fehlen mir mehr, als ich sagen kann. Dein Henri.* Unten in der Ecke stand *auf dem Felde der Ehre gefallen am vierzehnten August 1917.* Ich war an diesem Tag mit Tong gekommen, der Monsieur Salomon an meiner Stelle zum Zahnarzt fahren sollte. Monsieur Salomon mochte ihn gern, sie sprachen zusammen über die orientalische Weisheit, die ihnen dort eine große Hilfe ist, falls man sie nicht vorher umgebracht hat. Er hatte Tong sein Album bewundern lassen, in dem Postkarten aus Ländern waren, die so weit wie möglich von Monsieur Salomon entfernt waren, wie zum Beispiel Manila oder Indien, was ihm die Möglichkeit gab, noch weiter näherzukommen.

»Warum sammeln Sie Botschaften, die nicht an Sie gerichtet sind, von Leuten, die Ihnen nichts bedeuten? Wie dieser gefallene Soldat, den Sie nicht gekannt haben?«

Monsieur Salomon sah zu Tong auf und nahm aus einem seiner Augen seine Philatelistenlupe.

»Ich glaube, das können Sie nicht verstehen, Monsieur Tong.« Es war das erste Mal, daß ich Monsieur Salomon eine rassistische Bemerkung machen hörte.

»Das können Sie nicht verstehen. Sie haben Ihre ganze Familie in Kambodscha verloren. Sie haben jemanden, an den Sie denken können. Aber ich habe niemanden verloren. Ich habe niemanden, nicht einmal einen entfernten Vetter, unter den sechs Millionen Juden gehabt, die unter den Deutschen ausgerottet worden sind. Selbst meine Eltern sind nicht umgebracht worden, sie sind frühzeitig und hochanständig vor Hitler gestorben. Ich bin vierundachtzig Jahre alt, und ich habe niemanden zu betrauern. Es ist eine furchtbare Einsamkeit, wenn man einen geliebten Menschen verliert, aber es ist eine noch furchtbarere Einsamkeit, wenn man nie jemanden verloren hat. Deshalb blättere ich in diesem Album ...«

Er drehte mit seiner schönen, ein wenig rötlichen Hand, denn das Alter macht Rostflecken, eine Seite um. Er löste ein Familienfoto heraus, Vater, Mutter und sechs Kinder in allem. In einer Ecke stand: *1905. Eine bretonische Familie.*

Ich war einfach platt. Der Gedanke, daß Monsieur Salomon,

Esq. sich von einer bretonischen Familie hat adoptieren lassen und sich nun manchmal voller Freundschaft über sie beugte, war das Traurigste, was ich an Komik kannte. Er schob seine bretonische Familie mit seinen schönen Händen, die Freude machen, ins Album zurück.
Die Hände Monsieur Salomons verbergen eine Tragödie.
Als er vier Jahre alt war, hatten seine Eltern eine Karriere als Virtuose für ihn bestimmt. Auf der Kommode seines Schlafzimmers steht noch das Foto von Monsieur Salomon als Kind, auf dem niemand den künftigen Hosenkönig erkannt hätte. Auf dem Foto stand mit einer Feder geschrieben, die noch nichts vom Füller wußte: *Der kleine Salomon Rubinstein im Alter von vier Jahren vor seinem Klavier.* Es gab auch noch eine Person mit mütterlichem Oberkörper, die sich mit einem glücklichen Lächeln über das Kind beugte. Als Monsieur Salomon mir die Inschrift übersetzte, die noch russisch war, hat er hinzugefügt: »Meine Eltern zählten auf mich, daß ich ein *Wunderkind* werde. Das Klavier stand im Getto in hohem Ansehen.«
Es gab auch ein Foto von Monsieur Salomon im Alter von sieben Jahren, den Fuß auf einem Roller. Es war in einem anderen Getto, diesmal in Polen. Die Fotos gingen bis zwölf und fünfzehn Jahre, dann verschwanden sie, vielleicht, weil die Eltern von Monsieur Salomon den Mut verloren hatten, wahrscheinlich hatten sie begriffen, daß in puncto Wunderkind nichts aus ihm herauszuholen war. Dabei hatten sie ihn bis zum Alter von zwanzig Jahren kurze Hosen tragen lassen, in der Hoffnung, ein *Wunderkind* aus ihm zu machen. Monsieur Salomon lachte herzlich darüber.
»Ich fühlte mich furchtbar schuldig«, sagte er zu mir. »Mit fünfzehn Jahren schrieb ich einem japanischen Philatelisten, denn ich tröstete mich bereits mit den Briefmarken, einen Brief, um ihn zu bitten, sich bei den japanischen Gärtnern, die die Kunst verstehen, das Wachstum der Pflanzen zu unterbinden, Erkundigungen einzuholen. Ich wollte um jeden Preis aufhören zu wachsen, um meine Eltern nicht zu enttäuschen und in den Grenzen der für ein *Wunderkind* erlaubten Größe zu bleiben. Ich saß elf Stunden täglich am Klavier. Nachts beruhigte ich mich, indem ich mir sagte, daß es mir an Frühreife fehle und daß das noch kommen könne. Die Hoffnung im Getto bestand früher immer darin, bei den Kindern das Virtuosengenie zu

suchen und dadurch herauszukommen. Der große Arthur Rubinstein, der die von den Antisemiten verlangten Züge hatte, war herausgekommen, und er war als Virtuose von den größten Aristokraten empfangen worden, er hat sogar ein Buch geschrieben, um es zu beweisen. Dem Genie sieht man alles nach.«
Allmählich verstand ich, im dunklen Auge meines Freundes die kleinen spöttischen Lichter zu erkennen. Es war, als gäbe es im Innern etwas schmerzlich Komisches, das aufflammte. »Ich war bereits sechzehn und achtzehn Jahre alt und wuchs immer noch weiter. Mein Klavierlehrer wurde immer trauriger. Mein Vater, der seit Generationen Schneider war, zuerst in Berditschew in Rußland und dann in Swieciany in Polen, verhielt sich ihm gegenüber so liebevoll, daß ich mich am liebsten ersäuft hätte. Sie hatten keine anderen Kinder und konnten daher auch keinen anderen Virtuosen bekommen. Dann kam schließlich der Tag. Mein Vater betrat das Wohnzimmer, wo ich in kurzen Hosen vor dem Klavier saß. Er hatte eine Hose über dem Arm. Ich hatte sofort verstanden. Es war das Ende der großen Hoffnungen. Mein Vater fand sich mit den Gegebenheiten ab. Ich bin aufgestanden, habe meine kurze Hose ausgezogen und die lange Hose angezogen. Ich würde nie wieder ein Wunderkind werden. Meine Mutter weinte. Mein Vater tat so, als sei er gut gelaunt. Er hat mich sogar umarmt und auf russisch zu mir gesagt: »*Nu, nitschewo,* es macht nichts.« Meine Eltern haben das Klavier verkauft. Ich habe bei einem Stoffhändler in Bialystok eine Anstellung gefunden. Als meine Eltern gestorben sind, bin ich nach Paris gekommen, um die Lichter des Westens zu sehen. Ich bin ein guter Zuschneider geworden, und ich habe Konfektionskleidung hergestellt. Trotzdem habe ich auch weiterhin ein wenig bedauert. Auf das Schaufenster meines ersten Ladens, in der Rue Thune, hatte ich geschrieben *Salomon Rubinstein, der Hosenvirtuose,* dann schlicht und einfach *Der andere Rubinstein,* aber auf jeden Fall, meine Eltern waren tot, und es war nicht mehr nötig. Und so kam es schließlich, daß ich Hosenkönig geworden bin, zuerst in der Rue du Sentier, dann so ziemlich überall. Ich habe eine von jedermann bekannte Ladenkette gehabt und ich habe mich bis nach England und Belgien ausgedehnt. Ich habe mich nicht nach Deutschland ausgedehnt, nebenbei bemerkt. Ich glaube, daß ich für die Konfektion bestimmt war, denn sehen Sie, dieser Traum meiner Eltern, aus mir einen Virtuosen zu machen, war im

Grunde nichts anderes. Ein Konfektionstraum, den man sich im Getto von Generation zu Generation weitergab.«
Monsieur Salomon hatte auf jeden Fall ein schönes Vermögen gemacht, und er verausgabte sich in Wohltätigkeit, und wenn er gewählt werden und an seinen wahren Platz gestellt werden könnte, hätte er die ganze Menschheit in den Genuß seiner Freundlichkeit kommen lassen.

V

Ich fuhr weiterhin mein Taxi, machte hin und wieder Reparaturen, und manchmal rief mich Monsieur Salomon, um sich fahren zu lassen oder um Personen in Not Gesellschaft zu leisten, von denen das *S. O. S.* ihm mitteilte, daß sie durch den stimmlichen Beistand allein nicht aus ihrem Zustand gezogen werden können. Manchmal mietete er einen Klein-Bus und organisierte für die Opfer des Alters einen Kollektivausflug mitten in die Natur. Ich fuhr sie dann in die Normandie ins Grüne oder in den Wald von Fontainebleau, wo sie sich erfrischen konnten. Es gab auch eine Haushaltshilfe für die, die ihre Kinder oder andere Anverwandte hatten allein lassen müssen, um in Ferien zu fahren. Wenn ich Zeit zur Verfügung hatte, ging ich in die Stadtbüchereien, hier und da, je nach dem Stadtviertel, in dem ich war, und ließ mir einen Haufen Bücher geben mit berühmten Namen, Dumas, Balzac, die Bibel, das Beste, was sie hatten, und ich begann stundenlang zu lesen, um an nichts zu denken. Ich gehe nicht gern in die Buchhandlungen, ich weiß nie, was ich verlangen soll, um ein Buch zu kaufen, muß man es kennen, man muß wissen, was man sucht, und es stört mich, hinauszugehen, ohne was verzehrt zu haben. Und wenn sie einen da drin fragen: »Kann ich Ihnen helfen?«, was wollen Sie darauf antworten? Aber ich ging oft in eine große Buchhandlung in der Rue Ménil, wo immer viel Betrieb ist und wo sie einen in Ruhe lassen. Sie haben eine Abteilung mit Wörterbüchern, und ich schlage nach. Es gibt dort eine Verkäuferin, eine große Blonde, die nie das Wort an mich richtet, wenn ich da herumlungere, und die so tut, als gäbe es mich nicht, um mich nicht zu entmutigen. Ich bin vielleicht zwanzigmal in dieser Buchhandlung gewesen, und nie auch nur das geringste. Kein Blick. Sie ist sicherlich was Besseres. Die anderen nennen sie Aline, und ich nenne sie manchmal auch so, wenn ich an sie denke. Eines Abends habe ich draußen auf den Ladenschluß gewartet, und als sie herausgekommen ist, habe ich ihr mit der Hand ein kleines Zeichen gemacht. Sie hat nett geantwortet, ohne stehenzubleiben. Wir haben das fünf Tage lang jeden Abend gemacht und am letzten Tag ist sie stehengeblieben.

»Wohnen Sie hier?«

»Nicht eigentlich, nein.«

Sie betrachtete mich freundschaftlich und lächelte dabei, ich amüsierte sie.

»Sie haben wirklich eine Leidenschaft für Wörterbücher.«

»Ich suche etwas.«

Sie hat mich nicht gefragt: was. Wenn ich wüßte, was ich suche, dann wäre das so gut, als hätte ich es gefunden.

»Wir haben den neuen Ibris in vierundzwanzig Bänden reingekriegt, vielleicht steht es da drin.«

Sie hat mir kurz zugewinkt *ciao*, und ich habe geantwortet. Und dann hat sie mich wieder angelächelt.

»Aber nein, ich glaube nicht, daß es da drin steht.«

Danach bin ich immer öfters hingegangen, in diese Buchhandlung, und jedesmal haben wir uns kurz zugewinkt.

Ich habe gemerkt, daß Monsieur Salomon mich ansah, als ob er mich etwas fragen wollte, sich aber geniere. Und eines Tages hat er mich kommen lassen, und ich fand ihn vor seinem Philatelistenschreibtisch sitzend. Er trug einen prachtvollen Morgenrock und trommelte mit den Fingern. Er trommelte oft mit den Fingern seiner sehr schönen Hand, wenn er nachdachte.

»So, mein guter Freund. Ich wollte Sie zunächst einmal beglückwünschen, freundliches Wesen und guter Wille werden selten, und ich habe mich bei Ihnen nicht geirrt. Sie besitzen die wahre Berufung zum Freiwilligen, und im Rahmen des Möglichen helfen Sie den Leuten gern zu leben. Ich habe einen guten Riecher gehabt, denn auf den ersten Blick, das muß man zugeben, haben Sie eine Physiognomie und ein Benehmen, die eher an einen schweren Jungen denken lassen, man muß eben im Innern suchen ...«

Er schwieg und fing wieder zu trommeln an.

»Unsere Freunde von nebenan haben mehrere Anrufe von einer Dame bekommen, die mich sehen möchte, es hat den Anschein, daß ich sie früher gekannt habe. Und in der Tat kann ich mich dunkel an ihren Namen erinnern. Cara ... nein, Cora hieß sie ... Cora Lamenaire, so ist es. Ich entsinne mich jetzt. Sie ist Sängerin gewesen ... es ist schon lange her, vor dem Krieg, in den ... na ... in den dreißiger Jahren. Sie ist in Vergessenheit geraten und scheint keine Freunde zu haben, was mit den Folgen des Alters immer schlimmer wird. Ich weiß nicht, warum sie sich an mich persönlich wendet, suchen Sie sie also auf, und erkundigen Sie sich ein wenig. Wir dürfen diese Art Hilferuf nie ohne Antwort lassen, das ist unklug.«
Monsieur Salomon vertiefte sich mit gerunzelter Stirn in eine ernste Meditation.
»Cora Lamenaire, ja. Jetzt kommts mir wieder. Eine ziemlich bekannte Sängerin oder zumindest im Begriff bekannt zu werden... Einer meiner Freunde... nun ja, das ist eine lange Geschichte. Sie war eine realistische Sängerin, wie man sie früher nannte.«
Und da erlebte ich eine Überraschung. Das Gesicht von Monsieur Salomon heiterte sich humorvoll auf, und er begann zu singen:

C'est mon homme!
Sur cette terre, ma seule joie, mon seul bonheur
C'est mon homme!
J'ai donné tout c'que j'ai, mon amour et tout mon cœur,
A mon homme!

Er ist mein Mann! / Auf dieser Erde meine einzige Freude, mein einzig' Glück. / Er ist mein Mann! Ich habe alles, was ich habe, meine Liebe und / mein ganzes Herz, / meinem Mann gegeben!

Er kannte das ganze Lied auswendig.
»Es war in den zwanziger Jahren. Mistinguett. Ich habe es nicht vergessen. Text von Albert Willemetz und Jacques Charles. Musik von Maurice Yvain.«
Er schien hochzufrieden zu sein, daß er ein so gutes Gedächtnis hatte, das sich bei den alten Menschen immer als erstes verliert. Er hat mir die Adresse gegeben.

»Bringen Sie ihr einen Korb voller eingemachter Früchte aus Nizza«, und das hat ihn gut gelaunt gemacht, er hat leise gelacht, ich fragte mich warum. Gewöhnlich schenkte Monsieur Salomon schöne Früchte, die direkt aus der Natur kamen, und ich war ein wenig erstaunt, daß er dieser Dame eingemachte Früchte aus Nizza bringen ließ, die ein wenig an Konserven erinnern und nicht die gleiche gute Frischewirkung haben.

VI

Sie wohnte in der Rue d'Assas, und als ich wie unten angegeben in der zweiten Etage links klingelte, stand ich vor einer kleinen Dame, die Fröhlichkeit in den Augen hatte und die für ihr Alter schick und verführerisch war, trotz der Falten im Gesicht und vor allem der Haut am Hals, die nicht mehr ganz erstklassig war. Man konnte nicht sagen, daß sie eine alte Frau war, das war kein Ausdruck, der einem in den Sinn kam, wenn man sie sah. Sie trug einen rosafarbenen Schlafanzug und Schuhe mit hohen Absätzen und eine ganz gerade geschnittene mahagonifarbene Haarsträhne mitten auf der Stirn, die sie mit dem Finger berührte, als wolle sie damit spielen, während sie mich ansah. Drinnen lag eine Schallplatte von Monsieur Trenet auf, es war *Mamselle Cléo*, ich habs gleich erkannt, es ist ein Lied, das man heute noch hört.
»Sie wünschen?«
»Mademoiselle Cora Lamenaire.«
Sie hat gelacht und dabei mit ihrer Haarsträhne gespielt.
»Das bin ich selbst. Der Name sagt Ihnen natürlich nichts, dazu haben Sie nicht das Alter.«
Ich war erstaunt. Ich sah zwar, daß sie nicht mein Alter hatte, aber ich sah den Zusammenhang nicht.
»Sie waren damals noch nicht auf der Welt«, sagte sie, und auch da habe ich nicht begriffen.
Ich habe ihr den Korb mit den eingemachten Früchten aus Nizza hingehalten.
»Man hat mich beauftragt, Ihnen das zu übergeben.«
»Von wem?«
»Sie haben ein paarmal beim *S. O. S. Freiwilligendienst* angeru-

fen. Sie haben an uns gedacht, das ist nett, also haben wir auch an Sie gedacht.«
Sie hat mich angesehen, als ob ich mich über sie lustig gemacht hätte.
»Aber ich habe nie und nimmer beim *S. O. S.* angerufen! Nie und nimmer! Wie kommen Sie überhaupt darauf? Warum soll ich das *S. O. S.* anrufen?«
Sie war gar nicht erfreut.
»Sehe ich vielleicht aus wie jemand, der Hilfe braucht? Nein, was soll denn das?«
Und dann hat sie sich gefaßt.
»Ach, ich weiß! Ich habe nicht *S. O. S.* angerufen, ich habe Monsieur Salomon angerufen und...«
»Es ist dieselbe Telefonzentrale«, sagte ich. »Und manchmal antwortet er selbst, wenn er Lust dazu hat!«
»Es war eine persönliche Sache. Ich wollte wissen, ob er noch am Leben ist, das ist alles. Ich habe eines Abends an ihn gedacht, und ich habe mich gefragt, ob er immer noch da ist. Darauf habe ich angerufen, um zu hören, wie es ihm geht.« Ich verstand nichts mehr. Monsieur Salomon hatte mir gesagt, daß er sie nicht kannte. Er hatte sogar ein Loch im Gedächtnis gehabt, und er hatte sich an die Stirn getippt, um sich an ihren Namen zu erinnern.
»Schickt er mir diesen hübschen Korb?«
Monsieur Salomon hatte mich darum gebeten, seine Anonymität zu wahren. Wenn er seine Wohltaten herabregnen ließ, wollte er dafür keinen Dank. Er machte gern Freude, ließ gern einen kleinen Sonnenstrahl in das Leben der Leute fallen, für die es nicht so rosig war. Ein Ferienbillett, alles einbegriffen für eine Person, die noch nie das Meer gesehen hatte, ein hübsches Transistorgerät mal hier, mal da, und ich habe sogar einen Fernsehapparat bei einem alten Herrn abgeliefert, der keine Beine mehr hatte, und von dem man ihm viel Trauriges erzählt hatte. Chuck interessierte sich sehr für diese großzügigen Geschenke. Für ihn war das, was König Salomon tat, nichts anderes als Stellvertretung. *Stellvertretung: Handeln einer Person für eine andere.* So stehts im enzyklopädischen Wörterbuch. Für Chuck betätigt sich König Salomon als Stellvertreter, weil nämlich der Amtsinhaber nicht da ist und er sich dadurch an IHM rächt, daß er IHN vertritt, um IHN so auf seine Abwesen-

heit hinzuweisen. Ich hatte versucht, dieses Gespräch mit Chuck nicht fortzusetzen, man weiß bei ihm nie, was da kommt, und manchmal können einen seine Geschichten richtig erschrecken. Für ihn betätigte sich König Salomon als Stellvertreter, um Gott eine Lektion zu erteilen und IHN zu beschämen. Für Monsieur Salomon hätte sich Gott um Dinge kümmern müssen, um die ER sich nicht kümmerte, und da Monsieur Salomon die Mittel dazu hatte, spielte er den Stellvertreter. Vielleicht wäre Gott schwer beleidigt, wenn er sähe, daß ein anderer alter Herr an SEINER Stelle Gutes tut, und würde SEINE Gleichgültigkeit aufgeben und zeigen, daß ER es viel besser kann als der Konfektionskönig, Salomon Rubinstein, Esq. So erklärte Chuck die Großzügigkeit Monsieur Salomons und seine übertriebene Freigebigkeit. *Freigebigkeit: freigebiges Wesen und Schenkfreudigkeit.* Ich habe mir einen richtigen Ast gelacht bei dem Gedanken, daß Monsieur Salomon Gott Lichtsignale gab und IHN zu beschämen versuchte. Darauf schimpfte Chuck den König Salomon einen verkorksten Harun-al-Raschid. Wird auch Harun Ar Raschid ausgesprochen, er war ein Held aus den Erzählungen aus *Tausendundeiner Nacht*, und er war beliebt wegen seiner Freigebigkeit.
»Er will geliebt werden, der alte Knacker.«
Das hat Chuck über König Salomon und seine Geschenke verzapft. Ich hingegen sah nichts anderes als einen sehr alten Mann, der an die andern dachte, weil nicht mehr viel von seinem Leben und von ihm selbst übrigblieb. Ich stand also vor dieser kleinen Dame, die wissen wollte, ob es Monsieur Salomon Rubinstein persönlich war, der ihr diesen Korb mit eingemachten Früchten aus Nizza geschickt hatte, und ich wußte nicht, wie ich mich aus der Affäre ziehen sollte, weil dieser eben in seiner Stellvertretung inkognito bleiben wollte.
»Ich habe Sie gefragt, ob Monsieur Salomon ...«
»Nein, nicht eigentlich, wir geben gern ein kleines Freundschaftszeichen von seiten unseres Vereins.«
Darauf hat sie begriffen.
»Ach, so ist das, Werbung«, sagte sie.
Dabei mußte sie doch wissen, daß wir freiwillig und ehrenamtlich waren und daß für uns keine Werbung gemacht zu werden brauchte. Wir waren zwar nicht so berühmt wie das *S. O. S. Freundschaft*, aber wir bekamen Hunderte von Anrufen, und Monsieur Salomon war als gemeinnützig anerkannt. Er hatte

sich sogar ein Dankschreiben der Stadt Paris einrahmen lassen und hatte auch die besten Zeugnisse aus der Provinz.
Ich habe ihr das alles ein bißchen erklärt und dabei festgestellt, daß sie mich sehr aufmerksam ansah, aber nicht wie jemand, der zuhört. Es war komisch. Sie schien mich eingehend in allen Einzelheiten zu betrachten, die Schultern, die Nase, das Kinn, die ganze Fresse halt, und plötzlich hat sie die Augen zugemacht, sie hat die Hand aufs Herz gelegt und ist eine ganze Weile stehengeblieben. Danach hat sie tief aufgeseufzt und ist wieder normal geworden. Ich verstand nicht, warum ich einen solchen Eindruck auf sie machte.
»Kommen Sie herein, kommen Sie herein.«
»Nein, danke, ich kann nicht parken, ich habe die schwarze Fahne nicht rausgehängt.«
»Was für eine schwarze Fahne denn, mein Gott?«
»Ich bin Taxifahrer.«
Und da fängt sie wieder an, mein Gesicht zu mustern. Es war, als ob sie zwischen meiner Nase, meinen Augen und meinem Mund schwankte, und sie ist traurig geworden, als ob etwas fehlte.
»Sie haben ja eine ganze Menge Berufe! Taxifahrer, *S. O. S.*, und was noch?«
»Ich habe vor allem gebosselt und Reparaturen gemacht, und dann hat das Ausmaße angenommen. Monsieur Salomon hat sich an mich gewendet, weil er jemanden braucht, der ins Haus liefert.«
Sie hatte den Korb mit den eingemachten Früchten auf den Tisch gestellt, neben eine spanische Zigeunertänzerin, die ihre Spitzenwäsche zeigte.
»Dann hat mir das also nicht Monsieur Salomon geschickt? Sind Sie sicher?«
»Es steckt immer eine Karte dran, auf der steht, wo es herkommt.«
Die Karte war mit einer Nadel hinter dem Cellophan festgesteckt, und Mademoiselle Cora hat sie schnell gefunden. Alles, was draufstand war *S. O. S.*, in Druckbuchstaben. Monsieur Salomon hat sie selber drangemacht. *S. O. S.*
Mademoiselle Cora hat die Karte auf den Tisch fallen lassen. Sie schien angewidert.
»So ein altes Kamel! Dafür habe ich ihm während der Besatzung das Leben als Jude gerettet. Er erinnert sich nicht gern daran.«

Ich begriff nicht, wie Monsieur Salomon jemandem böse sein konnte, der ihm das Leben als Jude gerettet hatte, und warum er dieser Person so böse war, daß er ihr sogar eingemachte Früchte aus Nizza schickte, ohne seinen Namen zu sagen. Sicherlich hatten sie noch alte Rechnungen zu begleichen, andernfalls hätte mich Monsieur Salomon nicht inkognito hergeschickt, und er hätte auch nicht so getan, als ob er diese Dame kaum kenne. Ich wollte wieder gehen, aber sie hat darauf bestanden, daß ich noch ein bißchen bleibe, um ein Glas Apfelmost zu trinken, den ich gar nicht sonderlich mag, und den sie in die Küche in einer Karaffe mit zwei Gläsern auf dem Tablett holen gegangen war. Wir haben uns gesetzt und ein wenig geplaudert. Ich weiß nicht, ob sie mich wegen der Gesellschaft gebeten hat, mich hinzusetzen, weil sie sich allein fühlte, ich glaube nicht, daß sie in dieser Hinsicht bedürftig war, da die Wohnung wirklich gut war und es ihr sicherlich nicht an Mitteln fehlte. Wenn man die Mittel hat, findet man immer jemanden, mit dem man sich unterhalten kann. Sie hatte sich auf einen weißen Polsterhocker gesetzt, ein niedriger, breiter Sitz, und zuerst ist sie eine Weile mit ihrem Glas Apfelmost in der Hand da sitzen geblieben und hat mich aufmerksam betrachtet, wie sie es schon getan hatte, wobei sie mit ihrer Haarsträhne spielte und seltsam vor sich hinlächelte und sich gar nicht genierte, daß sie mich so eingehend musterte, weil sie sich das in ihrem Alter erlauben konnte. Da habe ich plötzlich begriffen, daß ich sie wohl an jemanden erinnerte, und ich habe mich auch entsonnen, daß Monsieur Salomon, als ich ihm das erste Mal begegnet war und er mich in die Kneipe eingeladen hatte, erstaunt zu sein schien, als ob ich eine Visage hätte, die ihn aus ganz persönlichen Gründen beeindruckt hatte. Ich trank meinen Apfelmost, während Mademoiselle Cora mich anstarrte und nachdenklich bei einem Gedanken lächelte, den sie im Kopf hatte, und ich mag überhaupt keinen Apfelmost, aber man muß korrekt sein. Nach drei langen Minuten, wo ich langsam ›verdammte Scheiße‹ zu mir sagte, hat sie mich gefragt, ob ich Monsieur Salomon schon lange kenne, und ob er mir von ihr erzählt habe, und als ich verneinte, schien ihr das überhaupt nicht zu behagen, als ob sie ohne Bedeutung sei. Sie hat mir gesagt, daß sie realistische Sängerin gewesen sei, wie man das früher nannte, als man anders sang als heute. Das realistische Chanson ist ein Genre, das viel Unglück und Mißgeschick verlangt, weil es ein volkstümliches Genre ist. Es war vor allem zu Beginn des Jahrhunderts in Mode, als es noch keine soziale Sicherheit und keine Sozialversicherung gab und man häufig am Elend und an der Lunge starb, und die Liebe hatte damals eine viel größere Bedeutung als heute, denn es gab noch keine Autos und kein Fernsehen und keine Ferien, und wenn man ein Kind des Volkes war, dann war die Liebe alles, was man an Gutem haben konnte. »Danach gab es noch Fréhel und Damia, in den zwanziger und dreißiger Jahren, und vor allem die Piaf natürlich, die wirklich von der Straße kam und ein Herz hatte wie zu der Zeit der kleinen Näherinnen und der Zuhälter. Ich war in dieser Tradition, da, hör mal...«

Sie hatte mich geduzt. Danach ist sie aufgestanden, und sie hat eine Schallplatte aufgelegt, *Soupirs Barbès*, und er war wirklich ihre Stimme. Ich sah, daß es ihr Spaß machte, sich zu hören. Ich war für eine gute halbe Stunde versorgt. In *Soupirs Barbès* wurde sie von ihrem Strizzi mit dem Dolch umgebracht, weil sie einen Sohn aus gutem Hause kennengelernt hatte, der sie vorm Strich retten wollte; in *La Lionne* hingegen hat sie ihn umgebracht, um ihre Tochter vorm Strich zu retten. Es gab auf der Platte nur Huren wider Willen oder uneheliche Mütter, die verstoßen werden und mit ihrem Neugeborenen in die Seine gehen, um der Entehrung zu entgehen. Ich wußte nicht einmal, daß es solche Zeiten überhaupt gegeben hatte. Was mich am meisten ergriffen hat, war *L'Archiduc*, wo sich eine Kleine aus Liebeskummer in einen Puff zurückzieht, und *Encore une*, wo die Liebenden den letzten Java zusammen tanzen, bevor sie von einem schweren Jungen aus dem Milieu getötet werden. Am liebsten wäre ich aufgestanden und hätte die Platte abgestellt, soviel Unglück kann man sich gar nicht vorstellen, wo man doch wirklich Auswahl in Hülle und Fülle hat. In diesen Chansons kamen auch viele Krankenhäuser vor, wenn es nicht das Zuchthaus war, die Guillotine oder die afrikanischen Strafkompanien. Mademoiselle Cora sah mich ganz glücklich an, während wir zuhörten, ich spürte, daß es ihre beste Zeit war und daß sie sich freute, noch ein Publikum zu haben. Ich habe sie gefragt, ob sie immer noch singt, und sie hat mir erklärt, das sei ein Genre, das aus der Mode gekommen sei, denn heute ist es das alte Unglück von früher, man müßte ein neues finden, aber die Jungen haben keine Inspiration mehr, und heute sind es eben die Jungen, die den Ton

angeben, vor allem beim Chanson. Außerdem sei sie jetzt sowieso zu alt.
»Es kommt drauf an, was man unter alt versteht, Mademoiselle Cora. Monsieur Salomon geht auf die fünfundachtzig zu, und er ist immer noch dicke da, das können sie mir glauben.« Ich sagte das nicht, um höflich zu sein, denn sie konnte sich immer noch sehen lassen. Allein wenn man sie nur gehen sah, hätte man ihr nicht mehr als fünfundsechzig Jährchen gegeben, man spürte, daß sie noch Frau war und daß sie ihr weibliches Selbstvertrauen bewahrte. Wenn eine Frau in ihrer Jugend sehr gefragt gewesen ist, da bleibt was von zurück, das hinterläßt Selbstvertrauen. Wenn sie sich im Raum bewegte, eine Hand auf der Hüfte, sah man, daß sie noch nicht aus der Übung gekommen war. Sie hatte sich die gleiche Vorstellung von ihrem Körper bewahrt, das nennt man Zuversicht haben, Mademoiselle Cora erinnerte sich eben noch gut an sich selber. Ich habe mich ein wenig umgeschaut, während sie die Schallplatten wegräumte, aber es lag zuviel Zeug herum, wertloser Plunder und alle möglichen anderen Gegenstände, die zu nichts anderem dienen, als da zu sein, und so konnte ich nichts sehen außer den Fotos an den Wänden, auf denen nur historische Berühmtheiten waren. Ich habe Joséphine Baker, Mistinguett, Maurice Chevalier, Raimu und Jules Berry erkannt. Sie hat bemerkt, daß ich mich interessierte, und sie hat mir die andern vorgestellt, Dranem, Georges Milton, Alibert, Max Dearly, Maurice und noch einen. Ich habe ihr erklärt, daß ich oft in die Cinémathèque ginge, wo die Vergangenheit gut konserviert und wiederhergestellt ist, was für die Berühmtheiten eine gut Sache ist. Die Wohnung war ganz weiß, außer da, wo sie rosafarben war, und sie war eher lustig, trotz all der verstorbenen Personen an den Wänden. Ich war schon seit gut einer Stunde da, und wir hatte uns nichts mehr zu sagen. Mademoiselle Cora hat das Tablett in die Küche getragen, und ich habe einen Blick in das Zimmer nebendran geworfen, in dem ein Bett stand, das mit rosa Seide bezogen war, mit einer Art großem, schwarzweißem Hanswurst, der auf der einen Seite lag, als wolle er neben sich Platz lassen. Es war merkwürdig, daß sie keinen kleinen Hund hatte. Auf der Straße sieht man oft alte Damen mit einem ganz kleinen Hund, denn je kleiner man ist, um so mehr braucht man jemanden. Hier und da waren noch andere Puppen und ein großer Teddy-Bär in einem Sessel, wie in

Australien, wo sie Eukalyptusblätter fressen und sehr bekannt sind.

»Das ist Gaston.«

Mademoiselle Cora war zurückgekommen, und ich war ein bißchen verlegen, daß ich in ihr Schlafzimmer gesehen hatte, aber sie, ganz im Gegenteil, freute sich darüber.

»Das ist Gaston, mein alter Hanswurst. Den hat man mir 1941 geschenkt, nach einem Gala-Abend in Toulon. Das ist schon eine Weile her, und manchmal muß ich ihn neu einkleiden.«

Sie hat mich wieder ganz seltsam angesehen, wie vorhin, als sie mit ihrer Haarlocke spielte.

»Du erinnerst mich an jemanden«, sagte sie mit einem leisen, verlegenen Lachen, und sie hat sich wieder auf den Polsterhocker gesetzt.

»Setz dich.«

»Ich muß gehen.«

Sie hörte mir gar nicht zu.

»Du siehst nicht aus, wie man heute aussieht... Wie heißt du eigentlich?«

»Jean.«

»Du siehst nicht aus, wie man heut aussieht, Jeannot. Du hast so ein richtiges kleines Gesicht von früher. Es tut einem sogar richtig weh, wenn man dich so mit Jeans und einer Polomütze sieht. Die Franzosen sehen sich nicht mehr ähnlich. Sie sehen nicht mehr volkstümlich aus. Du bist noch die Straße, die richtige, die aus den Vororten. Wenn man dich ansieht, sagt man sich gleich, Mensch, da ist ja einer, der davongekommen ist.«

»Von was davongekommen, Mademoiselle Cora?«

Sie bewegte die Schultern.

»Ich weiß auch nicht. Es gibt heute eben keine richtigen Kerle mehr. Selbst die Gauner haben Gesichter wie Geschäftsleute.«

Sie seufzte. Ich stand auf dem Sprung, um wegzugehen, aber sie hatte mich aus den Augen verloren. Mademoiselle Cora träumte, während sie unaufhörlich an ihrer Haarlocke fingerte. Sie war jetzt in einem ihrer realistischen Chansons, mit Apachen und Bürgersteigen. Aber ich verstand schon, was sie wegen meiner Visage sagen wollte. Als begeisterter Kinogänger wußte ich Bescheid. Ich hatte *Goldhelm* und *Kinder des Olymp* und *Pépé le Moko* gesehen. Seltsam, in welchem Maße ich mir unähnlich sein kann.

»Mademoiselle Cora...«
Sie wollte nicht, daß ich gehe. Auf der Kommode stand eine Schachtel Pralinen, und sie ist aufgestanden, um mir welche anzubieten. Ich habe mir eine genommen, und sie hat darauf bestanden, daß ich mir noch eine und noch eine nehme.
»Ich esse nie welche. In meinem Beruf muß man seine Linie bewahren. Im Augenblick herrscht die Nostalgie-Welle, deshalb werde ich vielleicht eine Tournee in die Provinz machen. Es ist die Rede davon. Die Jungen interessieren sich für die Geschichte des Chansons. Nimm noch eine.«
Lachend hat sie sich ebenfalls eine genommen.
»Sie machen einen Fehler, daß Sie sich nichts gönnen, Mademoiselle Cora. Man muß das Leben genießen.«
»Ich muß meine Linie bewahren. Nicht so sehr für das Publikum als für mich selber. Es reicht schon, daß man eine verhöhnte Frau ist.«
»Wieso verhöhnt?«
»Die Verhöhnungen der Jahre«, sagte sie, und wir haben beide gelacht, und sie hat mich zur Tür geleitet.
»Komm mich wieder besuchen.«
Ich bin wiedergekommen. Ich spürte, daß sie niemanden hatte, was oft der Fall ist, wenn man jemand Bekanntes gewesen ist und es jetzt nicht mehr ist. Ich mußte immer Apfelmost mit ihr trinken, und sie erzählte mir von ihren Erfolgen, wenn der Krieg und die Besatzung nicht gekommen wären, wäre sie eine nationale Berühmtheit geworden, wie die Piaf. Sie spielte mir ihre Platten vor, und das ist eine gute Art, miteinander zu reden, wenn man sich nichts zu sagen hat, man hat dann gleich etwas gemeinsam. Ich erinnere mich an ein Chanson von Monsieur Robert Malleron, Musik von Juel und Marguerite Monnot, denn man darf auch die nicht vergessen, die einem ihr Talent schenken. Während sich die Platte dreht, trällerte Mademoiselle Cora vergnügt mit:

Il avait un air très doux
Des yeux rêveurs un peu fous
Aux lueurs étranges
Comme bien des gars du Nord
Dans les cheveux un peu d'or,
Un sourire d'ange...

Er hatte ein sehr sanftes Gesicht / verträumte Augen voller Licht / Mit etwas irrem Glanz / Wie viele Jungens aus dem Norden / In den Haaren ein wenig Gold / Ein Engelslächeln...

Mademoiselle Cora lächelte mich beim Singen an, als ob ich der betreffende Junge gewesen wäre, aber das tut man immer für sein Publikum.

Il avait un regard très doux,
Il venait de je ne sais où...

Er hatte einen sehr sanften Blick / er kam ich weiß nicht woher...
Sie lächelte mich an, aber ich wußte genau, daß es nicht persönlich war, trotzdem war ich ein wenig verlegen.
Einmal hat sie mich gefragt:
»Und König Salomon? Bist du sicher, daß er dich nicht zu mir schickt? Er macht gern Geschenke, wie es scheint!«
»Nein, Mademoiselle Cora, ich komme ganz von allein.«
Sie trank ein wenig Apfelmost.
»Er wird bald fünfundachtzig, der Mensch.«
»Ja. Ein ganz schönes Alter.
»Er würde gut daran tun, sich zu beeilen.«
Mir war nicht ganz klar, warum Monsieur Salomon sich beeilen sollte, in seinem Alter. Im Gegenteil, er tat gut daran, sich nicht zu überschlagen. Ich mochte ihn gern und wollte ihn solange wie möglich am Leben sehen.

VII

Ich habe Mademoiselle Cora eine ganze Weile nicht wiedergesehen, zwei oder drei Wochen. Ich dachte manchmal an sie, es ist hart für eine Frau, sich vom Leben ausplündern zu lassen, und vor allem für jemanden, der einmal die Gunst des Publikums genossen hat. Eines Abends hat sie bei *S. O. S.* angerufen, damit sie mich als Taxifahrer bekam, aber es war nicht meine Fahrt, und Tong, der hin war, hat mir gesagt, daß ihr das überhaupt nicht

geschmeckt hat und daß sie kein Wort mit ihm gesprochen hat, nur um ihn auszufragen, was ich so im Leben tat, ob es stimmte, daß ich Autoschlosser sei, und was ich mit dem *S. O. S.* zu tun hätte, wo man doch intellektuelle Kompetenzen und psychologische Schulung haben müßte, die ich nicht hätte. Darüber mußte ich lachen, und ich habe mich erinnert, daß Monsieur Salomon mich gefragt hatte, ob ich im Gefängnis gewesen sei. Man beurteilte mich eben nach meinem guten Aussehen. Tong hatte ihr erklärt, daß ich die Art von Bursche sei, die sich nicht auf sich selber konzentrieren kann, und daß ich Probleme mit der Umwelt hätte. Das stimmte, und es stimmte auch, daß ich mich ungemein für die anderen Gattungen interessierte, und vor allem für die, die vom Aussterben bedroht waren, und daß ich aus diesem Grunde eine Zuneigung zu Monsieur Salomon gefaßt hatte. Er hatte versucht mit Mademoiselle Cora über die östliche Religion zu sprechen, wo das Leben als etwas Heiliges angesehen wird, und daß nicht nur bei den Kühen gleichen Namens, wie in Indien, sondern bis zur kleinsten Fliege. Mademoiselle Cora hatte das nicht interessiert, sie dachte an etwas anderes, und er hatte die Unterhaltung aufgegeben, um ihr nicht auf den Wecker zu gehen. Wir haben nachher in unserer Bude drüber geredet, und Chuck, der an dem Tisch am Fenster studierte, hat uns gefragt, worum es ginge. Ich habe es ihm ein bißchen erklärt.
»Es ist eine Person, die auf die fünfundsechzig oder noch mehr zugeht und die früher jemand Bekanntes war. Sie ist lustig, denn sie hat sich noch alle ihre Gewohnheiten bewahrt.«
»Was für Gewohnheiten?«
»Na ja, jung und schön zu sein. Eben zu gefallen. Es gibt welche, bei denen vergeht alles, nur das nicht.«
»Es gibt nichts Traurigeres als eine Frau, die sich festklammert.«
»Also da bist du völlig auf dem Holzweg. Mademoiselle Cora klammert sich nicht fest, sie benimmt sich auch nicht affektiert, sie besitzt noch ihre ganze Würde. Ihr Gesicht ist natürlich etwas verwüstet, schließlich ist die Zeit drüber hinweggegangen, wie's normal ist, und bestimmt hat ihr Monsieur Salomon deshalb eingemachte Früchte aus Nizza geschickt. Es hat den Anschein, daß sie ihm während der Besatzung das Leben als Jude gerettet hat.«
»Ach, der!« sagte Chuck, der Monsieur Salomon als Phänomen

sehr mochte. »In der Zentrale haben sie mir erzählt, daß er jeden Monat für mindestens eine Million spendabel ist, und zwar immer für die Alten, die Vormaligen, wie er sie nennt. Er denkt doch nur an sich selber.«

»Wenn du damit sagen willst, daß er weiß, was es heißt, sehr alt und allein zu sein . . .«

»Bei dem ist es reiner Machtwille. Bei den Wohltätern ist immer das Bedürfnis vorhanden zu herrschen. Er war so lange Hosenkönig gewesen, daß er sich jetzt ganz schlicht für einen König hält. Für König Salomon. Wie der andere, der aus der biblischen Zeit.«

Als Chuck weggegangen war, habe ich im Lexikon nachgesehen. Ich habe herausgefunden, daß der andere König Salomon der Nachfolger Davids war, der Festungen baute, seine Armee mit Streitwagen ausrüstete und sich Verbündete sicherte, aber er ist trotzdem gestorben und ist nichts und niemand geworden. Im Lexikon stand auch, daß seine Weisheit im ganzen Orient und im Alten Testament sprichwörtlich geblieben ist. Er war auch berühmt wegen seiner Prachtentfaltung, und darin glich er wieder Monsieur Salomon, der ja auch seine Geschenke herabregnen ließ. Manchmal dachte ich daran, wenn ich jemandem, der nichts mehr erwartete, Geschenke von ihm brachte. Es gab welche, die waren so daran gewöhnt, daß man sie vergessen hatte, daß sie, wenn man anonyme Gaben vor ihrer Tür abstellte, glaubten, sie seien vom Himmel herabgefallen, und daß es da doch jemanden gab, der sich an sie erinnert hatte. Ich finde nicht, daß das Machtwille und Größenwahn ist, aber vielleicht hat Chuck recht, wenn er sagt, daß es bei Monsieur Salomon eine höfliche Art ist, den Himmel zu kritisieren und ihm Gewissensbisse zu verursachen.

Eines Tages habe ich mit Mademoiselle Cora, die mich am Tag zuvor bestellt hatte, Besorgungen gemacht, und ich habe ihr geholfen, die Pakete hinaufzutragen. Ich durfte wieder Apfelmost trinken, und als ich gehen wollte, hat sie zu mir gesagt:

»Setz dich. Ich muß mit dir reden.«

Ich habe mich auf einen Stuhl gesetzt, sie auf den weißen Polsterhocker, und ich habe gewartet, während sie in kleinen Schlucken ihren Apfelmost trank und mit besorgter und sogar ernster Miene nachdachte, als ob sie mir ein Geschäft vorschlagen wollte.

»Hör zu, Jeannot. Ich habe dich genau beobachtet. Aus diesem Grund habe ich dich ein paarmal kommen lassen, um sicher zu sein. Du hast das richtige Gesicht. Ich habe das sofort gesehen. Du hast das, was man den animalischen Magnetismus nennt. Glaub mir, ich kenne mich da aus. Ich bin vom Bau, ich bin überall rumgekommen. Solche Gesichter gibts heute beim Schauspiel nicht mehr. Es ist Show-Business geworden, es ist ausgestorben. Seit dem jungen Gabin hat es nichts mehr gegeben. Belmondo hätte gekonnt, aber er hat an Bedeutung verloren. Lino, ja, aber der ist übers Alter hinaus. Ich werde mich um dich kümmern. Ich werde einen Star aus dir machen, du wirst die Leinwand sprengen. Den animalischen Magnetismus gibts nicht mehr. Das sind doch jetzt alles aufgedonnerte Nieten. Fliegengewicht. Laß mich nur machen. Ich denke schon lange daran, mich um jemanden zu kümmern, ihm eine Chance zu geben. Bloß, die Jungen, die ich sehe, der reinste Schund. Es gibt keine echten Kerle mehr. Du hast die Anlagen dazu. Ich habe es gleich gespürt, als ich dich zum erstenmal gesehen habe. Ich kann dir helfen.«
Ich saß ganz schön in der Klemme. Es ist kein angenehmes Gefühl, wenn man sieht, wie ein alter Mensch in einer solchen Notlage ist, daß er einem das Angebot macht, einem zu helfen. Sie konnte nicht mehr für sich selber träumen, also begann sie an meiner Stelle zu träumen. Die Berühmtheit, die Schlangen vor den Kinos, überall Fotos. Das hätte sie noch gern für sich gehabt, aber es war zu spät.
»Du bist ein echtes Naturtalent, Jeannot. Du hast das richtige, volkstümliche Gesicht. Das ist etwas, was immer seltener wird, das verschwindet, ich weiß auch nicht warum. Schau doch nur, sobald es um körperliche Arbeit geht, da findest du keine Franzosen mehr. Algerier, Schwarze, alles, was du willst, aber keine Franzosen. Auf der Bühne, im Film, nur noch Schwächlinge. Sie haben keinen Atem, keinen Schweiß, nichts in den Eingeweiden, sie haben kein Viertel, keine Straße hinter sich. Gib mir ein oder zwei Jahre Zeit und alle Produzenten werden dir zu Füßen liegen.«
Da saß ich mit meinem blödesten Lächeln, und ich preßte sogar die Knie zusammen, wie ein richtiges junges Mädchen. Ich wußte genau, daß sie nur ein wenig auf meine Kosten träumte und daß man sie vor allen Dingen nicht entmutigen durfte, denn

als unbezahlter Freiwilliger kann man nichts Besseres tun, als den Leuten beim Träumen zu helfen.

»Weißt du, die Piaf hat den Aznavour gemacht, sie hat den Montand gemacht, sie hat den... den, na ja, den andern da gemacht, ich erinnere mich nicht mehr an den Namen, so vielen Kerlen hat sie geholfen. Es gibt nichts Schöneres, als einem jungen Menschen zu helfen.«

»Hören Sie, Mademoiselle Cora, ich will ja gern, aber...«

»Aber was?«

Sie hat höhnisch gelacht.

»Nein, nun mach aber keinen Witz, du wirst dir doch nicht etwa so was einbilden? Du wirst dir doch wohl nicht einbilden, daß ich in meinem Alter Schweinereien im Sinn habe? Kerle habe ich genug gehabt, daran hats in meinem Leben nicht gefehlt. Diese Dummheiten habe ich schon lange hinter mir. Ich werde zwanzig Prozent von deiner Gage nehmen, und damit hat sich's. Nicht zehn, wie die andern, sondern zwanzig, denn ich werde Unkosten haben.«

Ich war völlig einverstanden damit, ihr zu helfen. Ich bin immer bereit gewesen, alles mögliche zu machen, um zu mildern, wenn was leidet. Ich hab' nun mal diesen Tick, den Schutz der Natur und der von der Umwelt bedrohten Arten, und es ist nichts dagegen zu machen. Ich weiß nicht, wo ich das herhabe. Chuck sagt, daß ich der erste Christ gewesen wäre, wenn es das gäbe. Aber ich glaube, es ist aus reinem Egoismus, und ich denke nur an die andern, um nicht an mich selber zu denken, weil mir das die meiste Angst auf der Welt macht. Sobald ich an mich selber denke, überfällt mich die Angst.

»Ich bin ziemlich einverstanden, Mademoiselle Cora. Ich bin ein großer Kinonarr.«

»Du brauchst mir nur zu vertrauen. Ich kenne viele Leute beim Film. Aber man darf es nicht zu eilig haben, verstehst du, so was läßt sich nicht übers Knie abbrechen. Besuch mich ab und zu, und außerdem muß ich immer wissen, wo ich dich erreichen kann, falls sich eine Gelegenheit bietet. Du kannst Millionen verdienen, und überall wird dein Foto hängen. Glaub mir, ich habe einen Riecher für diese Dinge.«

Sie war zufrieden.

»Ich habe das sofort gesehen. Du hast das, was man ein Gesicht zum Verlieben nennt.«

»Es gibt so einen Film mit Jean Gabin, *Ein Gesicht zum Verlieben.*«
»Gabin habe ich vor dem Krieg kennengelernt, als er *Pépé le Moko* drehte. Mireille Balin war eine Freundin von mir. Die hat man auch vergessen, sie ist unbekannt gestorben. Du hast es gut getroffen, Mann. Du konntest es gar nicht besser treffen. Du hast wirklich Schwein.«
Damit es realistischer wirkt, habe ich vorsichtig gesagt:
»Mal abwarten.«
Und ich habe sogar noch hinzugefügt, um zu zeigen, daß ich daran glaubte:
»Zwanzig Prozent, meinen Sie nicht, daß das etwas viel ist?«
»Ich werde Unkosten haben. Als erstes muß ich dir mal ein paar gute Fotos machen lassen. Und das nicht von irgendwem.«
Sie ist ihre Handtasche holen gegangen. Wenn sie auf ihren hohen Absätzen ging, war sie noch sehr weiblich. Sie hatte keine steifen Beine wie eine Person ihres Alters, und sie hielt eine Hand auf die Hüfte, wenn sie sich bewegte. Man sah es nur im Gesicht. Sie hat Geldscheine aus ihrer Handtasche genommen und hat sie mir hingehalten, einfach so, ohne sie zu zählen. Ich bekam regelrechte Bauchschmerzen, und nur mit Mühe habe ich mein allseits bekanntes Lächeln im Gesicht behalten können. Es war bei ihr wirklich Panik, und sie würde selbst die größte Dummheit machen, um noch ein wenig daran zu glauben.
»Da. Ich kenne einen guten Fotografen, Simkin. Ich glaube, daß er noch lebt. Er ist der beste. Er hat sie alle groß herausgebracht. Raimu, Gabin, Harry Baur und noch viele andere Stars.«
Ihre Stimme zitterte. Es war fast, als würde sie mich um Almosen bitten, als sie mir den Zaster hinhielt. Ich habe ihn eingesteckt.
»Sprechunterricht werde ich dir keinen geben lassen, das auf keinen Fall. Du hast die Stimme, die man braucht. Die richtige, die noch nach Paris riecht, die von der Straße kommt, und so muß sie auch bleiben. Mit Sprechunterricht, das wäre, als würde man dich kastrieren. Und jetzt hau ab. Und mach dir keine Gedanken ...«
Darauf hat sie etwas Ungeheueres gesagt.
»Ich werde dich nicht im Stich lassen.«
Ich bin weggegangen. Ich bin in eine Kneipe eingekehrt und habe

mir zwei Cognac genehmigt, um mich aufzumöbeln, und wenn es möglich gewesen wäre, wäre ich auf der Theke verblutet. Es war wie ein Hund im Tierheim, der einen durch das Gitter hindurch ansieht. Sie haben das im Blick. Was Flehendes. Bei den Schweinehunden nennt man das Sentimentalität.

VIII

Ich habe Mademoiselle Cora zehn Tage lang nicht gesehen. Sie hatte mich dreimal beim *S. O. S.* angerufen, aber ich wollte Zeit verstreichen lassen, um sie nicht allzusehr an mich zu gewöhnen. Man durfte sie nicht allzusehr zum träumen ermuntern, nur ein wenig, weil man hinterher immer auf die Schnauze fällt. Ich dachte oft an sie, ich hätte ihr gern geholfen, einen öffentlichen Ort zum Singen zu finden, wieder auf den Brettern zu stehen, wie sie das nennen. Einmal wurde ich einen Tag im voraus von Monsieur Salver bestellt, dem großen Produzenten, der mich sehr mochte, wir sprachen während der Fahrt immer über Kino, ich hatte im Mac-Mahon gerade *Die Entensuppe* gesehen, wo es diese Sequenz fürstlicher Verachtung gibt, wenn die Kanonenkugel durch ein Fenster hereinfliegt und das Zimmer durchquert und Groucho mit der Zigarre auf einen Stuhl springt und den Vorhang vorzieht, um die nächste Kugel am Eindringen zu hindern. Eine solche Haltung zeigt unsichtbare Verachtung, das ist einfach Spitze. Man muß schon unerhörten und verdammten Schneid haben, um die Kanonenkugeln und die Todesgefahr so zu behandeln, und Groucho hatte den mehr als irgend jemand sonst. Wenn es etwas gibt, was der Tod über alles haßt, dann wohl, wenn man ihn von oben herunter, mit fürstlicher Verachtung, behandelt, und genau das hat Groucho Marx getan. Er ist übrigens tot. Nun, als ich dann Monsieur Salver in meinem Taxi hatte, um ihn nach Roissy zu fahren, haben wir Muße gehabt, miteinander zu reden, und ich habe die Gelegenheit genutzt, ihn zu fragen, ob er einen Star des Vorkriegs-Chansons kenne, der Cora Lamenaire hieß. Monsieur Salver ist selber von vorm Krieg, und er hat sich sein ganzes Leben lang mit Film und Bühne beschäftigt.
»Cora Lamenaire? der Name sagt mir was.«

»Sie war realistische Sängerin.«
»Ist sie tot?«
»Nein, aber sie singt nicht mehr. Ich glaube, es ist nur, weil es soviel Unglück in ihren Chansons gibt. Das ist nicht mehr modern.«
»Cora Lamenaire, Cora... Aber ja, Mensch! Es war in den dreißiger Jahren, zur Zeit von Rina Ketty. *Komm zurück, ich warte auf dich*... Gibt es sie noch?«
»Sie ist gar nicht so alt, Monsieur Salver. Fünfundsechzig, sechsundsechzig Jahre, wenns hoch kommt.«
Er lachte.
»Jünger als ich auf jeden Fall... Warum? Kennen Sie sie?«
»Ich würde ihr gern helfen, daß sie wieder singen kann, Monsieur Salver. Vor einem Publikum. Könnten Sie nicht irgendwo ein Engagement für sie finden?«
»Das Chanson gehört heute den Jungen, mein Lieber, wie alles andere auch.«
»Ich glaubte, die Nostalgie sei in Mode.«
»Das ist auch vorbei.«
»Ist es teuer, einen Saal zu mieten?«
»Man muß ihn auch füllen, und das Publikum würde sich bestimmt nicht eine alte Dame ansehen, die niemand kennt.«
»So ein kleiner Saal in der Provinz, für ein einziges Mal, das kann doch kein Vermögen kosten. Ich habe Ersparnisse. Und ich habe einen Freund, der über finanzielle Mittel verfügt, König Salomon, Sie wissen doch...«
»König Salomon?«
»Ja, er war vorher Hosenkönig. Konfektion. Er ist sehr großzügig. Er läßt seine Wohltaten gern herabregnen, wie man sagt.«
»Sieh an. Wo sagt man das denn? Ich kannte diesen Ausdruck gar nicht.«
»Er ist ein Mann von großer Freigebigkeit. Man könnte vielleicht einen Saal mieten und ein Publikum zusammenbekommen. Es ist eine Sauerei, Monsieur Salver, daß man die Leute vergißt, die existiert haben, wie Rita Hayworth, Hedy Lamarr oder Dita Parlo.«
Monsieur Salver schien betroffen.
»Na, sagen Sie mal, Sie haben aber ganz schön Mitleid, als Kinonarr!«
»Man könnte sie vielleicht wieder singen lassen, wenigstens einmal, ich bin bereit, die Miete zu bezahlen.«

Ich sah Monsieur Salvers Gesicht im Rückspiegel. Er machte große Augen.
»Mein Freund, Sie sind der erstaunlichste Taxifahrer, dem ich je begegnet bin!«
Ich habe höhnisch gelacht.
»Das mache ich absichtlich, Monsieur Salver. Das bringt mir Kunden.«
»Ich mache keine Witze. Erstaunlich! Allein, daß Sie die Namen von Hedy Lamarr und ... der andern ...«
»Dita Parlo.«
»Ja. Aber lassen Sie diese arme Frau in Ruhe. Sie wird nämlich ganz unheimlich auf die Schnauze fallen und sich nicht mehr davon erholen. Lassen Sie ihr ihre Erinnerungen, das ist viel besser. Übrigens war sie eine zweitrangige Sängerin.«
Ich habe den Mund gehalten, um ihn nicht aufzuregen, aber das hat mir gar nicht behagt. Er kannte kaum den Namen von Mademoiselle Cora und konnte folglich auch gar nicht wissen, ob sie erst-, zweit- oder drittklassig war. Wenn man jemanden völlig vergessen hat, hält man besser das Maul. Und Mademoiselle Cora hatte noch ihre ganze Stimme, eine komische Stimme, so was Rauhes drin, lustig. Ich verstand nicht, worüber er sich ein Urteil erlaubte.
Es hat mich wirklich niedergedrückt, daß ich Mademoiselle Cora nicht zurückholen konnte und daß sie nicht mehr neu werden konnte. Monsieur Salver war vielleicht ein großer Produzent, aber er war kein richtiger Kinonarr, denn er hat sich nicht einmal an Dita Parlo erinnert. Ich war wütend, und ich habe nicht mehr mit ihm gesprochen. Ich habe ihn am Flughafen abgesetzt, und danach habe ich den Wagen in der Garage gelassen für Tong, ich habe mein Moped genommen und bin in die Stadtbücherei von Ivry gefahren, wo ich mir ein dickes Wörterbuch geben ließ. Ich habe vier Stunden damit zugebracht, Wörter voller Bedeutungen zu lesen. Ich bin ein Wörterbuch-Fan. Es ist der einzige Ort auf der Welt, wo alles erklärt wird und wo Geistesfrieden herrscht. Sie suchen Gott, und Sie finden ihn, mit Beispielen versehen, damit weniger Zweifel auftauchen: *übermenschliches, meist unsterbliches, kultisch verehrtes Wesen, Gegenstand des religiösen Glaubens, erstes, höchstes Wesen im Christentum, Schöpfer der Welt*, so stehts da in vollem Wortlaut, man braucht nur nachzusehen zwischen *Gotlandium* und *Götze, als Gottheit verehrtes*

Wesen oder Bild; falscher Gott, Abgott. Oder ein anderes Wort, das ich sehr mag und an dem ich mich oft in meinem Taschenwörterbuch ergötze, das ich im Taxi immer bei der Hand habe, *unsterblich, nicht sterblich, ewig lebend, dauernd*, es ist ein Wort, das mir immer wieder Freude macht, es ist gut zu wissen, daß es da im Wörterbuch steht. Das möchte ich Mademoiselle Cora und Monsieur Salomon verschaffen, und ich glaube, daß ich ihm zu seinem fünfundachtzigsten Geburtstag ein Wörterbuch schenken werde.

IX

Jeden Abend um sieben Uhr ging ich in die Rue Ménil, um auf Aline zu warten. Sie lächelte mich immer an, wenn sie vorüberging, einfach so, freundlich. Und dann hat sie ganz plötzlich aufgehört, mich anzulächeln und ging an mir vorbei, den Blick geradeaus gerichtet, als ob sie mich nicht mehr sähe. Das war ein gutes Zeichen, das hieß nämlich, daß sie mich jetzt wirklich beachtete. Ich wollte ihr nicht nachsteigen, ich ließ die Sache reifen. Es ist immer gut, wenn man etwas hat, das man sich vorstellen kann. Es stimmt zwar, daß es manchmal zu hoch hinausgeht und man hinterher auf die Schnauze fällt. Ich habe oft festgestellt, daß es da was mit der Wirklichkeit gibt, die noch nicht bereit ist. Und eines Abends ist sie herausgekommen, und sie ist geradewegs auf mich zugegangen, als ob sie wüßte, daß ich da bin, als ob sie daran gedacht hätte.
»Guten Tag. Wir haben ein neues Wörterbuch bekommen, das Sie interessieren könnte. Es ist ganz auf den neusten Stand gebracht.«
Sie hat gelächelt.
»Aber wenn Sie natürlich nicht wissen, was Sie eigentlich suchen...«
»Das ist doch normal, oder nicht? Wenn man weiß, was man sucht, dann ist das fast so gut, als hätte man es gefunden...«
»Sind Sie Student?«
»Ich? Nein. Na ja, schon, so wie jeder... Ich bin Autodidakt.«
Ich habe gelacht, um die Lage zu entschärfen.

»Ich habe einen Kumpel, Chuck, der sagt, daß ich ein Autodidakt der Angst bin.«
Sie hat mich eingehend betrachtet. Von Kopf bis Fuß. Einer von diesen Blicken, die einen ausziehen. Es fehlte nur noch, daß sie mich um eine Urinprobe bat.
»Interessant.«
Und dann ist sie weggegangen. Ich habe dagestanden und mich gewunden. Interessant. Scheiße.
Ich habe schlecht geschlafen, und am nächsten Morgen ging ich Monsieur Salomon abholen, um ihn wie ausgemacht zum Zahnarzt zu fahren. Er hatte den Entschluß gefaßt, sich die Zähne von vorn bis hinten überkronen zu lassen, um neu auszusehen. Er hatte mir erklärt, daß man jetzt Jacketkronen mache, die zwanzig Jahre und länger halten konnten, dank dem Fortschritt auf dem Gebiet der Jacketkrone. Monsieur Salomon wäre also hundertundzehn Jahre alt geworden, wenn er sie noch einmal hätte wechseln müssen. Ich habe nie einen Kerl gekannt, der so entschlossen war, nicht zu sterben, wie ihn. Die neuen Jacketkronen würden ihn zweieinhalb Millionen kosten, und ich fragte mich, wozu sie ihm dort, wo er erwartet wurde, wohl nützen mochten. Er läßt sich alles nach Maß und von bester Qualität machen, als ob es sich noch lohnte. Wenn man sieht, wie er sich vor seinem Spiegel fertig macht, könnte man meinen, daß er noch gefallen will, so wie ein Mann einer Frau gefällt. Er steckt sich eine dicke Perle an die Krawatte, um sich größeres Ansehen zu geben.
Ich habe ihm von Mademoiselle Cora erzählt, während er sich fertig machte.
»Ach ja, richtig, ich hatte sie ganz vergessen ... Wie ist das denn ausgegangen zwischen euch?«
»Sie hat gesagt, daß ich ein Äußeres habe wie in ihren Chansons und daß ich sie an jemanden erinnere. Sie hat mir ihre Schallplatten vorgespielt, wo nur vom Unglück der kleinen Leute die Rede ist. Das war zwar noch vor ihrer Zeit, aber gerade davon singt sie gern. Von den Apachen aus der Rue de Lappe, von dem letzten Musette-Walzer und am Ende einer Kugel im Herzen. Ich finde, daß es eher eine gute Zeit war, denn sie hatten sicherlich nicht viele echte Sorgen, wenn sie sich solche Geschichten erfunden haben.«
Monsieur Salomon schien amüsiert. Er hat sogar still und

hochzufrieden vor sich hin gelächelt, als hätte ich ihm eine Freude gemacht. Und dann begann er zu meiner Überraschung aus vollem Herzen zu lachen, wie ich das nie bei ihm erlebt habe, wonach er erklärte:

»Die arme Cora. Sie hat sich nicht geändert. Das habe ich mir doch gedacht. Ich habe mich nicht geirrt.«

Da ist mir klargeworden, daß er Mademoiselle Cora besser kannte, als er zugeben wollte. Ich habe mich erinnert, daß sie ihm unter den Deutschen das Leben als Jude gerettet hat, und ich hatte sehr gern begriffen, warum er ihr das nachtrug, als ob es etwas gewesen wäre, was man nicht tut.

»Ich glaube, Sie sollten sie auch weiterhin besuchen.

Ich habe ihn gefragt, ob Mademoiselle Cora wirklich jemand Bekanntes war.

»Ich glaube, sie ist ziemlich bekannt gewesen. Es gibt nichts Traurigeres als die Berühmtheit und die Lobhudelei der Menge, wenn man sie nicht mehr hat. Bringen Sie ihr also ab und zu einen Blumenstrauß, das wird ihr Freude machen... Hier...«

Er nahm einige Hundert-Francs-Scheine aus der Brieftasche und hielt sie mir zwischen zwei Fingern hin.

»Sie hat es bestimmt ziemlich schwer. Die Jahre vergehen, und wenn man niemanden hat... Sie hatte eine hübsche Karriere gemacht, mit ihrer seltsamen, etwas rauhen, etwas rostigen Stimme...«

Er schwieg, als wolle er in seinen Erinnerungen der ein wenig rauhen, ein wenig rostigen Stimme von Mademoisellle Cora lauschen.

»Ich habe neulich auf dem Flohmarkt eine ihrer alten Schallplatten aufgetrieben. Ich bin ganz zufällig draufgestoßen. Sie hatte ihre persönliche Art. Es ist nicht leicht, sich zu vergessen, wissen Sie. Ja, bringen Sie ihr Blumen, das wird ihr helfen, sich zu erinnern. Sie hätte eine recht hübsche Karriere machen können, aber sie hatte ein dummes Herz.«

»Ich wüßte auch nicht, wie man ein anderes Herz haben kann, Monsieur Salomon. Wenn man kein dummes Herz hat, dann nur, weil man überhaupt kein Herz hat.«

Er schien überrascht und hat mich einen Augenblick lang aufmerksam betrachtet, was mich auf den Gedanken brachte, daß er mich noch nie richtig bemerkt hatte.

»Das ist ziemlich richtig, ziemlich wahr, Jeannot. Aber ein

dummes Herz haben ist eins, und ein völlig idiotisches Herz haben ist was anderes. Ein idiotisches Herz kann viel Unglück verursachen, und nicht für einen selber... auch für die andern. Das kann ein Leben zerstören oder gar zwei. Ich habe sie kaum gekannt.«
»Es hat den Anschein, als hätte sie ihnen das Leben gerettet, Monsieur Salomon.«
»Was?«
»Ja, es hat den Anschein, daß sie Ihnen das Leben als Jude gerettet hat, unter den Deutschen.«
Ich hätte das nie sagen dürfen. Mir ist jetzt noch kalt am Hintern, wenn ich nur dran denke. Ich habe geglaubt, Monsieur Salomon bekäme einen Herzanfall. Er ist steif geworden, sein Kopf wurde von einer Art krampfhaftem Zittern geschüttelt, und dabei ist er ein Mann, der nie zitterte, im Gegenteil. Sein Gesicht ist grau geworden, und dann ist es steinern geworden, so hart, daß ich schon den Augenblick vorausgesehen habe, wo es sich nie wieder bewegen würde, als ob ich ein historisches Denkmal draus gemacht hätte. Seine Augenbrauen stießen fast zusammen, seine Kiefer waren zusammengepreßt, seine Miene drückte einen solch unversöhnlichen Grimm aus, daß ich darauf gefaßt war, er würde in seinem erhabenen Zorn Blitze herabschleudern.
»Monsieur Salomon!« brüllte ich. »Machen Sie nicht so ein Gesicht, Sie machen mir Angst!«
Er hat sich ein wenig entspannt und dann noch etwas mehr, und dann hat er still gelacht, was mir aber auch nicht gefallen hat, denn es war ein sehr bitteres Lachen.
»Ja, natürlich, sie erzählt alles mögliche«, sagte er. »Bringen Sie ihr trotzdem Blumen.«
Er stand aus seinem Sessel auf, wobei er sich ein wenig mit beiden Händen half, aber ohne allzu große Anstrengung, und er machte ein oder zwei Schritte, um sich zu entspannen. Er stand mitten in seinem großen Büro, mit seinem grauen Anzug und den Glencheck-Karos. Er nahm seinen tadellosen Hut, seine Handschuhe und seinen Stock mit dem silbernen Pferdekopfknauf, denn Monsieur Salomon war nebenbei ein Freund von Pferderennen. Er überlegte noch einen Augenblick, wobei er auf seine Füße schaute.
»Na ja, das sind Dinge, die vorkommen können«, sagte er, aber er gab nicht weiter an, was für Dinge, denn es würde gar kein

Ende mehr nehmen, wenn man alle Dinge aufzählen müßte, die vorkommen können.
Er seufzte und wandte sich ein wenig dem Fenster zu, das auf den Boulevard Haussmann geht und auf eine Tanzschule auf der andern Seite im zweiten Stock über dem Friseur. Man sah Paare, die seit fünfzig Jahren tanzten, als Monsieur Salomon hier seine Wohnung gewählt hatte, zu Anfang seiner großen Erfolge im Hosengeschäft. Er sagte, daß er verblüfft sei, wenn er an alles das denke, was in der Welt und anderswo während dieser Zeit passiert sei, ausgenommen die Sonntage, denn da war geschlossen. Man hörte die Musik nicht, man sah nur die Paare, die tanzten. Die Tanzschule war von einem Italiener aus Genua gegründet worden, den Monsieur Salomon gut gekannt hatte, als er noch lebte und der 1942 aus antifaschistischen Gründen Selbstmord begangen hatte, während die Nachbarn ihn für einen gewöhnlichen Gigolo hielten. Monsieur Salomon hatte ein Bild von ihm in einem Rahmen aus massivem Silber auf seinem Philatelistenschreibtisch stehen, denn er hätte in ihm einen Freund haben können, wenn da nicht die historischen Ereignisse gewesen wären, während denen er als Jude vier Jahre in einem Keller auf den Champs-Elysées saß und der andere sich aufhängte. Niemand glich weniger einem Antifaschisten als dieser Monsieur Sylvio Bodini. Er hatte das Haar voller Pomade mit einem Scheitel in der Mitte, und er hätte Rudolf Valentino gleichen können, wenn er nicht so häßlich gewesen wäre. Er hatte den Keller an den Champs-Elysées für Monsieur Salomon besorgt, bevor er sich aufhängte, und das hatte ewige Freundschaftsbande und Dankbarkeit zwischen ihnen geschaffen. Monsieur Salomon erzählte, daß er sich auffällig anzog mit rosa Hemden und daß er eher klein war für einen Mann, der von den Frauen lebte, denn darüber gab es keine Zweifel. Erst später fand man heraus, daß er in Wirklichkeit Antifaschist war, wegen einer verbotenen Druckerpresse, die man unter dem Vichy-Regime gefunden hatte. Aber die Tanzschule wurde von anderen weitergeführt.
Man wird sich vielleicht wundern, daß ich hier an ihn erinnere, während es soviel anderes Unglück auf der Welt gibt, das darauf wartet, an die Reihe zu kommen, doch man muß sich immer ins Gedächtnis rufen, daß ein Menschenleben irgendwo anfängt und aufhört, deshalb darf man nicht allzu sehr darauf zählen.
»Sie müssen sie besuchen, Sie müssen sie besuchen«, sagte

Monsieur Salomon noch einmal zerstreut, wobei er in der einen Hand seinen eleganten Hut hielt und in der andern seine Handschuhe und seinen Pferdestock, schon bereit, die Örtlichkeit zu verlassen, und mit den Augen noch den Paaren folgend, die sich seit fünfzig Jahren in der Tanzschule drehten. Er setzte mit einer schwungvollen, schneidigen Bewegung seinen Hut auf, etwas schief, wegen der besseren Wirkung, und dann sind wir hinausgegangen, um zum Zahnarzt zu fahren, zu dem er ging, um sich unveränderliche Jacketkronen machen zu lassen, die somit sein ganzes Leben lang halten würden. Im Taxi machte Monsieur Salomon, während er auf dem Rücksitz hin und her schaukelte, Hände und Handschuhe auf den schönen Kopf seines Pferdes gestützt, eine Bemerkung.

»Wissen Sie, was man entdeckt, mein kleiner Jean, wenn man sich anschickt, das Alter am Horizont hervorbrechen zu sehen, wie das bei mir bald der Fall sein wird?«

»Aber Monsieur Salomon, Sie haben doch noch Zeit, ans Alter zu denken.«

»Man muß daran denken, um sich an diese Perspektive zu gewöhnen. Ich werde im Juli – falls nichts Unvorhergesehenes dazwischenkommt – wahrscheinlich vierundachtzig Jahre alt werden, und da muß ich mich eben mit dem Gedanken vertraut machen, daß mich das Alter am Ende erwartet. Anscheinend gibt es da Löcher im Gedächtnis, Zustände des Halbschlafs, man interessiert sich nicht mehr für die Frauen, aber das ist natürlich das, was man die innere Ruhe und den Seelenfrieden nennt, und das hat auch sein Gutes.«

Wir haben uns beide krumm und schief gelacht. Ich glaube, das Beste, was die Ausrottung den Juden hinterlassen hat, ist der Humor. Als Kinonarr bin ich sicher, daß das Kino viel verloren hätte, wenn die Juden nicht gezwungen gewesen wären, zu lachen.

»Weißt du, was man entdeckt, wenn man alt wird, Jeannot?« Es war das erstemal, daß Monsieur Salomon mich duzte, und ich war richtig gerührt darüber, ich hatte ihn noch nie jemanden duzen hören, und das tat mir wohl.

»Man entdeckt seine Jugend. Wenn ich dir sagen würde, daß ich, Salomon Rubinstein, so wie ich hier sitze, mich gern in einen Garten setzen würde oder vielleicht sogar in einen öffentlichen Park, vielleicht mit Flieder darüber und Mimosen drumherum, aber das muß nicht unbedingt sein, zärtlich eine Hand in der meinen haltend, dann würden die Leute vor Lachen wie die Fliegen zu Boden fallen.«

Wir haben beide geschwiegen, nur mit dem Unterschied, daß ich überhaupt nicht gesprochen hatte.

»Deshalb möchte ich dir ans Herz legen, diese arme Cora Lamenaire von Zeit zu Zeit zu besuchen«, sagte Monsieur Salomon, nachdem er eine Minute Schweigen gewahrt hatte. »Es gibt nichts Traurigeres als die Vormaligen, Jeannot. Zur Zeit der Französischen Revolution, von der du sicherlich gehört hast, waren die Vormaligen Leute, die nicht mehr das waren, was sie vorher waren. Sie haben ihre Jugend verloren, ihre Schönheit, ihre Lieben, ihre Träume und manchmal sogar ihre Zähne. Einer jungen, beliebten, vergötterten, bewunderten, begünstigten Frau zum Beispiel, die eine Vormalige wird, hat man alles genommen, und sie wird jemand anderes, während sie doch immer sie selber gewesen ist. Alle Köpfe drehten sich nach ihr um, und jetzt dreht sich kein einziger Kopf mehr um, wenn sie vorübergeht. Sie muß Jugendbilder zeigen, um sich zu beweisen. Man sagt hinter ihrem Rücken entsetzliche Wörter: es hat den Anschein, daß sie hübsch *war*, es hat den Anschein, daß sie bekannt *war*, es hat den Anschein, daß sie jemand Bedeutendes *war*. Bring ihr also manchmal Blumen, damit sie sich erinnert. Man muß mitempfinden.«

»Mitleiden, meinen Sie?«

»Nein, keineswegs. Mitempfinden. Das, was man früher die Achtung vor dem andern nannte. Das Mitleid setzt immer ein wenig herab, es hat etwas Herablassendes. Ich weiß nicht viel von dieser Mademoiselle Cora, nur soviel, daß sie eine Schwäche für schwere Jungs hatte und einen meiner Freunde wegen ihrer flatterhaften Liebesaffären sehr unglücklich gemacht hatte, aber wir machen uns alle stets der unterlassenen Hilfeleistung schuldig, und meistens wissen wir dabei nicht einmal, welche Personen davon betroffen sind, wenn wir also eine kennen, wie die Dame, von der wir gerade sprechen, müssen wir unser Menschenmögliches tun, um ihr das Leben erträglich zu machen.«

X

Am nächsten Morgen habe ich einen großen Blumenstrauß gekauft und bin zu ihr gegangen. Ich habe geklingelt, und Mademoiselle Cora hat gerufen, wer ist da? und als ich gesagt habe, daß ich es bin, hat sie die Tür erstaunt aufgemacht. Sie war noch nicht angezogen, und sie hat ihren Bademantel fest zugezogen, wegen der Schicklichkeit.
»Maurice!«
»Ich bin Jeannot«, sagte ich lachend zu ihr, denn sie verwechselte mich.
Sie hat mich auf beide Wangen geküßt, und ich habe ihr die Blumen gegeben. Ich hatte Feldblumen ausgesucht, die wirken natürlicher. Drinnen hörte man Reklame, sie hieß mich eintreten und hat das Radio abgestellt. Sie war lebhaft und bewegte sich wie immer anmutig, eine Hand auf der Hüfte, obgleich das in ihrem Alter etwas nuttenhaft wirkt. Früher war sie sich ihrer Weiblichkeit bestimmt sehr sicher, und das hat sie beibehalten. Es war seltsam, wenn sie sich umdrehte, war sie eine alte Frau. Sie lächelte vor Freude über meine Blumen, und sie atmete sie mit geschlossenen Augen ein, und als sie so ihr Gesicht in den Blumen verbarg, hätte man nie angenommen, daß sie noch aus der Vorkriegszeit war. Die Zeit ist eine schöne Schlampe, sie zieht einem bei lebendigem Leib die Haut ab, wie die Seehundbabyschlächter. Ich habe an die ausgerotteten Wale gedacht, und ich weiß warum: weil das wirklich das größte an Ausrottung ist. Danach hat sie mir sehr fröhlich in die Augen gesehen, und ich bin Monsieur Salomon sehr dankbar gewesen, daß er an sie gedacht hat.
»Das ist aber mal nett, Jeannot! Das war wirklich nicht nötig, du hast dich in Unkosten gestürzt!«
»Es ist für Sie, Mademoiselle Cora, da scheue ich keine Kosten.«
Sie hat mich wieder auf beide Wangen geküßt und meine Wangen waren ganz naß, aber ich habe sie nicht abwischen wollen.
»Komm herein.«
Sie hat die Blumen in die Vase gestellt, dann hieß sie mich auf dem weißen Polsterhocker Platz nehmen, den Sie schon kennen, neben dem Goldfisch in seinem Glas.
Was nützt es eigentlich, einen Goldfisch zu haben, Mademoiselle Cora, man kann ihn ja nicht einmal streicheln.«

Sie hat gelacht.
»Man braucht immer jemanden, der noch kleiner ist als man selber, Jeannot.«
An der Wand hing ein altes Plakat. *Violettes Impériales*, mit Raquel Meller.
»Kennst du sie? Raquel war eine Freundin. Sie half ebenfalls den Jungen. Willst du einen Schluck Most?«
»Nein danke, wirklich nicht.«
Sie ordnete sorgfältig die Blumen. Ich weiß nicht, warum es mich an eine Mutter erinnert hat, die ihre Kinder kämmt. Sie hätte welche haben sollen, es war schade, sie hätte sogar Enkelkinder haben können statt eines Goldfischs.
»Weißt du, ich habe mich um dich gekümmert. Ich habe mit Freunden telefoniert. Sie sind interessiert.«
Sie glaubte, ich sei deshalb mit Blumen gekommen. Auf dem Regal stand ein schönes Foto von Mademoiselle Cora, als sie jung war.
»Sie haben jetzt mahagonibraunes Haar.«
»Kastanienbraunes, man sagt kastanienbraunes, nicht mahagonibraunes. Dieses Foto, das war vor fünfundvierzig Jahren.«
»Sie gleichen sich immer noch sehr.«
»Es ist besser, man denkt nicht daran. Nicht etwa, daß ich Angst vorm Altwerden habe, was sein muß, muß sein, ich bedauere nur, daß ich nicht mehr singen kann. Für ein Publikum singen. Das ist dumm, denn was zählt, ist die Stimme, und nicht das übrige, und meine Stimme hat sich überhaupt nicht verändert. Aber da kann man eben nichts machen.«
»Es hätte schlimmer kommen können. Sehen Sie sich Arletty an, sie ist achtzig Jahre alt.«
»Ja, aber sie hat so viele Erinnerungen mehr als ich, sie hat eine lange Karriere hinter sich. Im Fernsehen sieht man immer noch ihre Filme. Sie hat eine Vergangenheit, mit der sich's leben läßt. Ich habe meine Karriere abbrechen müssen.«
»Warum?«
»Oh, der Krieg, die Besatzungszeit, alles kommt zusammen. Mir haben zwanzig Jahre gefehlt. Die Piaf war mit fünfzig Jahren ein nationales Denkmal, und als sie gestorben ist, hat sie ein Volksbegräbnis bekommen. Ich war dabei. Das Publikum war außer Rand und Band. Bei mir war mit neunundzwanzig Jahren Schluß. Das nennt man Pech. Aber ich werde vielleicht eine

Schallplatte machen, es ist die Rede davon. Wir wären mehrere, um zu versuchen, die Epoche wieder lebendig werden zu lassen, die Jahre fünfunddreißig, achtunddreißig, genau die Zeit vor dem Krieg. Eine Nostalgieplatte. Es ist schwer in meinem Alter, wieder von vorn anzufangen, ohne Publicity, Fernsehen, Fotos kann man nichts mehr machen, und auf den Fotos sieht man es eben. Beim Rundfunk hätte ich noch die meisten Chancen.«

Ich habe pah! gemacht, um herunterzuschrauben, aber da gab es nichts zu diskutieren, man sah es tatsächlich, an ihrem Gesicht, man sah ganz deutlich, daß ihr die Lastwagen des Lebens drübergefahren waren. Diesen Ausdruck »die Lastwagen des Lebens« habe ich von der bekannten Schallplatte von Luc Bodine, die sicherlich das Wahrste ist, was ich über die Fernfahrer kenne. Ich bin Fernfahrer gewesen für eine Transportgesellschaft, und diese Platte ist oft gespielt worden für die, die nachts auf den Straßen sind.

Mademoiselle Cora hat sich aufs Sofa gesetzt, mit untergeschlagenen Beinen und sie hat angefangen, eine Zukunft für mich zu schmieden.

»Vor allem darf man nicht ungeduldig sein, Jeannot. Das kann unter Umständen lange dauern. Natürlich braucht man etwas Glück, aber das Glück ist wie eine Frau, man muß es begehren. Das trifft sich gut, ich brauche eine Beschäftigung.«

Beinahe hätte ich eine Dummheit gesagt. Ich hätte sie beinahe gefragt, ob sie nie Kinder gehabt hat. Das ist das erste, was einem in den Sinn kommt, wenn man eine ältere Dame sieht, die allein mit einem Goldfisch zusammenlebt. Ich habe nichts gesagt und genau zugehört, während sie aus mir einen Bühnen- und Kinostar machte. Ich weiß nicht, ob sie daran glaubte oder ob es nur war, damit ich sie wieder besuchen solle. Sie wollte dafür sühnen, daß sie für mich ohne jegliches Interesse war. Ich bekam richtig Bauchschmerzen, weil sie sich so schuldig fühlte, daß sie nichts mehr zu bieten hatte. Die Schuld, ein bemoostes Haupt zu sein, das für niemanden mehr von Interesse ist und versucht, daß man ihm das verzeiht. Ich hätte jemanden umbringen können, wie die Roten Brigaden, aber jemand, der wirklich verantwortlich ist, nicht eines der Opfer. Ich saß da und zwinkerte mit den Augen und hatte mein bekanntes Lächeln aufgesetzt von einem, dem alles egal ist, Chuck nennt das meine Schutztarnung, wie die

Soldaten, die Drillichanzüge in der Farbe des Dschungels tragen, um nicht getötet zu werden. Außerdem war das was anderes. Nachdem sie einen Gabin und einen Belmondo aus mir gemacht hatte, schwieg sie schließlich, spielte mit ihrer Haarsträhne, lachte nervös und sagte:
»Es ist unglaublich, wie ähnlich du ihm siehst.
»Wem, Mademoiselle Cora?«
»Maurice. Ein Junge, den ich vor langer Zeit gekannt habe und für den ich Dummheiten begangen habe, aber richtige.«
»Was ist aus ihm geworden?«
»Er wurde nach der Befreiung erschossen.«
Ich habe nicht mehr weitergefragt, es war besser so. Sie hat immer noch an ihrer Haarsträhne herumgefingert.
»Ausgenommen die Haare, er war sehr dunkel, während du eher blond bist. Ich habe immer nur die Dunkelhaarigen gemocht, du siehst also, daß du nichts zu befürchten hast.«
Wir haben beide über diesen Witz gelacht. Der Augenblick war gekommen, Leine zu ziehen. Nur war es doch nicht der Augenblick, denn als ich aufgestanden bin, um wegzugehen, schien sie in ihrer Sofaecke noch kleiner zu werden. Deshalb habe ich gleich Nägel mit Köpfen gemacht und sie vor dem Weggehen gefragt:
»Wollen Sie mal abends mit mir ausgehen, Mademoiselle Cora? Wir könnten ins *Slush* gehen.«
Hat die mich vielleicht angesehen. Ich habe mir hinterher den Spaß gemacht und ihren Blick im Wörterbuch gesucht und ich habe fassungslos gefunden. *Fassungslos: außer sich, bestürzt, sprachlos, aufs höchste erstaunt.* Sie ist an der Tür stehengeblieben, ohne sich zu rühren, eine Hand an ihrer Haarsträhne.
»Wir könnten ins *Slush* tanzen gehen«, sagte ich noch einmal, und ich habe Monsieur Salomon zu sehen geglaubt, der mir ein kleines Zeichen der Zustimmung gab, während er aus seiner erhabenen Höhe auf uns herabblickte.
»Weißt du, Jeannot, ich bin etwas eingerostet. Die Jugendlokale ... Ich bin über fünfundsechzig alt, um dir nichts zu verheimlichen.«
»Entschuldigen Sie bitte, Mademoiselle Cora, aber Sie gehen mir jetzt langsam auf den Wecker mit Ihrem Alter. Sie tun ja gerade so, als sei das für Jugendliche verboten. Der Herr, den Sie kennen, Monsieur Salomon, geht schon auf die Fünfundachtzig

zu, und er hat sich gerade Jacketkronen machen lassen, als ob nichts wäre.«
Sie schien interessiert.
»Hat er das machen lassen?«
»Ja. Er ist ein Mann mit Lebensmut, der sich nicht ins Bockshorn jagen läßt. Wenn er das nächste Mal Jacketkronen braucht, ist er mindestens schon hundertfünfzehn Jahre alt. Oder hundertzwanzig, sie können nämlich auch länger halten. Er kleidet sich mit äußerster Eleganz, steckt sich jeden Morgen eine Blume ans Revers, und er läßt sich Jacketkronen machen, damit er prächtige Zähne hat.«
»Gibt es vielleicht jemanden in seinem Leben?«
»Mit Sicherheit nicht, er hat nur seine Briefmarken und seine Postkarten.«
»Das ist sehr schade.«
»Er hat seinen Seelenfrieden.«
Mademoiselle Cora schien unzufrieden.
»Der Seelenfriede, der Seelenfriede«, sagte sie. »Das ersetzt jedenfalls nicht das Leben zu zweit, vor allem, wenn man nicht mehr jung ist. Na ja, wenn er sein Leben verpfuschen will, das ist seine Sache.«
Es war seltsam, daß sie auf einmal so schlecht gelaunt war, weil Monsieur Salomon seinen Seelenfrieden hatte und sein Leben verpfuschte.
»Wenn Sie wollen, hole ich Sie am Mittwochabend nach dem Abendessen ab, Mademoiselle Cora.«
»Du könntest bei mir zu Abend essen.«
»Nein danke, ich werde erst spät am Abend fertig. Und ich bin Ihnen sehr dankbar für das, was Sie für mich tun. Ich weiß nicht, ob ich das nötige Talent habe, um beim Film jemand zu werden, aber es ist immer etwas Gutes, wenn man eine Zukunft vor sich hat.«
»Du kannst mir vertrauen, Jeannot. Ich habe einen Riecher für die Schauspielerei.«
Sie hat gelacht.
»Und für die kleinen Jungens auch. Ich habe es noch nie für jemanden getan, aber bei dir habe ich mir gleich gesagt, als ich dich gesehen habe: der da hat alles, was er braucht.«
Sie hat mir die Adresse von Leuten gegeben, die ich aufsuchen sollte. Ich habe mich nie darum gekümmert, erst viel später, als

Mademoiselle Cora sich schon längst vom Geschäft zurückgezogen hatte. Ich habe wegen der Erinnerung angerufen, aber es war niemand mehr da, außer einem gewissen Monsieur Novik, der sich noch gut an sie erinnerte, er war in seiner Jugend Impresario gewesen, hatte aber inzwischen eine Garage aufgemacht. Ich glaube nicht, daß Mademoiselle Cora ihre Beziehungen erfunden hat, die sie in der Welt des Schauspiels zu haben vorgab, ich glaube nur, daß die Zeit viel schneller vergangen ist, als sie es empfand, und in diesen Fällen ist kein Gesprächsteilnehmer mehr bei der Nummer, die man gewählt hat.
Wir sind als echte Freunde auseinandergegangen, nur daß ich nicht wußte, warum ich sie ins *Slush* eingeladen hatte, das war wieder mein wohlwollender Charakter, der übertrieb, wenn man ihm den kleinen Finger reicht, will er die ganze Hand. Ich nehme an, daß ich Mademoiselle Cora ihre Weiblichkeit demonstrieren und ihr zeigen wollte, daß ich mich nicht schämte, mich mit ihr wie mit einer Jungen zu zeigen.

XI

Ich bin in die Bude heimgekommen und gleich in die Falle geklettert in der zweiten Etage, über Tong, der im Erdgeschoß schmökerte. Wir haben die Betten übereinander gebaut, um mehr Platz zu haben, Chuck in der oberen Etage, ich in der Mitte, Tong unten und Yoko, der anderswo wohnt.
Ich mag Chuck gern, er ist nicht durch und durch ein Schweinehund. Wenn er dort oben unter der Decke liegt, mit seinen langen Haxen, die er unters Kinn gezogen hat, seiner Magerkeit, seiner Brille und seinen Haaren, die immer aussehen, als stünden sie ihm vor Angst zu Berge, könnte man meinen, eine Fledermaus, die Übermaße angenommen hat. Er sagt, daß Lepelletier beim *S. O. S.* recht hat und daß wir alle an einem Übermaß an Information über uns leiden, wie die Alten in Kambodscha, die man mit Gewehrkolbenschlägen auf den Kopf ausrottet wegen Nahrungslosigkeit, oder diese Mutter in der Zeitung, die ihre beiden Kinder eingesperrt hat, um sie verhungern zu lassen, und beim Prozeß hat sie erzählt, daß sie hineingegangen war, um nachzu-

sehen, ob es vorbei war und eines der Kinder hat noch die Kraft gehabt, »Mama« zu sagen. Das nennt man Sentimentalität. Chuck sagt, daß man ein Spezialkarate für die Sensibilität erfinden sollte, im Hinblick auf ihre beschützende Verhärtung, oder man muß sich durch die transzendentale Meditation und philosophische Entsagung schützen, was man bei manchen Völkerschaften Asiens auch Yoga nennt. Er sagt, daß dieses Spezialkarate der Selbstverteidigung bei Monsieur Salomon der jüdische Humor ist, Humor: *die Fähigkeit, auch die Schattenseiten des Lebens mit heiterer Gelassenheit und geistiger Überlegenheit zu betrachten; überlegene Heiterkeit, heitere seelische Grundhaltung*, und *Jude*, das paßt zusammen.
Ich war in trüber Stimmung, wie immer, wenn ich nicht dagegen ankam. Ich sollte es nicht einmal versuchen, das verleitet nur zur Frustration. *Frustration: Zustand des Menschen, wenn eine Neigung oder ein Grundbedürfnis nicht befriedigt werden kann.* Chuck sagt, daß man ein Wohlfahrtskomitee gründen sollte, mit König Salomon an der Spitze, das das Leben in die Hand nehmen würde, man würde es durch ein anderes ersetzen und überall Hoffnung verbreiten. Die Hoffnung ist das, was vor allem zählt, wenn man jung ist und auch wenn man alt ist, man muß sich daran erinnern können. Man kann alles verlieren, die beiden Arme, die beiden Beine, das Augenlicht, die Sprache, doch wenn man die Hoffnung behält, ist nichts verloren, dann kann man weitermachen.
Ich habe mir einen Ast gelacht und wollte einen Film mit den Marx Brothers wiedersehen, um meine Batterien aufzuladen, aber er wurde nicht mehr gespielt. Ich sagte mir, daß ich besser daran getan hätte, mich nur mit handwerklichen Arbeiten zu beschäftigen, Heizung, Klempnerei, das materielle Wohlbefinden, Dinge, die man mit seinen Händen instand setzen und wieder in Ordnung bringen kann, anstatt mich von der Angst des Königs Salomon übermannen zu lassen, und seiner Art, sich wohlwollend um das Unvermeidbare zu kümmern. Unvermeidbar, was nicht zu vermeiden, nicht zu umgehen ist.
Chuck ist gekommen, als ich mich gerade fragte, ob ich nicht eine alleinstehende Person finden könnte, eine Frau, wenn möglich, um die ich mich kümmern und der ich alles geben könnte, anstatt in der Gegend herumzusausen und Leuten aus der Patsche zu helfen, die ich weder von weitem noch von nahem kannte. Er hat

seine Bücher hingeschmissen und ist auf das Bett über meinem geklettert, denn er nimmt gern eine überlegene Haltung ein. Ich hatte seine Füße vor meiner Nase.

»Du hast Schweißfüße.«

»Das ist das Leben.«

»Scheiße.«

»Was hast du denn schon wieder? Du machst ja ein Gesicht heute abend ...«

»Mademoiselle Cora, du weißt doch? Die ehemalige Sängerin? Die mir Monsieur Salomon so warm ans Herz gelegt hat?«

»Ja und?«

»Ich habe sie einladen müssen, mit mir auszugehen.«

»Hör mal, dazu warst du nicht gezwungen.«

»Irgendeiner muß ja schließlich gezwungen sein. Andernfalls ist es der reinste Nordpol.«

»Der Nordpol?«

»Andernfalls sind es die Eisberge, die Leere und hundert Grad unter Null.«

»Das, Jüngelchen, ist *dein* Problem.«

»So heißt es immer, wenn einem etwas gleichgültig ist. Als ich ihr Blumen gebracht habe, ist sie rot geworden wie ein junges Mädchen. Mit fünfundsechzig Lenzen, stell dir das mal vor! Sie hat geglaubt, sie seien von mir.«

»Waren sie von ihm?«

»Sie waren von ihm. Es war seine sprichwörtliche Freundlichkeit.«

»Na ja, bei dem schlägt der Wille zur Macht auch Purzelbaum ... Der sieht sich schon als Gottvater, da kannste Gift drauf nehmen. Gut, du hast sie also eingeladen, mit dir auszugehen, na und?«

»Nichts. Nur, da ist etwas, das ich bis jetzt nicht kapiert hatte.«

»Sieh an. Und darf man wissen, was du, abgesehen von allem andern, ganz besonders nicht kapiert hast?«

»Chuck, laß deine Geistreicheleien, daran fehlts nun wirklich nicht. Ich hatte nicht kapiert, daß man alt sein und dennoch die Mentalität eines Zwanzigjährigen haben kann.«

»Ach du heilige Einfalt, aber das ist doch genau das, was der Gemeinplatz ›die Jugend des Herzens‹ nennt! Ich frage mich wirklich, was du liest, wenn du in den öffentlichen Bibliotheken herumlungerst.«

»Leck mich am Arsch. Ein Kerl wie du hilft mir verstehen. Man braucht dir nur zuzuhören und das Gegenteil davon für wahrzuhalten, dann kann man sicher sein, daß man sich nicht irrt. Du und dein Karate, das sind doch Kamele in der Wüste, mit nichts und niemand. Nicht Mademoiselle Cora habe ich eingeladen, sondern ihre zwanzig Jahre. Irgendwo ist sie noch zwanzig. Dazu hat man kein Recht.«

Chuck hatte einen Furz gelassen, und Tong ist vom Bett heruntergesprungen, hat das Fenster aufgerissen und angefangen zu schimpfen. Dieser Kerl erstaunt mich immer wieder, nach all dem, was er in Kambodscha gesehen hat, hat er noch Platz, um sich über einen Furz zu empören.

»Es war ein Fehler, daß du sie eingeladen hast, Junge. Sie wird das für Hoffnung halten. Was willst du ihr sagen, wenn sie versucht, mit dir zu schlafen?«

Ich habe die Fäuste geballt.

»Warum sagst du so was? Nein, wirklich, warum sagst du so was? Warum suchst du immer solche unmöglichen Geschichten? Mademoiselle Cora ist eine Person, die viele weibliche Erfolge gehabt hat, und die noch gern wie eine richtige Frau behandelt wird, das ist alles. Du kannst dir wohl vorstellen, daß sie über den Bumsladen längst hinweg ist!«

»Woher willst du das wissen?«

»Aber sag mal, dir ist nicht ganz wohl, wie? Ich habe nur gedacht, daß es sie froh machen würde, sich an sich selber zu erinnern, denn was bleibt den Leuten noch, wenn sie sich aus den Augen verlieren?«

Hier hat dann Tong seinen Senf dazugegeben.

»Ich weiß nicht, was euch im Westen bleibt, aber wir, wenn uns nichts mehr bleibt, dann suchen wir das Heil in unserer östlichen Weisheit«, sagte er.

Und für einen Jungen, der sich seine ganze Familie hatte massakrieren lassen, darunter einen Großvater mit Stockschlägen in Pnom Penh, weil er zu nichts mehr taugte, da konnte man sich nur die Hosen naß machen vor lauter Lachen. Ich bin von meiner Klappe heruntergesprungen und habe in Chucks Wörterbuch unter *Weisheit* gesucht: *einsichtige Klugheit, Lebenserfahrung, geistige, innere Reife, Abgeklärtheit; überlegenes Wissen, Gelehrsamkeit.* Ich habe ihnen das vorgelesen, und das hat sie ganz schön zum Lachen gebracht, sogar Tong. Es stand auch noch drin *vollkommene Kenntnis der Dinge, die der Mensch wissen kann,* und das war auch nicht schlecht. Dann stand noch da *Eigenschaft, Verhalten des Weisen, überlegene Ruhe, verbunden mit Wissen.* Ich hatte schon lange nicht mehr so gelacht wie an diesem Abend, als ich das las. Ich habe es sogar abgeschrieben für Monsieur Salomon, der die ganze überlegene Ruhe brauchte, die man finden konnte.

XII

Danach bin ich in die Turnhalle in der Rue Caumer gegangen, wo ich auf den Sandsack geschlagen habe, bis ich meine Arme nicht mehr spürte. Chuck nennt so was Ohnmacht und Verständnislosigkeit, aber wenn es ihm Spaß macht, sich Aufschluß über mich zu verschaffen, um so besser für ihn. Er sagt, daß meine Beziehungen zum König Salomon die des Sohnes mit der Abwesenheit des Vaters sind und daß er noch nie einen Burschen gesehen hätte, der so viel Konfektion brauchte wie ich. Er hat zwar nicht von Gott gesprochen, aber es war genauso als ob. Dazu muß man wissen, daß für diesen überheblichen Deppen Konfektion Kleider von der Stange sind, die seit langem schon geschneidert sind und in die man sich hineinzwängt, die Familie, Papa, Mama, Vater-unser-der-du-bist-im-Himmel, die man an der Wertebörse sichere Werte nannte, und weil ich nichts von alledem habe, so meint er, habe ich mich in Ermangelung eines Besseren an den Hosenkönig geklammert. Das ist völlig falsch, weil Monsieur Salomon nämlich auch Maßkleidung machte, wo jeder das für ihn Passende fand. Ich habe einen seiner ersten Prospekte gesehen, die er sich zum Spaß eingerahmt hatte, als er damit anfing darüber nachzudenken, was er für die Menschheit tun könne, und da war er auf die Idee gekommen und hatte folgendes drucken lassen, daß *jede Person, die sechs Hosen kaufen würde, Anrecht auf eine maßgeschneiderte Hose aus einem Stoff seiner Wahl hätte.* Ich erwähne das wegen dieser Idee Chucks über die Ohnmacht, um zu zeigen, daß es immer etwas zu tun gibt und daß wir nicht dazu verurteilt sind, lebenslang mit nacktem Arsch dazusitzen. Ich habe also wie ein Tollwütiger auf den Sandsack draufgeschlagen, das hat mich erleichtert, und ich habe mich nicht mehr gefragt, warum es so und nicht anders ist und warum sich bei der Nummer, die man gewählt hat, niemand meldet. Danach bin ich zu Monsieur Galmiche, dem Trainer, gegangen, der ein Gesicht und Augen hat wie Spiegeleier. Er hat mehr auf die Fresse gekriegt als sonst irgend jemand, und wenn er lächelt, denn er ist mir freundlich gesonnen, dann kann man es noch so deutlich sehen, man glaubt es kaum.

»Na, Jeannot, hast du mal wieder 'ne Stinkwut?«

»Pah. Wie alt sind Sie denn, Monsieur Louis?«

»Zweiundsiebzig. Ich habe 1932 gegen Marcel Thil angefangen.«

»Da haben Sie so manchen Schlag auf die Fresse gekriegt.«

»Die Schläge auf die Fresse, das gehört zum Menschen. Weißt du, was Georges Carpentier sagte?«

»Wer war denn das?«

Er schien bedrückt.

»Mensch, Scheiße, das ist der Junge, der als erster den Atlantik im Flugzeug überquert hat.«

»Ach so, und was hat er gesagt?«

»Daß am Anfang die Schläge waren und daß wir so allmählich zur Fresse gekommen sind, weil die Funktion das Organ schafft.«

»Und was heißt das?«

Er nickte zustimmend.

»Du hast recht, Kleiner. Du weißt dich zu wehren.«

»Ich habe einen Freund, der ist noch älter als Sie, Monsieur Louis, und der wehrt sich auch, um den Lebensmut nicht zu verlieren, das nennt man dann den jüdischen Humor. Ich habe im Wörterbuch nachgesehen, um einen Trost für ihn zu finden. Es muß darin doch etwas zu finden sein, das denen helfen kann, die fort müssen. Ich habe schon bei *Seelenfrieden* und bei *philosophische Entsagung* nachgesehen, und dann habe ich bei *Weisheit* nachgesehen. Wissen Sie, was ich gefunden habe?«

»Sags ruhig, vielleicht ist es etwas, das ich nicht bemerkt habe.«

»*Weisheit: einsichtige Klugheit, Lebenserfahrung, geistige, innere Reife, Abgeklärtheit, überlegenes Wissen, Gelehrsamkeit. Überlegene Ruhe, verbunden mit Wissen.* Na?«

Monsieur Galmiche ärgert sich nie, darüber ist er hinweg. Er hat die Zähne ein wenig zusammengebissen, mit der Nase gepfiffen, das heißt, mit dem, was er noch an Nase hatte.
»Hast du deshalb vorhin wie ein Taubstummer drauflos geboxt?«
»Ein bißchen schon.«
»Das ist gut so. Es ist besser, auf einen Sandsack zu hauen als Bomben zu werfen, wie das andere Jüngelchen deines Alters tun«.

XIII

Ich habe mich geduscht, wieder angezogen und bin zu Monsieur Salomon gegangen, um zu sehen, ob er noch da ist. Ich bin schnell an Monsieur Tapus Hausmeisterloge vorbeigesaust, der mich nicht riechen kann und nie die Gelegenheit verpaßt, aus seiner Loge zu kommen, um sich mit Haß vollzutanken, wenn ich vorbeigehe. Es liegt an meinem Äußeren, man kann nicht allen Leuten gefallen. Es ist einfach nichts zu wollen, ich locke ihn aus seinem Loch heraus. Ich versuche, ihm aus dem Weg zu gehen, es ist mir lieber, wenn ich ihn nicht sehe, oder zumindest weniger, aber immer höre ich hinter meinem Rücken ach, da sind Sie ja! und es bleibt mir nichts anderes übrig, als auf ihn zu prallen. Wenn ich einem Arschloch gegenüberstehe, einem richtigen, dann überkommt mich jedesmal Rührung und Respekt, weil man endlich eine Erklärung hat und weiß, warum. Chuck sagt, daß mich die Dummheit nur deshalb so rührt, weil mich das Gefühl der Ehrfurcht vor dem Heiligen und Unendlichen packt. Er sagt, daß mich ein Gefühl der Ewigkeit überwältigt, und er hat mir sogar einen Vers von Victor Hugo zitiert *ja, in diesen Tempel komm' ich, zum Ewigen zu beten.* Chuck sagt, daß es an der Sorbonne nicht eine Doktorarbeit über die Dummheit gibt und daß sich daraus der Verfall des Denkens im Abendland erklärt.
»Na, besucht man wieder den Judenkönig?«
Anfangs versuchte ich, nett zu ihm zu sein, aber das machte es nur noch schlimmer. Je höflicher ich war, ja Monsieur Tapu, nein

Monsieur Tapu, ich werde es nicht mehr tun, Monsieur Tapu, ich habe es nicht absichtlich getan, um so mehr fehlte ich ihm. Ich habe also angefangen, ihn zu versorgen. Man braucht immer die andern, man kann nicht sein ganzes Leben damit zubringen, sich selber zu hassen. Chuck sagt, wenn die Halbstarken die alten Leute nicht mehr angreifen würden, wenn die Juden nicht mehr da wären, wenn sich die Kommunisten verflüchtigten und wenn die Gastarbeiter nach Hause geschickt würden, wäre das für Monsieur Tapu die Gefühlswüste. Er machte mir Kummer und um ihn zu motivieren, tat ich dies und jenes absichtlich, ich riß eine Zierleiste vom Teppichboden ab, ich zerbrach eine Fensterscheibe oder ich ließ die Fahrstuhltür offen, um ihm Genugtuung zu verschaffen. Er war ein Kerl, der Beistand brauchte. Wenn man so voller Groll steckt, daß man nicht mehr weiß, was man damit machen noch woran man ihn aufhängen soll, und es so maßlos wird, daß es das ganze Sonnensystem ist, dann fühlt man sich wohler, wenn man eine Motivation findet, selbst wenn es nur eine Kippe auf dem Teppich oder eine offengelassene Fahrstuhltür ist. Er brauchte mich, er mußte jemand Persönliches haben, den er hassen konnte, weil es sonst die ganze Welt war, und die war zu groß. Er brauchte jemand und etwas, das mit Händen zu greifen war. Ein Großmaul, das ihm keine Angst machte, nein, Monsieur. Anfangs trug ich ihm an, den Müll wegzubringen oder ihm beim Kehren zu helfen, es war ein wenig wie die algerischen Arbeiter, die sanft und nett sind und sich weigern, zu vergewaltigen und sich damit der unterlassenen Hilfeleistung bei der Bestätigung vorgefaßter Meinungen schuldig machen. Als ich begriffen habe, daß ich ihm fehlte, begann ich ihm zu helfen. Zuerst habe ich an die Wand im Treppenhaus, neben seiner Hausmeisterloge, gepinkelt. Er war nicht da, aber er hat mich sofort erkannt. Als ich wieder heruntergekommen bin, hat er mich erwartet und gleich losgeschrien:
»Das können nur Sie gewesen sein!« Ich hätte ja sagen können, ich wars, um ihm einen Gefallen zu tun, aber das war nicht genug, ich mußte auch noch lügen. Ich habe meine Hose hochgezogen mit einer Gebärde leck mich am Arsch und habe gesagt:
»Haben Sie mich gesehen? Natürlich nicht. Sie waren ja gar nicht da. Sie sind ja nie da, wenn man Sie braucht.«
Ich habe ihm einen Vogel gezeigt und bin weggegangen. Seitdem

betrachtet er mich mit großer Genugtuung, weil er weiß, daß ich Monsieur Salomon ermorden werde, um sein Bargeld und seine philatelistischen Schätze zu rauben. Das einzige, was ihm bei mir fehlt, ist, daß ich kein algerischer Gastarbeiter bin, weil es dann wirklich die Vollkommenheit wäre. *Als de Gaulle Algerien weggeschmissen hat, habe ich sofort gewußt, was passieren wird, und ich hatte recht, als wir dort waren, waren die Algerier acht Millionen, und seit wir weg sind, sind es zwanzig Millionen geworden. Sie wissen, was ich meine. Aber still und den Mund gehalten, sonst werde ich wegen Völkermords angeklagt, aber zwanzig Millionen, da sehen Sie, was de Gaulle angestellt hat und was auf uns zukommt. Ich, der ich für Marschall Pétain war, ein Vetter von mir ist sogar in der antibolschewistischen Legion gefallen, ich irre mich selten.* Chuck hatte versucht, Monsieur Tapu wegen seiner Doktorarbeit über die Dummheit zu interviewen, aber sie sind nicht weit auf dem Tonband gekommen, weil Chuck nächtliche Schreckvisionen bekam und um Hilfe rief, sein ganzes Karate zur Erhärtung seiner Sensibilität führt als martialische Selbstverteidigungskunst auch nicht weit.

Monsieur Tapu stand also vor seiner Loge, mit seiner Baskenmütze, seiner Kippe im Mund und seinem schlauen, aufgeklärt wissenden Gesichtsausdruck, denn wenn die Dummheit die Welt aufklärt, dann weiß man alles und hat alles verstanden. Ich habe sogar echte freundschaftliche Wärme empfunden, weil man den Armleuchtern wie Monsieur Tapu viel verdankt, sie sind gut wegen der Angst, die einen ankommt, wenn man sie sieht und hört, man weiß, warum und wieso, es gibt eine regionale Erklärung. Ich stand auf der achten Treppenstufe, und mein Gesicht war ganz erleuchtet von Verständnis, Sympathie und Sakralem, ich empfand ehrfürchtige Gefühle, ich kam in diesen Tempel, zum Ewigen zu beten. Monsieur schien sogar beunruhigt zu sein, so strahlte ich.

»Was ist denn in Sie gefahren?« rief er mir mißtrauisch zu. Ich hatte in der Wochenendzeitung gelesen, daß man in Afrika einen ganz frischen menschlichen Schädel gefunden hat, der acht Millionen Jahre alt war, also nichts von gestern. Nur daß Chuck sagt, daß es damals die Dummheit noch nicht gegeben haben konnte, weil es noch kein Alphabet gab.

Ich habe mich schiefgelacht, und Monsieur Tapu hat sich vor Haß geringelt.

»Ich erlaube Ihnen das nicht!« schrie er, denn es gibt nichts Schlimmeres für sie, als die Zielscheibe des Lachens zu sein.
»Entschuldigen Sie, Monsieur Tapu, Sie sind unser aller Vater und Mutter!« habe ich zu ihm gesagt. »Ich will nichts anderes, als Sie ab und zu besuchen und Sie wegen der Klarheit und der Schönheit der Sache anschauen.«
Ich bin die acht Stufen hinuntergegangen – ich sage wohl acht, denn hinterher, mit der historischen Nachwelt, gibt es vielleicht Zweifel und Diskussionen darüber –, und ich habe Monsieur Tapu die Hand der Freundschaft entgegengestreckt, weil es ein Augenblick der Offenbarung war, der eine Geste verdiente, den die Fotografen später unsterblich machen könnten. Aber er, er wäre lieber verreckt. Ich habe also mit meiner ausgestreckten Hand dagestanden, und dann habe ich ihm wie gewöhnlich den Vogel gezeigt, und ich bin mit dem angenehmen Gefühl wieder hinaufgegangen, daß ich Monsieur Tapus Batterien wieder aufgeladen hatte, und ich war froh, weil man nicht jeden Tag einem Menschen helfen kann, sich durchs Leben zu schlagen.
Ich war schon im zweiten Stockwerk, als er noch immer schimpfte, von unten nach oben, Gesicht und Faust zu mir erhoben:
»Taugenichts! Stromer! Strolch! Du dreckiger Linker!« Ich war zufrieden. Auch so ein Kerl, der Beistand brauchte.

XIV

Ich fand Monsieur Salomon gekleidet, als sei der große Tag gekommen. Er war wirklich mit letzter Eleganz ausstaffiert, ein Anzug, den er noch fünfzig Jahre tragen konnte, und sogar länger, falls der Ort nicht zu feucht und luftdicht genug abgeschlossen ist. Monsieur Salomon freute sich, als er sah, daß ich den Stoff bewunderte.
»Ich habe ihn eigens in London machen lassen.«
Ich habe gefühlt.
»Solide Qualität. An dem haben Sie bestimmt noch fünfzig Jahre.«
Ich kann mir da nicht helfen. Es ist einfach nicht meine Art, wie

die Katze um den heißen Brei zu schleichen. Halte ich mich auf der einen Seite zurück, etwas zu sagen, kommt es auf der andern heraus. Ich habe versucht, die Scharte wieder auszuwetzen.
»Am Äquator hat man ein Tal gefunden, wo die Leute hundertzwanzig Jahre alt werden«, sagte ich.
Außer dem Friseur und der Maniküre, die ihn auf Hochglanz brachten, war noch ein kleiner Kerl mit einer Aktenmappe aus Leder da. Auf dem Schreibtisch lagen Dokumente mit Monsieur Salomons Unterschrift. Es scheint Leute zu geben, die ständig ihr Testament umändern, weil sie Angst haben, etwas zu vergessen. Ich habe mich immer gefragt, was Monsieur Salomon nach seinem Tod mit dem Taxi anfangen würde. Vielleicht gibt es ein Gesetz für die Taxis, die ohne Besitzer allein auf der Welt zurückbleiben. Im Radio haben sie gemeldet, daß man in einer Hütte auf dem Land einen halb aufgefressenen Pennbruder gefunden hat, aber für die vierrädrigen Fahrzeuge hat man bestimmt was vorgesehen. Ich versuche mich immer an den Gedanken zu gewöhnen, aber es gelingt mir nicht. Die Alten hatten Fetische, und sie brachten Hühner und Gemüse, um sie zu besänftigen, aber das waren Glaubensüberzeugungen. Ich kann mich einfach nicht mit dem Gedanken abfinden, und nicht nur bei den alten Leuten und Monsieur Salomon, den ich zärtlich liebe, sondern bei allen Endstationen. Chuck erklärt mir, daß es falsch ist, ständig daran zu denken. Er sagt, daß die Sterblichkeit etwas Auswegloses ist und daß es sich nicht lohnt. Das stimmt nicht. Ich denke nicht ständig daran, im Gegenteil, die Sterblichkeit denkt ständig an mich.
»Ich habe mir gerade die Sammlung Frioul gekauft«, verkündigte mir Monsieur Salomon und zeigte auf die Dokumente und die Alben, die auf seinem Schreibtisch lagen. »Sie ist nicht viel wert, außer der rosa Fünf-Centimes-Marke von Madagaskar, ein äußerst seltenes Stück. Und sie wollten es nicht einzeln verkaufen.«
Und darauf hat Monsieur Salomon etwas Ungeheueres und wahrhaft Königliches gesagt. Sie werden zwar glauben, daß ich übertreibe, aber hören Sie selbst:
»Für mich sind die Briefmarken heute die einzige Flucht-Valuta.«
Fluchtwerte. Er hat es wirklich gesagt. Er stand schon da, schon manikürt, frisiert und die Haare frisch geschnitten, sehr aufrecht, mit seinen vierundachtzig Jahren und seinem Anzug aus eng-

lischem Stoff, der eigens gemacht war, noch fünfzig Jahre zu halten, und er beobachtete mich gutmütig mit seinem herausfordernden schwarzen Blick, so souverän und über allem stehend, daß die Sterblichkeit es sich nicht erlauben konnte. Chuck sagt, daß man das in der Armee die psychologische Aktion nennt, um den Feind zurückzutreiben. Dann ist er an den Schreibtisch gegangen, hat einen Umschlag genommen und ihn gegen das Licht gehalten, um ihn mir zu zeigen. Es stimmte. Es war nicht zu bestreiten. Es war wirklich die rosa Fünf-Centimes-Marke von Madagaskar.

»Herzlichen Glückwunsch, Monsieur Salomon.«

»Aber ja, mein kleiner Jean, man braucht nur etwas nachzudenken. Die Briefmarke ist heute die einzige Flucht-Valuta...« Er hielt den Umschlag immer noch in die Luft und beobachtete mich mit einem kleinen Lichtschein in seinem schwarzen Blick. Chuck sagt, daß man sich mit dem jüdischen Humor sogar die Zähne schmerzlos ausreißen lassen kann, deshalb sind in Amerika auch die besten Zahnärzte Juden. Seiner Meinung nach ist auch der englische Humor nicht schlecht als Selbstverteidigungswaffe, es ist das, was man die kalten Waffen nennt. Der englische Humor erlaubt einem, bis zum Schluß ein Gentleman zu bleiben, selbst wenn man einem Arme und Beine abschneidet, und alles, was von einem übrigbleibt, ist ein Gentleman. Chuck kann stundenlang vom Humor reden, er ist nämlich auch ein Geängstigter. Er sagt, daß der jüdische Humor für die Geängstigten unentbehrlich ist und daß Monsieur Tapu vielleicht gar nicht so unrecht hat, wenn er sagt, daß ich verjudet bin, denn ich habe mich bei König Salomon mit dieser Angst angesteckt, die mich ständig zum Lachen bringt.

Das habe ich auch getan, während Monsieur Salomon seine Fluchtwerte ins Licht hielt und sie lächelnd betrachtete. Es war ein Lächeln, als ob seine Lippen diese Gewohnheit schon vor sehr langer Zeit und ein für allemal angenommen hätten. Man kann also gar nicht wissen, ob er jetzt lächelt oder ob er vor tausend Jahren gelächelt und vergessen hat, es wegzumachen. Er hat sehr dunkle und lebhafte Augen, denen der graue Star erspart geblieben ist. Es sind lustige Funken darin, wenn man sie im Licht sieht, und das ist das Unbezähmbarste an ihm. Er hat keine ethnischen Züge. Er hat noch alle seine Haare und sie sind ganz weiß und mit einem Kamm nach hinten gekämmt, und manchmal einen sehr kurzen Bart, den der Friseur jeden Tag stutzt. Er läßt ihn ein wenig wachsen und dann schneidet er ihn ab, was ihn jünger macht. Tong, der die Greise besser kennt als wir, weil sie bei den Völkern des Ostens ein größeres Gewicht haben, und der in Pnom Penh auf dem Gymnasium war, sagt, daß Monsieur Salomon ein Gesicht hat wie einer der Granden von Spanien auf dem Gemälde *Das Begräbnis des Grafen von Orgaz* oder wie José Maria de Heredia auf dem Bild *Die Conquistadores.* Ich bin schon vorher von der Schule abgegangen, aber ich bin sicher, daß Monsieur Salomon niemandem gleicht. Vielleicht, wenn Jesus Christus bis zu einem ehrbaren Alter gelebt hätte und im Dienst ergraut wäre, und wenn er eine kürzere Nase und ein härteres Kinn gehabt hätte, dann könnte man von Ähnlichkeit sprechen, aber wer kann das schon wissen? Er trug eine Krawatte aus perlgrauer Seide mit einer Perle der gleichen Farbe. Im Zimmer setzte er nie seine Brille auf. Im Knopfloch hatte er eine weiße Blume stecken mit einem gelben Schnabel, die wie ein Vogel herausragte, und er hatte auch das Band des Verdienstordens angelegt, den man ihm sehr zu Recht verliehen hatte.

»Steht das Taxi unten, Jeannot?«

Ich habe einen Horror davor, wenn man mich Jeannot nennt, weil das an Jeannot Lapin, den berühmten Meister Lampe erinnert, und so gibt es auch Mädchen, die sich nicht genieren, mir das zu sagen. Also wenn mir ein Mädchen übers Haar streicht und Jeannot Lapin zu mir sagt, geht mir sofort die Pfeife aus, weil es irgendwie mütterlich wirkt. Die Mütterlichkeit ist zwar eine schöne Sache, aber man muß wissen, wo man sie anbringt.

»Nein, Monsieur Salomon. Ich habe heute morgen meinen Dienst beendet. Heute hat Tong das Taxi.«

»Gut, dann nehmen wir meinen großen Citroën. Kannst du mich in die Rue Cambige fahren? Ich fahre heute nicht gern langsam durch Paris. Ich hatte früher einen Bugatti, aber er ist ein Museumsstück geworden.«

Er nahm seine Handschuhe und seinen Hut und seinen Stock mit dem silbernen Pferdekopfknauf. Seine Bewegungen waren etwas abrupter, als es in seiner Absicht lag, und zwar aus arthritischen Gründen.

»Ich hätte meinen Bugatti gern mal wieder für einen Tag, um ein bißchen mit Volldampf über die Landstraßen zu rasen. Das fehlt mir.«

Ich habe in meinem Kopf Monsieur Salomon am Steuer eines Bugatti gesehen mit hundert Stundenkilometer drauf, es hat mich gefreut zu sehen, daß er noch alle seine Reflexe hatte. Wir sind in die Garage hinuntergegangen, und ich habe ihm ein wenig geholfen, in seinen großen Citroën einzusteigen. Monsieur Salomon hatte zwar keine Familie, aber er ließ seinen großen Citroën doch sehr sorgsam pflegen, für den Fall eines Falles. Ich habe ihm aus Höflichkeit beim Einsteigen geholfen, denn Sie können mir glauben, daß Monsieur Salomon noch durchaus in der Lage ist, ganz allein in ein Auto zu klettern. Es war genug Platz für eine Frau und drei Kinder. Während der Fahrt sah ich ab und zu nach ihm hin, wegen der Gesellschaft. Er hatte seine Handschuhe und seine gefalteten Hände auf dem Knauf seines Stockes und wiegte sich sanft hin und her. Es gab immer alle möglichen Fragen, die ich ihm stellen wollte, aber sie kamen mir nicht in den Sinn und blieben stumm. Man kann sie nicht in einer Frage zusammenfassen, und auch nicht in tausend, wenn es nicht vom Kopf, sondern vom Herzen kommt, dort, wo man nicht artikulieren kann. Als Chuck für vierzehn Tage nach Neapel gereist ist, hat er mir eine Postkarte geschickt, auf die er geschrieben hatte: »Hier ist genau das gleiche«, und ich will das ja auch nicht abstreiten, aber verdammte Scheiße, es gibt doch schließlich auch noch das Lokalkolorit.

»Wie geht es Mademoiselle Cora?«

»Gut. Ich habe sie heute abend zum Tanzen eingeladen.«

Monsieur Salomon schien seine Zweifel zu haben.

»Du mußt vorsichtig sein, Jeannot.«

»Ich bin schon vorsichtig, aber sie ist noch gar nicht so alt, wissen Sie. Sie hat mir gesagt, daß sie fünfundsechzig Jahre alt ist, und das ist sicherlich wahr, es würde ihr ja auch nichts mehr nützen, Abstriche zu machen. Ich werde ein bißchen mit ihr tanzen, aber ich werde vorsichtig sein. Es ist vor allem wegen der Gesellschaft. Sie hat mir gesagt, daß sie sehr gern geschwoft hat, als sie jung war. Schwofen, Monsieur Salomon, heißt tanzen.«

»Ich weiß. Sehen Sie sie oft?«

»Nein. Sie kommt sehr gut allein zurecht. Für die Leute, die an die Gunst des Publikums gewöhnt waren, ist das immer härter als für diejenigen, die an nichts gewöhnt waren.«

»Ja«, sagte Monsieur Salomon. »Ihre Bemerkung ist sehr richtig.

Sie ist früher sehr geschätzt worden. Das war in den dreißiger Jahren.«
»In den dreißiger Jahren? So weit weg ist sie auch noch nicht.«
»Sie war damals ganz jung.«
»Ich habe ihre Fotos gesehen.«
»Es ist sehr nett, daß Sie das für sie tun«, sagte Monsieur Salomon und beklopfte seinen Stock.
»Ach, wissen Sie, ich tue das nicht für sie. Ich tue es im allgemeinen.«
Darauf war er sofort aufgeheitert. Ich mag es, wenn er sich aufheitert, der König Salomon, es ist plötzlich wie die Sonne auf alten, grauen Steinen, und das Leben erwacht. Ich sage das wegen dem Chanson von Monsieur Charles Trenet, wo es heißt, »die Liebe erwacht«. Die Liebe, das Leben, das ist alles das gleiche, und es ist ein sehr hübsches Chanson.
Monsieur Salomon dachte über mich nach.
»Sie haben ein geschärftes Gefühl für das Menschliche, mein Kleiner, und das ist sehr schmerzlich. Es ist eine sehr seltene Form des intuitiven Verständnisses, das man auch die ›Gabe der Sympathie‹ nennt. Sie hätten früher einen ausgezeichneten Missionar abgegeben ... zu der Zeit, als man sie noch auffraß.«
»Ich bin nicht gläubig, Monsieur Salomon, ich sage das, ohne Sie kränken zu wollen.«
»Aber das kränkt mich überhaupt nicht. Und was Mademoiselle Cora angeht, wenn Sie Auslagen haben, das will ich gern übernehmen. Sie war eine bezaubernde Frau, die sehr geliebt worden ist. Erlauben Sie mir also, daß ich alle Kosten übernehme.«
»Nein, es geht schon, Monsieur Salomon. Ich hab', was ich brauche. Es wird ihr Spaß machen, ein bißchen zu tanzen, auch wenn es nicht mehr die gleichen Tänze sind wie zu ihrer Zeit, als man noch Charleston und Shimmy tanzte. Ich habe das in den Stummfilmen gesehen.«
»Ich sehe, daß Sie handfeste historische Kenntnisse haben, Jeannot. Aber Charleston und Shimmy, das war eher in meiner Jugend. Und meine Jugend ist nicht die von Mademoiselle Cora.«
Ich konnte mir Monsieur Salomon nicht vorstellen, wie er Charleston und Shimmy tanzte. Irre.
»Mademoiselle Lamenaire geht nicht so weit zurück. Damals waren es Tango und Foxtrott.«

Er zögerte ein wenig.
»Aber seien Sie vorsichtig, Jean.«
»Das wird sie schon nicht umbringen, wenn sie ein wenig Jerk tanzt.
»Das meine ich auch nicht. Sie sind ein prächtiger Bursche und ... nehmen wir mal an, ich würde zum Beispiel die Bekanntschaft einer bezaubernden jungen Frau machen, die mir Interesse entgegenbrächte. Nun, wenn ich plötzlich merken würde, daß es bei ihr nur humanitär wäre, würde mir das sehr großen Kummer machen. Man ist immer älter, als man glaubt, aber auch jünger, als man denkt. Mademoiselle Cora hat sicherlich nicht die Gewohnheit abgelegt, eine Frau zu sein. Sie laufen also Gefahr, sie aufs grausamste zu verletzen. Nehmen wir noch einmal an, daß ich zum Beispiel die Bekanntschaft einer bezaubernden jungen Frau mache, achtundzwanzig, dreißig Jahre alt, ein Meter zweiundsechzig groß, blond, blaue Augen, sanft, sonniges Gemüt, liebevoll, des Kochens kundig, und daß sie mir Interesse entgegenbringt. Ich könnte den Kopf verlieren und ...
Er schwieg. Ich traute mich nicht einmal in den Rückspiegel zu schauen. Die Vorstellung, daß König Salomon sich in eine junge Frau verliebt, während er fast nichts mehr mit den Sterblichen gemein hat ... Ich weiß nicht, woran man wohl denken mag, wenn man vierundachtzig Jahre alt ist, aber ganz bestimmt nicht an eine bezaubernde junge blonde Frau. Ich habe dann doch einen Blick in den Rückspiegel geworfen, um zu sehen, ob er es nicht spöttisch gemeint hatte, aber ich habe schnell die Augen niedergeschlagen. Monsieur machte sich überhaupt nicht aus Verzweiflung über mich, über sein Alter, über sich selber lustig. Monsieur Salomon sah verträumt aus. Ich kann Ihnen gar nicht sagen, was für eine Wirkung das auf einen hat, ein so erhabener und gewissermaßen am Ziel angelangter Mann, erleuchtet vom Frieden der Endstation, der mit verlorenem Blick dasitzt, die gefalteten Hände und Handschuhe auf dem Knauf seines Stocks mit dem Pferdemerkmal, der sich über Vermutungen des Kennenlernens der dritten Art ausläßt.
»Nehmen wir also einmal einen Augenblick lang an, denn es müssen alle Hypothesen in Betracht gezogen werden, da das Leben so reich ist an Wundern aller Art, daß dieses junge Mädchen mich auffordert, mit ihr einen Jerk zu tanzen und mir ein Interesse entgegenbringt, daß man sich glatt täuschen läßt.

Ich würde mich natürlich, und das wäre unumgänglich, in einen Zustand der Hoffnung und der Utopie versetzen, den wir, wenn Sie so wollen, Gefühlszustand nennen. Wenn es sich nun anschließend herausstellte, daß es sich dabei nur um ein rein humanitäres oder noch schlimmer, um ein dokumentarisches Interesse handelt, wäre ich natürlich schmerzlich enttäuscht... Seien Sie also vorsichtig mit Mademoiselle Cora Lamenaire, und geben Sie acht, daß sie nicht den Kopf verliert. So, wir sind angekommen. Es ist dieses moderne Gebäude.«
Ich habe ihm beim Aussteigen geholfen, ohne daß es zum Beistand oder zur Fürsorge wird.

XV

Ich habe ihn bis zur fünften Etage rechts begleitet, und da hat's mir doch wirklich die Sicherung rausgehauen. Monsieur Salomon war vor einer Tür stehengeblieben, mit einem Schild, auf dem stand *Madame Jolie, extraluzide Hellseherin, nur nach Verabredung*, und er hat geklingelt. Zuerst habe ich zu glauben versucht, er käme für jemand anderen, aber nein, keineswegs.
»Es hat den Anschein, daß sie sich nie irrt«, sagte er. »Wir werden ja sehen. Ich sterbe vor Neugier! Ja, ich bin wirklich sehr neugierig zu erfahren, was mich erwartet.«
Er hatte ganz rosige Wangen.
Ich stand da mit offenem Mund. Verdammte Scheiße.
Das war alles, was ich denken konnte. Ein Kerl von vierundachtzig Lenzen geht zu einer Hellseherin, damit sie ihm sagt, was ihn erwartet! Und dann habe ich mich plötzlich erinnert, was er mir in seinem großen Auto über diese junge blonde Frau gesagt hatte, die so sanft ist und kochen kann, und ich bekam eine richtige Gänsehaut bei dem Gedanken, daß er vielleicht zu der Hellseherin kam, um in Erfahrung zu bringen, ob er in seinem Leben noch lieben und geliebt werden könne. Ich habe in seinen Augen die kleinen, sprichwörtlichen Lichter gesucht, um zu sehen, ob es nicht Ironie war, ob er nicht über die Leute, sich selber, sein feindliches Alter lustig machte. Man kann ja nie wissen. Er stand da mit seinem Anzug für noch fünfzig Jahre, auf seinen Pferde-

stock gestützt, mit hocherhobenem Kopf, den Hut über den Augen, vor der Tür einer extra-luziden Hellseherin in der fünften Etage der Rue Cambige, und auf seinem Gesicht lag ein herausfordernder Ausdruck.
»Monsieur Salomon, ich bin stolz, daß ich Sie kennengelernt habe. Ich werde immer voller Rührung an Sie denken.«
Er hat mir die Hand auf die Schulter gelegt, und einen Augenblick lang haben wir uns so in die Augen geschaut, und es begann sogar, einer Schweigeminute zu gleichen. Chuck sagte mir, bei den Juden würde der Humor immer als letztes sterben.
Monsieur Salomon hat noch einmal geklingelt.
Im Treppenhaus war es sehr hell, wegen des Fensters, und auf seinem Gesicht lag Sonne. Ich dachte an dieses Porträt, das er als Reproduktion an der Wand seines Wartezimmers hängen hatte. Es ist eines der unsterblichen Meisterwerke der Malerei, und es ist auf der ganzen Welt bekanntgeworden. Offensichtlich war der Maler bereits über neunzig Jahre alt, als er sich gemalt hatte, und wahrscheinlich hatte Monsieur Salomon es deshalb in sein Wartezimmer gehängt. Es war der gleiche, der auch die Mona Lisa für den Louvre gemalt hat, und einmal hat mich Chuck mit hingeschleppt, um mir zu zeigen, daß es schließlich auch noch was anderes gab. Monsieur Salomons Gesicht war steingrau, und als er sich leicht der Tür zuwandte, die immer noch nicht aufging, wußte ich nicht mehr, ob es die Dunkelheit war oder die Trauer. Das nächste Mal würde ich mich nicht mehr um Alte kümmern, sondern um Kinder, die nie endgültig sind.
»Monsieur Salomon, Sie sind ein Held der Antike.«
Er hatte immer noch seine Hand auf meiner Schulter. Es war eine Gebärde, für die er eine Vorliebe hatte, denn er war voller Belehrung. Einen Moment lang glaubte ich, er würde zu mir sprechen, wie er noch nie zu mir gesprochen hatte oder sogar wie noch nie jemand zu jemand gesprochen hatte, wie Gott in diesem Werbespot, als er dem Sünder den Vorwurf macht, daß er ein Waschmittel benutzt hat, das nicht weiß genug machte, und ihm die richtige Marke angab. Aber Monsieur Salomon hat nur gesagt:
»Wieder eine Klingel, die nicht funktioniert.«
Darauf hat er mit dem Stock dreimal fest an die Tür geklopft. Das war genau das, was zu tun war, und die Tür ging auf. Eine afrikanische Person mit viel Brust hat uns hereingelassen.

»Hatten Sie eine Verabredung?«
»Ja«, sagte Monsieur Salomon. »Ich habe eine Verabredung. Ihre Klingel geht nicht.«
»Warten Sie einen Augenblick. Es ist noch jemand da.«
Wir haben uns gesetzt. Die afrikanische Person hat uns allein gelassen. Ich fragte mich, wie sich die Hellseherin aus der Affäre ziehen, was sie ihm verkünden würde, da alles längst bekannt war. Aber Monsieur Salomon zeigte keine Unruhe, und er hielt sich sehr gerade, Hut und Handschuhe auf den Knien, die Hände über dem Pferdekopf gefaltet. Er war gekommen, um zu erfahren, was ihn erwartete, denn das Leben ist voller guter Überraschungen.
Ich sagte mir, daß er eigentlich recht hatte, sich die Zukunft voraussagen zu lassen, denn nicht nur die Jahre zählen, sondern auch die Monate und die Wochen.
Darauf ist Madame Jolie ins Wartezimmer gekommen. Sie war eine Person mit sehr schwarz gefärbten, streng nach hinten gekämmten Haaren, und sie hatte stechende Augen, was bei einer Hellseherin normal ist. Als sie Monsieur Salomon sah, schien sie ärgerlich, und ich habe einen Augenblick lang gedacht, sie würde ihn nicht annehmen.
Wir sind aufgestanden.
»Madame«, sagte Monsieur Salomon in einem vornehmen Ton.
»Monsieur ...«
»Ich habe eine Verabredung.«
»Das kann ich mir denken.«
Wieder so eine, die sich allerhand herausnahm.
»Entschuldigen Sie bitte, daß ich Sie so scharf ansehe, aber der erste Eindruck, den man von jemandem hat, ist in meinem Beruf sehr wichtig.«
»Ich verstehe vollkommen.«
»Kommen Sie herein. Kommen Sie herein.«
Sie drehte sich mit liebenswürdigem Gesicht nach mir um.
»Wollen Sie bitte warten, bis Sie an der Reihe sind?«
Scheiße.
»Natürlich warte ich, bis ich an der Reihe bin, Madame, wir warten alle, bis wir an der Reihe sind, aber dazu brauche ich niemanden um Rat zu fragen, und ich kann genausogut draußen warten.«

Ich habe vierzig Minuten gewartet. Vierzig Minuten, um einem Vierundachtzigjährigen die Zukunft zu sagen.
Als Monsieur Salomon heruntergekommen ist, schien er zufrieden zu sein.
»Wir haben ein gutes Gespräch gehabt.«
»Was hat sie denn für Sie gesehen?«
»Sie hat mir nicht viele Einzelheiten angegeben, weil die Sicht nicht sehr gut war. Aber ich brauche mir keine Gedanken zu machen. Es würde eine lange Periode der Ruhe kommen. Zuvor würde ich eine Bekanntschaft machen... Es hat auch den Anschein, daß ich eine große Reise machen werde...«
Mir lief es kalt den Rücken herunter, und ich habe einen Blick in den Rückspiegel geworfen, aber nein, ich sah seinen guten, lächelnden Blick.
»Ich werde mir das mal überlegen.«
»Sie dürfen nicht daran denken, Monsieur Salomon.«
»Ich bin kein großer Freund von Kollektivreisen...«
»Sie können auch allein verreisen.«
»Ich würde gern die Oasen im tunesischen Süden kennenlernen...«
Das hat mir einen Stich ins Herz versetzt.
»Sie werden sie kennenlernen, Monsieur Salomon. Die Oasen sind kein Problem. Sie sind da und warten auf Sie. Sie haben noch Zeit genug, um alles zu sehen, was Sie sehen wollen, und sogar das, was Sie nicht sehen wollen. Ich weiß nicht, was Ihnen die Hellseherin gesagt hat, aber ich sage Ihnen, daß Sie die Oasen sehen werden, Punktum! Schluß! Und wenn der Tag gekommen ist, werden Sie mit Gottes Hilfe immer noch einen Platz finden, denn daran fehlts nicht. Sie können sich sogar eine Dauerkonzession nehmen, wenn sie wollen, dann sind Sie nicht gehalten, an einem bestimmten Tag zu verreisen. Sie können verreisen, sobald es Sie überkommt.«
»Glauben Sie wirklich, daß der Club Méditerranée...«
»Ich weiß nicht, ob der Club Méditerranée sich darum kümmert, aber er hat kein Monopol. Und sie sind nicht gezwungen, sich einer Gruppe anzuschließen. Sie können ganz allein verreisen.«
Ich habe ihn nach Hause chauffiert, ich habe den Wagen in die Garage gebracht und bin heimgegangen. Dort fand ich Chuck, der lernen wollte, und Yoko, der Harmonika spielen wollte, es

war ein Interessenkonflikt, sie konnten beide nichts tun, und sie haben sich statt dessen gegenseitig beschimpft. Ich habe Sie wissen lassen, daß Monsieur Salomon von solchen Ängsten geplagt ist, daß er zu einer Hellseherin gegangen ist, aber das hat sie nicht beeindruckt, es sieht so aus, als wälzten wir nicht die gleichen Berge, sie und ich.
Ich habe die verblaßte Zeitung genommen, die herumlag, die Schlagzeilen meldeten *Ich habe ohnmächtige Retter weinen sehen* und die fünfundzwanzigtausend ölverschmierten Vögel in der Bretagne starben vor meinen Augen noch einmal. Das hat mich auf den Gedanken gebracht, daß es fast an der Zeit war, Mademoiselle Cora abzuholen. Ich habe geduscht, ein sauberes Hemd und meine Lederjacke angezogen. Auf jeden Fall lohnte es nicht, in die Bretagne zu fahren, die Vögel waren im Eimer. Man gab sogar die Namen der Verurteilten an, die Papageientaucher, die Eissturmvögel, die Pinguine und die Baßtölpel und andere Vogelarten, die ich nicht im Gedächtnis behalten wollte, wenn man die Namen nicht kennt, ist es nicht persönlich, dann machts einem weniger. Wenn ich nicht Monsieur Salomon und Mademoiselle und all die anderen kennengelernt hätte, hätte ich weniger daran gedacht. Wenn Sie auf der Straße eine sehr alte Person sehen, die gewissermaßen keine Beine mehr hat und die ihre Besorgungen mit kleinen, steifen Schritten macht, tock tock tock, dann denken Sie einen Augenblick ganz allgemein daran und ohne mit Ihrer Bereitwilligkeit, zu ihr zu laufen. Ich weiß zum Beispiel, daß die Wale bald ausgestorben sein werden oder daß die bengalischen Königstiger oder die großen Affen nicht besser dran sind, aber es tut eben doch immer viel weher, wenn es bei jemandem ist, den Sie persönlich kennen. Es steht außer Zweifel, wenn ich weltweit so weitermache als ehrenamtlicher und freiwilliger Betreuer bei den einen und den andern, dann werde ich am Ende noch Konfektionskönig, denn Sympathie und Mitgefühl sind nichts anderes als Konfektion, und das genügt nicht, man müßte was anderes finden und viel mehr, anstatt wie Armleuchter zu sterben.
Apropos Konfektion, ich habe neulich was wirklich Lustiges in der Rue Baron gesehen. Dort war ein Beerdigungsinstitut mit erstklassigen Särgen im Schaufenster, und dann haben sie umgebaut und was kam statt dessen hin? Ein Konfektionsladen! Damit ist alles gesagt.

XVI

In einer Imbißstube habe ich eine Kleinigkeit gegessen, und dann war es neun Uhr und Tong hatte Feierabend, und ich habe das Taxi in der Garage gefunden. Bis um halb zehn habe ich ein paar Schwarzfahrten gemacht, statt um acht Uhr Schluß zu machen, dann habe ich das Besetztzeichen eingestellt und bin Mademoiselle Cora abholen gegangen. Sie war schon ausgehbereit, als ich angekommen bin. Ich habe ihr wieder einen Blumenstrauß mitgebracht, wie sie früher welche hatte. Man muß wissen, daß die Blumen eine wichtige Rolle im Leben der Frau spielen, wenn sie sie bekommen, aber sie spielen eine noch wichtigere Rolle, wenn sie keine mehr bekommen, zuerst allmählich und dann ganz und gar.

Als ich Mademoiselle Cora die Blumen geschenkt habe, die die Blumenfrau aus der Rue Menard selber ausgesucht hatte, hat sie gleich ihr Lächeln in die Vergißmeinnicht gesteckt und mit ihrer noch weiblichen Taille, als sie das Gesicht so in die Blumen versteckt hatte, die sie einatmete, sah sie aus wie ein junges Mädchen. Sie trug ein dunkelgrünes Kleid und einen sonnenamberfarbenen Gürtel, auf der Brust eine kleine Brosche mit ihrem Sternzeichen. Sie war ein Fisch. Sie ist lange so stehengeblieben und hat die Blumen eingeatmet, und ich schwöre Ihnen, daß ich ihr wirklich eine Freude gemacht habe. Als sie das Gesicht dann hob, sah man natürlich, daß das Leben darüber hinweggegangen war, und ich habe sofort ihre Hand genommen, um zu zeigen, daß das ohne Bedeutung war. Ihr mögliches Alter war mir wurscht, ich dachte nicht daran, das war mir egal, dreiundsechzig oder fünfundsechzig Jahre, da hatte ich mich nicht einzumischen, das ist genau wie mit den Walen, den großen Affen und den bengalischen Königstigern, man schert sich einen Dreck um ihr Alter, wenns darum geht Krach zu schlagen und zu protestieren und zu verhindern, daß sie ausgerottet werden. Ich bin für den Schutz der Arten in ihrer Gesamtheit, denn das fehlt am allermeisten.

Das einzig Unerfreuliche war, daß Mademoiselle Cora sich zuviel Zeug ins Gesicht geschmiert hatte. Ich glaube, das war wegen ihrer Theatergewohnheiten und keineswegs um gegen ihr Alter zu kämpfen, aber ich war in einer dummen Lage. Bei dieser Art, wie sie sich mit einem fetten, dicken Lippenstift geschminkt

hatte, den sie die ganze Zeit über mit der Zunge anfeuchtete, das Schwarz, das Blau, das Weiß, vor allem das Blau und das Weiß auf den Lidern, und jede einzelne Wimper einzeln mit Wimperntusche bedeckt, bestand die Gefahr, daß man sich in meinem Beruf irrte. Das hat mich ihretwegen geärgert. Aber dann habe ich mir gesagt, daß es schwer sein muß für eine Frau, die sich nicht mehr gleicht und die ganz heimtückisch eine andere geworden ist und das allmählich vergißt und nicht zu begreifen vermag. Mademoiselle Cora hat ihre Gewohnheit jung zu sein beibehalten und wenn sie sich zu aufdringlich geschminkt hat, so war das wie bei den Leuten, die sich nicht ums Wetter kümmern, und die sich im Winter wie im Frühjahr anziehen und sich ein Leiden holen. Ich habe mich geschämt. Nicht wegen Mademoiselle Cora, sondern weil ich mich schämte. Es war ihr gutes Recht zu versuchen, sich ihrer Haut zu wehren, und ich war ein armseliger Kerl, der nicht den Mut zu seinen Ansichten hatte.
Mademoiselle Cora merkte, daß sie mich erstaunt hatte, und sie fuhr sich sanft mit der Hand übers Haar und den Hals, wobei sie vor Vergnügen lächelte. Ich habe sie bei beiden Händen genommen, und dann habe ich auf die amerikanische Tour gepfiffen.
»Haben Sie sich aber schön gemacht, Mademoiselle Cora!«
»Dieses Kleid habe ich vor einem Jahr vorm Fernsehen getragen«, sagte sie. »Es war ein Festival des realistischen Chansons, daher haben sie sich an mich erinnert.«
Jetzt, wo ich dran denke, finde ich, daß das Radio recht hatte, als es sagte, man solle nicht allein zur Ölpest kommen, sondern in Gruppen zu dreißig.
Sie hat sich noch einmal im Spiegel betrachtet, um zu sehen, ob nichts fehlte.
Ich habe mich gefragt, wovon sie lebte. Die Erinnerungen bringen einem nichts ein. Sie hat sich für ihre alten Tage kein Geld auf die hohe Kante legen können, weil das nicht mehr möglich ist. Dennoch sah man, daß es ihr an nichts fehlte.
Wieder kam ihr ein Gedanke, sie öffnete einen Wandschrank und wickelte sich einen sonnenamberfarbenen leichten Schal um den Hals.
»Nehmen wir meinen Wagen?«
»Ich habe mein Taxi dabei, Mademoiselle Cora. Es ist nicht nötig.«
Im Auto hat sie sich weiter erinnert. Sie hatte mit sechzehn

Jahren auf den Musettewalzer-Bällen angefangen. Es war das Akkordeon. Ihr Vater hatte eine Kneipe in der Gegend der Bastille. Er hat sie verkauft, als ihre Mutter ihn sitzenließ.
»Sie war Garderobiere im Casino de Paris. Ich lungerte die ganze Zeit über in den Kulissen herum, ich muß so an die zehn Jahre alt gewesen sein. Das war wirklich die große Zeit, das kommt nie wieder. Da waren Josephine Baker, Maurice Chevalier, Mistinguett...«
Und sie lachte und fing dann zu singen an:

C'est mon homme...

Er ist mein Mann...

Ich wußte, daß es nur zu meiner historischen Information war, allerdings warf sie mir von Zeit zu Zeit einen Blick zu, und als sie fertig war, ließ sie mich nicht aus den Augen, als ob ich sie an jemanden erinnerte, wegen meinem volkstümlichen Aussehen, und dann hat sie geseufzt, und ich wußte wirklich nicht, was man in solchen Fällen sagt. Ich hab aufs Gas getreten und ihr von der Ölpest in der Bretagne erzählt, um ihre Aufmerksamkeit auf was anderes zu lenken.
»Das ist die größte Umweltschweinerei, die uns passieren konnte, Mademoiselle Cora. Ein furchtbarer Schlag für das Meeresleben... Die Austern sind dabei, wie die Fliegen zu krepieren. Die Vögel hatten dort Schlupfwinkel. Wissen Sie, in den Schlupfwinkeln, da kann ihnen nichts passieren. Aber denkste, fünfundzwanzigtausend sind in der Ölpest draufgegangen...«
Ich glaubte, das würde ihr helfen, nicht an sich selber zu denken.
»Es gibt Umweltkatastrophen, die kann man nicht verhindern, und deshalb soll man alles tun, um die zu verhindern, wo es möglich ist. Manchmal ist es so und nicht anders, das ist das Gesetz, man kann nichts dagegen tun, aber dort gab es wenigstens etwas, das man verhindern konnte.«
»Ja, es ist furchtbar traurig, alle diese Vögel«, sagte sie.
»Und die Fische.«
»Ja, und die Fische auch.«
»Ich habe einen afrikanischen Freund, Yoko, der erklärt immer, daß man nie genug an das Elend der andern denkt, so daß man nie zufrieden ist.«

Sie schien verwundert.
»Wieso denn das? Ich verstehe nicht richtig. Ist man etwa zufrieden, wenn man an das Elend der andern denkt? Sagen Sie mal, Ihr Freund gefällt mir überhaupt nicht. Das ist ja ein Armleuchter.«
»Keineswegs. Wenn Sie an all die andern bedrohten Arten denken, fühlen Sie sich persönlich, auf eigene Rechnung nicht mehr so unglücklich.«
Sie schien nicht überzeugt zu sein.
»Also diese Schlußfolgerung scheint mir etwas weit hergeholt zu sein.«
»Natürlich ist das weit hergeholt, aber man kann sich doch nicht nur auf eigene Rechnung Sorgen machen, weil man dann nämlich wirklich meschugge würde. Wenn Sie an Kambodscha denken oder an solche Dinge, dann denken Sie weniger an sich selber. Wenn man nicht an die andern denkt, denkt man zuviel an seinen eigenen Fall, Mademoiselle Cora.«
Ich habe geschwiegen und mich gefragt, was ich eigentlich mit dieser alten Frau hier tat, die noch bei sich selber war und sich des Ausmaßes des Unheils nicht bewußt war. Ich habe mich also zugeknöpft und geradeaus vor mich hingesehen, aber das war auch nicht möglich, es war, als ob wir uns nichts zu sagen hätten. Und dann habe ich ihr einen Blick zugeworfen, um zu sehen, ob wir uns verstünden, aber ich habe sofort gesehen, daß wir uns nicht verstanden. Mademoiselle Cora hat mich so fröhlich angelächelt und mit einem so festlichen Ausdruck, daß ich mich sofort ebenfalls wohl gefühlt habe, ich hatte meine Zeit nicht nutzlos vergeudet, und ich hatte mich nicht mit einer Gruppe von dreißig zusammengetan. Wir haben beide gelacht, weil wir uns froh machten.
»Na, Mademoiselle Cora?«
»Na, mein kleiner Jeannot?«
Wir haben beide wieder gelacht.
»Mademoiselle Cora, wissen Sie, warum ein Reiher immer ein Bein hochhebt, wenn er steht?«
»Nein, warum?«
»Weil er auf die Nase fiele, wenn er beide Beine hochheben würde.«
Sie brach in schallendes Gelächter aus. Sie hatte sich vorgebeugt, die Hand aufs Herz gehalten, so mußte sie lachen.

»Und wissen Sie, warum man beim Zielen immer ein Auge zudrückt?«
Sie schüttelte den Kopf, sie konnte nicht sprechen, so komisch war das schon im voraus.
»Weil man nämlich nichts mehr sieht, wenn man beide Augen zudrückt.«
Also da konnte sie einfach nicht mehr. Sie weinte Tränen, so mußte sie lachen. Und ich glaubte vor einem Augenblick noch, wir hätten uns nichts zu sagen!

XVII

Ins *Slush* gehe ich praktisch einmal die Woche, wenn nicht gar öfter, und ich kenne dort alle Welt. Solche Tanzlokale gibts überall massenweise, und ich hätte besser eins ausgesucht, wo mich niemand kennt. Mir war es zwar egal, ob man über mich lächelte, weil ich mit einer Person hierherkam, die meine Mutter oder sogar noch mehr hätte sein können, es war eher wegen Mademoiselle Cora, daß es mir unangenehm war. Sie hatte sich bei mir eingehängt und sich ein wenig an mich gedrückt, und schon hat auch eine Nutte an der Bar, die Cathy, genau das fragliche Lächeln gezeigt, von dem ich Ihnen erzählt habe. Diese dumme Kuh saß mit Schnepfengebaren auf einem Schemel, obgleich sie in der Bäckerei ihres Vaters in der Rue de Ponthieu arbeitet. Sie hat Mademoiselle Cora derart neidisch von Kopf bis Fuß angeglotzt, als wir vorbeigegangen sind, daß das glatt eine Backpfeife verdient hätte, wenn ich ihr Vater gewesen wäre. Sie hat Mademoiselle Cora wirklich so angeglotzt, als ob es über sechzig Jahre verboten wäre, und ich bin mir vorgekommen, als ginge ich verkehrt herum in einen Sex-Laden. Ich habe Cathy zwar drei- oder viermal gebumst, aber das war kein Grund, sich so zu benehmen. Wir waren noch nicht ganz an ihr vorbei, als sie sich Carlos, der hinter der Bar steht, zugewandt und ihm was zugeflüstert hat, wobei sie uns mit den Augen folgte. Es gibt ekelhafte Ausdrücke wie »eine Provinztante«, die man nicht dulden kann, und es war so, als hätte ich das gehört.
»Entschuldigen Sie bitte, Mademoiselle Cora.«

Ich habe sie kurz losgelassen und bin zu Cathy gegangen.
»Ist was, ja?«
»Aber... was fällt dir denn ein?«
»Oh, spiel dich ja nicht auf.«
»Sag mal, wie kommst du mir denn vor?«
»Ich werde dir gleich 'ne Provinzwatschen scheuern!«
Carlos lachte sich einen Ast, und zwei oder drei Macker, die an der Bar standen, waren nahe daran. Ich hätte ihnen am liebsten die Fresse vollgehauen, so geladen war ich.
Sie haben aufgehört zu lachen, sie sahen, daß ich jemanden brauchte, weil ich niemanden hatte, und daß sie mir genau in den Kram gepaßt hätten.
»Man darf nicht niederträchtig sein, Cathy.«
Ich habe ihr gar nicht erst die Zeit gelassen, darauf zu antworten, wenn man erst einmal anfängt, sich zu antworten, nimmt es nie ein Ende. Ich bin wieder zu Mademoiselle Cora gegangen, die sich das Plakat der Sex Pistols an der Wand neben den Toiletten betrachtete.
»Entschuldigen Sie bitte, Mademoiselle Cora.«
»Eine Freundin?«
»Nein, überhaupt nicht, wir haben nur miteinander gepennt. Hier entlang.«
»Ich verstehe die jungen Leute nicht mehr. Ihr seid nicht mehr die gleichen. Man könnte meinen, es gäbe für euch kein Erdbeben mehr.«
»Das ist wegen der Pille.«
»Das ist sehr schade.«
»Wir wollen den Erdbeben nicht nachtrauern, Mademoiselle Cora.«
Ich habe sie ganz hinten im Saal in eine Ecke gesetzt, aber am Nebentisch haben sie gleich zu tuscheln angefangen und dabei nach Mademoiselle Cora gesehen.
»Ich glaube, sie haben mich wiedererkannt«, sagte sie.
»Wann haben Sie aufgehört zu singen, Mademoiselle Cora?«
»Oh, man hat mich noch vor achtzehn Monaten im Fernsehen gesehen, beim Festival des realistischen Chansons. Übrigens habe ich in Béziers vor zwei Jahren einen Galaabend gegeben. Ich glaube übrigens, daß das realistische Chanson wiederkommen wird.«
Ich habe ihre Hand genommen. Es war nicht persönlich, aber man kann nicht die Hand der ganzen Welt nehmen.

Die drei Miezen am Nebentisch sagten sich bestimmt, daß ich mit Mademoiselle Cora zusammen war, um mir meine Brötchen zu verdienen, das fällt einem doch immer als erstes ein, wenn einem überhaupt nichts einfällt. Gewöhnlich sah man mich hier mit Mädchen, die man eher als hübsch bezeichnen konnte, und ich war froh für Mademoiselle Cora, denn sie hatte damit einen guten Platz eingenommen. Ich habe mich auf der Polsterbank breitgemacht wie ein Seigneur und habe ihr einen Arm um die Schulter gelegt. Sie hat sich diskret losgemacht.

»Sie dürfen das nicht tun, Jeannot. Man sieht zu uns her«, sagte sie, aber ich glaube, es hat ihr trotzdem gefallen.

»Mademoiselle Cora... Es gab mal einen Filmstar, der hieß Cora. Cora Lapercerie.«

»Mein Gott, woher weißt du das denn? Das ist schon sehr lange her, lange vor deiner Geburt.«

»Das ist kein Grund, um sie zu vergessen. Wenn ich könnte, würde ich mich an alle Welt erinnern, an alle Leute, die einmal gelebt haben. Es ist ohne das schon übel genug.«

»Ohne was?«

»Ohne daß man einen vergißt.«

»Mein richtiger Name war Coraline Kermody. Aber ich habe ihn umgeändert in Lamenaire.«

»Warum denn? Kermody ist doch ein hübscher Name.«

»Weil es wie ›cœur maudit‹ klingt, wie ›verfluchtes Herz‹, und mein Vater sagte das ständig, als ich klein war, weil er in dieser Hinsicht seine Schwierigkeiten hatte.«

»War er herzkrank?«

»Nein, aber meine Mutter hat ihn in einem fort betrogen, und dann hat sie ihn vollends verlassen. Er sagte, Kermody sei ein prädestinierter Name. Ich war zehn Jahre alt. Er besoff sich und blieb vor der Flasche sitzen, wobei er auf den Tisch schlug und immer wieder ›cœur maudit‹, ›cœur maudit‹ sagte. Das hat mich geprägt. Ich habe mir gesagt, daß vielleicht ein Unheil über uns liegt, wegen unserem Namen. Deshalb ließ ich mich Cora Lamenaire nennen.«

»Na ja, Sie hätten sich besser Durand oder Dupont nennen lassen sollen?«

»Warum denn?«

»Weil es für alle Welt das gleiche ist, und Kermody oder Dupont oder Durand, das kommt aufs selbe heraus. Es gibt einen ganz tollen Film von Fritz Lang in der Cinémathèque, ›M‹.«

»Ist es ein Liebesfilm?«

»Nein, im Gegenteil. Es zerreißt einem nicht das Herz. Aber es kommt aufs gleiche heraus. Je weniger man vom Herzen spricht, Mademoiselle Cora, um so mehr sagt man alles, was über die Sache zu sagen ist, wenn man sieht, was sich so abspielt. Es gibt Dinge, die glänzen derart durch ihre Abwesenheit, daß die Sonne sich glatt verstecken kann. Ich weiß nicht, ob sie dieses Foto von dem kanadischen Jäger gesehen haben, der seinen Knüppel schwingt, und dem Seehundbaby, das ihn anschaut und auf den Schlag wartet? Wissen Sie, die Sentimentalität?«

Darauf hat sie etwas getan, das mir die Schamröte ins Gesicht getrieben hätte, wenn nicht soviel Lärm gewesen wäre, der alles verkleinerte. Sie hat meine Hand genommen und an ihre Lippen geführt, sie hat sie geküßt, und dann hat sie sie an ihrer Wange gelassen. Zum Glück lag gerade die Schallplatte *Love me so sweet* von Stig Welder auf, und für die Rührung gibt es nichts Besseres als diese Schallplatte, weil nämlich die Pauke so laut ist, daß man weder denken noch fühlen kann. Mademoiselle Cora behielt immer noch meine Hand an ihrer Wange, aber das einzige, was ich hörte, war die Pauke. Die von Stig Welder und nicht die meine.

»Mademoiselle Cora, wenn ich mir je einen anderen Namen suchen sollte, dann werde ich mich Kermody nennen. Marcel Kermody. Das wirkt toll auf dem Plakat.«

»Und warum nicht Jean?«

»Weil das am Ende immer auf Jeannot Lapin rauskommt.«

Die Lichter im *Slush* wechseln unaufhörlich, und wir waren mal blau, mal violett, mal grün, mal rot, und Mademoiselle Cora war nicht mehr die einzige dadrin, die ein ganz buntes Gesicht hatte, wegen der Schminke. Sie hatte sich zuviel ins Gesicht gemacht. Ein Kellner ist gekommen und hat die Bestellung aufgenommen, sie hat, ohne zu zögern, Champagner bestellt, und der Kellner hat mich angesehen, als wollte er wissen, was ich davon halte. Ich habe ihm zugezwinkert mit einem Lächeln in der Art, ich bezahl' ja nicht, Junge, und schon saßen wir vor einer Flasche Cordon rouge in einem Eiskübel, und genau das brauchte ich. Mindestens die Hälfte der Macker und Miezen in dieser Beize kannten mich. Als hätte ich sie gehört. Na, Jeannot, hast mal wieder

Schwein gehabt, wie es scheint. Also wirklich, Sie können mir glauben.
Ich habe meine Lederjacke ausgezogen, so warm war mir. Ich rauche nicht, und ich wollte mir eine Zigarette in Mademoiselle Coras Päckchen nehmen aber sie hat eine herausgenommen, sie angezündet und sie mir zwischen die Lippen gesteckt. Mir war das egal, aber mit fünfundsechzig Lenzen kann man das nicht mehr tun. Es war der Champagner.
»Du darfst nicht glauben, daß ich dich vergessen habe, Jeannot. Ich kümmere mich um dich. Ich habe mehrere Produzenten und Agenten angerufen, ich kenne noch viele Leute...«
Was sie mir zu sagen versuchte, war, daß ich mit ihr nicht meine Zeit vergeudete. Sie sprach unaufhörlich über mein Äußeres, ich hatte genau diesen animalischen Magnetismus, der dem französischen Film fehlte. Sie hörte nicht mehr auf, und da alle Tische dicht nebeneinander standen, hatte sie ein Publikum. Mir ist es vollkommen wurscht, wenn ich komisch bin, aber es ist überhaupt nicht mehr dasselbe, wenn man lächerlich ist.
»Mademoiselle Cora, ich verlange nichts von Ihnen.«
»Ich weiß, aber es gibt nichts Schöneres, als jemandem dabei zu helfen, sich durchzusetzen. Ich kann die Piaf ja so gut verstehen, die für Montand und Aznavour so viel getan hat.«
Mademoiselle Cora hatte eine schöne Stimme. Etwas heiser an den Rändern. Sie war sicherlich einmal sinnlich gewesen. Ich sah sie aufmerksam an und versuchte, sie mir vorzustellen. Sie hatte sicherlich ein kleines Pariser Straßenjungengesicht mit Sommersprossen und feinen und ein wenig drolligen Zügen und einer Kindersträhne über der Stirn. Die Stimme hatte sich sicherlich nicht viel geändert, lustig, verwundert, als staune sie über alles und als sei das Leben voller Überraschungen. Sie war sicherlich das, was man ein kleines Weibsbild nennt.
»Langweilst du dich nicht allzu sehr mit mir? Du siehst so nachdenklich aus?«
»Aber nein, Mademoiselle Cora, es ist nur wegen des Radaus. In der Disko gehts halt nie ohne Pauke ab. Dieses ganze Bumbumbum tut einem schließlich weh. Wie wärs, wenn wir in eine ruhige Kneipe gingen?«
»Ruhe habe ich vollgetankt, Jeannot. Ich habe jetzt schon seit dreißig Jahren meine Ruhe.«

»Warum haben Sie eigentlich so früh aufgehört, Mademoiselle Cora? Vor dreißig Jahren waren Sie doch noch jung.«
Sie zögerte ein wenig.
»Na ja, es ist ja schließlich kein Geheimnis. Es wird schon lange nicht mehr darüber gesprochen, das ist vergessen, und es ist auch besser so, auch wenn das heißt, daß ich selber mit allem andern vergessen worden bin...«
Sie trank ein wenig Champagner.
»Ich habe während der Besatzungszeit gesungen, das ist es.«
»Ja und? Das haben sie doch alle getan. Vor einiger Zeit hat es sogar einen Film gegeben, mit großen Stars.«
»Ja, aber ich war kein großer Star. Deshalb hat man sich meiner besonders gut angenommen. Es hat nicht lange gedauert, zwei oder drei Jahre, aber hinterher hatte ich die Schwindsucht... und das waren wieder drei Jahre Ruhe. Und seit dem sind es bald dreißig Jahre her, daß man mich in Ruhe läßt.«
Sie hat gelacht und ich auch, um die Sache zu bagatellisieren.
»Zum Glück habe ich genug zum Leben.«
Sie sprach vom Materiellen.
»Man muß die Dinge von ihrer guten Seite her sehen, Mademoiselle Cora, nur daß man nicht immer weiß, welche das ist. Man sieht das nicht so genau.«
»Nenn mich nicht ständig Mademoiselle Cora, nenn mich ganz einfach Cora.«
Sie trank wieder Champagner.
»Ich habe nie viel Glück in der Liebe gehabt...«
Da wollte ich mich lieber nicht einmischen.
»1941 hatte ich mich völlig in einen Taugenichts verknallt. Ich habe in einer Bar in der Rue de Lappe gesungen, und er war der Geschäftsführer dieses Lokals. Er hatte drei Weiber laufen, die für ihn auf den Strich gingen, und ich wußte es genau, aber was willst du da machen...«
»Kermody!«
Sie lachte einmal kurz auf, es war wie ein Vogelschrei.
»Ja. Kermody. Man macht sich Poesie aus allem möglichen, und da ich im realistischen Chanson war... Francis Carco hat einige für mich geschrieben. Während dieser Bursche mit seiner kleinen Apachenvisage und seinem Gehabe eines schweren Jungen... Francis Carco, der manchmal vorbeikam, hat mich gewarnt und gesagt, ich solle aufpassen, man dürfe das nicht verwechseln...

Aber ich habe das verwechselt, und da er für Bony und Lafont arbeitete und sie bei der Befreiung alle erschossen worden sind, hat mir das natürlich eher geschadet. Gib mir noch etwas Champagner.«

Sie hat getrunken und dann hat sie mich vergessen. Ich sah genau, daß sie sich in ihre realistischen Chansons verirrt hatte, trotz der Pauke, und dann hat sie sich mir wieder zugewandt und mir entgegengeschleudert:

»Weißt du, ich habe viel geliebt.«

Sie hat mir das mit anklagendem Gesicht vorgehalten, als ob ich dran Schuld gewesen sei.

Sie stellte ihr Glas ab.

»Tanz mit mir.«

Es war ein Slow, und sie hat sich sogleich an mich gedrängt, aber ich habe gesehen, daß sie die Augen zumachte und daß ich nichts damit zu tun hatte. Ich habe ihre Taille gedrückt, um ihr zu helfen, sich zu erinnern. Es war der *Get it green* von Ron Fisk, und die Scheinwerfer sind farbig geworden, zur Untermalung, und wir waren alle grün. Der Junge, der für die Atmosphäre im *Slush* verantwortlich ist und der meiner Meinung nach der beste seiner Art ist, heißt Zadiz, und man nennt ihn Zad. Er hat eine Strumpfhose mit einem phosphoreszierenden Skelett und einem Totenkopf vor dem Gesicht unter einem Zylinder, aber im gewöhnlichen Leben hat er eine Frau und drei Kinder. Er verhehlt das, weil das schlecht ist für seinen Ruf. *Punk* heißt auf englisch armselig, elend, und das ist so etwas, was man in allererster Linie dort will, wo es nichts mehr gibt, das zählt, und wo es keine Sensibilität mehr gibt. Das ist wie die Unberührbaren in Indien, dort, wo nichts sie berühren kann. Es ist das, was Chuck die Selbstüberwindung und den Stoizismus nennt, wenn einem alles wurscht ist, und deshalb gibt es im *Slush* immer solche Säcke, denen die Hakenkreuze und die Nazi-Dinger wurscht sind. Zad gibt immer an, er hätte Nutten, die für ihn arbeiten, und er wäre im Knast gewesen, aber einmal habe ich ihn in den Tuilerien gesehen mit seinem jüngsten Sohn auf dem Rücken und seinen beiden anderen Kindern an der Hand, und er hat so getan, als würde er mich nicht kennen. Auch ich träume manchmal davon, ein richtiger Schweinehund zu sein, im Unrat zu leben, wo man nichts mehr spürt. Es gibt welche, die würden Vater und Mutter umbringen, um sich ihrer selbst zu entledigen, wegen der Desensibilisierung. Marcel Kermody, das ist der Name, den ich bei der erstbesten Gelegenheit annehmen werde. Ich wäre gern Schauspieler, weil man einen dann ständig für einen anderen hält und man im Innern versteckt leben kann. Wenn Sie Belmondo, Delon oder Montand werden, um nur von den Lebenden zu reden, dann dürfen sie wirklich in der Anonymität leben, vor allem, wenn Sie Talent haben und Belmondo, Delon oder Montand zu spielen verstehen. Chuck zuckt die Achseln, für ihn sind das alles Fluchtversuche, die nichts nützen, weil das Leben doch immer schneller läuft als man selber.

Mademoiselle Cora hatte den Kopf auf meine Schulter gelegt, und ich hielt sie ganz zärtlich in meinen Armen, und selbst wenn dieser Kerl ein richtiger Schweinehund war und man ihn hatte erschießen müssen, so war das schließlich vor dreißig Jahren, und wenn ich ihr helfen konnte, sich zu erinnern, gab es keinen Grund, ihr das vorzuenthalten. Aber da hat Zad *See red* aufgelegt und das Licht hat ins Rote gespielt und Mademoiselle Cora ist wirklich voll abgefahren. Es ist das Schnellste, was es so an Rhythmus gibt, und sie fing an zu hüpfen und sich zu drehen und mit den Fingern zu schnalzen, alles mit geschlossenen Augen, wobei sie vor Freude lächelte, und anstatt sich an sie selber und ihren Scheich zu erinnern, hat sie sich völlig vergessen. Ich weiß nicht, ob es der Champagner war oder die Musik oder ob sie plötzlich beschlossen hatte, sich für ihre dreißig Jahre Ruhe schadlos zu halten oder ob es alles zugleich war, jedenfalls war sie wirklich voll abgefahren, wie ein Kreisel. Das war nicht älter als zwanzig, um sie herum, aber ich konnte sie schließlich nicht daran hindern. Es hätte auch außer Blicken und Lächeln nichts gegeben, wenn dieser Schuft von Zad, um seinen Ruf zu rechtfertigen, nicht den Scheinwerfer auf sie gerichtet hätte. Später hat er mir hoch und heilig geschworen, daß es nicht aus Gemeinheit war, sondern daß er sie erkannt hätte, er sammelte nämlich alte Schallplatten und er hatte sie beim Festival des realistischen Chansons am Fernsehen gesehen, und er hatte sie als Star herausstellen wollen, aber ich bin sicher, daß er es nur getan hat, um seinem Ruf als Arschgeige ersten Grades gerecht zu werden. Er setzte also das Spot-Light voll auf Mademoiselle Cora, ein weißer Lichtkreis mitten in die Fresse. Zuerst habe ich gehofft, sie würde aufhören, aber mit dem Champagner, den

Bewunderungserinnerungen und dreißig Jahren Ruhe hinter sich hat sie sicherlich geglaubt, sie sei allein auf der Bühne, als sie spürte, wie sich der Scheinwerfer auf sie richtete und die andern nach und nach zurückgetreten sind, um sie zu betrachten, und wenn einen das wieder überkommt, ist es sicherlich stärker als alles. Sie hatte eine Hand auf den Bauch gelegt und streckte die andere in die Luft, zum Kastagnettenspiel, so die Art olé olé, und ich weiß überhaupt nicht, was sie tanzte, ob es ein Flamenco war oder ein Paso doble oder ein Tango oder eine Rumba, und sicherlich wußte sie es selber nicht, aber sie fing damit an, sich in den Hüften zu wiegen und mit dem Hintern zu schwänzeln, und es war das Schlimmste, was ihr in ihrem Alter passieren konnte, und es ist noch schlimmer, wenn man nicht einmal weiß, daß es einem passiert. Es war Grausamkeit gegenüber Tieren. Einige, die drum herumstanden, fingen an zu lachen, aber nicht bösartig, nur um sich zu wehren. Und das ist noch nicht alles. Plötzlich hat sie sich nach Zad umgedreht und ihm ein Zeichen gegeben, und dieser Schuft hat sofort begriffen, und er hat die Platte abgestellt, glücklich wie ein König der Scheiße, wenn er volltankt. In diesem Augenblick habe ich gehört, wie neben mir ein Kerl zu mir sagte:

»Du solltest deiner Großmutter sagen, daß sie es etwas zu bunt treibt.«

Ich habe mich nach ihm umgedreht, um ihm eine zu schmieren, aber genau da habe ich Mademoiselle Coras Stimme am Mikrophon gehört:

»Ich widme dieses Lied Marcel Kermody.«

Das hat mich gelähmt. Ich war noch gar nicht Marcel Kermody, und nur sie und ich wußten es, aber alle meine Muskeln waren blockiert, und so was nennt man dann eine Salzsäule.

Mademoiselle Cora hielt das Mikrophon in der Hand und Zad war ans Klavier gesprungen. Ich hatte ein spöttisches Lächeln auf den Lippen, das habe ich immer, wenn nichts mehr zu machen ist.

Avec des gestes de gamine
Elle vendait des mandarines
Et dans les rues de Buenos Aires...

Mit den Gebärden eines Kindes / Verkaufte sie Mandarinen / Und in den Straßen von Buenos Aires...

Ich weiß nicht, wie lange dieses Chanson gehalten hat. Sicherlich hat es nicht so lange gehalten, wie ich glaubte, weil einem die Zeit in diesen Fällen Streiche spielt. So um die dreißig Jahre eben.

Prenez mes mandarines
Elles vous plairont beaucoup
Car elles ont la peau fine
Et de jolis pépins au bout...

Kauft meine Mandarinen / Sie gefallen euch bestimmt / Denn sie haben feine Schalen / Und zum Schluß noch hübsche Kerne...

Als Mademoiselle Cora *»et de jolis pépins au bout«* sang, machte sie eine Gebärde, als wolle sie sich aus den Kleidern schälen. Der Armleuchter mit dem großen Polohemd neben mir hat seinen Refrain neu aufgelegt, der an mich gerichtet war.
»Mir reichts! Ich will tanzen!«
»Man darf die Künstler nicht stören«, habe ich zu ihm gesagt. »Du kommst noch früh genug dazu. Ich werde nachher mit dir tanzen.«
Er hat einen Schritt auf mich zu gemacht. Seine Mieze, die zweimal mehr Titten hatte als üblich, hat ihn zurückgehalten.
»Ich will dich ja nicht dran hindern, dir deinen Lebensunterhalt zu verdienen, Bubi«, sagte er zu mir. »Aber tu es anderswo.«
Ich hatte eine solche Lust, ihm ein blaues Auge zu verpassen, daß ich sogar froh war, daß ich mich zurückhielt. Man genießt immer besser, wenn man sich zurückhält.
Mademoiselle Cora war fertig, und sie hatte Anrecht auf herzlichen Applaus. Man würde endlich tanzen können. Zad aber schien wohl zu befürchten, daß sie wieder anfing, denn er hat schnell wieder die Platte aufgelegt und Mademoiselle Cora zum Tanzen aufgefordert. Sie hatten ihre vierzig Francs Eintritt bezahlt, um zu tanzen, und nicht, um ihr zu helfen, sich zu erinnern.
Er hatte das Licht auf Grün geschaltet, und man sah ihn überhaupt nicht, nur sein phosphoreszierendes Skelett und seinen Zylinder, während er mit Mademoiselle Cora tanzte, wobei er sie fest in seinen Armen hielt, damit sie nicht noch einmal den Star spielen würde.
Mademoiselle Coras Herz jubelte. Sie hatte den Kopf zurück-

geworfen und die Augen geschlossen, wobei sie vor sich hin trällerte, und dieser Schuft von Zad beugte sein phosphoreszierendes Skelett und seinen Totenkopf unter dem Zylinder über sie. Eron Fisk brüllte mit seiner *Anschluß*-Stimme *Get it green!* Ich weiß zwar nicht, was das Wort *Anschluß* hier bedeutet, aber wenn ich es auch nicht weiß, lasse ich es trotzdem stehen, weil ich es für etwas benutze, das keinen Namen hat.

Ich bin an die Bar gegangen und habe mir zwei Wodkas einverleibt, und dann habe ich aus den Augenwinkeln gesehen, daß Zad Mademoiselle Cora an den Tisch zurückbrachte und daß er ihr sogar die Hand küßte, um zu zeigen, daß er einmal gute Manieren hatte, die verlorengegangen waren. Ich habe mich schnell eingestellt, jetzt war es an mir einzusammeln. Mademoiselle Cora stand und leerte den Rest des Champagners.

»Kommen Sie, Mademoiselle Cora, es reicht so, wir gehen jetzt nach Hause.«

Sie schwankte leise, und ich mußte sie stützen.

»Könnten wir nicht irgendwohin gehen, wo Java getanzt wird?«

»Ich weiß nicht, wo man Java tanzt, und ich will es auch gar nicht wissen.«

Ich habe dem Kellner ein Zeichen gemacht, und als er gekommen ist, hat sie bezahlen wollen. Ich wollte zwar nicht, aber es war einfach nichts zu machen. Sie bestand darauf, und ich habe wieder gemerkt, daß sie mich für den andern hielt. Sie hatte sicherlich die Gewohnheit, für diesen Strolch zu bezahlen, den sie geliebt hatte, und sie bestand darauf, zur Erinnerung an ihn zu bezahlen. Ich habe sie schließlich bezahlen lassen, ich wollte sie nicht um ihren Spaß bringen.

»Mir dreht sich der Kopf...«

Ich habe sie untergehakt, und wir sind auf den Ausgang zugegangen. Als sie am Mikrophon vorbeikam, hat sie mit dem Lächeln eines unartigen Kindes langsamer gemacht, aber ich habe sie zurückgehalten, und uff! draußen waren wir. Ich habe sie ins Taxi einsteigen lassen.

»Entschuldigen Sie bitte, Mademoiselle Cora, ich habe etwas vergessen.«

Ich bin wieder hineingegangen und habe mir mit dem Ellbogen einen Weg zwischen den Tänzern gebahnt bis zu dem »du solltest deiner Großmutter sagen, daß sie es etwas zu bunt treibt« und »ich will dich nicht daran hindern, dir deinen Lebensunterhalt zu verdienen, aber tu es anderswo.« Der Kerl war so ziemlich das Beste in meiner Art, stämmig, spöttisch, zuverlässige Visage und sogar blond, wie ich, und das hat mich wirklich in Form gebracht, diese Ähnlichkeit, das waren auf einen Schlag zwei beglichene Abrechnungen. Er hat versucht, mich zuerst zu packen, aber ich habe ihm einen solchen Schwinger aufs Auge versetzt, daß ich seitdem, wenn ich zuschlage, nie soviel Spaß habe, man lebt nur einmal.

Ich habe trotzdem einige Knüffe eingesteckt, denn er hatte einen Kumpel, der aus dem Maghreb kommt, und das hat mich beim Draufschlagen gestört, ich bin kein Rassist. In Frankreich sollte man nur auf Franzosen draufhauen, wenn man korrekt sein will.

Als ich soweit war, um zu gehen, sah ich, daß Mademoiselle Cora nicht im Taxi geblieben war, sie war wieder zurückgekommen und versuchte, das Mikrophon wieder an sich zu nehmen, und Zad hinderte sie daran, und sogar der Wirt hatte sich bemüht und hielt sie von hinten fest. Gewiß, sie hatte die ganze Flasche allein getrunken, aber es war nicht nur das, es war auch ihr ganzes Leben, das sie wieder überkam, es war einfach übermächtig. Und das hat eine solche Wirkung auf mich gehabt, daß ich mich überhaupt nicht mehr geschämt habe. Und überhaupt, wenn man jemandem gründlich die Fresse poliert hat, fühlt man sich immer wohler. Zad hielt das Mikrophon mit ausgestrecktem Arm weg, und Benno, der Wirt, zog Mademoiselle Cora zur Tür, und alle Typen auf der Tanzfläche lachten, weil es solche Typen sind und eine solche Tanzfläche. Kurz, ein richtiger Galaabend in Nächstenliebe. Ich war so richtig in Form. Ich bin zu ihnen gegangen, und ohne sich wegen Mademoiselle Cora zu genieren, hat mir Zad zugerufen:

»Zieh bitte mit deiner Fréhel hier ab, es reicht so.«

Ich habe ihm ganz freundlich die Hand auf die Schulter gelegt.

»Laß sie noch einmal singen.«

»Mensch, hör mal, wir haben hier doch keinen öffentlichen Künstlerwettbewerb, verdammte Scheiße.«

Ich habe mich nach Benno umgedreht und ihm meine Faust unter die Nase gesetzt, und er ist sofort für den historischen Kompromiß gewesen.

»Gut, dann soll sie noch einmal singen, und dann zieht ihr beide Leine, und du setzt nie wieder einen Fuß hierher.«
Er hat sie selbst angekündigt:
»Auf allgemeinen Wunsch hören Sie nun zum letzten Mal den großen Chanson-Star...«
Er hat sich nach mir umgedreht. Ich habe ihm den Namen zugeflüstert.
Zad hat sich übers Mikrophon gebeugt: »Cora Lamenaire!« Es gab zwar Hu! Hu! Hus!, aber sie applaudierten mehr als was anderes, vor allem die Mädchen, die sich am meisten für sie genierten.
Mademoiselle Cora hat das Mikrophon genommen.
Man hat sie angestrahlt, und Zad hat sich hinter sie gestellt. Er hatte sich entblößt, den Zylinder an sein Herz gedrückt und er stand mit gesenktem Kopf hinter Mademoiselle Cora, wie zum Gedenken.
»Ich singe dieses Lied für jemanden, der hier ist...«
Wieder gab es Hus und Pfiffe und Beifall, aber das war eher, um Krach zu machen, als sonstwas. Sie kannten Cora Lamenaire überhaupt nicht, hatten nicht die leiseste Ahnung von ihr, und daher sagten sie sich sicherlich, daß sie vielleicht jemand Berühmtes ist. Einer der Burschen brüllte:
»Wir wollen Funès sehen! Wir wollen Funès sehen!«
Ein anderer hat gebrüllt:
»Wir wollen unser Geld zurückhaben! Wir wollen unser Geld zurückhaben!« Aber sie wurden überstimmt von Psts, und Mademoiselle Cora fing zu singen an, und man muß zugeben, daß ihre Stimme das Beste war, was sie hatte:

Sie tu t'imagines
Fillette fillette
Si tu t'imagines
Qu'ça va qu'ça va qu'ça
Va durer toujours
La saison des a
La saison des a
Saison des amours
Ce que tu te gourres
Fillette fillette
Ce que tu te gourres...

Wenn du etwa glaubst / Mein Kind mein Kind / Wenn du etwa glaubst / Daß das daß das daß das / Ewig dauern wird / Die Zeit der Li / Die Zeit der Li / Die Zeit der Liebe / Dann irrst du dich sehr / Mein Kind mein Kind / Dann irrst du dich sehr...

Diesmal trat eine große Stille ein. Ihr Gesicht war weiß angestrahlt, und man sah Mademoiselle Cora in allen Einzelheiten. Sie wirkte glaubwürdig. So viele Jahre als Sängerin, das geht nicht spurlos an einem vorbei. Ich stand neben dem dicken Benno, der schwitzte und sich abtrocknete, und Zad beugte sein Skelett über Mademoiselle Cora, ein wenig über ihr, hinter ihr stehend. Darauf hat sich Mademoiselle Cora nach mir umgedreht, und sie hat die Hand in meine Richtung ausgestreckt, und als ich das nächste Lied gehört habe, konnte ich nichts anderes tun, um mich zu verstecken, als zu lächeln.

Il avait un air très doux
Des yeux rêveurs un peu fous
Aux lueurs étranges
Comme bien des gars du Nord
Dans les cheveux un peu d'or,
Un sourire d'ange...

Er hatte ein sehr sanftes Gesicht / Verträumte Augen voller Licht / Mit etwas irrem Glanz / Wie viele Jungs aus dem Norden / In den Haaren ein wenig Gold / Ein Engelslächeln...

Sie schwieg. Ich wußte nicht, ob das Lied zu Ende war oder ob Mademoiselle Cora sich unterbrochen hatte, weil sie nicht mehr weiter wußte oder aus anderen Gründen, über die ich nichts wußte und die nur sie kannte. Diesmal hatte sie Anrecht auf echten Applaus, und nicht nur so gezwungen von oben herab. Auch ich habe mit allen andern, die mich anschauten, applaudiert. Benno hat ihr sogar noch die Hand geküßt, ohne daß er dabei vergaß, sie sachte zur Tür zu drängen, und um ihr Genugtuung zu geben, immer wieder sagte: »Bravo! Bravo! Herzlichen Glückwunsch. Es war ein wahrer Triumph! Ich habe das alles gekannt! Die große Zeit! Das Tabou! Die Gréco! Die Rote Rose! Ich dachte, daß Sie schon lange vorher waren!« Und in seiner Erleichterung, weil wir nämlich schon ganz nahe am Ausgang waren, wollte er sich dann selbst übertreffen.

»Ach, wenn man doch auf demselben Plakat alle zusammenbringen könnte, die Piaf, die Fréhel, die Damia und Sie, Mademoiselle ...«
Und da gab es wieder eine Panne.
»Cora Lamenaire«, habe ich ihm ins Ohr geflüstert.
»Richtig, Cora Lamenaire ... Es gibt Namen, die man nicht vergißt!«
Er hat mir die Hand gedrückt, so sehr war er für den historischen Kompromiß.
Wir waren draußen.

XVIII

Ich stützte Mademoiselle Cora, bei der es noch mehr die Aufregung als der Champagner war.
»Uff!« machte sie und hielt die Hand ans Herz, um zu zeigen, daß sie außer Atem war.
Sie hat mich geküßt und dann hat sie sich zurückgelehnt, wobei sie beide Hände auf meinen Schultern liegen ließ, um mich besser ansehen zu können, sie hat meine Haare ein wenig geordnet, sie hatte das alles für mich getan, und sie wollte sehen, ob ich auch stolz auf sie war. Sie sah derart nach einem kleinen, übermütigen Mädchen aus, das wußte, daß es das nicht hätte tun dürfen, daß ich ihr beinahe eine Ohrfeige verpaßt hätte. Chuck sagt, daß die Sensibilität eine der sieben Plagen Ägyptens ist.
»Sie sind ganz toll gewesen, Mademoiselle Cora. Es ist schade, daß Sie mit einer solchen Stimme zu Hause bleiben müssen.«
»Die Jungen haben die Gewohnheit verloren. Das ist jedenfalls was anderes als das, was man heute singt. Die schreien nur, das ist alles.«
»Sie müssen eben schreien, und noch mehr, Mademoiselle Cora.«
»Ich glaube, daß das echte Chanson wiederkommen wird. Man muß geduldig sein und warten können. Es wird wiederkommen. Für mich hat es bei Prévert aufgehört. Marianne Oswald war die erste, die ihn gesungen hat, 1936.«
Sie begann:

La houle
Saoule
Roule . . .

Ich habe ihr die Hand auf den Mund gelegt, aber nett. Sie hat fröhlich gelacht, und dann hat sie kräftig durchgeatmet und sie ist wieder traurig geworden.

»Prévert ist tot und Raymond Queneau ebenfalls, und Marianne Oswald lebt immer noch, ich habe sie neulich in der Brasserie Lutetia gesehen . . .«

Ich habe nie jemanden kennengelernt, der mehr Namen kannte. Und dann hat sie ein trotziges Gesicht gemacht:

»Aber es wird wiederkommen. Es ist ein Beruf, bei dem muß man warten können.«

Ich half ihr ins Taxi und fuhr in rasender Eile ab. Sie sagte nichts mehr und sah vor sich hin. Von Zeit zu Zeit warf ich ihr einen Blick zu, und es kam, was kommen mußte. Sie weinte. Ich habe ihre Hand genommen, um etwas zu sagen.

»Ich habe mich lächerlich gemacht.«

»Aber nein, wie kommen Sie denn darauf!«

»Ich kann mich nur sehr schwer daran gewöhnen, Jeannot.«

»Das kommt wieder, Mademoiselle Cora, Sie sind im Augenblick in einer Talsohle, man muß warten können. Alle sind in dem einen oder anderen Augenblick in einer Talsohle gewesen, das gehört eben zum Beruf.«

Sie hörte mir nicht zu. Sie sagte noch einmal:

»Ich kann mich nur sehr schwer daran gewöhnen, Jeannot.«

Beinahe hätte ich ja gesagt, ich weiß, dieses Alter kennt kein Mitleid, aber ich konnte ihr viel besser helfen, indem ich sie reden ließ.

»Man fängt viel zu früh damit an, jung zu sein, Jeannot, und später, wenn man fünfzig ist und seine Gewohnheiten ändern muß . . .«

Sie hatte noch überall Tränen. Ich habe ihre Handtasche aufgemacht, ihr Taschentuch genommen und es ihr gegeben. Ich hatte keine Argumente mehr. Ich hätte alles für sie getan, egal was, denn es war nicht einmal persönlich, es war viel zu groß, viel zu allgemein, eine richtige Reise um die Welt.

»Es stimmt gar nicht, daß man älter wird, Jeannot, nur die Leute verlangen das von einem. Du mußt eine Rolle spielen, und

niemand fragt dich nach deiner Meinung. Ich habe mich lächerlich gemacht.«
»Das ist uns doch wurscht, Mademoiselle Cora. Wenn wir nicht das Recht hätten, uns lächerlich zu machen, das wäre doch kein Leben mehr.«
»Sie nennen es das dritte Alter, Jeannot.«
Sie schwieg einen Augenblick. Ich hätte alles mögliche getan.
»Das ist sehr ungerecht. Wenn du Musiker bist, Klavier oder Geige, dann kannst du weitermachen bis achtzig, das rechnet man dir nicht an, aber wenn du eine Frau bist, dann kommen immer und zuerst die Zahlen. Du wirst gezählt. Das erste, was sie mit einer Frau tun, ist, sie zu zählen.«
»Das wird sich ändern, Mademoiselle Cora. Man muß warten können.«
Aber ich wußte einfach nicht weiter. Außerdem muß man auch den Mut haben zu lügen.
»Es stimmt schon, daß die Jahre richtige Geiselnehmer sind, Mademoiselle Cora. Sie sollten sich nicht daran gewöhnen. Schauen Sie, es gibt eine Madame Jeanne Liberman, die ein Selbstverteidigungsbuch geschrieben hat *Das Alter gibt es nicht* in der Reihe »Gelebt«, wie der Name schon sagt. Das ist eine Frau, die mit neunundsiebzig Jahren noch mit dem Säbel umgeht. 1972 war sie Schwarzer Gürtel und sie hat *Kung fu* gemacht, mit zweiundachtzig Jahren praktiziert sie die Kriegskünste. Sie können sich erkundigen. Das hat alles in *France-Soir* gestanden.«
Sie weinte zwar weiter, aber sie lächelte auch.
»Du bist eine drollige Nummer, Jeannot. Und dazu noch ganz lieb. Ich habe nie jemanden kennengelernt wie dich. Du tust mir gut. Ich hoffe, daß es nicht nur als freiwilliger Helfer ist.«
Ich weiß nicht, was sie gegen die freiwilligen Helfer hatte, aber sie fing wieder an zu schluchzen. Es war vielleicht nur, weil der Champagner aufgehört und sie allein gelassen hat. Ich habe ihr die Hand gedrückt.
»Mademoiselle Cora, Mademoiselle Cora«, habe ich zu ihr gesagt.
Sie hat ihren Kopf an meine Schulter gelehnt.
»Es ist für eine Frau ja soviel schwieriger, jung zu bleiben ...«
»Mademoiselle Cora, Sie sind nicht wirklich alt. Heute, bei all den Möglichkeiten, die man hat, sind fünfundsechzig Jahre nicht

mehr das gleiche. Das bekommt man sogar von der Krankenkasse ersetzt. Wir leben nicht mehr im neunzehnten Jahrhundert. Heute fliegen wir auf den Mond, Scheiße.«
»Es ist aus, aus ...«
»Es ist überhaupt nicht aus. Was ist denn aus? Warum aus? Es gibt einen berühmten Gedanken, der sagt, daß es Hoffnung gibt, solang es Leben gibt. Sie müssen sich neue Chansons schreiben lassen, und sie werden noch Unheil anrichten.«
»Davon rede ich gar nicht.«
»De Gaulle war mit zweiundachtzig Jahren König von Frankreich, und Madame Simone Signoret, die fast so alt ist wie Sie, in welchem Film hat sie die Rolle gespielt? In dem Film *Madame Rosa*, nach dem Roman *Du hast das Leben noch vor dir!* Ja, *Du hast das Leben noch vor dir*, mit beinahe sechzig Jahren, und dafür gab's sogar einen Oscar, so wahr ist das! Wir haben alle das Leben vor uns, sogar ich, und dabei habe ich keinen Ehrgeiz, glauben Sie mir.«
Ich hielt sie zärtlich an mich gedrückt, die Arme um ihre Schultern gelegt, man muß sich zu beschränken wissen. Niemand hat je einen Arm gehabt, der lang genug war. Sie tat mir sogar gut, ich beschränkte mich auf eine einzige Person, anstatt auf alle Tierarten.
»Sie haben nichts unterschrieben, Mademoiselle Cora. Sie haben keine Unterschrift gegeben, Sie haben nicht Ihre Einwilligung gegeben, damit Sie das Alter haben, das das Leben Ihnen gibt.«
»Man muß zu zweit sein«, sagte sie.
»Zu zweit oder in dreißiger Gruppen, wie man will.«
»In dreißiger Gruppen! Wie entsetzlich!«
»Den Rat, das in dreißiger Gruppen zu machen, geben Radio und Fernsehen, nicht ich, Mademoiselle Cora.«
»Aber was erzählst du denn da, Jeannot? Das ist doch nicht möglich!«
»Es hat den Anschein, daß es ein richtiges Durcheinander wäre, wenn man das individuell täte, jeder für sich. Immerhin ist die Hälfte der Bretagne zu säubern.«
»Ach, du sprichst von der Ölpest ...«
»Ja. Ich wollte auch hingehen, aber ich kann nicht überall sein. Außerdem haben sie dort Tausende von freiwilligen Helfern und sogar fünftausend Soldaten, die helfen.«
Ich hatte einen Arm um ihre Schultern gelegt und lenkte mit der

andern, aber die Straßen waren leer und es war keine Gefahr. Sie weinte zwar nicht mehr, aber mein Hals war noch ganz naß. Sie rührte sich fast nicht, als ob sie endlich einen Platz gefunden hätte, wo sie sich wohl fühlte und den zu verlieren sie Angst hatte. Es war besser, nicht mit ihr zu reden, um sie nicht zu stören. Es ist der Augenblick, in dem die Katzen zu schnurren anfangen. Das Ungerechteste ist, daß es Leute gibt, die eine alte Katze sagen würden, wenn sie von ihr sprächen. Alle Ampeln stehen nachts auf Orange, aber ich fuhr ganz langsam, als ob sie mich darum gebeten hätte. Ich habe noch nie eine Frau so laut schweigen hören. Als ich ein Kind war, hatte ich mir auch im Garten ein Loch gegraben, und da drin habe ich mich versteckt, mit einer Decke überm Kopf, damit es dunkel war, und spielte Sich-wohl-Fühlen. Das tat auch Mademoiselle Cora, das Gesicht an meiner Schulter versteckt, mich in ihren Armen haltend, spielte sie Sich-wohl-Fühlen. Das ist animalisch. Man verschafft sich physische Wärme, und schon ist es gar nicht mehr so schlimm. Es war das erste Mal, daß ich eine ältere Dame so hielt. Es liegt eine furchtbare Ungerechtigkeit in all dem, obgleich für das übrige alles vorgesehen worden ist, für den Durst, den Hunger, den Schlaf, als ob die Natur das Wichtigste vergessen hätte. Man nennt das die schwarzen Löcher, die so was wie Gedächtnislöcher sind, das Vergessen, während das Licht auf die Augen antwortet, das Wasser auf den Durst und das Obst auf den Hunger. Man muß auch noch hinzufügen, daß wir lenkbare und folgsame Neigungen haben, eine alte Frau ist eine alte Frau, das muß sie sich hinter die Ohren schreiben, und das wird für null und nichtig angesehen. Es ist wahnsinnig, was man alles hinnimmt. Selbst ich, der ich Mademoiselle Coras Atem und Wange an meiner Schulter und ihre Arme um mich spürte, machte mich steif, damit es nicht aussah, als erwiderte ich etwas, und ich war geniert, weil sie fünfundsechzig Jahre alt war, und schließlich war das, der Teufel hol's, von meiner Seite Grausamkeit gegenüber Tieren. Wenn Sie eine alte Hündin haben, die zu Ihnen kommt, um gestreichelt zu werden, dann finden Sie das normal, und Sie machen keinen Unterschied, aber bei der an mich geschmiegten Mademoiselle Cora empfand ich Widerwillen, als ob ihre Zahlensituation bewirke, daß sie keine Frau mehr ist, die sich an mich schmiegt, sondern ein Kerl und ich homosexuellen Ekel verspürte. Ich kam mir wirklich zum Kotzen vor, als sie mir einen Kuß auf den Hals gegeben hat, einen kleinen, flüchtigen Kuß, als solle ich nichts davon merken, und ich bekam eine Gänsehaut, so gehorsam war ich auf der ganzen Linie, obgleich es doch die erste Pflicht ist, nicht hinzunehmen und gegen die Natur zu sein, wenn die Natur nichts anderes als Zahlenkonvention ist, die Anzahl der Jahre, die sie einem auf der Schiefertafel ankreuzt, das Alter und der Tod, wie es nicht erlaubt ist. Ich wollte mich ihr zuwenden und sie wie eine Frau auf den Mund küssen, aber ich war blockiert und dabei küssen sich in Rußland sogar die Männer auf den Mund, ohne sich zu ekeln. Aber das kommt von weit her und ist das Erbteil. Die Erbzellen. Chuck sagt, daß es kein schlimmeres Polizeiregime gibt als die Zellen, alles Gefängniszellenwagen. Es lohnt gar nicht, nach Bürgerwaffen zu schreien, der Natur ist das wurscht, außer Graffiti an der Wand hat das keine Wirkung auf sie. Darauf habe ich derart den Gehorsam verweigert, daß ich anfing, einen Steifen zu bekommen. Ich habe das Taxi angehalten, habe Mademoiselle Cora in die Arme genommen, als ob sie jemand anderes wäre, und habe sie auf die Lippen geküßt. Es war nicht ihretwegen, sondern wegen dem Prinzip. Mit ihrem ganzen Körper hat sie sich an mich gepreßt, mit einer Art Schrei oder Schluchzer, bei der Verzweiflung weiß man ja nie.

»Nein, nein, wir dürfen das nicht ... Wir müssen brav sein ...«

Sie hat sich ein wenig nach hinten gelehnt und mir die Haare gestreichelt mit Tränen, Schminke, Champagner und all dem, was das Leben ihr im Vorüberziehen angetan hat und durch die Aufregung war sie um weitere zehn Jahre gealtert und ich habe schnell meine Lippen auf die ihren gepreßt, um nicht zu sehen. Es war wieder Sentimentalität, mit diesem Foto eines norwegischen oder kanadischen Totschlägers, der den Knüppel über dem Kopf des Seehundbabys hält, das ihn ansieht, es war genau der gleiche Blick.

»Nein, Jeannot, nein, ich bin viel zu alt ... Das geht nicht ...«

»Wer hat denn das beschlossen, Mademoiselle Cora? Wer hat denn dieses Gesetz gemacht? Der Papst? Die Zeit ist eine schöne Schweinerei, das ist alles.«

»Nein, nein ... Wir dürfen nicht ...«

Ich fuhr ab. Sie hatte sich an mich geworfen und verbarg ihr Gesicht an meiner Schulter und jedesmal, wenn sie atmete, war es, als ob sie um Luft ringe. Ein kleines Mädchen, das man mit

einer alten Haut verkleidet hatte und das nicht begriff wie, wo und warum. Es ist furchtbar, wenn man nicht alt wird.
Sie weinte jetzt ganz leise. Sie war von mir abgerückt, und sie weinte ins Dunkel hinein, wie das immer der Fall ist.
Die Zeitung hat recht, wenn sie eine Reform des Zellenregimes fordert.
Ich habe mein Taxi auf dem Bürgersteig geparkt. Im Aufzug hat sie gemurmelt:
»Ich muß einen scheußlichen Kopf haben.«
Und dann hat sie wirklich etwas gemacht. Ich wußte, daß sie sich wehren mußte. Sie hat ihre Handtasche aufgemacht, drei Hundert-Francs-Scheine herausgenommen und sie mir hingehalten.
»Da, Jeannot, nimm das. Du hast Unkosten gehabt.«
Ich hätte beinahe gelacht, aber nun ja, sie bestand eben auf ihrem realistischen Chanson. Der Zuhälter, der Dolch, die Afrika-Bataillone, Sidi bel' Abbès, er roch gut nach warmem Sand, mein Legionär. Ich weiß nicht, was Fréhel und Damia sangen, aber ich würde mich erkundigen. Ich habe den Zaster genommen. Mademoiselle Cora mußte eben beruhigt werden. Solange ich Geld von ihr nahm, war alles in Ordnung. Sie fühlte sich auf dem Festland.
Ich habe ihr nicht einmal die Zeit gelassen, Licht anzumachen. Ich habe sie in die Arme genommen, sie hat sofort nein, nein, gesagt und dann du Irrer, und sie hat sich mit ihrem ganzen Körper an mich gedrängt. Ich habe sie nicht ausgezogen, es war besser so. Ich habe sie hochgehoben, ich habe sie ins Schlafzimmer getragen, wobei ich gegen die Wände stieß, ich habe sie aufs Bett geworfen und dort habe ich sie zweimal gefickt, ohne mich zurückzuziehen, und nicht nur sie, sondern die ganze Welt mit allen ihren Gefängniszellenwagen, denn die Ohnmacht ist nichts anderes. Danach war ich völlig leer vor Ungerechtigkeit und Zorn. Sie hat eine Zeitlang weitergewimmert, und dann ist sie in Schweigen verfallen. Sie hatte dabei meinen Namen gerufen, sehr laut, und mein Liebling, mein Liebling, mein Liebling, sie glaubte, es sei nur persönlich, während es doch sehr viel mehr war. Als sie dann geschwiegen und sich nicht mehr gerührt hat und nur noch ein bißchen Atem von ihr übrigblieb, habe ich sie wieder zärtlich in meinen Armen gedrückt und ihre Lippen gesucht, und ich weiß nicht warum, ich dachte an das, was Chuck

mir gesagt hatte, daß es überall Christusgräber zu befreien gibt. Wir waren im Dunkeln, und deshalb war Mademoiselle Cora schön und jung und in meinen Armen, und in meiner Seele und meinem Bewußtsein war sie achtzehn Jahre alt. Ich habe auch an König Salomon gedacht, der mit vierundachtzig Jahren noch hocherhobenen Hauptes zu einer extra-luziden Hellseherin ging, um zu zeigen, daß es keine Grenzen gab. Ich spürte den Körper Mademoiselle Coras, der mit den Flügeln schlug wie der Vogel im Fernsehen, der in der Ölpest steckte und wegfliegen wollte. Überall wird ein wenig massakriert, und ich kann nicht überall gleichzeitig sein. Kein Anschluß unter dieser Nummer. Die Kambodschanerinnen sind mir wurscht, man kann sie nicht alle ficken. Marcel Kermody, Ex-Jeannot Lapin alias Meister Lampe. In den Straßen von Paris findet eine Straßensammlung gegen den Hunger in der Welt statt. Chuck sagt, daß sie Aldo Moro nie töten werden, das wäre zu literarisch. *Prima della Revoluzione.* Man müßte ein solcher Kinogänger werden, daß die zerstörten Arten nur noch Schauspiel sind. Sie haben einen Hai erfunden, der in *Der Weiße Hai* Angst und Schrecken verbreitete, denn da war es endlich mal ein anderer als wir, einmal wenigstens war es der Hai, wir waren nicht schuld. König Salomon hatte sich im Stockwerk geirrt. Einhundert Millionen Stockwerke höher mit einer hundert Millionen mal lauteren Telefonzentrale. Aber unter der Nummer, die Sie gewählt haben, gibt es keinen Anschluß. Ich habe Mademoiselle Cora immer wieder gestreichelt, wie das gar nicht möglich ist. Endlich etwas in Reichweite. Chuck sagt, man dürfe nicht den Mut verlieren, denn in jedem Menschen stecke ein menschliches Wesen, das sich versteckt und das früher oder später herauskommt. Danach habe ich ihr geholfen, sich auszuziehen, ihr Kleid und alles, und nackt zu bleiben, selbst als sie Licht gemacht hat, denn ich bin unverfroren. Ich vertrug es viel besser als vorhin, als sie murmelte oh ja mein Liebling, ja, ja jetzt, ja, ja, ich liebe dich, und zwar nicht wegen der Wörter, die niemandem gehören und die immer eine Gegenwart herstellen, sondern wegen der Stimme, die wirklich den Kopf verloren hatte. Ich hatte noch nie jemanden so glücklich gemacht. Mein Vater erzählte mir, daß es uns während der Besatzung an allem fehlte, aber daß man sich schwarz alles besorgen konnte. Man sagte »schwarz«, um zu zeigen, daß es illegal war, daß man kein Recht darauf hatte. Mademoiselle Cora hatte kein Recht darauf wegen der Tafel, die man ihr auf den Rücken gehängt hatte, sie war schwarz glücklich.

»Was ist? Warum lachst du?«

»Nichts, Mademoiselle Cora, es ist, als ob Sie und ich Schwarzmarkt trieben ...«

Ich glaube, daß sie zu durcheinander war, um zu lachen.

»Oh, hören Sie nicht hin, Mademoiselle Cora, ich fühle mich wohl, da rede ich immer dummes Zeug.«

»Ist das wahr? Ist das wahr, daß du dich wohl fühlst bei mir?«

»Aber ja.«

Sie hat mir wieder die Haare gestreichelt.

»Habe ich dich glücklich gemacht?«

Also da hat's mir doch die Sicherung rausgehauen, denn schließlich, also immerhin.

»Aber selbstverständlich, Mademoiselle Cora.«

Sie ist wieder etwas lebendig geworden, und ihre Hand fing an mich zu suchen, als wollte sie mir beweisen, daß sie mir gefiel, und dann hat sie sich ganz hineingekniet, nervös, als ob sie in Panik geraten sei und beruhigt werden wolle. Ich habe sie beruhigt. Es ist immer rührend, wenn ein junges Mädchen, das keine Erfahrung hat, sich beweisen will, daß es einem gefällt, und Mademoiselle Cora hatte keine Erfahrung mehr. Sie tat es ungeschickt und gehetzt, als hätte sie die Bullen auf den Fersen. Ich habe sie sanft weggeschoben, in dieser Hinsicht brauche ich keine Hilfe. Es gibt nichts Ungerechteres als eine Frau, die Angst hat, daß sie nicht mehr sexy ist. Das sind so Ideen, die man ihnen in den Kopf setzt, wegen der Marktgesetze, denen sie unterworfen sind. Sie hat wieder die Hand in der Dunkelheit ausgestreckt, und ich habe sofort wieder einen Steifen gekriegt, damit die Spannung nicht zu lange dauerte, ich wollte nicht aufstehen und sie verlassen, entschuldigen Sie bitte, ich kam nur hier vorbei. Ich konnte zwar ihre Schiefertafel nicht wegwischen, aber sie brauchte sich nicht zu entschuldigen und sich schuldig zu fühlen, weil sie eine hatte. Die Buchhaltung in den Büchern der Natur, das sind immer Fälschungen bei der Buchung. Fälschungen und Gebrauch von Fälschungen, und das müßte strafbar sein vor den Gerichten und den höheren Instanzen. Chuck hat mehr recht als irgendein anderer, wenn er sagt, daß das alles Ästhetik sei und daß sich eine Frau eine welke Haut, schlaffen Hintern und leere Titten nur in der Kunst erlauben kann, daß ihr das im Leben aber

nur schadet, wegen der Erklärung der Menschenrechte. Mademoiselle Cora hat ihre Lippen auf meine Lippen gedrückt, und dann hat sie gemurmelt mein geliebter Schatz, mein hübscher Liebling, es war eher rührend und warm, jedenfalls sagen einem die heutigen Miezen ganz bestimmt nicht mein geliebter Schatz, mein hübscher Liebling. Es ist nicht mehr die gleiche Poesie. Danach lag sie noch viel länger wie tot da, nur daß sie immer noch meine Hand hielt, als wolle sie sichergehen, daß ich nicht fortfliege. Sie hätte wissen müssen, daß die Fluchtversuche nicht meine Art sind. Ich bin genau wie König Salomon, der der Zukunft zugekehrt ist und der ihr fest in die Augen sieht und der sich sogar einen Anzug hat machen lassen aus einem Stoff, der noch fünfzig Jahre hält, in aller Ruhe, der kennt keine Angst, und wenn er sagt »man weiß nie, was die Zukunft uns noch beschert«, dann lächelt er vor Freude, weil sie so voller guter Dinge ist.
Alles war so still, daß man nicht einmal die Autos draußen hörte. Es gibt solche Augenblicke, wenn niemand an jemand denkt und Friede auf der Welt herrscht. Es war so still und ruhig, daß ich wirklich froh bin, daß ich das kennengelernt habe. Ich war total erschöpft, und das tut der Angst immer gut. Es ist das, was man die physische Anstrengung und die Wohltaten der harten Arbeit nennt. Mein Vater sagte zu mir: wenn du jeden Tag acht Stunden in einer Grube arbeitest... Die Arbeit, die man die Bergleute machen läßt, ist schon eine harte Sache.
Sie ist aufgestanden, um ins Bad zu gehen, wie das manchmal eben notwendig ist. Ich habe die Hand ausgestreckt, um nach der Lampe zu suchen, ohne Grund.
»Nein, nein, mach kein Licht...«
Ich habe Licht gemacht. Es war nicht ihre Schuld, mein Gott, sie brauchte sich wirklich nicht schuldig zu fühlen. Ich habe Licht gemacht. Es war eine kleine rote, rosa und orangefarbene Lampe, aber ich hätte sie genauso zärtlich angesehen, wenn es ein Scheinwerfer gewesen wäre. Man sieht nie die Kleine von achtzehn, wenn sich die Zeit mit ihr beschäftigt hat, die Zeit ist das größte Wechselbad, das ich kenne.
»Schau mich nicht so an, Jeannot.«
»Warum nicht? Das gehört alles zu den Menschenrechten.«
Das einzige, was sie nicht hätte lassen dürfen, war der Unterleib. Das war ganz grau. Ich habe einige Sekunden gebraucht und dann habe ich begriffen, daß sie sich ihre Haare nicht gefärbt

hatte und sie grau gelassen hatte, weil sie nicht mehr dran glaubte. Sie sagte sich, daß sie sowieso nie jemand sehen würde.
Ich bin mit einem Satz aufgestanden, habe sie in die Arme genommen und etwas hin- und hergewiegt, und dann bin ich pinkeln gegangen. Ich habe ihr das Badezimmer überlassen, habe mir in ihrer Handtasche eine Zigarette geholt und mich wieder hingelegt. Ich fühlte mich wohl. Und das Schlafzimmer von Mademoiselle Cora war sehr weiblich. Da lag der große, schwarzweiße Hanswurst, der vom Bett gefallen war. Ich habe ihn aufgehoben. Man konnte ihn nach allen Richtungen biegen. An den Wänden gab es gemalte Blumen und Gegenstände, wie man sie in Souvenirvitrinen sieht. Der Plüschteddybär saß in einem Sessel, mit ausgestreckten Armen. Es gab auch richtige Bilder mit Katzen und Bäumen und ein Foto von einem Revue-Conférencier mit Mädchen, die das Bein hoben, und es war signiert: »Meiner Großen.« Es gab Fotos von Raimu, von Henri Garat und von Jean Gabin, den ich in *Ein Gesicht zum Verlieben* wiedererkannt habe. Ein richtiges Museum. An der Wand gegenüber dem Bett, zwischen zwei Spiegeln, hing ein großes Foto von Mademoiselle Cora in einem granatroten Samtrahmen. Unglaublich, wie jung und schön sie damals war! Man erkannte sie ganz genau, es herrschte eine Ähnlichkeit! Sie hat sicherlich so manchen Knaben zum Seufzen gebracht, aber ich hatte sie schließlich abgestaubt. Die kleine Nachttischlampe tat mir gut, mit dem sanften Licht. Ich hatte oft zu Tong gesagt, daß wir mit unserer Bude etwas hätten anstellen können, anstatt so zu tun, als würde sie zu nichts nützen. Man sieht überall in den Läden hübsche Lampen, und es gibt keinen Grund, darauf zu verzichten.
Mademoiselle Cora kam zurück. Sie hatte einen rosa Morgenrock mit Quasten angezogen. Sie hat sich auf den Bettrand gesetzt und wir haben uns bei der Hand gehalten, um uns zu beweisen.
Sie hatte sich abgeschminkt. Es bestand gar kein so großer Unterschied zu den Gesichtern der andern Frauen. Und jetzt, ohne Schminke, war es sogar besser, es war vertrauensvoller. Man sah alles. Es war gezeichnet. Was das Leben am allermeisten mag, das ist sein Autogramm geben.
»Willst du etwas trinken?«

Scheiße, sie würde doch wohl nicht wieder mit ihrem Apfelmost anfangen.
»Wenn Sie eine Cola haben ...«
»Das hab' ich nicht, aber ich verspreche dir, daß ich das nächste Mal welche habe ...«
Ich habe ein wenig geschwiegen. Ich würde sie sicherlich wieder aufsuchen. Warum auch nicht? Ich hoffte, daß wir Freunde bleiben würden.
»Trinkst du etwas Apfelmost?«
Das mußte ein religiöser Tick bei ihr sein.
»Mit Vergnügen, danke.«
Ich bekam kurz einen Moralischen, während Mademoiselle Cora in der Küche war. Ich hatte Lust, alles fallenzulassen und zu verduften, was nützt das schon.
Ich bin ins Bad gegangen und habe Wasser aus dem Hahn getrunken.
Ich bin ins Schlafzimmer zurückgegangen, und Mademoiselle Cora stand da mit einer Flasche Apfelmost und zwei Gläsern auf einem Tablett. Sie hat die Gläser gefüllt.
»Du wirst sehen, Jeannot, es wird klappen.«
»Ich bin nicht fürs Pläneschmieden, Mademoiselle Cora.«
»Ich habe noch Verbindungen. Ich kenne eine Menge Leute. Du mußt allerdings Unterricht nehmen. Gesang und etwas Tanz. Der Sprachstil bleibt, wie er ist. Du hast genau das, was du brauchst, ein wenig Strolch, ein wenig Kanaille ... Die Straße eben. Wenn man dich heute mit dem vergleicht, was man im Kino oder am Fernsehen sieht, dann sieht man sofort, daß du eine echte Chance hast. Da ist zwar Lino Ventura, aber der ist nicht mehr ganz jung. Und von den Sängern ist nicht einer, der so eine richtige Zuhältervisage hat. Da ist ein Platz einzunehmen. Du bist ein Naturtalent.«
Sie hörte nicht mehr auf zu reden, als ob sie Angst hätte, mich zu verlieren. Als erstes mußte man zusehen, daß mein Foto ins Schauspielerverzeichnis kommt. Sie würde sich darum kümmern.
»Ich habe mich schon immer um jemanden kümmern, einen großen Star aus ihm machen wollen. Du wirst sehen.«
»Hören Sie, Mademoiselle Cora, Sie brauchen mir keine Garantien zu geben. Mir ist das wurscht. Sie können sich überhaupt nicht vorstellen, wie wurscht mir das ist. Es ist nicht so sehr,

daß ich gern Schauspieler sein wollte, es ist vor allem, weil ich nicht ich selber sein wollte, das ist immer viel zuviel. Und außerdem ...«

Beinahe hätte ich zu ihr gesagt, kümmere ich mich um Sie, aber das sah so nach Betreuer aus. Ich bin aufgestanden, und sie hat sofort Angst bekommen, es war vielleicht das letzte Mal, daß sie mich sah. Sie begriff nichts. Aber überhaupt nichts. Man nennt das den Erhaltungstrieb.

»Mademoiselle Cora, ich verlange nichts von Ihnen. Soll ich Ihnen mal was sagen? Sie sind nicht nett zu sich selber.«

Ich habe mich herabgebeugt und ihr einen Kuß gegeben, einen ganz dummen, leichten, kaum aufgedrückt und schon verflogen. Ich blieb einen Augenblick vorgebeugt stehen und sah sie zärtlich an. Mademoiselle Cora hatte überhaupt nichts begriffen. Sie glaubte, es sei persönlich. Sie hatte nicht begriffen, daß es ein Liebesakt war.

»Auf Wiedersehen, Mademoiselle Cora.«

»Auf Wiedersehen, Jeannot.«

Sie hat mir die Arme um den Hals gelegt.

»Ich kann es einfach noch nicht glauben«, sagte sie. »Das Härteste, was es für eine Frau gibt, ist ohne Zärtlichkeit zu leben ...«

»Das gilt für alle, Mademoiselle Cora. Es gibt keine, deshalb müssen wir uns untereinander arrangieren. Gerade deshalb geben die Mütter ihren Kindern soviel Zärtlichkeit, damit sie später gute Erinnerungen haben.«

Ich habe sie hochgehoben und sie an mich gedrückt. Ich hatte Angst, daß ich wieder einen Steifen bekäme, bei mir ist das automatisch, und wenn ich wieder Liebe mit ihr machen würde, könnte sie glauben, ich täte es nur, um die Gefühle zu vermeiden.

»Du hast mich so glücklich gemacht ... Mache ich dich auch ein wenig glücklich, Jeannot?«

»Ja, selbstverständlich machen Sie mich glücklich, man braucht Sie ja nur anzusehen ...«

Ich habe sie wieder aufs Bett gesetzt und bin gegangen.

Ich dachte, daß es nicht notwendig sei, jemanden zu lieben, um ihn noch mehr zu lieben.

XIX

Es war sechs Uhr morgens, als ich bei ihr rausgegangen bin, und gegenüber war eine Kneipe, die gerade aufmachte. Der glatzköpfige Wirt war die Art von Kerl, die einem nichts zu sagen hat. Ich sagte guten Tag zu ihm, und er gab mir keine Antwort. Ich habe drei Kaffee hintereinander getrunken, und er hat mir Blicke zugeworfen. Es ist doch merkwürdig, wie viele Kerle es gibt, die mich vom ersten Augenblick an nicht riechen können. Das hängt sicherlich mit meinem visuellen Erfolg zusammen. Ich verschanze mich immer hinter einem Lächeln von der Art mit Waffengewalt. Chuck sagt noch, daß ich ein Äußeres habe, das den Männern mißfällt, die zu wenig davon haben. Oder vielleicht ist es auch nur natürlicher Antagonismus. Ich habe den Wirt gefragt, wieviel es macht, zweimal, ohne daß er mir antwortete. Ich konnte ihn auch nicht riechen, nach der Nacht, die ich mir genehmigt hatte. Er hatte ein paar sehr pomadige Haare über den Ohren, dazu ein weißes Hemd und eine blaue Schürze, und er hatte sich auf die andere Seite der Theke gestellt, als ob er verstünde, daß ich Freundschaft brauchte. Ich weiß nicht, wo ich meinen freiwilligen Helfer-Charakter herhabe, aber das ist bei mir am wenigsten erblich. Mein Vater hat sein ganzes Leben nur geknipst, und meine Mutter hat sich knipsen lassen. Für Chuck habe ich das, was man den Heilands-Komplex nennt, und das ist unverzeihlich, ich laufe Gefahr, jemanden umzubringen.

Neben der Kasse stand ein Transistorradio, ich habe mich vorgebeugt und es angestellt. Der Wirt hat mich mit Messern angeschaut.

»Entschuldigen Sie bitte, daß ich mir erlaube«, sagte ich zu ihm, »aber es ist wegen der Ölpest. Ich bin Bretone. Ich habe einen Vater dort, der Seemöwe ist. Und noch einen Kaffee bitte.«

Er hat mir so schnell einen hingestellt, als ob ich Mesrine wäre. Das Radio hat mich davon in Kenntnis gesetzt, daß die Vögel auf den Heiligeninseln alle im Eimer waren, und ich habe mich wohler gefühlt, so war wenigstens nichts mehr zu machen. Man brauchte mich nicht. Uff! Eine Sorge weniger. Yoko hat bei uns eine Reproduktion des heiligen Georg an die Wand geheftet, aber bei ihm gab es nur Südafrika. Wenn ich nicht so egoistisch wäre, wäre es mir wurscht, Kummer bereiten sie mir alle.

Der Wirt verurteilte mich derart, daß ich versucht war, ihn zu bestätigen und das Transistorradio mitzunehmen, die Leute müssen recht bekommen. Aber der Gedanke hat mir genügt, und ich habe gelacht. Ich habe den letzten Kaffee bezahlt und bin gegangen, wobei ich ihn ohne Objekt zurückließ. Es war halb sieben, ich fuhr das Taxi in die Garage in der Rue Métary zurück, wo Tong es um sieben Uhr abholen würde. Es war sein Tag. Ich habe mein Solex genommen und bin zu den Buttes-Chaumont gefahren, in die Rue Calé, Hausnummer 45, fünfte Etage zum Hof, wo wir eingezogen waren, als wir aus Amiens kamen, achtzehn Jahre meines Lebens, und wo hast du dich denn wieder herumgetrieben. Mein Vater gleicht mir überhaupt nicht, ich weiß nicht einmal, wie ich zu ihm gekommen bin. Er hat vierzig Jahre seines Lebens Metrokarten geknipst, es gibt welche, die nehmen die Metro, aber ihn hat die Metro genommen. Er hat einen schönen, einheimischen Kopf mit weißen Haaren und einem weißen Schnurrbart, es gibt Leute, die werden mit sechzig Jahren schön.

Er hat mir in Hosenträgern aufgemacht. Wir haben uns die Hand gedrückt. Er weiß genau, daß ich weit vom Stamm gefallen bin. Für ihn gilt noch die Ehre der Arbeit, die politischen Programme, die Diskussionen an der Basis. Für meinen Vater ist das Alter ein Gesellschaftsproblem und der Tod ein natürliches Phänomen.

»Na, Jean, wie gehts?«

»Nicht schlecht. Ich schaukele mich durch.«

»Immer noch das Taxi?«

»Und dazu noch so kleine Sachen hier und da.«

Er hat mir Kaffee aufgewärmt, und wir haben uns hingesetzt.

»Und abgesehen davon? Lebst du immer noch mit deinen Kumpels zusammen?«

»Immer noch mit den gleichen.«

»Du brauchst eine Frau in deinem Leben.«

»Die einzige Frau in meinem Leben hat so was wie fünfundsechzig Lenze. Eine ehemalige Sängerin. Sie will mir helfen, Theater zu machen.«

Ich wollte ihm keinen Kummer machen. Ich sagte das laut, um mich zu orientieren. Vielleicht war das wirklich ganz mies, Mademoiselle Cora und ich. Die Typen in meinem Alter verstehen alles zu leicht. Ich hatte Vertrauen zu meinem Vater. Er kannte die Normen. Er war seit jeher Gewerkschaftler.

»Ich werde nicht Theater spielen, mach dir keine Sorgen«, sagte ich zu ihm.
Wir saßen am Küchentisch, und das Fenster war gegenüber. Es ging auf den Hof, und es war ganz grau, aber in seinem Gesicht ist es noch viel grauer geworden.
»Du läßt dich also von einer Alten aushalten, wie?«
»Nein. Ich hätte jetzt ja zu dir sagen müssen, um dich zu bestätigen, aber es ist nicht so. Sie schiebt mir manchmal einen Geldschein zu, und ich nehme ihn auch, aber ich tu's nur, um ihr zu helfen. Sie ist eine sehr romantische Person. Sie ist ganz voll von ihren Chansons, dem Zuchthaus, der Guillotine, den Afrika-Bataillonen, den Legionären, den schweren Jungs. Dieses Repertoire ist noch viel älter als sie. Ich weiß, daß dir das komisch vorkommen mag, aber wenn sie mir ein paar Moneten in die Rippen drückt und ich nehme sie an, so hilft ihr das. Das nannte man früher realistisches Chanson. Die Wüstlinge und Zuhälter, die ledigen Mütter und das alles. Sie hieß Cora Lamenaire, vielleicht hast du in der Metro Plakate von ihr gesehen, als du jung warst. Ihr seid ungefähr gleichaltrig.«
Er hat das dicke, runde Bauernbrot auf dem Tisch genommen und fing an, es langsam aufzuschneiden, in sehr gleichmäßige Scheiben, um sich in etwas Sicheres und Vertrautes zu flüchten. Er hat zu Hause schon immer das Brot geschnitten. Es ist das erste, woran ich mich erinnere, nachdem meine Mutter weggegangen ist. Er hat zu mir gesagt, deine Mutter hat uns verlassen, und dann hat er angefangen, langsam das Bauernbrot aufzuschneiden, in schöne, gleichmäßige Scheiben.
»Bist du extra gekommen, um mir das zu sagen? Daß du dich von einer Alten aushalten läßt?«
Er legte das Brot, die Scheiben und das Messer auf das blaukarierte Wachstuch.
»Wir haben uns schon lange nicht mehr gesehen, deshalb erzähle ich es dir.«
»Wenn du das Bedürfnis empfindest, morgens um sieben Uhr herzukommen, um mir das zu erzählen, dann beweist das, daß es dir zu schaffen macht.«
»Ein bißchen schon.«
»Hoffentlich ist da nicht noch was anderes?«
»Nein, nichts.«
»Hast du nicht die Polizei auf dem Hals?«

»Noch nicht. Noch wird das nicht als Aggression gegen alte Leute angesehen.«
»Es lohnt sich nicht, daß du den Hanswurst spielst.«
»Ich bin gekommen, um mit dir über diese alte Frau zu sprechen, weil ich tatsächlich nicht mehr so richtig weiß, wo ich dran bin. Du hast noch feste Normen. Mit den Moneten hat das überhaupt nichts zu tun.«
»Du suchst nach Entschuldigungen.«
»Was soll ich dagegen tun, ich mag eben die Alten, wahrscheinlich bin ich pervers.«
Er schwieg, die Hände auf den Schenkeln, und schaute auf dem Tisch das gute, solide, ehrliche Brot an. Eigentlich war es sogar ungeheuerlich, dieser alte, ganz weißhaarige Mann von sechzig Jahren, der nicht verstehen wollte, daß man die Alten lieben konnte.
»So fängt es an, und schließlich endet es mit bewaffneten Überfällen auf Postämter. Ich bin mir nicht sicher, ob das nicht schon passiert ist, weil du mich plötzlich um diese Zeit besuchen kommst.«
Ich empfand wieder diese Sanftmut. Sie stieg in mir hoch, machte mir warm und wurde dann zum Lächeln.
»Laß mir zehn Minuten Zeit, bevor du die Bullen anrufst.«
Ich empfand Zärtlichkeit für ihn und sein Bauernbrot, das so sicher, solide und ehrlich war, aber es lohnt nicht, wenn man liebt, wie man atmet, halten sie das alle für eine Krankheit der Atemwege.

XX

Ich bin nach Hause gefahren in die Falle. Es war niemand da, außer dem heiligen Georg, der an der Wand den Drachen niederstreckte. Ich bin in meine Koje in der zweiten Etage geklettert und mit hängenden Beinen da sitzen geblieben, den Kopf in den Händen, um in mir zu suchen und mich zu fragen, wo ich war und was ich da tat, und wohin ich gehen sollte und warum eher dorthin als anderswohin, und ich fragte mich, wie ich es anstellen sollte, um wieder zur Tagesordnung überzugehen

und von meinem freiwilligen Helfer-Charakter loszukommen, oder aber es hätte ein Klosterorden sein müssen.
Vielleicht hatte mein Vater recht, und es zählt nur das Gesellschaftliche. Man könnte sich dann unterwegs mit Maßnahmen aus der Affäre ziehen und am Ausgang, entschuldigen Sie bitte, aber es ist nichts mehr zu machen, hier betritt man dann den Bereich des Unmöglichen. Ich hätte nie einen Fuß zu König Salomon setzen dürfen. Ich hätte nie damit anfangen dürfen, mit den Alten Umgang zu pflegen, für die Jugend ist das ein schlechtes Beispiel. Ich habe Chucks Wörterbuch genommen und habe bei *Alter* gesucht. Ich habe gefunden: *letzter Abschnitt des menschlichen Lebens, die Lebenszeit, die auf die Reife folgt und die durch das Phänomen des Alterns gekennzeichnet ist*. Ich habe bei *Altern* nachgesehen und das war noch schlimmer. Ich hätte sie theoretisch von weitem lieben sollen, ohne je einen Fuß hinzusetzen. Aber nein, ich mußte unbedingt eine Liebesgeschichte erleben, wobei ich mit dem Ende anfing.
Ich habe das Wörterbuch wieder an seinen Platz zurückgestellt, den es ständig einnimmt. Chuck ist sehr interessiert an meinen Beziehungen zu den Wörterbüchern. Für ihn ist es eine regelrechte Quelle des Genusses, wenn ich ein Wörterbuch aufschlage und zu suchen anfange.
»Du tust das nur, um fernzuhalten. Zur Distanzierung.«
»Was soll das heißen?«
»Daß du Distanz nimmst, daß du das von dir fernhältst, was dich berührt oder was dir Angst macht. Um dich von der Rührung, der Emotion fernzuhalten. Das ist eine Form der Selbstverteidigung. Wenn du Angst hast, entfernst du die Sache, indem du sie auf ihren Trockenzustand reduzierst, den sie in den Wörterbüchern hat. Du kühlst sie ab. Nimm die Tränen. Du willst sie entfernen, also siehst du sie dir im Wörterbuch an.«
Er holte sich den dicken Budin.
»Träne: von den Tränendrüsen im Auge abgesonderte Flüssigkeit: Lacrima, hervortretend bei Schmerz und innerer Bewegung. Das ist alles, was die Tränen im Wörterbuch sind. Das hält sie doch ungemein fern, oder nicht? Bei dir ist das eine Suche nach dem Stoizismus. Was du möchtest, ist stoisch sein. Unempfindlich. Mit verschränkten Armen und kaltem, beherrschendem Blick, und auf Wiedersehen, entschuldigen Sie bitte, aber ich sehe euch alle von ganz weit, so etwas wie ein minimales Nichts. Du

tust das, um zu bagatellisieren.« Mir war das egal, daß Chuck auf meine Kosten seine Studien trieb, er mußte schließlich auch leben.

Ich saß da mit baumelnden Beinen und betrachtete meine Turnschuhe, als er zurückgekommen ist, um sich umzuziehen. Er hatte die ganze Nacht Bereitschaftsdienst beim *S. O. S.* gehabt, und gerade nachts rufen sie immer am meisten an. Ich muß wohl wie ein Notsignal von der Falle in der zweiten Etage heruntergehangen haben, und er warf mir einen Blick zoologischer Gleichgültigkeit zu. Nur er versteht es, einen durch seine Brille hindurch auf Distanz zu halten.

»Was ist los, Bubi?«

»Ich habe mir heute nacht Mademoiselle Cora unter die Weste gejubelt.«

»Ach!«

Er hat diese Art, ach! zu sagen, daß er sich über nichts wundert und keine Stellung bezieht, weder daß es schön ist noch daß es fies ist oder mutig oder gut oder schlecht oder daß es Größe hat oder irgendwas. Dieser Typ spielt immer den Macker, der schon alles gesehen hat, als wäre er nicht fünfundzwanzig Jahre alt, sondern zwölf.

»Ja. Ich hab' sie gebumst.«

»Nun, ich sehe nicht, was das für ein Drama sein soll, Bubi. Wenn du Verlangen nach ihr hattest und sie ...«

»Ich hatte überhaupt kein Verlangen nach ihr, Scheiße.«

»Dann hast du es aus Liebe getan.«

»Ja, aber sie nimmt es persönlich.«

Chuck hat die Augenbrauen sehr hochgezogen und seine Brille zurechtgerückt, und das ist gerade so weit, wie er gehen kann, um zu zeigen, daß er sich betroffen fühlt.

»Ach!«

»Ja, ach! Sie hat nicht begriffen.«

»Du hättest es ihr erklären können.«

»Du kannst einer Frau doch nicht erklären, daß du sie ganz allgemein gefickt hast.«

»Es gibt immer eine Art, die Dinge nett zu sagen.«

»Nett am Arsch. Es ist doch völlig zum Kotzen, wenn man sich, um sie nicht zu lieben, eine ältere Frau aussucht, nur weil es junge und hübsche gibt. Es gibt doch so schon genug Ungerechtigkeit, ohne daß es noch mehr gibt. Es war nicht persönlich mit

Mademoiselle Cora, Chuck, es war persönlich mit der Ungerechtigkeit. Ich hab' mal wieder den freiwilligen Helfer gespielt.«

»Gut, du hast sie gefickt, sie wird nicht daran krepieren.«

»Ich hätte es nicht tun sollen. Ich hätte das auch anders machen können.«

»Wie?«

»Ich weiß nicht, aber es gibt andere Arten, Sympathie zu zeigen.«

Chuck hat mindestens drei Etagen Haare auf dem Kopf. Er mißt gut ein Meter neunzig, so groß ist er, aber mit einer eingefallenen Brust und Haxen, die von der Magerkeit eines rosa Flamingos sind. Er hätte einen professionellen Basketballspieler abgeben können, wenn er sportlich gewesen wäre.

»Ich hab' mich da ganz schön in die Nesseln gesetzt, Chuck. Es ist vielleicht besser, wenn ich Frankreich für einige Zeit verlasse, um eine Ausrede zu haben. Ich habe nicht die Absicht weiterzumachen, wie sie das glaubt, aber ich kann auch nicht aufhören, denn dann wird sie glauben, daß sie alt ist. Ich hab' sie im Eifer des Gefechts gefickt, das ist alles.«

»Ihr könnt doch Freunde bleiben.«

»Und wie soll ich es ihr erklären? Was soll ich ihr sagen? Sie wird das aufs Alter schieben.«

Chuck hat einen amerikanischen Akzent, wenn er spricht, und so kommt es, daß alles, was er sagt, sich immer anders und neu anhört.

»Du wirst ihr erklären, daß es schon eine andere Frau in deinem Leben gibt und daß du bei Mademoiselle Cora den Kopf verloren hast, daß die andere das aber erfahren hat und daß das kein Leben mehr ist. Natürlich wird sie dich für einen Don Juan halten.«

»Du willst mich wohl auf den Arm nehmen? Mensch, da fällt mir gerade ein, daß der Abfalleimer noch runtergetragen werden muß. Heute bist du an der Reihe.«

»Ich weiß. Aber ich mache wirklich keine Witze, du brauchst gar nichts anderes zu tun, als die Sache von der sexuellen Ebene herunterzuholen. Ihr müßt euch beide auf die sentimentale Ebene begeben. Du besuchst sie von Zeit zu Zeit, du hältst ihr das Händchen, du schaust ihr in die Augen, und du sagst: Mademoiselle Cora, ich liebe Sie.«

Ich habe ihn angelächelt.

»Manchmal habe ich gute Lust, dir die Fresse vollzuhauen, Chuck.«
»Ja, ich kenne dieses Gefühl der Ohnmacht.«
»Was soll ich tun?«
»Sie wird dich vielleicht fallenlassen. Und das nächste Mal, wenn es dich überkommt, gehst du besser auf die Straße und wirfst den Vögeln Brotkrumen hin.«
»Ja, es reicht.«
»Das ist doch einfach nicht zu fassen, eine Frau aus Mitleid zu ficken.«
Ich mußte mich zurückhalten. Ich mußte mich wirklich zurückhalten.
»Ich habe sie nicht aus Mitleid gefickt. Ich habe es aus Liebe getan. Du weißt ganz genau, was das ist, Chuck. Es war aus Liebe, aber es hat nichts mit ihr zu tun. Du weißt ganz genau, daß es bei mir allgemein ist.«
»Ja, die Nächstenliebe«, sagte er.
Ich bin vom Bett heruntergesprungen und hinausgegangen, er gab mir zuviel zu verstehen. Auf der Treppe habe ich kehrtgemacht und bin zurückgegangen. Chuck putzte sich gerade die Zähne über dem Waschbecken.
»Da ist etwas, das ich gern wissen möchte, Bubi«, sagte ich zu ihm. »Du bist die Art von Type, die schon alles durchgemacht hat und bei der Nichtigkeit angekommen ist. Du hast gefolgert. Du hast gefolgert, daß das alles nichts ist, daß es dasselbe ist. Kannst du mir dann erklären, was du seit zwei Jahren an der Sorbonne treibst? Dir kann doch niemand mehr was beibringen. Wozu dient das dann alles?«
Ich habe den Packen mit den hektographierten Vorlesungen und den Notizen auf dem Tisch genommen und sie zum Fenster hinausgeschmissen. Chuck fing an zu brüllen, als ob ihn jemand in den Arsch fickte, und es war das erste Mal, daß ich ihn in Harnisch gebracht hatte. Das hat mich besänftigt. Er ist die Treppe hinuntergestürzt, wobei er *fucking bastard* und *son of a bitch* brüllte, und ich habe ihm geholfen, die Blätter aufzulesen.

XXI

Es war fast zehn Uhr, und ich bin in die Buchhandlung gegangen, und Aline war da. Als sie mich hereinkommen sah, ging sie sofort ein Wörterbuch holen. Jedesmal, wenn sie sich bewegte, roch sie gut. Ich habe das Wörterbuch genommen, aber es war nicht das richtige.

»Hätten Sie nicht ein medizinisches Wörterbuch?«

Sie hat mir eins gebracht. Ich habe bei *Liebe* nachgesehen, aber es stand nichts drin.

»Es steht nicht drin.«

»Was suchen Sie denn?«

»Ich suche *Liebe*.«

Ich wollte sie lachen machen, denn wenn man über etwas lacht, ist es schon nicht mehr so ernst. Aber sie war kein Mädchen, das man leicht täuschen konnte. Und bestimmt sah man das auch. Bestimmt sah man, daß es mich ganz krank machte. Ich wollte ihr sagen, hören Sie, ich liebe eine Frau, die ich überhaupt nicht liebe, weshalb ich sie nur noch mehr liebe, können Sie mir das erklären? Ich habe es nicht gesagt, wenn man sich nicht gut genug kennt, ist es nicht einfach, lächerlich zu sein.

»*Liebe* finden Sie nicht im medizinischen Wörterbuch. Sie wird in der Regel als eine natürliche Regung der menschlichen Seele angesehen.«

Ich habe ebenfalls nicht gelacht.

Ich habe wieder den Robert genommen.

Ich las laut vor, damit sie auch was davon hatte:

»*Liebe: die Neigung, das Wohl eines anderen wie sein eigenes zu wollen und sich für ihn zu opfern*... Aha! Sie sehen also, daß es gar nicht normal ist.«

Sie schwieg und sah mich mit noch weniger Ironie an als möglich. Ich hoffte, daß sie das nicht für eine religiöse Anwandlung bei mir hielt. Ein großes, blondes Mädchen, das sich nicht einmal schminkte. »Hätten Sie nicht ein größeres Wörterbuch?«

»Das ist natürlich etwas kurzgefaßt«, sagte sie. »Es ist für den gewöhnlichen Gebrauch. Damit man es immer bei der Hand hat. Im Bedarfsfall.«

Ich habe gemacht wie Chuck:

»Ach!«
»Wegen der Schnelligkeit. Ich habe noch den großen Robert in sechs Bänden und die Universal-Enzyklopädie in zwölf. Und noch verschiedene andere.«
»Bei Ihnen zu Hause, für den Bedarfsfall, oder nur hier?«
»Ich finde das nicht zum Lachen ... Wie war der Name noch?«
»Marcel. Marcel Kermody. Man nennt mich Jeannot und bei den Hasen Meister Lampe.«
»Kommen Sie.«
Sie hat mich in einen Raum ganz hinten geführt, wo sonst nichts anderes an den Wänden war. Wörterbücher, vom Anfang bis zum Ende.
Sie hat sie eins nach dem andern heruntergenommen, alle entsprechenden Buchstaben, und sie hat die Bände vor mich auf den Tisch gelegt. Sie hat sie eigentlich geworfen. Fast etwas unfreundlich. Sie war nicht wütend, nein, nur ein wenig aufgebracht.
»Suchen Sie.«
Ich habe mich hingesetzt und gesucht.
Aline hat mich allein gelassen, aber sie ist von Zeit zu Zeit zurückgekommen.
»Sind Sie glücklich? Haben Sie, was Sie brauchen? Oder wollen Sie noch mehr?«
Sie trug die Haare sehr kurz, und das war wirklich Verschwendung. Sie waren sanft anzusehen. Die Augen waren hellkastanienbraun, eher bernsteinfarben, wenn sie fröhlich wurden.
»Ah!«
Ich hatte den Finger draufgelegt.
»Hier stehen mindestens vier Seiten insgesamt über *Liebe.*«
»Ja, sie haben bagatellisiert«, sagte sie.
Wir haben beide gelacht, damit es lustig wirkte.
»Und sie haben sogar Beispiele angegeben, um zu beweisen, daß es das gibt«, sagte ich. »Sehen Sie. In der Malerei: *ein gewisser Flaum, der die Leinwand zur Aufnahme des Kleisters sehr geeignet macht.*«
Diesmal lachte sie im Ernst und ohne Traurigkeit. Ich war froh, ich machte wieder eine Frau glücklich. In der UdSSR haben sie anscheinend Schulen für Clowns, wo man einem Lehren erteilt.
Ich blieb auf meiner Spur:

»Im Gipserhandwerk, eine Art Fettigkeit, die der Gips auf den Fingern zurückläßt...«
Sie hat so gelacht, daß ich wirklich das Gefühl hatte, von öffentlichem Nutzen zu sein.
»Das gibts doch nicht... Sie wollen mich veräppeln...«
Der Gag.
Ich habe ihr den Littré gezeigt.
»Lesen Sie doch selbst.«
»Liebe:... eine Art Fettigkeit, die der Gips auf den Fingern zurückläßt...«
Sie hatte Tränen in den Augen.
Ich drehte voll auf:
»Liebe im Käfig: Begriff aus der Botanik. Ausdruck aus der Falknerei: Liebesfliegen sagt man von den Vögeln, die frei fliegen, um die Hunde zu unterstützen...«
»Das darf doch nicht wahr sein!«
Ich legte den Finger drauf.
»Sehen Sie doch selbst... *um die Hunde zu unterstützen.* Und hier, hören Sie: *Die Liebe und der Husten lassen sich nicht verbergen...*«
Weiter unten stand noch: *Die Liebe ist wie der Tau, sie fällt auf Rosen und Kuhfladen,* aber das habe ich für mich behalten, ich habe es nicht laut vorgelesen, es wäre nicht nett für Mademoiselle Cora gewesen.
»Was ziehen Sie vor? Die Art Fettigkeit, die der Gips auf den Fingern zurückläßt oder ein gewisser Flaum, der die Leinwand zur Aufnahme des Kleisters sehr geeignet macht?«
»Das ist wirklich sehr komisch«, sagte sie, aber sie sah immer weniger danach aus.
»Ja, in meinem Beruf braucht man Gags.«
»Was machen Sie denn?«
»Ich bin an der Schule für Clowns.«
»Sieh an. Ich wußte gar nicht, daß es das gibt.«
»Natürlich gibt es das. Ich bin im fünfundzwanzigsten Doppelsemester. Und Sie?«
Sie hatte viel Freundschaft im Blick.
»Im sechsundzwanzigsten«, sagte sie.
»Ich habe eine Freundin, die ist im fünfundsechzigsten, und einen Freund, Monsieur Salomon, den Hosenkönig, der im vierundachtzigsten ist.«

Ich habe einen Augenblick gezögert, damit es nicht so aussah, als glaubte ich daran.
»Wir könnten vielleicht zusammen eine Clownsnummer abziehen. Morgen abend?«
»Kommen Sie am nächsten Mittwoch zu mir nach Hause. Ich habe einige Freunde eingeladen. Spaghetti.«
»Kann man nicht früher?«
»Nein, man kann nicht.«
Ich habe sie nicht weiter gedrängt. Ich mag Spaghetti nicht sonderlich.
Darauf hat sie mir ihre Adresse auf ein Stück Papier geschrieben, und ich bin weggegangen. Sie haben sicherlich schon gemerkt, daß das mein Lieblingsausdruck ist, weggehen.

XXII

Draußen überkamen mich wieder düstere Gedanken, und ich hatte einen guten Grund dazu. Ich habe mich im Wörterbuch wiedergefunden. Ich hatte es der Kleinen nicht gesagt, ich legte keinen Wert darauf, verstanden zu werden, ich hatte Angst, sie zu entmutigen. Ich hatte mich im Wörterbuch erkannt, und ich hatte mich auswendig gelernt, um mich das nächste Mal zu erkennen. *Liebe: die Neigung, das Wohl eines andern wie sein eigenes zu wollen und sich für ihn zu opfern.* Ich hab' ein richtig scheißflaues Gefühl gehabt, als ob ich mein eigener öffentlicher Feind Nummer Eins geworden wäre. Und ich hatte sogar noch einen Zusatz. Bei mir hörte es nicht auf mit der Neigung, das Wohl eines andern wie sein eigenes zu wollen und sich für ihn zu opfern, was eigentlich schon genug ist, gewissermaßen unmöglich, wenn man an irgendeinen Wal denkt, den man nicht einmal kennt, oder an die bengalischen Königstiger, an die bretonischen Seemöwen oder an Mademoiselle Cora, um nicht von Monsieur Salomon zu reden, der im Zustand der Schwebe und des Wartens ist. Aber da gab es noch einen Zusatz, der mich anfiel wie die Syphilis den niederen Klerus. *Liebe: tiefe, uneigennützige Bindung an irgendeinen Wert.* Sie sagten aber nicht, was für einen Wert, diese Drecksäcke. Da kann man auch genausogut zu

seinem Vater zurückgehen, sich an seine Rechte setzen und sein schönes, solides und ehrliches altes Bauernbrot verehren. *Tiefe, uneigennützige Bindung an irgendeinen Wert...*
Ich ging unverzüglich in die Buchhandlung zurück, weil der Wert nicht auf die Anzahl der Jahre wartet. Ich mußte ihn sofort haben. Ich war sicher, wenn ich gut suchte, würde ich auf annähernd zweitausend Seiten zwischen A und Z irgend etwas finden.
»Ich habe das kleine Wörterbuch vergessen.«
»Nehmen Sie es?«
»Ja. Ich muß Nachforschungen anstellen. Eigentlich müßte ich das große nehmen, das mit zwölf Bänden, da ist man sicher, daß man was findet, man braucht nur zu suchen. Aber ich hab's eilig, und ich stehe Todesängste aus, deshalb nehme ich das kleine, bis was Besseres kommt.«
»Ja«, sagte sie. »Ich verstehe. Es gibt eine Menge Dinge, die man aus den Augen verliert, und da ist ein Wörterbuch nützlich, es erinnert einen daran, daß es das gibt.«
Sie ging mit mir zur Kasse. Sie hatte eine Art zu gehen, die den Augen Freude machte. Schade, daß sie die Haare so kurz trug, je mehr Frau es gibt, desto besser ist es, aber mit weniger Haaren gab es mehr Hals, den ich bei ihr sehr mochte, man kann eben nicht alles haben.
»Am Mittwoch um halb neun, vergessen Sie es nicht.«
»Um halb neun, die Spaghetti, wenn Sie aber ihre Freunde ausladen wollen, brauchen Sie sich wegen mir nicht zu genieren.«
Wir haben beide gelacht über den Gag.
Anschließend habe ich mein Solex bestiegen und bin direkt zu König Salomon geflitzt, um zu sehen, ob er noch da war. Wenn er morgens wach wird, ist das sicherlich jeden Morgen eine schöne Überraschung. Ich weiß nicht, ab welchem Alter man wirklich zu zählen anfängt. Ich hatte mein Wörterbuch unterm Arm, und ich beschrieb Arabesken in Form von Spaghetti auf meinem Velo und dachte an den Mittwochabend.
Ich habe kein Glück, Monsieur Tapu war mit dem Staubsauger im Treppenhaus, und ich habe sofort gesehen, daß er seinen guten Tag hatte. Das letzte Mal, daß ich ihn so glücklich gesehen hatte, war, als die Linke nahe daran war, die Wahlen zu gewinnen, und das mußte ja so enden, er hatte es immer gesagt, wir waren verloren, und das geschah uns recht. Zuerst hat er

nichts zu mir gesagt, er triumphierte schweigend, um mich das Schlimmste denken zu lassen. Am Morgen hatte ich im Taxi gehört, daß die Palästinenser und die Juden wieder zusammen Hunderte von Toten hatten, und das war das Beste, was ihnen passieren konnte, nach Ansicht von Monsieur Tapu. Aber das waren Mutmaßungen. Instinktiv habe ich mich in Verteidigungsstellung gebracht, ich habe den Kopf eingezogen, denn man weiß nie, was für einen Schlag die Dummheit einem versetzen wird.

»Schauen Sie sich das an ...«

Er hat ein sorgfältig zusammengefaltetes Zeitungsblatt aus der Tasche gezogen und es mir hingehalten.

»Er hat das im Aufzug fallen lassen ...«

Er sagte es, als ob es im ganzen Haus nur einen einzigen Mieter gäbe.

»Wer denn?«

»Wer schon, der König der Juden, sonst erlaubt sich das doch niemand!«

Ich habe das Blatt auseinandergefaltet. Es waren persönliche Anzeigen. Es waren ganze zwei Seiten. *Junge, braungebrannte Blondine sucht Dauerfreundschaft... Welcher aufrechte, großzügige, kultivierte Mann träumt von mir, ohne mich zu kennen? Vierzig fünfundvierzig Jahre*... Einige waren mit dem Rotstift unterstrichen. *Junge hübsche Frau träumt von einer festen Hand in der ihren. Junge Frau, deren Hobbys die Lektüre, die Musik und das Reisen sind... Ich bin fünfunddreißig Jahre alt, und man sagt, ich sei hübsch, ruhige Landschaften und Pastellfarben, möchte die Bekanntschaft eines heiteren Mannes machen, um zu zweit in ruhigere Gewässer zu segeln.*

Ich habe nicht kapiert.

»Ja und?«

Tapu hat derart das Maul aufgerissen, daß man seine schwarzen Tiefen sah.

»Das muß man sich mal vorstellen! Ihr König Salomon ist vierundachtzig Jahre alt! Und er sucht noch eine verwandte Seele! Er möchte... ho! ho! ho! Das ist wirklich ein starkes Stück! Ein heiterer Mann, um zu zweit in ruhigere Gewässer zu segeln! Oh, nein! Ich kann nicht mehr!«

»Na ja, er auch nicht.«

»Ja aber verstehen Sie denn nicht! Er sucht eine verwandte Seele!«

»Woher wollen Sie das denn wissen? Man kann das auch anders lesen, mit ...«
Ich wollte sagen »mit Liebe«, aber er hätte das nicht verstanden, und ich übrigens auch nicht, ich verstand es wirklich nicht, oder aber er las es nicht zur Herausforderung, sondern um auf die Unmöglichkeit zu spucken und um sich zu beruhigen, denn es beruhigt ungemein, wenn man sieht, daß man nicht allein ist. Da waren Typen drin, die waren fünfzig Jahre jünger als er und gingen dran kaputt, so viele Kleinanzeigen gaben sie auf, Kleinanzeigen, die wie Nebelhörner brüllten. *Welche junge, sanfte Frau, die nur bis zwei zählen kann, möchte das Leben eines Einzelgängers teilen, der nie Gefallen an der Einsamkeit gehabt hat... Kann mir das Leben noch in den Augen einer jungen, zukunftsbegabten Frau zulächeln? Dunkelhaarig, lockig, zierlich, unbeschwert, zerbrechlicher, der Wellen müder Nachen, sucht sicheren Unterschlupf...*
»Man kann das auch aus reiner Sympathie lesen, Scheiße!«
»Sympathie? Ich sage Ihnen, der sucht immer noch! Einige sind ja angestrichen!«
Das stimmte. Sorgfältig, mit dem Rotstift, an der Seite.
»Das muß man sich mal vorstellen! Nein, haben Sie sich das mal vorgestellt? Was bildet er sich denn ein? Das ist doch einfach unglaublich in seinem Alter! Und er hat auch noch Vorlieben! Er hat sie numeriert!«
Tapu schlug mich nicht einmal nach Punkten, er schlug mich einfach k. o., dieser Schuft. Denn es gab keinen Zweifel. Monsieur Salomon hatte sie in der Reihenfolge seines Vorzugs numeriert. *Nummer 1:* das war mit seiner Hand geschrieben. *Geschieden, ohne Kinder, fünfunddreißig Jahre, sucht ihr Leben mit einem fünfundfünfzigjährigen Mann neu zu gestalten, der ebenfalls davon träumt, sein Leben neu aufzubauen...*
Tapu hatte sich über meine Schulter gebeugt, den Finger vorgestreckt.
»Und er will sich für einen Mann von fünfundfünfzig Jahren ausgeben, er versucht zu mogeln, wie er es bei seinen Geschäften immer getan hat! Er will sie reinlegen, er kann einfach nicht anders! Die Macht der Gewohnheit! Aber weiß er denn nicht, daß er am Ende seiner Macht ist, oder will er sich über die Leute lustig machen?«
Die Nummer zwei war fünfunddreißig Jahre alt, sie hatte lustige

Augen und ein zauberhaftes Lachen. Alle Angestrichenen waren zwischen dreißig und neununddreißig Jahre alt. König Salomon hatte keine über vierzig in die engere Wahl gezogen. Offensichtlich wollte er sich unterhalb eines Altersunterschieds von vierundvierzig Jahren zwischen ihm und ihr nicht festlegen. Trotzdem hatte er eine Ausnahme gemacht, aber das war zweifelhaft. Er hatte diese Anzeige weder numeriert noch angestrichen. *Ich gestehe fünfzig Jahre ein, obgleich man sie mir nicht glauben will. Welcher wirklich erwachsene Mann würde mit fester Hand das Steuerrad übernehmen?* Am Ende stand ein Fragezeichen. Monsieur Salomon hatte mit dem Rotstift ebenfalls ein Fragezeichen daneben gemalt.

»Sehen Sie sich die hier an!«

Monsieur Tapu hatte mir die Zeitung aus den Händen gerissen. Schnüffelnd, wie ein Hund, der pinkeln will, hatte er gesucht, und er hat es mir unter die Nase gerieben, wobei er mit dem Finger auf eine sorgfältig mit Rotstift eingerahmte Anzeige in der Mitte der Seite zeigte:

»Junge, unabhängige Frau, siebenunddreißig Jahre alt, aktiv, die die Dinge des Geistes und die Auvergne im Herbst liebt, sucht zärtlichen Mann, der genügend Muße hat, um gemeinsam das Leben zu bestehen bis ans Ende der Strecke. Phallokraten zwecklos.«

Phallokraten zwecklos war dreimal mit Rotstift unterstrichen.

»Phallokraten zwecklos, können Sie das ermessen? Nein, sagen Sie mal, können Sie das ermessen? Er hat es unterstrichen, eine einmalige Gelegenheit, die man nicht verpassen darf! Phallokraten zwecklos! Natürlich, in seinem Alter besteht keine Gefahr, daß ihm noch einer hochgeht! Da hat er sofort die Gelegenheit gewittert! Wie? Lassen Sie sich von mir gesagt sein, Ihr König Salomon träumt noch!«

Ich hing in den Seilen, aber ich weigerte mich, die Arme hängenzulassen.

»Das ist zum Spaß«, sagte ich zu ihm. »Er macht das, um sich einen Ulk zu machen.«

»Ja, ganz richtig, der jüdische Humor, wir kennen das!« kreischte Monsieur Tapu.

»Es wird doch einem alten Mann schließlich erlaubt sein, am Abend seines Lebens sentimentale Anzeigen zu lesen, zur Erinnerung!« brüllte ich. »Er setzt sich in seinen Sessel, er steckt sich seine Zigarre an, er liest die sentimentalen Anzeigen der verwandten Seelen, die einander suchen, und dann lächelt er, wobei er ach, diese Jugend! oder etwas ähnliches murmelt. Man fühlt sich immer ruhiger, wenn man sieht, daß es noch welche gibt, die unruhig sind! Das ist gut für die Gelassenheit, Mann!«

Aber es fehlte nicht viel, und Tapu hätte auf mir herumgetrampelt, derart machte er mich fertig.

»Na schön, ich sage Ihnen, daß er noch an den Weihnachtsmann glaubt, Ihr König der Juden! Und dazu noch lasterhaft! Denn wie Sie feststellen können, hat er keine alten Schachteln angestrichen! Nur Junge! Er sollte sich schämen, in seinem Alter!«

Und er hat sogar auf seine eigene Treppe gespuckt. Ich habe ihm das Blatt aus den Pfoten gerissen und habe mich in den Aufzug eingesperrt. Ich war wütend, während ich nach oben fuhr, ich hatte Monsieur Salomon nicht zu verteidigen gewußt, wo dieser sich doch nur mit allen menschlichen Fällen befaßte und die mit dem Rotstift anstrich, die seiner Meinung nach die größte Anteilnahme verdienten und die am ehesten wert waren, erhört zu werden. Und wenn er sie numerierte, so tat er das nicht, weil er sich noch für sich selber interessierte und die Absicht hatte, mit vierundachtzig Jahren ein neues Leben anzufangen und der Liebe zu begegnen, sondern weil in den Kleinanzeigen besonders rührende Fälle zu finden waren und die all die Menschlichkeit verdienten, die man ihnen zur Verfügung stellen konnte. Ich glaube, daß Chuck sich in seinem Zynismus irrt, wenn er behauptet, daß Monsieur Salomon sich aus Schmerz über sich selber lustig macht und daß er noch eher der König der Ironie als der Hosenkönig ist und daß er sich außerdem auch nicht zum Hosenkönig auf seinem Schaufenster proklamiert hätte, wenn er nicht der König der Ironie wäre, denn um sich so zu nennen, mußte man in der Nichtigkeit, im Spott und im biblischen Staub schon ziemlich weit gehen. Chuck behauptet, daß Monsieur Salomon Nichtigkeit und Spott benutzt, um das nahe Bevorstehende zu bagatellisieren. Ich kann nicht glauben, daß Monsieur Salomon, der einen Kopf hat, wie man ihn selten in der Konfektion sieht und der überhaupt nicht zu den Hosen paßt, sondern zu Würdenträgern wie dem verstorbenen Charles de Gaulle oder Karl dem Großen, als sie das gleiche Alter hatten, vielleicht das ist, was der verrückte Chuck einen »Ironiker« nennt. Erstens führt das nicht weit, als Mittel der Selbstverteidigung, weil die

kriegerischen Künste ihre Grenzen haben. Man braucht sich ja nur Bruce Lee anzusehen, der der Stärkste war und der dennoch gestorben ist. Chuck weiß immer alles besser als die andern, und er sagt, daß der große Traum der Menschheit immer der Stoizismus gewesen ist.
Trotzdem habe ich den Aufzug zwischen zwei Stockwerken angehalten und das Wörterbuch bei *Stoizismus* aufgeschlagen, denn Monsieur Salomon hatte schon so lange gelebt, daß er vielleicht tatsächlich etwas gefunden hat, auf das er sich stützen kann, in der Situation, in der er jetzt ist. Ich habe gefunden: *Stoizismus: Mut, um Schmerz, Unglück und Entbehrungen mit Gelassenheit zu ertragen. Philosophie, die Gleichmut und Beherrschung der Affekte und der Sensibilität lehrt.* Darüber habe ich Monsieur Salomon vergessen, denn es stimmt, daß bei mir die Sensibilität der Feind der menschlichen Gattung ist, wenn man sich von ihr frei machen könnte, hätte man endlich seine Ruhe.

XXIII

Ich habe die Wohnung betreten, nachdem ich mir die Schuhe abgestreift hatte, weil das nämlich das einzige war, was Monsieur Salomon außer sich brachte, wenn man es nicht tat. Ich bin einen Augenblick in der Telefonzentrale stehengeblieben, um zu hören, was es Neues gab. Es waren fünf freiwillige Helfer da, die die *S. O. S.*-Rufe entgegennahmen und taten, was sie konnten. Heute war außer den andern die dicke Ginette da, die ich nicht riechen kann, weil sie zu ihrem eigenen Profit hierherkam. Wir kannten ihren Mechanismus genau, wenn sie all das Elend hörte, das am andern Ende der Leitung war, fühlte sie sich wohler, und sie dachte weniger an sich selber, das erleichtert immer, wie die Religion sagt, wenn man an Unglücklichere als man selber denkt. Man spürt sich etwas weniger. Chuck sagte, es sei eine Diät, die sie einhielt, um abzumagern. Man nennt das Therapie. Natürlich verlor sie nicht wirklich an Gewicht, aber ihr Gewicht wog nicht mehr so schwer für sie. Ich diskutierte mit Chuck, um ihm zu beweisen, daß sie eine Schlampe war und daß sie nicht hierherzukommen brauchte, um auf Kosten anderer an Gewicht zu verlieren, aber er behauptete, daß sie von ihrem Mechanismus gar nichts wußte und daß es ihr Unterbewußtsein war, das so funktionierte. Das war möglich, aber dann war das Unterbewußtsein ein richtiges Spaßvögelchen. Sie war blond, mit Glasaugen, nicht wirklich, es war ein Blaßblau, das diese Wirkung hatte. Ich glaube, daß Monsieur Salomon sie behielt, weil sie sehr leicht weinte und das den Unglücklichen, die am andern Ende der Leitung waren, unheimlich guttat. Das ist ganz wichtig für eine bedürftige Person vom Standpunkt der Sympathie und Einsamkeit aus, daß sie eine sensible Saite anschlagen kann. Es gibt nichts Schlimmeres für ein Unglück, als die fehlende Wichtigkeit. Außer Ginette und Lepelletier waren noch zwei Neue da, die ich nicht kannte. Ich wußte, daß Monsieur Salomon sie am Tage zuvor hatte überprüfen lassen, um sicherzugehen, daß es keine Nutznießer waren. Er hatte eine Woche vorher zwei alte gefeuert, die hartschlägige Profis geworden waren, es ist wie beim Karate, wenn man immer Schläge einsteckt, wird man hartschlägig. Lepelletier antwortete einem Kerl, der nicht mehr ein noch aus wußte, weil er allein auf der Welt war.

»Das ist zum Kotzen, Nicolas ... Sie heißen doch Nicolas, nicht wahr? Es ist zum Kotzen, wenn man bedenkt, daß man allein ist, während es vier Milliarden genauso geht, und daß es wegen der Demographie jeden Tag mehr werden. Allein auf der Welt, das ist Propaganda. Wenn man sich so fühlt, dann liegt es daran, daß man seine gekrümmten Atome verloren hat. Was? Warte, laß mich nachdenken ...«

Er legte die Hand flach auf die Sprechmuschel und drehte sich nach mir um.

»Scheiße. Dieser Typ sagt, er fühlt sich allein auf der Welt, weil es vier Milliarden Menschen auf der Erde gibt, und daß ihn das stark beeinträchtigt. Was soll ich ihm denn antworten?«

»Sag ihm, er soll in zehn Minuten wieder anrufen, und frag dann König Salomon. Er hat immer eine Antwort auf alles. Meine Stärke ist die Arithmetik nicht ...«

»Ja Mensch, das ist doch genau die Antwort, die er braucht. Hallo, Nicolas? Hör mal, Nicolas, das ist eine Frage der Arithmetik. Wie alt bist du? Siebzehn? Dann mußt du begreifen, daß, wenn man sagt, es sind vier Milliarden, das nichts anderes heißt, als daß du vier Milliarden bist. Es ist, als ob es vier Milliarden mehr von dir selber gäbe. Das macht dich bedeutend, nicht wahr? Verstehst du? Du bist nicht allein auf der Welt, du bist vier Milliarden. Ist dir das klar? Das ist ganz toll! Das ändert alles. Du bist Franzose, du bist Afrikaner, du bist Japaner ... Du bist überall, Mann, du bist auf der ganzen Erde! Denk mal darüber nach, und dann rufst du mich wieder an. Ich bin nächsten Freitag von siebzehn Uhr bis Mitternacht hier. Ich heiße Jérôme. Du mußt wieder neu zählen lernen, Nicolas. Du bist siebzehn Jahre alt, du kennst doch bestimmt die neue Mathe. Allein auf der Welt, das ist die alte Mathe. Du hast den Eindruck, daß du nicht zählst, weil du nicht zählen kannst. Vergiß nicht, mich anzurufen, Nicolas. Ich erwarte deinen Anruf. Ich erwarte ihn, vergiß mich nicht, Nicolas. Ich zähle auf dich, erinnere dich daran.«

Es war wichtig, sie zu überzeugen, daß man auf ihren Anruf wartete. Es ist wichtig, wenn man eine Depression durchmacht, daß man das Gefühl hat, am andern Ende der Leitung ist jemand, der sich für einen interessiert und angstvoll auf Nachricht wartet. Man gewinnt dadurch an Interesse. Es gibt welche, die nicht den Gashahn aufdrehen, weil sie wissen, daß jemand ihren Anruf erwartet. Man kann so einen Typ von Anruf zu Anruf hinhalten, bis das außergewöhnliche Schlimmste vorbei ist und nur noch das gewöhnliche Schlimmste übrigbleibt. Monsieur Salomon hatte drei Psychologen, die für ihn arbeiteten und ihm mit ihren Ratschlägen zur Seite standen. Der Kerl neben Lepelletier hieß Weins. Monsieur Salomon hatte ihn wegen seinem Rekord angeworben: in seiner Familie hatte es einunddreißig Personen gegeben, die von den Deutschen ausgerottet wurden, als sie noch Nazis waren. Monsieur Salomon sagte, daß ihn das unvergleichlich mache und ihm Autorität gebe. Er war der Älteste von uns, fünfundvierzig Jahre alt, ein sehr blasser und lockiger Rothaariger, der langsam kahl wurde, mit Flecken von der gleichen Farbe im Gesicht und einer Brille. Die Brille war aus Schildpatt, und das Schildpatt kommt von den großen ausgerotteten Meerschildkröten. Das soll mal einer verstehen. In seiner Lage hätte er wirklich eine Metallbrille tragen müssen. Er war der Geduldigste von uns allen; er hatte eine sehr sanfte, ruhige Stimme. Er war der erste, den Monsieur Salomon als freiwilligen Helfer angeworben hatte, aber er würde uns bald verlassen, er war schon zehn Jahre da, er war herzkrank geworden, und der Arzt verbot ihm jetzt das Unglück.

Es war schwierig, Beantworter zu finden, weil es schwierig ist,

ständig mitzufühlen, ohne automatisch zu werden oder überzuschnappen und sich von der Depression auffressen zu lassen. Wir hatten einen Jungen gehabt, der war monatelang das Menschlichste, was es nur gibt. Dieser Monsieur Justin regte sich richtig auf, und das sind Dinge, über die man sich am andern Ende der Leitung nicht täuscht. Er war jedesmal ganz erschüttert. Er tat das heimlich vor seiner Frau, damit sie nicht den Eindruck haben sollte, daß er sie mit den andern betrog. Das ist alles Ansichtssache, und manchmal stimmt es auch, man tröstet sich mit den andern. Aber bei Monsieur Justin war das ganz und gar nicht der Fall, der war *bona fide*. Das ist so ein Ausdruck, den Monsieur Salomon noch von seinen Lateintagen her hatte und der gute Qualität garantierte. Monsieur Justin gab sich eine Mordsmühe, ich sehe ihn noch mit seinem Taschentuch vor mir, wie er sich die Stirn abtrocknete. Und eines Tages hat er durchgedreht. Er hatte den Anruf eines Herrn bekommen, der nicht mehr weiterwußte, derart war er das Opfer des Schicksals. Er hatte seine Arbeit verloren, er hatte gesundheitliche Bedrohungen, seine Tochter war drogensüchtig, und seine Frau betrog ihn, ohne sich Zwang anzutun. Monsieur Justin, sehr entspannt, hat ihm zugehört und ihn dann belehrt:
»Nun ja, aber es hätte noch viel schlimmer sein können, mein Freund.«
»Wieso? Wieso?« kreischte der andere. »Finden Sie, daß das nicht genug ist?«
»Doch, aber es hätte noch viel schlimmer sein können. Diese ganzen Scherereien hätte nämlich ich haben können.« Und er hat sich einen Ast gelacht. Das war so eine bekannte Depressivanwandlung, wie wenn man einem Unschuldigen einen Teller Spinat über den Kopf stülpt. Das ist eine Geschichte, die man nachher überall erzählt hat, ich habe sie nicht erfunden. So was kann man nicht erfinden. Aber ich glaube, daß das dem Typen am andern Ende der Leitung sehr gutgetan hat, denn er ist hier aufgetaucht, um ihm die Fresse vollzuhauen, das hat ihn wieder aufgemuntert, und genau das war nötig. Weins sah genau, daß es mir auch nicht sonderlich ging, aber er hütete sich, mir Fragen zu stellen, weil wir Freunde waren. Er gab mir die Liste mit den Besorgungen, die zu erledigen waren, jeden Tag und vor allem nachts gibt es welche, die sich nicht mit einer Stimme am Telefon zufriedengeben wollen, sondern eine Anwesenheit verlangen,

wenn Sie nicht sofort kommen, stürze ich mich aus dem Fenster. Es gibt zwar nur einen von fünfzig, der es wirklich tut, aber das genügt. Wir haben für diese dringenden Notfälle einen Sonderbereitschaftsdienst. Ich habe die Liste in die Tasche gesteckt, beinahe hätte ich Weins gesagt, daß ich die Nacht mit jemandem zugebracht habe, der eine Anwesenheit brauchte und daß das ausreichte. Ich habe es nicht gesagt, das war ungerecht für Mademoiselle Cora.

XXIV

Ich habe die Telefonzentrale verlassen und bin durch das kleine Wartezimmer gegangen. Es war niemand in dem kleinen Warteraum, außer sechs leeren Sesseln, und deshalb haben wir ihn Wartezimmer genannt, wegen seiner sechs immer leeren Sessel.

An der Wand war ein Bild und ein gelber Blumenstrauß und gegenüber eine Reproduktion des Porträts, das Monsieur Léonard de Vinci von sich selber gemacht hat, als er noch sehr alt war. Ich sage noch, weil er kurz darauf gestorben ist. Monsieur Salomon hieß es mich oft betrachten, er wurde seiner nicht müde, denn Monsieur Léonard hatte vor fünf Jahrhunderten gelebt und ist neunzig Jahre und etwas alt geworden, während die Langlebigkeit seitdem ungeheure Fortschritte gemacht hat, aus wissenschaftlichen Gründen. Er betrachtete das Porträt, das eine Handzeichnung war, und er sagte zu mir, das ist sehr ermutigend, nicht wahr, und wie immer wußte ich nicht, ob er sich über mich lustig machte oder was.

Ich klopfte an die Tür des Büros, das gleich nach dem kleinen Wartezimmer kam. Ich weiß nicht, warum er es kleines Wartezimmer nannte, vielleicht gab es irgendwo ein großes Wartezimmer, wo man noch länger warten konnte, und das ist gut für die Hoffnung. Er hat Herein! gerufen. Ich habe meinen Mut in beide Hände genommen, wobei ich in der einen die Zeitungsseite mit den Kleinanzeigen festhielt.

Monsieur Salomon war im grauen Trainingsanzug, und auf der Brust stand in weißen Lettern das Wort *Training*. Er kauerte mit zusammengepreßten Knien und ausgestreckten Armen auf dem Boden, zu seinen Füßen ein aufgeschlagenes Buch mit Gymnastikstellungen. Er ist eine Zeitlang so sitzen geblieben und dann hat er sich langsam aufgerichtet, wobei er die Arme und den Mund weit öffnete und die Brust mit Luft füllte. Danach begann er auf der Stelle zu laufen und mit hocherhobenen Händen kleine Sprünge zu machen. Das hat mir einen Schlag versetzt, vor allem, als er sich auf den Boden gesetzt und versucht hat, seine Füße mit den Fingerspitzen zu berühren, wobei er eine entsetzliche Grimasse schnitt.

»Passen Sie auf, Herrgottnochmal!« brüllte ich, aber er fuhr fort, sich zu verrenken. Erst glaubte ich, sein Sarkasmus habe ihn wieder gepackt, und deshalb verrenke er sich, *Sarkasmus, griechisch »sarkasmos«, zu grch. sarkazein, sich zerfleischen, beißender Spott, bitterer Hohn.* Er preßte die Zähne aufeinander, die Augen traten ihm aus dem Kopf, auf seiner Stirn standen Schweißtropfen, und es war vielleicht die Wut, die Verzweiflung und das feindliche Alter.

Wie soll man das wissen.

Einen Augenblick lang ist er mit gesenktem Kopf und geschlossenen Augen sitzen geblieben. Danach hat er mir einen Blick zugeworfen.

»Ja, mein Freund. Ich trainiere. Ich wende die Methode der kanadischen Luftwaffe an. Nach meiner Meinung ist sie die beste.«

Ich hatte den Kanal voll.

»Wozu trainieren Sie eigentlich, Monsieur Salomon? Was meinen Sie, was Ihnen das dort nützt?«

»Seltsame Frage! Immer bereit, die Stirn zu bieten, das ist meine Devise.«

»Wozu bereit? Wem oder was die Stirn zu bieten? Sie gehen nicht zu Fuß dorthin, man wird Sie im Wagen abholen kommen. Entschuldigen Sie bitte, Monsieur Salomon, nicht daß ich Sie für völlig plemplem halte oder etwas in dieser Art, das würde ich mir gar nicht erlauben, weil ich nämlich ehrerbietige Gefühle für Sie habe, aber es zerreißt mir schließlich das Herz! Wenn Sie immer in Ironie machen, kriegen Sie am Ende einen schiefen Mund! Sie sind ein heldenhafter Mann. Sie sind vier Jahre lang in einem schwarzen Keller an den Champs-Elysées geblieben, unter den Deutschen, aber im Hinblick auf wen oder was trainieren Sie

eigentlich in Ihrem Alter, mit Verlaub und Ihrer Erlaubnis gefragt, Monsieur Salomon?«
Ich habe mich hingesetzt, derart haben mir die Knie vor Wut gezittert.
Monsieur Salomon ist aufgestanden, er hat sich dem Fenster zugewandt und angefangen, einzuatmen und auszuatmen. Er ließ seine Brust schwellen mit dem Wort *Training* drauf, er stellte sich auf die Zehenspitzen, er öffnete die Arme, und er ließ die Luft in seine Tiefen eindringen. Danach ließ er die Luft völlig aus sich raus, wie ein Reifen, der platzt. Dann fing er wieder an sich ganz aufzublasen und sich bis ins Kerngehäuse mit Luft zu füllen, und dann, pssssst! ließ er wieder die Luft raus bis zum Gehtnichtmehr.
Dann hielt er ein.
»Erinnere dich, mein junger Freund. Einatmen, ausatmen. Wenn du das vierundachtzig Jahre lang getan hast, wie ich, nun, dann wirst du mit der Zeit Meister in der Kunst des Ein- und Ausatmens.«
Er legte die Hände auf seine Ärmel und begann Kniebeugen zu machen.
»Sie sollten das nicht machen, Monsieur Salomon, weil Sie dabei fallen könnten, und bei Leuten aus Ihrer Epoche gibt es nichts Gefährlicheres als die Knochen. Sie brechen sich immer das Becken, wenn sie fallen.«
Monsieur Salomon betrachtete das Wörterbuch, das ich unterm Arm hatte.
»Warum suchen Sie immer die Definitionen im Wörterbuch, Jean?«
»Weil das Beweiskraft hat und glaubwürdig ist.«
Monsieur Salomon neigte voller Gunst den Kopf, als empfinge das Wort »Kraft« seine ganze Zustimmung.
»Das ist gut«, sagte er. »Man muß seine Kraft intakt halten. Ohne sie kann man nicht leben. Und das Wörterbuch ist uns da eine große Hilfe.«
Er stand am Fenster, und sein Gesicht war im vollen Licht. Ich dachte an das, was Chuck mir einmal gesagt hatte, daß Monsieur Salomon bereits sein definitives Gesicht habe. *Definitiv: was so festgelegt ist, daß es sich nicht mehr ändern läßt. Endgültig, bestimmt, abschließend, ein für allemal.*
Ich habe an Mademoiselle Cora gedacht. Ich wußte ganz genau,

daß man gegen das Definitive nichts tun konnte. Aber man kann etwas dafür tun. Man kann ihm helfen. Ich würde Mademoiselle Cora wiedersehen, und ich würde mein Bestes tun. Für sie war es einfacher als für Monsieur Salomon, denn sie wußte noch nicht über sich Bescheid.
Monsieur Salomon war fertig. Er hat sich mir gegenüber in den großen Sessel gesetzt und sich nicht mehr gerührt. Über ihm, an der Wand, sah man ihn auf einem großen, fotografischen Gemälde, wie er mit seinem Personal vor seinem Konfektionsladen stand. Er bemerkte, daß ich zu dem Foto hinaufsah, drehte sich leicht nach ihm um und betrachtete es einen Augenblick lang nicht ohne Befriedigung.
»Das ist ein Foto von mir im besten Mannesalter«, sagte er. »Ich war damals auf dem Höhepunkt des Erfolgs...«
Sarkasmus: von dem griechischen Wort »sarkazein«, das »sich zerfleischen« heißt, beißender Spott, bitterer Hohn. Der große Groucho Marx war am Ende seines Lebens senil geworden, aber Monsieur Salomon litt nur an Steifheit in den Beinen, an Gelenkschmerzen, Knochenzerbrechlichkeit und einem allgemeinen Zustand der Empörung und des Ungehorsams, der ihm zu Sarkasmen verhalf.
Er lächelte immer noch zu dem Fotoporträt hinauf, auf dem die Worte standen *Salomon Rubinstein, Hosenkönig.* So stand es geschrieben, wie man immer sagt, wenn nichts fehlt.
»Ja, auf dem Höhepunkt meiner Größe, am Zenit...«
Wir saßen schweigend einander gegenüber.
»Gut, es stimmt, Sie sind kein Klaviervirtuose geworden, Monsieur Salomon, aber die Hosen sind ebenfalls äußerst wichtig.«
Er trommelte mit den Fingern. Er hatte lange, sehr weiße Finger. Ich habe ihm in meinem Kopf ein wenig geholfen und habe ihn an der Wand eingerahmt gesehen, im Frack vor einem Flügel, was die besten Klaviere sind.
»Nun ja«, sagte er, und ich schlug die Augen nieder mit dem Respekt, den man einem tiefen Gedanken schuldet.
Ich bemühte mich, ihn nicht allzu aufmerksam anzusehen, wie ich es gegen meinen Willen immer tat, mir seine kleinsten Einzelheiten anzusehen, um mich später besser daran zu erinnern. Ich mochte ihn sehr, und ich hätte alles mögliche getan, um ihm fünfzig Jahre weniger zu geben, und sogar noch mehr.
Ich bin aufgestanden.

»Sie haben das hier im Aufzug fallen lassen.«
Ich konnte mir zwar denken, daß er nicht rot werden würde, weil ihnen das in diesem Alter die Blutzirkulation verbietet. Aber trotzdem erwartete ich, einen Punkt zu buchen. Doch keineswegs! Anstatt verlegen zu sein oder Entschuldigungen zu suchen, riß Monsieur Salomon das Anzeigenblatt mit einer Genugtuung und einer Lebhaftigkeit an sich, die keinen Zweifel zuließen. Vielleicht haben Sie gelesen, daß man in einem unterirdischen Gang die Köpfe der Könige von Frankreich wiedergefunden hat, die die Revolution an der Notre-Dame abgeschnitten hat. Nun, Monsieur Salomon hat einen solchen Kopf, aus Stein und Würde herausgehauen. Ich kann Ihnen einmal mehr versichern, denn man sagt es nicht oft genug, daß er ein erhabenes Aussehen hat. Ich weiß, daß das Wörterbuch in dieser Hinsicht zweifelhaft ist, denn dort heißt es: *erhaben: erhöht über die Umgebung, plastisch hervortretend*, aber auch: *feierlich, erhebend, großartig (Anblick, Augenblick, Gedanke, Schauspiel, Stil)*. Und bei Schiller ist zu lesen: *Der erhabene Kopf hat andere Versuchungen als der gemeine*. Monsieur Salomon hat das Blatt mit den Heiratsanzeigen mit entzücktem Gesicht an sich genommen, und ich kann Ihnen schwören, ich hatte ihn im Auge, denn bei ihm weiß ich nie, ob er nun über die Versuchungen erhaben ist oder nicht.
»Ach, da sind sie ja, ich habe mich gerade gefragt, wo ich sie verloren habe!« rief Monsieur Salomon aus, und sich mit beiden Händen vom Sessel abstützend, ging er zu seinem großen Philatelistenschreibtisch, hinter den er sich setzte.
»Monsieur Tapu hat sie gefunden.«
»Ein braver Mann, ein braver Mann!« sagte Monsieur Salomon zweimal hintereinander, um sich besser zu widersprechen.
»Ja, ein böses Arschloch«, gab ich zu.
Monsieur Salomon ging auf diesen Punkt nicht weiter ein und gewährte ihm die Wohltat des Schweigens. Er hatte seine Philatelistenlupe genommen und betrachtete die Heiratsanzeigen.
»Kommen Sie mal her, Jeannot, Sie können mir einen Rat geben.«
Es gibt Augenblicke, in denen er mich duzt und Augenblicke in denen er mich siezt, das kommt auf die Entfernungen an.
»Einen Rat wofür, Monsieur Salomon? Wollen Sie wirklich mit einer Frau Fühlung unternehmen, oder wollen Sie mir nur Bauchweh machen?«

»Sagen Sie nicht ›mit einer Frau Fühlung unternehmen‹, Jeannot, das heißt aufnehmen. Ich möchte, daß Sie die Sprache Voltaires und Richelieu-Drouots mit etwas mehr Respekt behandeln, mein Freund. Wenn ich bitten darf...« Ich werde mich mein ganzes Leben lang, und das will schon einiges heißen, an Monsieur Salomon erinnern, wie er sich über die Seite mit den Heiratsanzeigen beugte. Man kann sich gar nicht vorstellen, daß ein so majestätischer Mann sich aus Gründen metaphysischer Verzweiflung, die nach Chucks Meinung gerade auf der Abwesenheit von Metaphysik beruhten, in die Lächerlichkeit und die Nichtigkeit flüchtet. Ich habe es sogar auf meinem Tonband aufgenommen. Nicht die Abwesenheit von Metaphysik, sondern das, was Chuck gesagt hat. Wenn Sie das Glück haben, etwas nicht zu verstehen, darf man sich das nicht entgehen lassen. »Ich habe einige schon unterstrichen, die mich interessieren könnten... *Welche starke Schulter von einem halben Jahrhundert bietet zärtlichem, lustigem, sinnlichem Kopf Schutz?* Was halten Sie davon, Jeannot?«
»Sie will eine Schulter von einem halben Jahrhundert, Monsieur Salomon.«
»Ein halbes Jahrhundert, ein halbes Jahrhundert!« brummte mein Herr und Meister. »Darüber kann man ja immer diskutieren, oder? Es gibt Leute, die vergessen, daß wir mitten in der Krise stecken und dann solche Forderungen stellen!«
Ich habe wieder Zweifel bekommen und ihm einen sehr schnellen Blick zugeworfen, um zu sehen, ob er sich über uns alle in homerischen Dimensionen lustig machte, aber keineswegs, König Salomon war wirklich verärgert.
»Das ist doch einfach unglaublich!« brummte er mit dieser schönen Stimme, die aus seinem Fundament kommt, wie bei den soliden, für tausend Jahre gebauten Gebäuden. »Das ist unglaublich! Sie verlangt eine Schulter von fünfzig Jahren... Was hat denn das Alter mit den Schultern zu tun?«
»Sie will gesichert sein, das ist alles!«
»Und warum sollte meine Schulter sie nicht sichern können? Was hat meine Schulter denn mit vierundachtzig Jahren, was sie mit fünfzig nicht hatte, schließlich ist das keine Frage der Fleischqualität?«
Also gut, wenn es so war, dann wollte ich endlich mal wissen, wo ich dran war.

Ich las vor:
»*Françoise, 23 Jahre alt, Friseuse, bezaubernd, 1,65 m groß, 50 kg, blaue Augen*... Dreiundzwanzig Jahre alt... Hm?« Monsieur Salomon hat mich beobachtet. Dann hat er seine Philatelistenlupe hingelegt und die Augen abgewandt. Ich wollte nicht nachhaken. Es entstand schließlich doch eine Kälte zwischen uns. Ich versuchte, etwas Nettes zu ihm zu sagen, und da habe ich eine Katastrophe ausgelöst.
»Die ist fürs nächste Mal«, murmelte ich.
Ich wollte wirklich nichts anderes als ihn beruhigen. Aber wenn man etwas im Kopf hat und die ganze Zeit daran denkt, ist das schrecklich. Da muß man jedes Wort abwägen. Monsieur Salomon hat sich langsam nach mir umgedreht, er hat die Zähne ein bißchen zusammengebissen, und ich habe sofort begriffen, daß es das Mißverständnis in seiner ganzen Entsetzlichkeit war. Erstens glauben die Juden nicht an die Reinkarnation, es sind die Kambodschaner, die dran glauben, oder jemand, der noch weiter weg wohnt, wo sie eine Religion haben, die es ihnen erlaubt, auf die Erde zurückzukommen und wieder von vorn anzufangen. Aber nicht die Juden. Man kann sie nicht damit trösten, daß man ihnen verspricht, daß es fürs nächste Mal sein wird.
»Das habe ich überhaupt nicht sagen wollen«, murmelte ich.
»Und was haben Sie genau sagen wollen, wenn ich mir erlauben darf, Sie das zu fragen, Sie kleiner Armleuchter Sie?« sagte Monsieur Salomon mit eisiger Höflichkeit.
»Ich habe nicht Ihre jüdischen religiösen Gefühle beleidigen wollen, Monsieur Salomon.«
»Welche religiösen Gefühle denn, Herrgottnochmal!« brüllte Monsieur Salomon, außer sich vor Wut.
»Ich weiß, daß die Juden nicht an die Reinkarnation glauben, Monsieur Salomon. Genau wie bei den Katholiken gibt es für sie kein nächstes Mal, es ist alles zum Direktverzehr. Ich wollte nichts andeuten. Man darf nicht ständig daran denken, Monsieur Salomon. Es gibt Leute, die leben bis ins hohe Alter. Wenn man ständig dran denkt, nähert man sich ihm immer mehr, anstatt sich im Rückwärtsgang von ihm zu entfernen, und am Ende windet und grindet man sich dann. Als ich sie Ihnen fürs nächste Mal versprochen habe, da war das kein Sarkasmus, ein griechisches Wort, das vom hebräischen *sarcazein* abgeleitet ist und ›sich zerfleischen‹ heißt, sich die Haare ausraufen, beleidigender

Spaß, Hohn, Spott. Ich wollte einfach nur optimistische Gefühle zum Ausdruck bringen. Ich wollte Ihnen versichern, daß Sie das nächste Mal, in der nächsten Nummer des *Nouvel Observateur* vielleicht das Richtige finden werden, weil er nämlich jede Woche erscheint, und eine Woche, Monsieur Salomon, die ist ja so lange auch wieder nicht, Sie sind bei ausgezeichneter Gesundheit, und es besteht kein Grund, daß Ihnen bis dahin etwas zustößt...«

Die Stimme zitterte mir richtig, derart verstrickte ich mich immer stärker, und das ist ja immer so, mit der Angst kommt es unwillkürlich heraus, Sie sagen genau das, was Sie nicht sagen wollen.

»Monsieur Salomon, es besteht kein Grund zur Unruhe. Der *Nouvel Observateur* wird nächste Woche wieder erscheinen, das ist bei denen mathematisch. Die können gar nicht anders. Es wird also ein nächstes Mal geben, eine Woche ist soviel wie nichts, bei den augenblicklichen Zeiten...«

Ich habe geschwiegen, aber es war zu spät. Ich hatte eine Freundschaft zerstört, an der mir mehr lag als an irgend was anderem im Wörterbuch. Mir kamen doch glatt die Tränen. Zu meiner ungeheuren Überraschung hat sich Monsieur Salomon in einem gutmütigen Lächeln beruhigt, und er hatte zweimal soviel Falten um die Augen, wie das immer der Fall ist bei denen, die sich schieflachen. Er hat mir eine Hand voller Belehrung auf die Schulter gelegt.

»Na, na, mein junger Freund, denken Sie doch nicht immer an den Tod! Eines Tages werden Sie mit Hilfe der Weisheit keine Angst mehr haben. Geduld! So mit achtzig, neunzig Jahren werden Sie diese zuverlässige, innere Kraft erlangt haben, die man Seelenstärke nennt, und ich hoffe, daß Sie sich an die meine erinnern werden. Kopf hoch! Denken Sie an die unsterblichen Verse des großen Poeten Paul Valéry, der seitdem übrigens verstorben ist und der ausrief: ›*Der Wind erhebt sich! Zu leben mache den Versuch! Die unermeßliche Luft öffnet und schließt mein Buch! Lebt jetzt, glaubt mir und wartet nicht auf morgen! Pflücket sie heute schon die Rosen des Lebens!*‹ Nein, das ist von Monsieur Ronsard, der ist aber seitdem auch schon verstorben. Sie sind übrigens alle verstorben, aber ihre Seelenstärke bleibt. Ach! Die Rosen des Lebens! Pflücken Sie, pflücken Sie! Alles ist da, Jeannot! Pflücken! Es ist nicht nur der Tod, der uns pflückt, sondern wir pflücken auch, und zwar die Rosen! Sie sollten öfters aufs Land gehen und Rosen pflücken! Sich mit Sauerstoff anreichern! Einatmen, ausatmen!«

Vom Himmel fiel Licht herab auf sein Gesicht, aber ich konnte noch so genau hinsehen, ich vermochte nicht zu sagen, ich wußte nicht, ob es die Wut war, die Verzweiflung und das feindliche Alter und ob er sich mit letzter Wildheit über sich selber lustig machte und über seine Verbissenheit zu lieben und immer noch und noch und endlos leben zu wollen, wie es gar nicht erlaubt ist. Ich hatte überhaupt keine Chance, mich zu verteidigen, er war Weltmeister, mit vierundachtzig Jahren wird man immer Weltmeister.

»Was für Rosen des Lebens denn, verdammtes Hurenpuff!« brüllte ich, denn ich hatte gerade wieder an Mademoiselle Cora gedacht, und ich verspürte einen Stich im Herzen, weil es da überhaupt keinen Zusammenhang gab. »Ich werde Ihnen mal was sagen, Monsieur Salomon, selbst wenn Sie sich darüber ärgern sollten, aber ich möchte Sie mal in den Rosen des Lebens sehen! Ich möchte sehen, wie Sie die Rosen des Lebens pflücken! Ich habe noch keinen Menschen so respektiert, wie ich Sie respektiere, wegen dem Mut, mit dem Sie in Panik geraten, weil es nämlich die Nähe und das Endgültige ist, und was die Rosen des Lebens angeht, so will ich gar nicht sagen, daß Sie sie mit Ihrer Nase nicht riechen können, aber alles andere, also da gestatten Sie, daß ich es mit Schweigen übergehe.«

Und ich habe die Arme über der Brust gekreuzt, wie es mein Herr und Meister in seinen antiken und feierlichen Augenblicken selber tat, und es war sicherlich nicht aus Spott, daß ich ihn nachahmte, ich hätte die Hälfte meines Lebens hingegeben, damit er eines mehr gehabt hätte.

Monsieur Salomon hatte die Lupe in einem Auge, aber im andern hatte er Freundschaft. Er behielt noch einige Augenblicke seine Hand auf meiner Schulter, und dann hat er sich von neuem über die Kleinanzeige gebeugt, und er schien sich von höher herabzubeugen, als ich Ihnen sagen kann.

»Wo war ich stehengeblieben ... *Françoise, 23 Jahre alt, Friseuse, bezaubernd, 1,65 m, 50 kg, blaue Augen.*«

Er blieb so über die Anzeige gebeugt, aber ich glaube, daß es eher wegen der Erinnerung war. Gut, die Erinnerungen, darauf hat man immer ein Anrecht. Dann stand er ganz allein auf, ich habe

ihm nicht zu helfen brauchen, und trippelte zu den Regalen seiner Bibliothek. Er ließ seinen Finger über die Bücher gleiten, wobei er durch seine Lupe hindurch suchte. Sie waren alle eingebunden, goldgeprägt, und es war echtes Leder.
»Ah, da ist es ...«
Er hat eines genommen, das rot war.
»Lassen Sie mich dies vorlesen, Jeannot ... Es ist von unserem lieben Victor Hugo. Hören Sie!«
Mit belehrender Gebärde hob er einen Finger in die Luft:

Mehr als zum jungen Mann sahen die Frau'n nach Booz
Der junge Mann ist schön, der Greis jedoch ist groß!

»Das ist nicht wahr!« brüllte ich. »Hat er das wirklich geschrieben?«
»Sehen Sie doch selbst. Und dann noch dies, hören Sie ...«
Er hob den Finger noch höher:

Ein Greis in seiner Würde zum Urquell kehrt zurück
Vorbei der Tage Wechsel, die Ewigkeit hat ihn!
Die Augen junger Leute sind flammend wie Rubin,
Im Aug' der Greise aber sieht Licht man und das Glück.

Darauf haben wir uns angesehen, und dann hat mir Monsieur Salomon die Arme um die Schultern gelegt, und wir haben beide gelacht, wir haben uns krumm gelacht, also wirklich das, was man lachen nennt, und wir haben beide zwei Tanzschritte gemacht und dabei ein Bein gehoben, ich mußte ihn sogar ein wenig stützen, damit er nicht auf die Fresse fiel. Wir sind noch nie so sehr wie Vater und Sohn gewesen, wir hätten sogar eine Familiennummer abziehen können, Monsieur Salomon und ich, wie dieser dreiundsiebzigjährige amerikanische Akrobat, Monsieur Wallenda, der in Amerika fünfunddreißig Meter tief gefallen ist, als er auf dem Seil ging, über der Leere, auf der Straße, und sein Sohn hat sofort seinen Platz eingenommen. Im Beruf geht es immer vom Vater auf den Sohn.
Danach hat mich Monsieur Salomon zur Tür begleitet, wobei er immer noch einen Arm um meine Schulter gelegt hielt.
Als ich am Hinausgehen war, hat er mich gefragt:
»Wie geht es Mademoiselle Cora?«
»Ich kümmere mich um sie.«

XXV

Ich wußte, daß ich Mademoiselle Cora nicht auf einen Schlag fallenlassen konnte. Was in solchen Fällen zählt, sind Behutsamkeit und Rücksicht.

Am ersten Tag, an dem ich sie nach dem *Slush* nicht wiedergesehen habe, hatte sie zweimal bei der Telefonzentrale angerufen, aber sie hat es schlecht getroffen, Ginette wußte nicht, daß es persönlich war und hat ihr den Vorschlag gemacht, jemand anderes vorbeizuschicken. Mademoiselle Cora hat es sehr schlecht aufgenommen. Ich hielt noch drei Tage aus, ohne sie zu besuchen, weil man sich in diesen Fällen rar machen muß. Aber ich konnte nachts nicht schlafen. Ich habe immer ein Schuft sein wollen, der auf der ganzen Linie schuftig ist, aber wenn man kein Schuft ist, dann fühlt man sich dabei wie ein Schuft, weil die richtigen Schufte überhaupt nichts fühlen. Deshalb gibt es nur eine Möglichkeit, sich nicht als Schuft zu fühlen, man muß ein Schuft sein.

Je weniger Lust ich hatte, Mademoiselle Cora zu sehen, desto größere Lust hatte ich, sie zu sehen. Das beste wäre, zu ihr zu gehen und ihr zu erklären, daß wir uns der Trunkenheit des Augenblicks überlassen hatten, daß jetzt aber das Leben wieder die Oberhand gewinnen müsse. Man muß unterscheiden können zwischen einem Schlaganfall und der wahren Liebe. Ich hatte das alles in meinem Kopf gut vorbereitet, aber das war etwas, das man nicht sagen konnte.

Schließlich habe ich mir gedacht, daß es besser wäre, überhaupt nichts vorzubereiten und sie aufzusuchen, als ob nie etwas zwischen uns gewesen wäre. Das war um so dringender, als sie nach den ersten drei Tagen nicht mehr angerufen hat, sie muß sich wohl gesagt haben, daß ich sie fallengelassen habe.

Es war drei Uhr nachmittags, und als sie die Tür aufgemacht hat und mich gesehen hat, wurde mir wirklich warm ums Herz, so glücklich war sie, mich zu sehen. Wir brauchen immer jemanden, der uns braucht. Sie hat mir die Arme um den Hals gelegt, sie hat sich an mich gelehnt und hat nichts gesagt, aber sie lächelte, als ob sie dessen sicher wäre, als ob sie immer gewußt hätte, daß ich sie brauchte. Sie hatte sicherlich viel nachgedacht, und ich spürte, daß sie eine »Erklärung« für alles gefunden hatte, mit Hilfe der

Psychologie. Sie trug unter einem himmelblauen Bademantel kanariengelbe Hosen und war barfuß. Ich habe mich hingesetzt, während sie in der Küche war, wir haben nicht miteinander gesprochen, sie ging hin und her mit einem verschmitzt-zufriedenen Gesicht, als ob sie alles begriffen hätte. Ich war ein wenig beunruhigt, weil sie vielleicht wirklich begriffen hatte und sie mir den Weg nach draußen zeigen würde, denn wenn sie auch fünfundsechzig Jahre alt war, brauchte sie deshalb doch noch nicht ihren Stolz als Frau verloren zu haben. Gleich, nachdem sie mit dem Apfelmost und einem Stück Karamelkuchen zurückgekommen ist, wollte ich mich erklären, wollte ihr sagen, daß sie sich irrte, daß es keineswegs deshalb war, weil die freiwilligen Helfer des *S. O. S.* den alleinstehenden Personen im Leben helfen und ihnen ihre moralische Unterstützung zukommen lassen, daß es nicht professionell war, daß es viel allgemeiner bei mir war, so als Ungerechtigkeit. Als wir dann vor dem Apfelmost und dem Karamelkuchen saßen und sie die Hand ausstreckte, um sie auf meine zu legen, und mir dabei tief in die Augen sah, bekam ich ihre Erklärung mitten in die Fresse, und mir war klar, was sie mit Hilfe der Psychologie gefunden hatte.

»Erzähl mir von deiner Mama, Jeannot.«

»Von meiner Mama habe ich nicht viel zu sagen, Mademoiselle Cora, sie hat mir eine gute Erinnerung hinterlassen, als sie gegangen ist.«

»Wie alt warst du damals?«

»Elf Jahre alt, aber sie hat nicht früher gehen können.«

»Das muß ein furchtbarer Schlag für dich gewesen sein.«

»Warum, Mademoiselle Cora?«

»Wenn einen mit elf Jahren die Mutter verläßt ...«

»Hören Sie, Mademoiselle Cora, ich konnte sie schließlich nicht vorher rausschmeißen. Ich war zu klein, und eine Mama ist eben eine Mama. Das zu tun war Sache meines Vaters, nicht die meine. Mir hatte sie nichts getan, ich hatte mich da nicht einzumischen. Manchmal, wenn mein Vater knipste, brachte sie einen Kerl mit nach Hause, aber mir hat es an nichts gefehlt, und das ging nur meinen Vater etwas an. Natürlich fand ich auch, daß mein Vater eine Nulpe war, aber die Nulpen sind mir immer noch lieber als die andern. Sie hat mich eines Tages beiseite genommen und zu mir gesagt, ich kann nicht mehr, ich kann so nicht mehr leben, ich gehe weg, du wirst mich später verstehen. Ich habe es jetzt noch nicht verstanden, was das eigentlich heißt, *so leben.* Man lebt immer *so.* Ich sah sie ab und zu, wir hatten weiterhin gute Beziehungen zueinander. Das einzige, was ich Ihnen bescheinigen kann, Mademoiselle Cora, das ist, daß es für die Nulpen wirklich ungerecht ist.«

Ich war ziemlich froh zu wissen, daß sie das alles schon in ihrem Kopf zurechtgelegt hatte: ich hatte sie mir untergejubelt, weil ich eine Mama brauchte.

»Aber schließlich, sie fehlt dir doch?«

»Mademoiselle Cora, wenn man mal anfängt, nach allem zu suchen, was einem fehlt... Man muß sich beschränken können, denn es kann einem nicht alles gleichzeitig fehlen.«

»Du hast eine seltsame Art dich auszudrücken, Jeannot!«

Wenn ich so was höre, muß ich wirklich lachen. Nehmen Sie nur den kleinen Robert, mein Lieblingswörterbuch, wie Sie sehen, hat es kaum zweitausend Seiten, und das hat ihnen seit Beginn der historischen Zeiten genügt, und zwar fürs ganze Leben und selbst noch danach. Chuck sagt, ich sei der Zöllner Rousseau des Wortschatzes, und das stimmt, daß ich in den Wörtern rumwühle wie ein Zöllner, um zu sehen, ob sie dort nichts versteckt haben.

»Haben Sie ein Wörterbuch, Mademoiselle Cora?«

»Ich habe den kleinen Larousse. Willst du ihn sehen?«

»Nein, es ist nur um zu wissen, womit Sie leben.«

Ich dachte: gut, na ja, es gibt sogar Leute, die kommen mit dem garantierten Mindestlohn über die Runden.

»Du könntest deine Mahlzeiten regelmäßig bei mir einnehmen, anstatt irgendwo draußen zu essen.«

Ich habe erst mal meine Gabel hingelegt. Aber ich habe mich zurückgehalten. Ich würde einer Person, die mit dem kleinen Larousse lebt, doch nicht erklären, daß mir sehr viel mehr fehlte als Mama. Dabei hörte sie doch bestimmt von Zeit zu Zeit die Nachrichten. Die Tagesschau, wie man sie nennt. Sie hatte einen Fernseher in der Ecke stehen, für das Unterhaltungsprogramm. Die Unterhaltung ist was Gutes. Am Tag zuvor hatte man Aldo Moros Leichnam gezeigt und die Expeditionskorps im Libanon und überall und dazu im Vordergrund der massakrierte Junge in Kolwizi. Aber es stimmte, daß ich regelmäßig Mahlzeiten einnehmen konnte, anstatt irgendwas draußen zu essen.

Sie ist aufgestanden und zur Kommode gegangen, wo die

eingemachten Früchte aus Nizza standen, die Monsieur Salomon ihr geschickt hatte. Sie hielten immer noch. Eingemachte Früchte sind unverwüstlich.
»Ich möchte dir eine Frage stellen.«
»Fragen Sie nur.«
»Ich bin wirklich nicht mehr jung und ...«
Sie wandte mir den Rücken zu. Von hinten ist es einfacher. Gut, es gab nur eines zu tun, ich bin aufgestanden, ich bin zu ihr gegangen, ich habe sie zu mir umgedreht, ich habe sie in die Arme genommen und geküßt. Ich hatte keine besondere Lust darauf, sie auf den Mund zu küssen, und da das ungerecht war, habe ich sie auf den Mund geküßt. Im Bett sagte sie Dinge wie ich möchte dich glücklich machen und mein Liebling, mein zärtlicher Geliebter, und sie versuchte mich zufriedenzustellen, wie es nicht möglich ist. Sie machte so heftige und so jähe Bewegungen mit ihrem Becken, daß ich Angst hatte, sie würde sich weh tun.
»Warum ich, Jeannot? Du kannst doch jedes junge und schöne Mädchen haben?«
Ich lag auf dem Rücken und rauchte. Ich konnte es ihr nicht erklären. Man kann einer Frau, die man zärtlich liebt, nicht erklären, daß es nicht persönlich ist, sondern daß man im allgemeinen und zum aus der Haut fahren zärtlich liebt. In diesen Fällen ist etwas Konfektion immer besser als maßgeschneiderte Erklärungen.

XXVI

Drei Wochen lang ist es so gewesen. Jedesmal sagte ich zu mir, daß es das letzte Mal war, aber es war nicht möglich. Ich versank immer tiefer in die Unmöglichkeit. Sie stellte mir keine Fragen mehr, wir sprachen fast nicht miteinander, und sie sah genau, daß ich keine Mama brauchte.
Ich schlief fast jeden Abend bei Aline. Ihre Haare wurden auf meine Bitte hin ein wenig länger. Wir sprachen wenig miteinander, wir brauchten uns nicht gegenseitig zu beruhigen. Ich war ständig bei ihr, selbst wenn ich sie verließ. Ich fragte mich, wie ich vorher so lange hatte leben können, ohne sie zu kennen, wie

ich in der Unwissenheit hatte leben können. Sobald ich sie verließ, wurde sie zusehends größer. Ich ging durch die Straßen und lächelte alle Leute an, derart sah ich sie überall. Ich weiß genau, daß alle Welt vor Liebe umkommt, denn es ist das, was am meisten fehlt, aber ich hatte das endlich hinter mir, und ich begann zu leben.
Ich hatte sogar ein paar Sachen zu Aline mitgenommen. Allmählich, um ihr keine Angst zu machen. Zuerst eine Zahnbürste, denn das ist das kleinste. Einen Slip, ein Hemd, sie hat immer noch nichts gesagt. Darauf habe ich einen Kopfsprung gemacht und einen ganzen Koffer angeschleppt. Ich verging vor Angst, als ich mit meinem Koffer in der Hand hereinkam, es war wirklich dreist, und ich bin ganz blöd auf dem Treppenabsatz stehengeblieben, als sie die Tür aufgemacht hat, und ich muß so angstvoll ausgesehen haben, daß sie gelacht hat. Nachts hatte sie kleine Brüste, als ob sie gerade erst entstanden wären. Manchmal, wenn ich sie fünf oder sechs Stunden an mich gepreßt hielt, sagte sie zu mir:
»Du hast ein Äußeres, das sich im Kunden geirrt hat.«
Ich bog den Arm und ließ sie meine Muskeln betasten.
»Fühl mal. Ein richtig schwerer Junge, wie?«
»Du hast recht, Meister Lampe. Um glücklich zu leben, muß man im Verborgenen leben.«
Sie war das einzige Mädchen, das ich kannte, das nicht sofort die Musik anmachte, wenn sie nach Hause kam, man konnte wirklich mit ihr zusammen sein. Bei den andern war es sofort eine Platte oder das Radio, und es gab sogar welche mit Stereoplatten, die von allen Seiten auf einen herabprasselten. Es gab überall Bücher bei ihr und sogar eine Universal-Enzyklopädie in zwölf Bänden. Ich hatte zwar Lust danach, aber ich wollte nicht den Anschein erwecken, als interessierte ich mich für etwas anderes.
Ich habe Mademoiselle Cora auf ein oder zwei Mal in der Woche herabgesetzt, um sie zu entwöhnen. Ich hätte es Aline früher sagen sollen, das konnte keine Frage von Eifersucht zwischen Frauen sein. Sie ließ immer den Schlüssel unter der Fußmatte liegen. Eines Nachts, als ich von Mademoiselle Cora zurückkam, habe ich sie wachgemacht. Ich habe mich aufs Bett gesetzt, ohne sie anzusehen.
»Aline, ich habe mich da in eine Liebesgeschichte eingelassen mit

einer Person, die auf die fünfundsechzig zugeht, und ich weiß nicht, wie ich da herauskomme...«
Ich habe gleich das Alter gesagt, denn ich wollte nicht, daß sie eifersüchtig wurde.
»Aber wenn es eine Liebesgeschichte ist...«
»Es ist eine Liebesgeschichte im allgemeinen, nicht mit ihr.«
»Aus Mitleid?«
»Oh nein, ich bin schließlich kein Schuft. Aus Liebe gibt es Dinge, die ich nicht zulassen kann, die ich nicht hinnehmen kann, wenn einen das alt und allein macht... Ich habe es aus Empörung getan, im Eifer des Gefechts, und jetzt weiß ich nicht mehr, wie ich da herauskomme. Wenn ich sie einen oder zwei Tage nicht sehe, verliert sie den Kopf... Sie glaubt dann, daß ich sie fallenlasse, weil sie alt ist, dabei ist es genau umgekehrt, ich lasse sie nur deshalb nicht fallen, weil sie alt ist...«
Aline ist aufgestanden und dreimal durchs Zimmer gegangen, wobei sie mir manchmal Blicke zuwarf, und dann hat sie sich wieder hingelegt.
»Wie lange dauert das schon?«
»Ich weiß nicht. Da müßte man mal in deiner Universal-Enzyklopädie nachsehen.«
»Spiel nicht den komischen Heini!«
»Also das kann ich dir schwören, Aline, wenn ich mich jetzt zum Lachen bringen könnte, würde ich sofort die Typen aufsuchen, die dafür Stipendien geben. Man nennt das die Stipendien der Berufung.«
»Was wirst du tun?«
»Nun, wenn du zu mir sagst, entweder du oder sie...«
»Zähl nicht auf mich. Das wäre zu einfach. Wer ist es?«
»Eine ehemalige Sängerin. Cora Lamenaire.«
»Der Name sagt mir nichts.«
»Natürlich nicht, das war vor dem Krieg.«
»Wann hast du sie zuletzt gesehen?«
Ich gab keine Antwort.
»Wann?«
»Ich komme gerade von ihr.«
»He, sag mal, in dieser Hinsicht scheint's bei dir ja bestens zu klappen.«
»Sei nicht gemein, Aline. Wenn du mich rausschmeißen würdest und Adieu, das könnte ich verstehen, aber sei nicht gemein.«

»Entschuldige bitte.«
»Du tust so, als würde ich dich mit einer anderen Frau betrügen. Aber das ist gar nicht so.«
»Zählt sie nicht mehr, ist sie keine Frau mehr?«
Ich habe einen Augenblick gewartet. Dann habe ich sie gefragt:
»Hast du schon was von den bedrohten Arten gehört?«
»Ach so, es war ökologisch und hatte mit Umweltschutz zu tun?«
»Sei nicht gemein, Aline. Sei nicht gemein. Ich bin sogar beinahe in die Bretagne gegangen, weißt du, wo sie die Ölpest haben. Die andere. Aber man mußte in Dreißiger-Gruppen sein, während hier ...«
Sie hat mich nicht aus den Augen gelassen. Ich bin noch nie so sehr in einem Frauenblick gewesen.
»Wie ist sie?«
»Das sieht man nicht so richtig. Natürlich kommt es drauf an, wie man hinschaut. Wenn du einen bösen Blick hast ... Wenn du einen Blick hast, der sucht, findest du immer was. Da gibt es die Falten, das Welke und Schlaffe, das hängt und baumelt ... Das liegt eben an der Werbung ...«
»An der Werbung?«
»An der Werbung. Die Weiber haben alle die Werbung auf dem Buckel. Sie müssen die schönsten Haare haben, die schönste Haut, die beste Frische ... Ich weiß auch nicht. Also wenn du bei Mademoiselle Cora nicht allzu genau suchst oder wenn du ihre Latte vergißt ...«
»Welche Latte denn, mein Gott?«
Ich bin aufgestanden und habe im Bücherschrank das Wörterbuch geholt. Ich habe das Wort auf einen Schlag gefunden, wie ein echtes As, und ich habe vorgelesen:
»Latte: eine lange Latte haben, beim Kaufmann in der Kreide stehen, viele Schulden haben. Der hat aber eine Latte (er ist sehr betrunken ...) Du siehst? Mademoiselle Cora hat sehr viele Schulden. Vierundsechzig Lenze und sogar noch mehr, ich glaube nämlich, daß sie ein bißchen mogelt. Und so eine Latte, siehst du, die ist eben schwer zu tragen. Das Leben hat ihr ein Konto eröffnet, und jetzt hat sich da allerhand angesammelt.«
»Und du versuchst, ihre Schulden abzutragen?«
»Ich weiß nicht, was ich versuche, Aline. Das ist vielleicht auch

besser so. Manchmal habe ich das Gefühl, daß das Leben Schulden gegen uns macht und diese Schulden nicht mehr abtragen will...

»Schulden bei uns macht, und nicht *gegen* uns.«

»Bei uns in Quebec sagt man gegen uns.«

»Bist du jetzt aus Quebec?«

»Ich bin von den Buttes-Chaumont, aber in Quebec spricht man trotzdem eine andere Sprache. Sieh dir doch mal *Eau chaude, eau frette* im Theater Pagode in der Rue Babylone an, das wird im Augenblick gespielt, du wirst sehen, daß es noch Möglichkeiten gibt. Man kann noch anders reden. Das nur, um dir zu erklären, daß das Leben gegen dich Schulden macht, und du wartest immer darauf, daß es kommt und diese Schulden abträgt und...«

»... und das nennt man träumen.«

»... und dann kommt ein Augenblick, wie bei Mademoiselle Cora, wo du allmählich spürst, daß es zu spät ist, daß das Leben nie seine Schulden bezahlt, und das ist die Angst... Es ist das, was wir die Angst des Königs Salomon nennen, beim *S. O. S.*...«

Ich stand neben dem Bücherschrank, und ich war nackt, nur daß ich auch nackt bin, wenn ich angezogen bin, weil es nämlich nichts anzuziehen gibt. Aline ist wieder aufgestanden, sie ist dreimal rund durchs Zimmer gelaufen mit verschränkten Armen und ist dann vor mir stehengeblieben. »Und du versuchst jetzt, dieser Mademoiselle... wie war der Name noch?«

»Cora. Cora Lamenaire. Ich bin Marcel Kermody.« Ich habe einen Witz gemacht, um sie zum Lachen zu bringen.

»Und du versuchst jetzt, Mademoiselle Cora alles zurückzuerstatten, weil das Leben bei ihr Schulden gemacht hat und weil sie mit fünfundsechzig Jahren nicht mehr damit zu rechnen braucht, daß es diese Schulden tilgt?«

»Man muß es halt versuchen. Ich bin jetzt seit sechs Monaten freiwilliger Helfer beim *S. O. S.*, es ist das Berufsethos.« Sie hat einen Augenblick gewartet und dabei mein Gesicht in allen seinen Einzelheiten betrachtet.

»Und jetzt spürst du, daß du zu weit gegangen bist, und fragst dich, wie du da wieder rauskommst?«

»Wohlgemerkt, ich weiß, daß es nur für einen Augenblick ist. Sie weiß, daß ich ein Taugenichts bin und daß ich sie früher oder später fallenlasse. Das gehört nämlich zum Repertoire.«

»Was erzählst du denn da? Aber sag mal, was erzählst du denn da? Was für ein Repertoire?«
»In den realistischen Chansons ist das immer so. Mademoiselle Cora ist vor allem eine realistische Sängerin gewesen. Sie hat mir selber gesagt, daß es in diesen Chansons immer schlecht ausgeht. Das liegt ganz einfach am Genre. Entweder gehen sie mit ihrem Neugeborenen in die Seine, oder ihr Kerl spielt mit dem Messer und bearbeitet sie mit seinem Dolch, oder es ist die Guillotine, die Lunge und das Zuchthaus oder alles gleichzeitig. Da kann man nichts dagegen tun, da kann man nur flennen.«
»Scheiße, du machst mich richtig traurig.«
»Dazu ist kein Grund, man hat jetzt die Chansons gewechselt, man singt nicht mehr die gleichen.«
Sie hat mich noch schärfer angeschaut.
»Sag mal, du spielst auch ganz schön mit dem Messer ...«
»Das ist zum Spaß.«
Ich glaube, von diesem »zum Spaß« an fingen wir an, uns wirklich zu verstehen. Wir haben in dieser Nacht nicht mehr darüber gesprochen. Wir haben überhaupt nicht mehr gesprochen, über nichts. Schweigen. Aber es war nicht mehr das gleiche. Nicht das, das ich genau kannte, ein Schweigen, das protestiert. Es war ein neues. Gewöhnlich fängt es wieder an zu protestieren, wenn ich nachts wach werde, und ich versuche, so schnell ich kann, wieder einzuschlafen. Aber in dieser Nacht, bei Aline, wurde ich absichtlich wach, um keine Minute zu verlieren. Jedesmal, wenn ich einschlief, war es, als ob man mich bestehle. Ich sagte mir, daß es vielleicht so eine außergewöhnliche Nacht war und daß man nicht darauf zählen konnte. Ich sagte mir, daß es nur eine Nacht war, die Glück gehabt hatte, und daß man nicht glauben dürfe, daß es so weit sei. Es war das, was man Phantasmen oder Fantasmen nennt, denn das Wörterbuch läßt beides zu, man kann wählen. Ich bin sogar aufgestanden und habe Licht gemacht, um sicher zu sein. *Phantasma: Sinnestäuschung, Trugbild, Phantasiebild, durch das das Ich der Wirklichkeit zu entfliehen sucht.*
»Was suchst du denn wieder, Jean?«
»*Fantasma.*«
»Ja und?«
»Ich bin glücklich.«
Sie wartete, daß ich wieder zu ihr zurückkommen sollte.

»Natürlich, ich weiß, ich verstehe, aber man darf keine Angst haben.«
»Ich bin nicht dran gewöhnt. Außerdem habe ich einen Freund, Monsieur Salomon, den Hosenkönig, der mich mit seiner Angst angesteckt hat, mit der ekklesiastischen Nichtigkeit, dem Staub und der Verfolgung des Windes. Bei ihm kann man das verstehen, weil er vierundachtzig Jahre alt ist, es erleichtert ihn, in die Suppe zu spucken, das ist philosophisch. Chuck nennt das sich auf die philosophischen Gipfel flüchten, und dann wirft man auf alle Dinge dieser Welt hienieden einen mächtigen Blick. Aber das stimmt nicht, Monsieur Salomon liebt das Leben so sehr, daß er sogar vier Jahre lang in einem schwarzen Keller an den Champs-Elysées geblieben ist, um es nicht zu verlieren. Und wenn du glücklich bist, aber nun wirklich das, was man glücklich nennt, dann hast du noch größere Angst, weil du nicht daran gewöhnt bist. Ich meine, ein schlauer Typ sollte es so einrichten, daß er sein ganzes Leben lang unglücklich ist wie ein Stein, dann hätte er nämlich keine Angst vor dem Sterben. Ich kann nicht einmal einschlafen. Ich habe den Bammel. Gut, wir sind glücklich, aber das ist doch kein Grund, daß wir uns verlassen?«
»Willst du ein Beruhigungsmittel?«
»Ich werde kein Beruhigungsmittel nehmen, weil ich glücklich bin, Scheiße. Komm her.«
»Das Leben wird dich nicht bestrafen, weil du glücklich bist.«
»Ich weiß nicht. Es hat einen Blick dafür, weißt du. Ein glücklicher Typ, so was fällt auf.«
Als ich am nächsten Tag Mademoiselle Cora aufsuchte, hat Aline selber die Blumen ausgesucht. Sie hat den Strauß selber zusammengestellt und hat ihn mir gegeben und hat mich aus lauter Herzensfreude in der Rue Buci, vor dem Laden, auf beide Wangen geküßt, und zwar mit einer solchen Zärtlichkeit in den Augen, daß ich mir wie ein guter kleiner Junge vorgekommen bin.

XXVII

Als ich bei Mademoiselle Cora mit dem Blumenstrauß angekommen bin, war sie am Schluchzen.
»Was ist denn los, Mademoiselle Cora? Was ist denn los?«
Ich vermochte immer noch nicht, einfach nur Cora zu ihr zu sagen. Ihr Gesicht war völlig verwüstet, und sie hatte Augen, als ob sie um Hilfe riefe.
»Arletty . . .«
Und dann hat sie den Kopf geschüttelt, sie konnte einfach nicht reden. Ich habe mich neben sie gesetzt und sie zärtlich an mich gedrückt. Daraufhin ist es etwas besser geworden. Sie hat die Illustrierte genommen, die sie auf den Knien liegen hatte.
»Hör dir das an . . .«
Und sie hat mir vorgelesen, was Mademoiselle Arletty im *Point* gesagt hat: *»Es ist bedauerlich, das, was war, dahingehen zu lassen, ohne es ein wenig zurückzuhalten . . .«*
Und dann ist ihr die Stimme weggeblieben, und sie fing wieder zu flennen an wie in dem Chanson von Monsieur Jehan Rictus, von dem sie eine Platte hatte, *Da kann man nichts dagegen tun, da kann man nur flennen.* Also habe ich in dieser Nacht versucht, sie so zu halten wie noch nie zuvor. In dieser Nacht ging der Kampf zwischen *da kann man nichts dagegen tun* und mir. Ich konnte Mademoiselle Cora nicht wieder zu einer Zwanzigjährigen machen, so wenig wie ich sie im Gedächtnis des Volkes neben Arletty, Piaf, Damia und Fréhel auf den ersten Rang heben konnte, aber ich habe sie trotzdem ein wenig als Frau gehalten, und hinterher bin ich zu Aline gegangen, und sie hat mich in die Arme genommen und hat mir die Augen sachte mit ihren Lippen geschlossen.

XXVIII

Das hat so lange gedauert, wie ich nur konnte. Ich hielt Mademoiselle Cora derart zurück, wie ich noch nie in meinem Leben etwas versucht habe. Aber es ist einfach unmöglich, etwas mehr als alles in der Welt zu lieben, wenn das eine Frau ist, die man nicht liebt. Man sollte nie jemanden lieben, ohne ihn persönlich zu lieben, wenn man ihn nur allgemein, gegen die Ungerechtigkeit, liebt. Und man kann ihm nichts erklären, sich auch nicht aus dem Staub machen, weil, da ist die Feigheit weh zu tun. Ich hielt Mademoiselle Cora auch weiterhin mit aller Kraft, aber das war nur physisch. Nachher mußte ich zu Aline laufen, um mich umzuziehen. Es wurde fies, fies, fies. Ich machte Liebe mit Aline, als wollte ich mich waschen. Und ich fing auch an, in Alines Gesicht manchmal eine Härte zu sehen, die mir Angst machte.

»Du bist doch nicht eifersüchtig?«

»Red kein dummes Zeug. Es geht nicht um Mademoiselle Cora. Es geht auch nicht um mich.«

»Was ist es dann? Du ziehst 'ne Flappe...«

»Die Beschützer und Wohltäter der armen Frauen, der alten oder jungen, davon habe ich genug...«

Sie fuhr mir mit dem Finger an die Eier.

»Du treibst es allmählich etwas zu weit mit deinem *garantierten Minimum.* Scheiße. Das ist Mitleid.«

»Nein, es ist nur das, was die Starken Schwäche nennen.«

XXIX

Eines Nachts, als Mademoiselle Cora in meinen Armen eingeschlafen war, bekam ich Angst, weil ich gespürt habe, daß es mir leichter fiele, sie zu erwürgen, während sie glücklich war, als sie zu verlassen. Ich brauchte nur etwas stärker zuzudrücken, und ich hätte ihr nicht mehr weh tun müssen. Ich habe mich eilends angezogen. Bevor ich hinausging, habe ich mich noch einmal umgedreht, um sicher zu sein, aber nein, ich hatte es nicht getan,

sie schlief ruhig. Es war drei Uhr früh. Ich konnte König Salomon nicht gut aufwecken, um an seine sprichwörtliche Weisheit zu appellieren und ihn um Rat zu fragen. Ich hatte die ganze Zeit über dieses Bild der ölverschmierten Seemöwe in der Bretagne im Kopf, und ich wußte nicht einmal mehr, ob es Mademoiselle Cora war oder ich. Ich fuhr in der Nacht auf meinem Drahtesel im Kreis. Und dann habe ich mir gesagt, wie so viele andere arme Schlucker, die sich nachts im Kreise drehen, ich werde *S. O. S.* anrufen. Ich habe am Montmartre vor dem *Pizza Mia* haltgemacht, das immer geöffnet hat, bin ins Souterrain hinuntergegangen und habe angerufen. Ich bekam nicht gleich Antwort, denn um zwei, drei Uhr morgens gibt es die meisten Anrufe, weil dann die Sorgen am meisten drücken.
»S. O. S. Freiwilliger Hilfsdienst.«
Scheiße. Es war Monsieur Salomon. Ich hätte es ja wissen müssen, denn es war mir bekannt, daß er nachts aufsteht, um selber die Anrufe entgegenzunehmen und seine freiwillige Hilfe zu verteilen, weil ihn nämlich nachts die Angst am stärksten überkommt, und gerade wenn er am einsamsten ist, braucht er am meisten jemand, der ihn braucht.
»Hallo, *S. O. S.* hört Ihnen zu.«
»Monsieur Salomon, ich bin's.«
»Jeannot! Ist Ihnen etwas zugestoßen?«
»Monsieur Salomon, ich sag's Ihnen lieber aus der Ferne und mit Distanz, aber ich habe Mademoiselle Cora gebumst, um sie zu halten ...«
Er war überhaupt nicht überrascht. Ich glaube sogar, Ehrenwort, daß ich ihn vor Vergnügen lachen hörte. Aber vielleicht war ich es, der geklappert hat. Dann hat er mich mit wissenschaftlichem Interesse gefragt:
»Um sie zu halten? Um sie wie zu halten, Kleiner?«
»Es ist wegen dem, was Mademoiselle Arletty in der Illustrierten gesagt hat, *es ist bedauerlich, das, was war, dahingehen zu lassen, ohne es ein wenig zurückzuhalten ...*«
Monsieur Salomon hat lange geschwiegen. Ich habe sogar geglaubt, er hätte uns unter dem Schock der Aufregung verlassen.
»Monsieur Salomon? Sind Sie noch da? Monsieur Salomon!«
»Ich bin noch da«, machte Monsieur Salomons Stimme, und wegen der Nacht war sie noch tiefer. »Es geht mir gut, ich bin

noch da, ich bin noch nicht tot, was auch immer darüber erzählt wird. Sie sind ein ganz großer Angsthase, mein junger Freund.«

Ich war nahe daran, ihm zu sagen, daß er mir seine Angst angehext hatte, aber wir wollten ja schließlich nicht miteinander diskutieren, um herauszufinden, wer angefangen hatte, vielleicht war es schon vor uns allen da.

»Mein Kleiner«, sagte er, und ich habe noch nie gespürt, daß er so aufgewühlt war, dort, wo er war, am andern Ende der Leitung, mit seinen erhabenen Höhen über uns gebeugt.

»Ja, Monsieur Salomon. Was soll ich tun? Ich liebe jemanden. Ich liebe nicht Mademoiselle Cora, und deshalb liebe ich sie natürlich noch mehr. Na ja, ich liebe sie, aber im allgemeinen. Wenn Sie wissen, was ich meine. Monsieur Salomon! Sind Sie noch da? Monsieur Salomon!«

»Scheiße!« brüllte Monsieur Salomon, und ich bekam eine richtige Gänsehaut davon. »Ich bin noch da, und ich habe nicht im mindesten die Absicht, nicht da zu sein, und ich werde da sein, solange es mir gefällt, selbst wenn niemand mehr daran glaubt!«

Er hat wieder geschwiegen und diesmal habe ich ihn schweigen lassen, ohne ihn zu unterbrechen.

»Wie lautet er noch gleich, dieser Satz von Mademoiselle Arletty?«

»*Es ist bedauerlich, das, was war, dahingehen zu lassen, ohne es ein wenig zurückzuhalten . . .*«

König Salomon schwieg am andern Ende der Leitung, und dann habe ich einen großen Seufzer gehört.

»Sehr wahr, sehr richtig . . .«

Und plötzlich hat er sich wieder geärgert, und er hat gebrüllt:

»Aber es ist doch nicht meine Schuld, wenn diese dumme Kuh . . .«

Er hat sich unterbrochen und gehüstelt.

»Entschuldigen Sie bitte. Jedenfalls habe ich getan, was ich konnte. Aber sie hat eben ein Spatzenhirn und . . .«

Ich nehme an, daß er von Mademoiselle Cora sprach, aber er hat sich wieder unterbrochen.

»Gut, dann haben Sie sie also . . . Wie sagten Sie noch?«

»Ich habe sie gebumst.«

»Richtig. Das habe ich gleich geahnt. Sie sind genau der Typ.«

»Es ist nicht meine Spezialität, Monsieur Salomon, wenn Sie mich damit einen Zuhälter schimpfen wollen.«
»Keineswegs, keineswegs. Ich wollte damit nur sagen, daß Sie genau der Typ sind, der ihr unweigerlich gefallen mußte, bei dem sie den Kopf verlor. Das ist doch nichts Schlimmes.«
»Ja, aber was mache ich jetzt, um da wieder herauszukommen?«
Monsieur Salomon hat nachgedacht, und dann hat er etwas Ungeheures losgelassen:
»Na ja, vielleicht verliebt sie sich in jemand anderen.«
Also da war ich wirklich empört. Er machte sich mitten in der Nacht über mich lustig.
»Sie machen sich über mich lustig, Monsieur Salomon. Das ist nicht nett, ich habe Sie immer verehrt, wie Ihnen sicherlich nicht unbewußt ist.«
»Lassen Sie die französische Sprache in Ruhe, Jeannot. Versuchen Sie die nicht auch noch zu bumsen. Die können Sie nämlich nicht umlegen, glauben Sie mir. Wissen Sie, die größten Schriftsteller haben es versucht, und sie sind alle gestorben wie die letzten Analphabeten. Es gibt keine Möglichkeit, sich quer durchzumogeln. Die Grammatik ist unerbittlich, und die Interpunktion ebenfalls. Mademoiselle Cora wird am Ende vielleicht jemand anders finden, der nicht ganz so jung ist. Gute Nacht!«
Und er hat einfach aufgelegt, was man beim *S. O. S.* niemals tut, man läßt immer den einhängen, der angerufen hat, damit er nicht das Gefühl hat, abgewiesen zu werden.
Einen Augenblick lang habe ich dem Rufzeichen gelauscht, das war immerhin besser als nichts. Ich bin nach Hause gegangen und habe Aline wach vorgefunden. Ich brauchte gar nicht erst zu reden, sie wußte Bescheid. Sie hat uns einen Kaffee gemacht. Wir haben eine ganze Weile dagesessen und nicht miteinander gesprochen, es war genauso, als ob. Schließlich hat sie gelächelt.
»Sie ist darauf gefaßt, weißt du. Sie spürt ganz bestimmt, daß das nicht dauern kann, daß es nicht...«
Sie hat das Wort nicht gesagt und ein wenig Kaffee getrunken. Schließlich habe ich es gesagt:
»... daß es nicht natürlich ist? Sag es.«
»Nun, es ist nicht natürlich.«
»Ja, und gerade das ist in der Natur so zum Kotzen.«

»Vielleicht, aber du kannst die Natur nicht ändern.«
»Warum nicht? Warum kann man sie nicht ändern, diese Nutte? Es dauert schon lange genug, daß sie uns wie der letzte Dreck behandelt. Und wenn sie faschistisch wäre, die Natur? Soll man sich dann weiterhin so behandeln lassen?«
»Na, dann wende dich doch an deinen Freund, Monsieur Salomon, den Hosenkönig, und sag ihm, er soll uns eine Natur nach Maß schneidern lassen, und nicht diese Konfektionsnatur. Oder wende dich an den andern König Salomon weiter oben, an den, der nicht da ist, und den man schon seit einigen Jahrtausenden anfleht. O. K.?«
»Ich weiß auch, daß man nichts dagegen tun kann. Es gibt da so ein Lied von Monsieur Jehan Rictus.«
»Sprich darüber mit Mademoiselle Cora. Das kennt sie. Du hast selber gesagt, daß das ihr Repertoire ist.«
»Das Herzeleid als Repertoire, das ist doch zum Kotzen. Und wenn sie es macht wie in ihren realistischen Chansons, wenn sie in die Seine geht?«
Aline ist böse geworden.
»Halt den Mund. Natürlich, ich kenne sie nicht, aber ... Hör zu, du mußt wirklich begreifen, daß es nicht meinetwegen ist, Jeannot. Mir ist es egal, daß du mit ihr schläfst. Darauf kommt's gar nicht an. Aber gerade das, worauf es ankommt, das kannst du ihr nicht geben. Das ist nicht gerecht, weder für sie ... noch im allgemeinen.«
»Für die Frauen im allgemeinen?«
»Wir wollen uns darauf lieber nicht einlassen, Jeannot. Es gibt Situationen, wo die Güte zum Almosen wird. Ich glaube auch, daß du sie mit deiner eigenen Sensibilität interpretierst und daß es bei ihr vielleicht was anderes ist.«
Lächelnd sagte sie:
»Ist dir noch nicht der Gedanke gekommen, daß sie dich zum Beispiel *in Ermangelung eines Besseren* genommen hat?«
Ich habe sie angeschaut, aber ich habe keinen Pieps gesagt. Plötzlich hat mich die Angst gepackt, daß mich Aline ebenfalls in Ermangelung eines Besseren genommen hat. Daß alles in Ermangelung eines Besseren war. Und daß wir alle in Ermangelung eines Besseren waren. Scheiße, ich habe meinen Kaffee getrunken und das Maul gehalten, das war besser.
»Das sie dich in Ermangelung eines Besseren genommen hat und

daß sie vielleicht vor allem Ruhe braucht, Gesellschaft, ein Ende der Einsamkeit?«
Das stimmte womöglich. Ich war für Mademoiselle Cora vielleicht ein Besserer als nichts. Darauf habe ich mich sofort wohler gefühlt. Uff!

XXX

Mademoiselle Cora hatte Karten besorgt, damit wir uns am nächsten Tag die Operette *Violettes Impériales* ansehen konnten, und hinterher sollten wir in einem Bistro, wo sie nur Freunde hatte, eine Kleinigkeit essen. Es war eine Operette, wie es früher hieß. Sie hatte sie vor dem Krieg mit Raquel Meller gesehen, die sie bewunderte. Sie hatte alle nationalen Berühmtheiten jener Zeit gekannt, als sie noch ein Kind war, und sah sie durch den Künstlereingang gehen, sie alle, die man jetzt auf den alten Plakaten bei den Trödlern findet, Raquel Meller, Maud Loti und die Mistinguett.
»Die Miss tanzte noch mit siebzig Jahren. Allerdings brauchte man drei Boys, um sie hochzuheben.«
In der Pause hat sie mich in die Kulissen mitgeschleppt, sie kannte jemanden, einen zappligen Dicken, der Fernando und noch was hieß, aber das habe ich nicht behalten. Er hat Mademoiselle Cora empfangen, als hätte sie ihm gerade noch gefehlt. Wir haben uns angesehen, und wir haben sogar beide Sympathie für einander gehabt, so gut verstanden wir uns in der Art, oh, Scheiße!
Mademoiselle Cora gab ihm einen Kuß auf die Wange.
»Guten Abend, mein kleiner Fernando... Es sind schon Jahre her...«
Fernando verbarg nicht einmal, daß er noch weitere fünfzig Jahre hätte darauf verzichten können.
»Guten Abend, Cora, guten Abend...«
»Das letzte Mal haben wir uns ... Laß mich mal überlegen...«
»Ja, richtig, ich erinnere mich noch ganz genau...«
Er biß die Zähne aufeinander, er pfiff durch die Nase, er hielt sich zurück, um höflich zu sein.
»Entschuldige bitte, Cora, ich stecke mitten in der Arbeit...«

»Ich wollte nur...«
Ich habe Mademoiselle Cora um die Taille gefaßt.
»Komm, Cora...«
»Ich wollte dir einen jungen Schauspieler vorstellen, um den ich mich kümmere...«
Ich habe die Hand ausgestreckt.
»Marcel Kermody. Angenehm.«
Dieser Fernando hat mich angeschaut, als ob das der älteste Beruf von der Welt gewesen wäre.
»Ich kann ihn empfehlen«, sagte Mademoiselle Cora.
Der Kerl hat mir die Hand gedrückt und dabei seine Füße angeschaut.
»Entschuldige bitte, Cora, aber das ist nicht der richtige Augenblick. Ich habe meine Statisten... Aber gut, wenn mal einer ausfällt...«
Ich dachte, daß sich das wohl seit jeher so abspielte. Ich war historisch. Ich fing sogar an, mich in die Rolle einzuleben.
»Ich kann Ihnen Presseausschnitte bringen«, sagte ich zu ihm.
»Jawohl, jawohl.«
»Ich tanze, ich singe, ich spiele den Lebemann, und ich fresse Scheiße. Ich kann Ihnen den Salto mortale vormachen, wenn Sie wollen...«
Ich begann meine Lederjacke auszuziehen.
»Nicht hier«, brüllte er. »Was soll denn das überhaupt?«
Ich murmelte:
»Hätten Sie nicht nen' Franc für mich?«
Er sagte nichts mehr, dieser Fernando. Er spürte, daß er das nächste Mal meine Faust in der Fresse hätte. Denn man brauchte nur Mademoiselle Cora anzusehen, die so glücklich war, wieder in ihrem Künstlermilieu zu sein, wo sie so bekannt und beliebt war.
»Kommen Sie, Mademoiselle Cora.«
»Und der zweite Akt?«
»Das ist zuviel auf einmal. Wir kommen ein andermal wieder her.«
»Weißt du, daß Jean Gabin als Tänzer in den Folies-Bergère angefangen hat? Du bist zu schüchtern, Jeannot. Aber du hast Eindruck auf ihn gemacht. Ich habe das sofort gesehen.«
Das Bistro war in der Rue Dolle, an der Bastille, oder Bastoche, wie Mademoiselle Cora sagte. Sie umarmte sofort den Wirt, der

eine graue Hose mit kleinen Karos und einen tabakbraunen Kaschmir-Pullover trug und ein burgunderrotes Säufergesicht hatte und überall hingen Fotos von Boxern und Radrennfahrern und über der Bar Marcel Cerdan, der mit dem Flugzeug abstürzte, als er auf dem Höhepunkt seiner Karriere war. Es hingen noch andere Weltmeister an den Wänden, Coppi, Antonin Magne, Charles Pélissier, André Leduc, die alle die Tour de France gewonnen hatten. Es waren welche darunter, das waren Bergfahrer, andere triumphierten auf den Pflastersteinen des Nordens, beim Abstieg, im Flachland, beim Sprint. Die Giganten der Landstraße. Es gab auch Champions vom Autorennen von Monaco und darunter die Namen Nuvolari, Chiron, Dreyfus, Wimille. Der Wirt war mir sofort sympathisch. Die Leute werden ja so furchtbar vergessen, vor allem die, die unbekannt waren. Das Foto hat viel für sie getan, und man denkt nie oft genug daran, was für ein Leben die Leute vor der Fotografie hatten.

Mademoiselle Cora ist auf die Toilette gegangen, und der Wirt hat mir unterdessen einen spendiert.

»Mademoiselle Cora war schon jemand«, sagte er zu mir, um mir Mut zu machen. »Sie hat Verdienste. Es ist hart, vergessen zu werden, wenn man einmal wer gewesen ist.«

Er war selber Radfahrer und hatte dreimal die Tour de France mitgemacht.

»Fahren Sie immer noch?«

»Sonntags, manchmal. Ich habe nichts mehr in den Beinen. Es ist eher zur Erinnerung. Sie sehen aber auch sportlich aus.«

»Ich bin im Boxsport. Marcel Kermody.«

»Ach ja, natürlich. Entschuldigen Sie bitte. Noch ein Gläschen?«

»Nein danke, das ist nicht gut für die Form.«

»Sie kommt jeden Mittwoch hierher, Mademoiselle Cora, wenn's Kaninchen auf Jägerart gibt. Sie boxen also?«

Er konnte sich nicht verkneifen:

»Das ist wie die Piaf und Cerdan«, sagte er.

Und dann hat er sich sogar an den Tisch gesetzt.

»Cerdan und die Piaf, das war für mich die schönste Liebesgeschichte von allen«, sagte er.

»Die eine singt, die andere nicht«, sagte ich zu ihm.

»Wieso?«

»Es gibt einen Film, der so heißt.«
»Wenn Cerdan nicht bei dem Flugzeugunglück umgekommen wäre, wären die beiden noch zusammen.«
»Was wollen Sie da machen, das ist das Leben.«
»Vor zehn Jahren glaubte ich, Mademoiselle Cora würde absakken. Es war ihr gelungen, eine Arbeit als Klofrau in einem Restaurant zu finden. Cora Lamenaire, stellen Sie sich das mal vor! Wenn sie sich nicht in diesen Strolch verliebt hätte, unter den Deutschen ... Zum Glück hat sie einen ihrer früheren Bewunderer getroffen, der sich um sie gekümmert hat. Er zahlt ihr eine ansehnliche Rente aus. Es fehlt ihr an nichts.«
Er warf mir einen Blick zu, von Freund zu Freund, als wolle er mir versichern, daß es auch mir an nichts fehlen würde. »Anscheinend so ein Konfektionskönig. Ein Jude.«
Ich habe mir einen Ast gelacht.
»Das ist bestimmt derselbe«, sagte ich.
»Kennen Sie ihn?«
»Ja, das sieht ihm ähnlich.«
Ich fühlte mich wohl.
»Ich würde gern noch einen Kir trinken.«
Er ist aufgestanden.
»Aber das bleibt unter uns, ja? Mademoiselle Cora schämt sich furchtbar wegen dieser Zeit, als sie Klofrau war. Das ist ihr ganz schön aufs Gemüt geschlagen.«
Er hat mir meinen Kir gebracht und sich um die andern Gäste gekümmert. Ich zeichnete mit dem Finger auf das Tischtuch und fühlte mich wohl, während ich an König Salomon dachte. Man sollte ihm Vollmachten geben. Ihn dort oben einsetzen, dort oben, wo er durch seine Abwesenheit glänzt, dort oben, wo ein Konfektionskönig fehlt. Man bräuchte nur aufzusehen, und schon bekäme man eine Hose auf die Fresse. Ich sah Monsieur Salomon ganz deutlich, wie er auf seinem Thron saß und es wohlwollend Hosen regnen ließ. Es sind immer die unteren Teile, die am dringendsten Hilfe brauchen. Die oberen Teile, das ist Luxus. Im Fernsehen haben sie gesagt, daß eineinhalb Milliarden Menschen, einschließlich der Frauen mit weniger als dreißig Eiern im Monat leben müssen, ohne die zu zählen, die sie auf den Kopf bekommen. Und ich gehöre zur luxuriösen Art, die für die oberen Teile Forderungen stellt. Wenn du acht Stunden am Tag in einer Grube gearbeitet hättest.... Meine oberen Teile träumen

vom großen paternalistischen Unternehmertum und vom Großkapital. Aber dort oben fehlt eben ein König Salomon, und die Folge ist Angst. Ich zeichnete weiter mit dem Finger auf der Tischdecke herum und fragte mich, wo und wie ich eigentlich diese Luxusangst aufgegabelt habe. Danach fragte ich mich, was Mademoiselle Cora eigentlich dort unten auf der Toilette trieb, wo sie schon so lange war, vielleicht träumte sie von der Zeit, wo sie noch Klofrau war, hin und wieder überkommt uns das alle, so eine Nostalgiewelle. Jetzt, wo Monsieur Salomon ihr sein finanzielles Wohlwollen gewährte, konnte sie sich erlauben zu träumen. Bestimmt machte sie sich oft das Vergnügen, in die Toiletten der Restaurants hinunterzugehen und sich wohl zu fühlen, wenn sie sah, daß sie nicht da war und daß es jemand anderes war. Man sollte denen, die einmal wer gewesen sind, nie erlauben, etwas x-beliebiges zu werden. Ich würde König Salomon aufsuchen und ihn fragen, ob er mich absichtlich zu Mademoiselle Cora geschickt hatte, weil er der Meinung war, ich sei genau das, was sie braucht, und daß er ihr etwas mehr bieten wollte als sein finanzielles Wohlwollen. Sicherlich fand er, daß ich genau die Strolchvisage hatte, die ihr gefiel, wie der andere, und das war bei ihm weder Ironie und Sarkasmus oder Schlimmeres noch, Groll und Rache, als sie ihn wegen diesem Nazistrolch hatte sitzenlassen. Er war wirklich der König der Ironie, dieser Schuft.
Mademoiselle Cora kam zurück.
»Entschuldige bitte, Jeannot... Ich habe mit einer Freundin telefoniert. Hast du schon gewählt? Heute haben sie Kaninchen auf Jägerart.«
Darauf hat sie einen guten Witz gemacht:
»Kaninchen auf Jägerart für Meister Lampe!«
Ich habe gelacht, weil der Witz wirklich so schlecht war, daß ich Mitleid mit ihr hatte. Das tut einem schlechten Witz immer gut, wenn man lacht. Im Fernsehen gabs im Ersten Programm eine Sendereihe, wo man schlechte Witze hören konnte, die von Leuten vorgetragen wurden, die sich damit kümmerlich schwertun und mit denen man Kummer hat.
Mademoiselle Cora trank sehr gern Rotwein, aber sie war nicht das, was man eine Saufnase nennt. Ich dachte an das, was Monsieur Salomon für sie getan hatte, und es war wie ein Märchen. Eine alte, mittellos gewordene Person, und plötzlich erscheint ein König und holt sie da als Klofrau raus und setzt ihr

eine Rente aus. Darauf beschließt der König, daß das noch nicht genug ist und daß sie noch etwas Zusätzliches braucht, für die Erinnerung, und das ist der Unterzeichnete Marcel Kermody. In der Rue Chapuis, bei mir in der Nähe, gibt es eine alte Stadtstreicherin, die herumstreunt, sie hat weiße Haare und Bandagen um ein Bein, das doppelt so dick angeschwollen ist wie das andere, sie ist in Lumpen gekleidet, wenn man so sagen kann, und das schlimmste für den Stamm der Kermodys ist, daß sie immer ein Tandem vor sich herschiebt, das ist ein Fahrrad mit zwei Plätzen, wie Sie sich informieren können. Ich weiß nicht einmal, ob sie einen Mann verloren hat oder ein Kind oder vielleicht beide, man kann nicht alles wissen, und manchmal ist das auch besser.

»Woran denkst du, Jeannot? Du bist so weit weg.« Dabei guckte sie so komisch.

»Ich bin ganz nahe bei Ihnen, Mademoiselle Cora. Ich habe über eine andere Person nachgedacht, die ich kenne und die Sie sich erspart haben.«

Sie machte ein Gesicht.

»Ist sie eifersüchtig?«

»Wieso das, Mademoiselle Cora?«

»Würde sie mir die Augen auskratzen, wenn sie uns sähe?«

Der Wirt hatte eine Akkordeonplatte aufgelegt, und das gab mir die Möglichkeit, ein anderes Gespräch anzufangen.

»Mademoiselle Cora, warum ist in den realistischen Chansons immer von Unglück und Herzeleid die Rede?«

»Weil das ein volkstümliches Genre ist.«

»Ach so.«

»Das Genre will es nun mal so.«

»Trotzdem sind das Geschichten, die nicht erlaubt sind. Sie haben da ledige Mütter, die Nutten werden, um ihre Tochter großzuziehen, und dann wird die Tochter schön und reich, und die Mutter wird eine alte Stadtstreicherin, die auf der Straße erfriert. Scheiße.«

»Ja, so ein Chanson hatte ich drunter, von Monsieur Louis Dubuc, Musik von Ludovic Semblat.«

»Das geht zu weit, zu weit.«

»Das ist gut für die Rührung. Und um die Leute hinterm Ofen hervorzulocken, braucht es viel Rührung.«

»Gut, da sind sicherlich die, die sich etwas wohler fühlen, wenn sie das hören, denn sie brauchen wenigstens nicht in die Seine zu gehen oder auf der Straße zu erfrieren, aber ich finde, daß man die realistischen Chansons glücklicher machen sollte. Ich finde, daß man glücklich singen sollte. Wenn ich Talent hätte, ich würde die Chansons glücklicher machen, anstatt sie die Leute schinden und zwiebeln zu lassen. Ich finde nicht, daß eine Frau, die in die Seine geht, weil ihr Scheich sie verlassen hat, daß das realistisch ist.«

Sie trank ein wenig Wein und in ihrem Blick lag Freundschaft für mich.

»Denkst du schon daran, mich zu verlassen?«

Ich habe die Arschbacken zusammengekniffen. Ich sage das nicht nur wegen des Ausdrucks. Ich hab' sie wirklich zusammengekniffen. Es war das erste Mal, daß sie mich bedrohte, in die Seine zu gehen.

Darauf habe ich ihr ins Gesicht gelacht. Ich habe dieses Gesicht eines echten Strolches gemacht, das sie mochte, weil es schon stimmt, daß die Frau leidet. Ich hatte vergessen, daß man in den realistischen Chansons einfach an der Liebe leiden muß, weil es andernfalls nicht genug Gefühle gibt.

Aber mich hatte die Angst gepackt. Ich konnte nicht zu ihr sagen: Mademoiselle Cora, ich werde Sie nie verlassen. Das ging über meine Mittel.

Darauf habe ich ein anderes Gespräch angefangen:

»Wie ist das eigentlich gewesen zwischen Ihnen und Monsieur Salomon?«

Sie schien nicht erstaunt zu sein.

»Das ist vor langer Zeit gewesen, Jeannot.«

Und um mich zu beruhigen, sagte sie noch:

»Wir sind jetzt nur noch Freunde.«

Ich hatte die Nase in meinen Teller gesteckt, weil ich am liebsten losgelacht hätte und ich tatsächlich überhaupt keine Lust zum Lachen hatte. Sie hatte das Recht, davon zu träumen, ich sei eifersüchtig. Das war nicht komisch. Und es war auch nicht tragisch. Sie war keine alte Stadtstreicherin, die ein leeres Tandem vor sich herschiebt. Sie war gut gekleidet, malven- und orangefarben, mit einem weißen, über der Stirn gekreuzten Turban, und sie hatte eine Rente, die ihr jeden Monat in den Schoß fiel. Ihre Zukunft war gesichert. Jeden Mittwoch kam sie hierher und aß ihr Kaninchen auf Jägerart.

»Wir hatten vor dem Krieg eine Geschichte miteinander gehabt.

Er war wahnsinnig verliebt in mich. Er war ein sehr großzügiger Mann. Pelze, Schmuck, einen Wagen mit Chauffeur ... 1940 bekam er ein Visum nach Portugal, aber ich wollte nicht mit weg, und so ist er geblieben. Er hat diesen Keller an den Champs-Elysées gefunden, und er ist vier Jahre lang in der Dunkelheit geblieben, ohne das Tageslicht zu sehen. Er war mir furchtbar böse, als ich mich in Maurice verliebt habe. Er arbeitete für die Gestapo und nach der Befreiung wurde er erschossen. Monsieur Salomon war mir sehr böse. Im Grunde ist er ganz undankbar, wenn du es wissen willst. Er sieht zwar nicht danach aus, aber er ist sehr hartherzig. Er hat mir nie verziehen. Dabei verdankt er mir sein Leben.«

»Wieso das?«

»Ich habe ihn nicht denunziert. Ich wußte, daß er sich als Jude in einem Keller an den Champs-Elysées versteckte, und ich hätte nur ein einziges Wort zu sagen brauchen. Maurice war in der Jagd auf Juden spezialisiert, und ich hätte nur ein Wort zu sagen brauchen. Ich habe es nicht getan. Als wir uns hinterher ausgesprochen haben, habe ich ihn wieder daran erinnert, ich habe zu ihm gesagt, Monsieur Salomon, Sie sind undankbar, ich habe Sie nicht denunziert. Das hat einen ganz schönen Eindruck auf ihn gemacht. Er ist ganz weiß geworden. Ich habe sogar geglaubt, er bekäme einen Herzanfall. Aber keineswegs, im Gegenteil, er fing an zu lachen.«

»Das ist seine Flucht-Währung, das Lachen.«

»Ja, er hat wirklich angefangen zu lachen. Und dann zeigte er mit dem Finger auf die Tür und sagte auf Wiedersehen, Cora, ich will Sie nicht mehr sehen. So ist er. Dabei, kennst du viele, die während der Besatzung Juden retteten?«

»Ich weiß nicht, Mademoiselle Cora, ich war damals Gott sei Dank noch nicht auf der Welt.«

»Also ich habe einen gerettet. Dabei war ich wahnsinnig verrückt nach Maurice und hätte alles mögliche getan, nur um ihm Freude zu machen. Aber ich habe vier Jahre lang geschwiegen, ich wußte nämlich, wo Monsieur Salomon sich versteckte, und ich habe nichts gesagt.«

»Haben Sie ihn ab und zu besucht?«

»Nein. Ich wußte, daß es ihm an nichts fehlte. Die Concierge des Hauses brachte ihm zu essen und alles. Er muß ihr unwahrscheinlich viel bezahlt haben.«

»Warum glauben Sie das? Sie tat es vielleicht freiwillig.«
»So, und wie kommt es dann, daß sie nach dem Krieg in der Rue La Boétie ein Wäschegeschäft aufgemacht hat? Mit welchem Geld?«
»Monsieur Salomon hat es ihr vielleicht hinterher gegeben, um ihr zu danken.«
»Nun, mir hat er nicht gedankt. Das einzige, was er für mich getan hat, das war, als ich nach der Befreiung Unannehmlichkeiten bekam, wegen Maurice. Er hat die Leute vom Schauspielerkomitee aufgesucht, als ich in die Säuberungsaktion reinkam, und er hat zu ihnen gesagt: ›Lassen Sie sie in Ruhe, meine Herren. Mademoiselle Cora Lamenaire wußte, wo ich mich während der vier Jahre versteckte, und sie hat mich nicht denunziert. Sie hat einen Juden gerettet.‹ Und dann hat er noch gelacht und ist weggegangen.«
Plötzlich mußte auch ich lachen. Ich mochte ihn sehr, den König Salomon. Aber im Augenblick mochte ich ihn noch mehr. Mademoiselle Cora hatte die Augen niedergeschlagen.
»Es bestand damals ein großer Altersunterschied zwischen uns. Zwanzig Jahre Unterschied, das war damals viel mehr als heute. Er ist heute vierundachtzig alt und ich... Der Unterschied zwischen uns ist jetzt viel geringer.«
»Sie sind immer noch viel jünger als er, Mademoiselle Cora.«
»Nein, es ist nicht mehr das gleiche.«
Sie lächelte die Brotkrumen auf dem Tisch an.
»Er lebt allein. Er hat nie eine andere Frau geliebt als mich. Aber er kann mir nicht verzeihen. Er ist mir böse, daß ich ihn damals fallenließ. Aber wenn ich mich verliebe, dann tue ich es nicht halbherzig. Ich bin die Art Frau, die sich vollständig hingibt, Jeannot.«
Das hatte mir gerade noch gefehlt. Ich habe mich nicht gemuckst. Dabei schaute sie zu mir auf, um die Anspielung noch zu unterstreichen.
»Anfangs wußte ich nicht, daß Maurice für die Gestapo arbeitete. Wenn man einen Mann liebt, weiß man nie etwas über ihn, Jeannot. Er hatte eine Bar, und wie überall kamen auch dort Deutsche hin. Ich hatte nur Augen für ihn, und du siehst einen Typ nie richtig, wenn du nur ihn siehst. Man hatte zweimal auf ihn geschossen, aber ich glaubte, das seien Schwarzmarktgeschichten. 43 habe ich erfahren, daß er sich um die Juden

kümmerte, aber damals kümmerte sich alle Welt um die Juden, das war legal. Aber selbst als ich es wußte, habe ich nichts gesagt, wegen Monsieur Salomon. Und dabei, das kann ich dir schwören, hätte ich alles mögliche für Maurice getan.«
Der Wirt war mit dem Dessert gekommen.
»Salomon kann das nicht verstehen«, sagte Mademoiselle Cora. »Er ist ein sehr harter Mensch. Wenn er liebt, tut er es unbarmherzig. Als er erfahren hat, daß es mir elend ging, hat er mir sofort eine Rente ausgesetzt, um sich zu rächen.«
Das Dessert war auch nicht schlecht.
»Haben Sie ihm geschrieben, daß es Ihnen miserabel ging?«
»Ich? Nein. Ich habe meinen Stolz. Nein, er hat es ganz zufällig erfahren. Ich habe als Klofrau in der Toilette der Grande Brasserie in der Rue Puech gearbeitet. Das ist keine Schande. Ich dachte sogar, daß mich ein Journalist eines Tages dort entdecken und in *France-Dimanche* einen Artikel darüber schreiben würde, weißt du, Cora Lamenaire ist Klofrau geworden, eine Madame Pipi, und daß das meinen Namen wieder an die Oberfläche spülen und mich wieder ins Geschäft bringen würde, man kann ja nie wissen.«
Ich habe schnell hingeguckt, aber nein, sie sagte das nicht zum Spaß.
»Ich bin drei Jahre da gewesen und niemandem aufgefallen. Und dann, eines Abends, ich saß vor meinem Trinkgeldteller, sehe ich Monsieur Salomon die Treppe herunterkommen, um pinkeln zu gehen. Er ist an mir vorbeigegangen, ohne mich zu sehen, sie haben es immer eilig. Ich habe geglaubt, ich würde sterben. Ich hatte ihn seit fünfundzwanzig Jahren nicht mehr gesehen, aber er hatte sich nicht geändert. Er war ganz weiß geworden, mit einem Spitzbart, aber er war der gleiche Mann. Es gibt Leute, die gleichen sich immer mehr, wenn sie älter werden. Und er hatte den gleichen schwarzen Blick, mit Lichtern drin. Er ist vorbeigegangen, ohne mich zu sehen, sehr elegant, Hut, Handschuhe, Stock, Silberknauf. Ich wußte, daß er sich vom Hosengeschäft zurückgezogen hatte und daß er sich mit dem *S. O. S.* beschäftigte, so allein war er. Ich hatte tausendmal daran gedacht, ihn anzurufen, aber ich habe meinen Stolz, und ich konnte ihm seinen Undank nicht verzeihen, wo ich ihn vor der Gestapo gerettet hatte. Du kannst dir gar nicht vorstellen, wie mich das umgehauen hat, als ich ihn da sah. Er war immer noch der König

Salomon, und ich, Cora Lamenaire, ich war Klofrau geworden. Madame Pipi. Ich sage das nicht wegen der Klofrauen im allgemeinen, es gibt keine dummen Berufe, aber immerhin war ich einmal wer gewesen, ich habe die Gunst des Publikums genossen, deshalb ... Verstehst du?«

»Ich verstehe, Mademoiselle Cora.«

»Du kannst dir meine Verfassung vorstellen, während König Salomon neben mir pinkelte. Ich wußte nicht, ob ich abhauen sollte oder was. Aber ich brauchte mich nicht zu schämen. Ich habe mich schnell schön gemacht. Ich will dir ganz offen sagen, daß ich plötzlich einen Hoffnungsschimmer sah, wie es nicht möglich ist. Ich war kaum vierundfünfzig alt, und sah noch gut aus, und er war mindestens vierundsiebzig Jahre alt. Ich hatte meine Chance, gewissermaßen. Wir konnten wieder ein gemeinsames Leben beginnen. Gut, du hast es begriffen, ich bin immer eine romantische Seele gewesen, und es hat mich sofort wieder überkommen. Wir konnten vielleicht wieder ganz von vorne anfangen, wir konnten alles retten, ein Leben zu zweit, irgendwo in Nizza. Ich habe mich also schön gemacht. Ich bin aufgestanden, ich wartete auf ihn. Monsieur Salomon ist aus dem Pissoir herausgekommen, und er hat mich gesehen. Er ist so abrupt stehengeblieben, daß ich geglaubt habe, er würde hinfallen. Er hat seinen Stock gedrückt, den er mit seinen Handschuhen in der Hand hielt. Er war schon immer von Kopf bis Fuß sehr elegant. Er blieb da stehen und starrte mich an und konnte nicht reden. Und da habe ich ihm einen richtigen Schock versetzt, aber mit einem Lächeln. Ich habe mich auf meinen Stuhl gesetzt und den Unterteller mit den Francstücken zu ihm hingeschoben. Da sah ich, daß er zitterte. Ich schwöre dir, ich sah ihn zittern, als ob die Erde ihn schüttelte. Er ist grau geworden und er hat gedonnert – du weißt ja, was für eine Stimme er hat ... ›Was? Sie? Hier? Nein! Oh, mein Gott!‹ Und dann ist es ein Flüstern geworden. ›Cora? Sie? Madame Pipi! Ich träume, ich träume!‹ Und dann haben ihn seine Beine im Stich gelassen, und er hat sich auf die Treppe gesetzt. Ich saß da und lächelte, die Hände auf den Knien. Ich triumphierte. Darauf hat er sein Taschentuch herausgezogen und sich mit zitternder Hand die Stirn abgewischt. ›Monsieur Salomon‹, sagte ich zu ihm, ›es ist kein Traum, ich kann Ihnen versichern, daß es sogar genau das Gegenteil ist!‹ Ich war sehr ruhig, und ich ließ sogar die Einfrancstücke im Teller klimpern.

Er hat noch ein paarmal gesagt: ›Madame Pipi! Sie! Cora Lamenaire! Eine Klofrau!‹ Und ob du mir glaubst oder nicht, eine Träne lief ihm über die Wange. Eine Träne, eine einzige, aber du weißt ja, wie sie sind . . .«
Ich habe gesagt:
»Ja, so leicht lassen sie sie nicht los.«
»Und dann ist er aufgestanden, hat mich an den Handgelenken gepackt und hat mich hinter sich hergeschleppt, die Treppe hinauf. Wir haben uns in einer Ecke an einen Tisch gesetzt und miteinander gesprochen. Nein, es stimmt nicht, wir haben nicht miteinander gesprochen, er brachte kein Wort heraus, und ich hatte dem nichts hinzuzufügen. Er hat Wasser getrunken, und er ist wieder zu sich gekommen. Er hat mir eine Wohnung gekauft, und er hat mir eine schöne Rente ausgesetzt. Aber ansonsten . . .«
Sie hat sich wieder mit den Brotkrumen auf dem Tisch beschäftigt.
Ich habe dem Wirt zugerufen zwei Kaffees, zwei, wie zur Zeit, als ich Kellner im Bel-Air war.
»Ansonsten, Mademoiselle Cora.«
»Ich habe ihn zwei- oder dreimal aufgesucht. Er hat mir alles gezeigt.«
»Die Telefonzentrale?«
»Ja, dort, wo er die Anrufe entgegennimmt. Manchmal setzt er sich hin und nimmt die Anrufe selber entgegen. Sie bekommen ständig Anrufe von Leuten, die in menschlicher Not sind und die niemanden haben, und wenn du meine Meinung wissen willst, er braucht diese Anrufe, die er bekommt, er fühlt sich dann nicht mehr so allein. Und er hat mich nie vergessen können. Wenn er mich vergessen hätte, dann wäre er nicht so nachtragend und so unverzeihlich, nach über fünfunddreißig Jahren. Aber das ist der Groll. Jedes Jahr schickt er mir zu meinem Geburtstag Blumen, um das zu unterstreichen.«
»Mit einem Wort, ein richtiger Lump.«
»Nein, er ist nicht böse. Aber er ist hart zu sich selber.«
»Vielleicht tut er nur so, Mademoiselle Cora. Er ist ein Mensch, der sich mit letzter Eleganz kleidet, wie Sie sicherlich bemerkt haben werden. Das liegt am Stoizismus. Wissen Sie, Stoizismus ist, wenn man nicht mehr leiden will. Man will nicht mehr glauben, man will nicht mehr lieben, man will keine Bindung mehr eingehen. Er hat Angst, Sie zu verlieren. In seinem Alter hat

er Angst, eine Bindung einzugehen. Die Stoiker waren Leute, die versuchten, über ihre Verhältnisse zu leben.«
Mademoiselle Cora trank traurig ihren Kaffee.
»Die Stoiker sind Leute, die versuchen, sich zurückzuhalten.«
»Nun, Monsieur Salomon begeht einen Fehler, daß er sich zurückhält. Was nützt es schon, wenn man sein Leben damit zubringt, zu leben, wenn man letztlich keinen Nutzen aus dem Leben zieht? Wir hätten beide reisen können. Ich weiß nicht, was er zu beweisen versucht. Hast du gesehen, was er an die Wand über seinem Schreibtisch gehängt hat?«
»Es ist mir nicht aufgefallen.«
»Er hat de Gaulles Foto aus der Zeitung hingehängt mit dem, was er über die Juden gesagt hat: ›Ein Elitevolk, seiner sicher und beherrschend‹. Er hat das zusammen mit de Gaulle ausgeschnitten und hat es eingerahmt.«
»Das ist normal, daß man de Gaulles Foto hat, wenn man Patriot ist.«
Ich habe laut losgelacht. Ich konnte mich nicht mehr zurückhalten, dazu ging ich zu oft ins Kino. Die Lust am Gag. Sie schien etwas aus der Fassung gebracht zu sein, und dann hat sie mir auf dem Tisch die Hand gestreichelt, als wenn ich etwas blöd wäre, aber das macht nichts, Mama hat dich trotzdem lieb.
»Wir werden doch nicht den ganzen Abend über vom König Salomon reden, Jeannot. Er ist ein etwas wunderlicher alter Herr, der sehr unglücklich ist. Er hat mir selber gesagt, daß er nachts aufsteht, um sich in die Telefonzentrale zu setzen. Jede Nacht hört er sich drei oder vier Stunden lang das Elend der andern an. Gerade nachts ist man immer bedürftig. Und ich, die ihm helfen könnte, bin währenddessen am andern Ende von Paris. Verstehst du das?«
»Ich nehme an, daß er sich nicht mehr mit Ihnen zusammentun will, weil er Angst hat, Sie zu verlieren. Neulich hat er aus diesem Grund sogar keinen Hund gekauft. Das ist eben der Stoizismus. Sie sollten mal im Wörterbuch nachsehen. Stoizismus ist, wenn man solche Angst hat, alles zu verlieren, daß man alles absichtlich verliert, um keine Angst mehr zu haben. Man nennt das Angst, Mademoiselle Cora, besser bekannt als Schiß und Bammel.«
Mademoiselle Cora betrachtete mich.
»Du hast eine seltsame Art dich auszudrücken, Jeannot. Man möchte sagen, daß du immer etwas anderes sagst, als du sagst.«

»Ich weiß nicht. Ich bin ein Kinonarr, Mademoiselle Cora. Im Kino sitzt man da in der Dunkelheit und lacht sich einen Ast, und das ist das Beste, was man in der Dunkelheit tun kann. Es ist sehr schwer, sich im letzten Augenblick an eine Frau zu binden, die soviel jünger ist als er. Das ist genau wie im *Blauen Engel* von Joseph Sternberg, mit Marlene Dietrich, als der alte Studienrat den Kopf verloren hat wegen einer Sängerin, die viel jünger ist als er. Haben Sie den *Blauen Engel* gesehen, Mademoiselle Cora?«
Das hat ihr Freude gemacht.
»Ja, selbstverständlich.«
»Sehen Sie. Dann werden Sie auch verstehen, daß Monsieur Salomon ihn ebenfalls gesehen hat und daß er Angst hat.«
»Aber ich habe doch nicht das Alter Marlenes im Film, Jeannot. Ich könnte ihn glücklich machen.«
»Das ist genau das, was er vor allem nicht will, Mademoiselle Cora. Mein Gott, dabei habe ich es Ihnen doch erklärt. Wenn man glücklich ist, gibt das dem Leben Bedeutung, und dann hat man noch mehr Angst zu sterben.«
Mademoiselle Cora hatte einen kleinen Tick. Sie machte ihren Finger naß, drückte ihn gegen die Brotkrumen auf dem Tisch und legte sie sich dann auf die Zunge. Das war, um kein Brot zu essen, das dick macht.
»Wenn ich recht verstehe, Jeannot, hast du mit mir ein Verhältnis angefangen, weil ich dem Leben keine Bedeutung geben kann? Bist du jetzt beruhigt?«
So ist das. In der Liebe ist es immer das gleiche, man reicht ihnen einen Finger, und sie wollen das ganze Bein.
»Ich hätte viel zu sagen, Mademoiselle Cora.«
»Sag es. Ich fordere dich auf.«
Ich konnte ihr doch nicht klarmachen, daß es eine Liebesgeschichte war, daß sie aber nichts damit zu tun hatte. Ich habe mich einen Augenblick zurückgehalten, aber sie saß da vor mir, mit Augen und einem Lächeln, die beide in höchster Not waren.
Ich konnte ihr sagen, Mademoiselle Cora, ich liebe Sie auch wie alle bedrohten Arten, aber das war zu hoch für sie. Wenn sie gespürt hätte, daß da Seemöwen und Seehundbabies mitspielten, wäre sie nicht glücklich gewesen. Das beste, was ich tun konnte, war, ihr Erinnerungen ins Gedächtnis zurückzurufen. Ich warf ihr also hin:
»Du wirst mir doch nicht auf die Eier gehen, wie?«

Sie war sofort eingeschüchtert. Das verstand sie. Das fügsame Mädchen. So nannte man sie in ihrer Poesie.
»Daß du mir von Zeit zu Zeit Moneten in die Rippen steckst, ist noch lange kein Grund, daß du jetzt anfängst, mir auf den Wecker zu fallen!«
Ihr Gesicht hat aufgeleuchtet, und sie hat ihre Hand auf die meine gelegt.
»Entschuldige bitte, Jeannot.«
»Schon gut.«
Sie hat leise gelacht.
»Du hast mich zum erstenmal geduzt...«
Uff!
Der Wirt kam und offerierte uns einen Calvados auf Rechnung des Hauses. Mademoiselle Cora behielt ihre Hand auf der meinen, mehr wegen dem Wirt, als sonst was. Sie suchte mich in der Tiefe der Augen und schwieg, wegen des größeren Ausdrucks. Man sah sie ganz deutlich, wie sie mit zwanzig Jahren war, mit ihrem hübschen, schelmischen Lächeln und den ganz gerade geschnittenen Haaren mitten in der Stirn. Sie hatte sich angewöhnt, jung, hübsch, volkstümlich und beliebt zu sein, und das hat sie sich bewahrt. Danach hat sie sich in ihrer Handtasche bewundert, in der ein Spiegel war. Sie hat ihren Lippenstift genommen und sich die Lippen ein wenig nachgezogen.
»Soll ich mal mit Monsieur Salomon reden?«
»Um Gottes willen nein, auf keinen Fall! Wie stünde ich dann da! Es ist sein eigener Schade!«
Es machte mir Spaß, Mademoiselle Cora anzuschauen. Das Kleid hatte lange Ärmel bis zu den Armbändern. Die Handtasche war ganz neu aus Krokodil. Sie hatte einen orangefarbenen Gürtel mit kleinen Tupfen.
»Mademoiselle Cora, ich möchte, daß Sie mich mit ihm reden lassen. Sie dürfen ihm nicht böse sein, denn er ist immerhin vier Jahre in diesem Keller gewesen, ohne daß er Sie besuchen konnte. Das war gefährlich. Er braucht Sie. Um Ihnen nichts zu verhehlen, hat er mir neulich noch davon erzählt.«
»Nein?«
»Selbstverständlich hat er nicht zu mir gesagt, daß er nicht ohne Sie leben kann. Er hat seine Würde. Aber er fragt mich immer, wie es Ihnen geht. Und wenn er Ihren Namen ausspricht, liegt ein Licht auf seinem Gesicht. Seien Sie beruhigt, ich werde ihm

nichts versprechen. Das schlimmste, was einem in diesem Fall passieren kann, ist das Mitleid. Ich will ihn nicht spüren lassen, daß Sie Mitleid mit ihm haben.«
»Oh nein, vor allem das nicht!« rief Mademoiselle Cora aus. »Er hat seinen Stolz!«
»Man muß seine maskuline Männlichkeit schonen. Mit Ihrer Erlaubnis werde ich ihn auf den Gedanken kommen lassen, das Gegenteil sei der Fall. Ich werde ihn glauben lassen, daß Sie ihn brauchen.«
»Oh nein, Jeannot, also da ...«
»Warten Sie doch, Mademoiselle Cora. Haben Sie ein Gefühl für ihn, ja oder Scheiße?«
Sie hat mich einen Augenblick lang betrachtet.
»Ich verstehe nicht, worauf du hinauswillst, Jeannot. Willst du mich loswerden?«
»Gut, reden wir also nicht mehr davon.«
»Ärgere dich nicht ...«
»Ich ärgere mich nicht.«
»Wenn du genug von mir hast ...«
Sie würde gleich anfangen zu flennen, während ich versuchte, sie zu retten, diese dumme Kuh. Ich suchte nicht sie loszuwerden, ich habe mich nie von jemandem losmachen können. Ich flüsterte noch:
»Mademoiselle Cora, Mademoiselle Cora!« und habe dabei ihre Hand genommen, weil das eine Gebärde ist, von der man immer spürt, daß man sie braucht.
Ich habe die Rechnung verlangt, und der Wirt sagte, das sei schon erledigt. Mademoiselle Cora ist in die Küche gegangen, um auf Wiedersehen zu sagen und wir sind einen Augenblick zusammen geblieben und höflich gewesen.
»Ach ja. Mademoiselle Cora war wer. Ist es schon lange her, daß Sie ...«
»Nein, nicht eigentlich, vorher arbeitete ich in den Markthallen in Rungis.«
»Sie sind noch zu jung, um das gekannt zu haben, aber Cora Lamenaire, das war ein Name ... Bloß, sie hat immer nur auf ihr Herz gehört. Sie ist eine Frau, für die nur das Gefühlsleben zählt ...«
Ich bin auf die Toilette gegangen, es war besser so. Als ich wieder heraufgekommen bin, wartete Mademoiselle Cora auf

mich. Sie hat meinen Arm genommen, und wir sind hinausgegangen.
»Der Wirt ist nett, wie?«
»Fabelhaft.«
»Ich besuche ihn von Zeit zu Zeit. Darüber freut er sich. Er war wahnsinnig in mich verliebt gewesen, du kannst dir das gar nicht vorstellen!«
»Ach was?«
»Du kannst dir das gar nicht vorstellen. Er ist mir überall hin nachgelaufen. Ich machte viele Tourneen in die Provinz, und bei jeder Station war er da.«
»Na ja, soviel ich verstanden habe, fuhr er in der Tour de France mit.«
»Du bist komisch. Nein wirklich, er lief mir überallhin nach. Er wollte mich heiraten. Deshalb besuche ich ihn von Zeit zu Zeit. Er gibt mir zwanzig Prozent Ermäßigung.«
»Wenn man jemanden geliebt hat, bleibt immer was zurück.«
»Und dabei ist das schon über vierzig Jahre her.«
»Es bleibt immer etwas zurück, Mademoiselle Cora. Auch Monsieur Salomon hat Sie nie vergessen können.«
Ihr Gesicht wurde etwas hart.
»Ach, der! Ein richtiger Dickschädel. Ich habe nie einen so dickköpfigen Menschen gesehen.«
»Um vier Jahre in einem Keller versteckt zu leben, muß man schon dickköpfig sein. Die Juden sind so dickköpfige Leute, daß sie sogar nur deshalb noch da sind.«
»Juden oder nicht Juden, die Männer sind alle gleich, Jeannot. Nur die Frauen können wirklich lieben. Bei den Männern kommt an erster Stelle die männliche Eitelkeit. Manchmal denke ich an ihn, und er tut mir leid. Allein zu leben, wie ein alter Wolf, wonach sieht das aus?«
»Das schon, gewiß.«
»In seinem Alter braucht er eine Frau, die sich um ihn kümmert. Jemand, der ihm kleine Gerichte kochen würde, der ein Heim in Ordnung zu halten weiß, ihn von allen Sorgen befreit. Und nicht eine Fremde, sondern jemand, die ihn gut kennt, denn er wird wohl verstehen, daß man mit vierundachtzig Jahren nicht mehr mit einer Frau neu beginnen kann, die man nicht kennt. Man hat gar keine Zeit mehr, sich aneinander zu gewöhnen. Er wird allein in seiner Ecke sterben. Ist das etwa ein Leben?«

»Natürlich nicht, Mademoiselle Cora.«
»Ob du es glaubst oder nicht, aber es kommt vor, daß ich nachts nicht schlafen kann, so sehr muß ich an Monsieur Salomon denken, der in seinem Alter ganz allein ist. Ich habe eben ein zu sensibles Herz, das ist es.«
»Das ist es.«
»Wohlgemerkt, mir geht es sehr gut, so wie es mir geht. Ich kann mich nicht beklagen. Ich habe meine Wohnung, meinen Komfort. Aber ich bin keine Egoistin. Selbst wenn ich meine Ruhe verlieren sollte, würde ich zustimmen, mich um ihn zu kümmern, wenn er mich darum bitten würde. Man hat nicht das Recht, nur auf eigene Rechnung zu leben. Manchmal, wenn ich so tagelang in meiner Wohnung gesessen bin, ohne jemanden zu sehen, fühle ich mich furchtbar nutzlos. Das ist Egoismus. Es kommt vor, daß ich vor meinem Tisch sitze und weine, so sehr schäme ich mich, daß ich allein dasitze und mich nur um mich kümmere und um sonst niemand.«
»Sie könnten vielleicht bei *S. O. S.* als freiwillige Helferin arbeiten, Mademoiselle Cora.«
»Das würde er nie zulassen, wo denkst du hin. Das ist in seiner Wohnung, und er würde glauben, daß ich ihm Avancen mache und daß ich versuche, ihn wieder für mich zu gewinnen. Um dir nichts zu verhehlen, ich rief oft beim *S. O. S.* an, in der Hoffnung, an ihn zu geraten, aber es sind immer die andern, ihr Jungen, die antworten. Ich bin nur ein einziges Mal an ihn geraten. Ich war so aufgeregt, daß ich eingehängt habe ...«
Sie hat gelacht und ich auch.
»Monsieur Salomon hat eine sehr schöne Stimme am Telefon.«
»Die Stimme am Telefon ist etwas Wichtiges.«
»Er scheint Postkarten zu sammeln und Briefmarken und Fotos von Leuten, die er nicht einmal gekannt hat. Ich weiß nicht, ob er ein Foto von mir behalten hat. Früher hatte er einen ganzen Haufen davon. Er schnitt mich sogar aus den Zeitungen aus, und dann klebte er mich in ein Album. Einmal hatte *Pour vous* eine ganze Seite von mir gebracht. Er hat hundert Exemplare gekauft. Heute hat er das sicherlich alles rausgeschnitten. Ich habe nie einen Menschen gesehen, der so nachtragend ist. Natürlich war er verrückt nach mir, und er hat wohl alle Erinnerungen zerstört, um sich nicht mehr zu erinnern. Weißt du, als wir uns zum letzten Mal gesehen haben und er mir die Adresse des Kellers

gegeben hat, in den er sich zurückgezogen hat, damit ich ihn besuchen komme, hielt er seine Hand in der meinen, und er konnte nichts anderes sagen als immer nur Cora, Cora, Cora. Ich habe eine Dummheit gemacht, ich hätte ihn besuchen sollen, aber was will man tun, als ich Maurice kennenlernte, da war es Liebe auf den ersten Blick, ich habe den Kopf verloren. Ich gehörte nicht zu der berechnenden Art, die an die Zukunft denkt. Wenn ich schlau gewesen wäre, hätte ich ihn zwei- oder dreimal besucht, halt für den Fall, daß die Deutschen den Krieg verlieren sollten. Aber das ist nicht meine Art. Es war die Zeit, wo ich die größten Erfolge hatte, ich sang überall, ich war sehr gefragt. Aber für mich zählte nur Maurice und nichts anderes. Eines Tages ist ein Kellner zu mir gekommen und hat gesagt, Sie sollten aufpassen, Mademoiselle Cora, Maurice ist ein sehr gefährlicher Mann. Sie werden hinterher Unannehmlichkeiten bekommen. Das ist alles, was er zu mir gesagt hat, und dann hat er selber Unannehmlichkeiten bekommen, die Gestapo hat ihn kassiert. Ich hab' mich etwas erkundigt, und da habe ich erfahren, daß Maurice für die Gestapo arbeitete. Aber es war schon zu spät, ich liebte ihn. Die Leute können das nie verstehen, daß man jemanden liebt, der einen nicht verdient. Ich verstehe es jetzt auch nicht mehr, wie ich ihn habe lieben können. Nur, in der Liebe gibt es nichts zu verstehen, das ist eben so, da kann man nichts dagegen tun. Das ist nichts, wo man abrechnen kann. Es ist die schönste Dummheit, die ich je in meinem Leben gemacht habe, und ich bin nie ein berechnender Mensch gewesen. Ich lebte, als ob es ein Chanson wäre. Und außerdem, wenn man jung ist, kann man sich nicht vorstellen, daß man eines Tages alt sein wird. Das ist zu weit fort, das geht über die Vorstellungskraft. Einmal bin ich auf den Champs-Elysées an dem Haus vorbeigegangen, in dem Monsieur Salomon in seinem Keller saß und ich habe Gewissensbisse bekommen. Ich erinnere mich noch ganz genau, ich bin sogar sofort auf die andere Straßenseite gegangen. Wenn du mir damals gesagt hättest, daß ich eines Tages einmal fünfundsechzig Jahre alt wäre und Monsieur Salomon vierundachtzig, hätte ich dir ins Gesicht gelacht. Natürlich hätte ich ihn nachts besuchen können, um ihm Champagner und Gänseleber zu bringen und ihn zu fragen, wie es ihm geht und ob er noch durchhält. Ich habe daran gedacht. Aber weißt du was? Ich glaube, daß ich ihn erst jetzt wirklich liebe. Vor dem Krieg

überhäufte er mich mit Geschenken, er war noch jung, er schmeichelte mir, ich ging gern mit ihm aus, aber es war nicht das richtige Gefühl. Deshalb kannst du wohl verstehen, als ich Maurice kennenlernte und es das richtige Gefühl war, der Wahnsinn, die Leidenschaft eben, da war Monsieur Salomon, als ob es ihn nie gegeben hätte. Ich habe andere Liebhaber gehabt, weißt du. Ich war ein wenig verrückt nach mir selber, als ich jung war. Ich erinnere mich noch, was mich während der Besatzungszeit, als ich ihn nicht in seinem Keller besuchte, am meisten störte, war, daß er Jude war. Du kannst dir wohl denken, daß es ganz bestimmt nicht deshalb war, weil er Jude war. Das war mir völlig egal. Es ist genau wie bei Maurice, es war mir völlig egal, daß er für die Nazis war. Ein Mann ist ein Mann, man liebt ihn, oder man liebt ihn nicht. Ich war viel zu jung, ich habe Monsieur Salomon nicht seinem richtigen Wert entsprechend zu schätzen gewußt. Dazu braucht man Reife. Aber es ist zu spät. Das ist eben das Dümmste bei der Reife, sie kommt immer viel zu spät. Und soll ich dir jetzt mal was sagen? Monsieur Salomon hat immer noch nicht die nötige Reife. Andernfalls hätte er mich schon längst darum gebeten, mit ihm zusammen zu leben. Er ist so alt wie nur möglich, und er hat immer noch Leidenschaften, Heftigkeiten, Wutanfälle. Er hat es nicht verstanden, sanfter zu werden. Denn schließlich steht außer Zweifel, daß er mich immer noch liebt, und es ist nur die Leidenschaft, die ihn so nachtragend macht. Wenn er mich nicht mehr so liebte wie früher, und wenn es nicht die Leidenschaft wäre, hätte er mich schon längst darum gebeten, mit ihm zusammen zu leben, wir wären zu einem Arrangement gekommen. Das wäre dann bei ihm Reife und gesunder Menschenverstand. Aber nein, aber nein, es ist die Leidenschaft, der Groll, die kalte Wut. Du kennst doch seinen Blick: da drin brennt es.«
Ich habe gesagt:

»Die Augen junger Leute sind flammend wie Rubin
Im Aug' des Greises aber sieht Licht man und das Glück.«

Sie schien erstaunt.
»Was erzählst du?«
»Monsieur Salomon hat das bei Victor Hugo gefunden.«
»Auf jeden Fall ist er ein leidenschaftlicher Mensch. Er hat es nicht vermocht, sich zu ändern. Ich habe mir lange Zeit gesagt,

daß es ihm nicht gelingen würde, bis ans Ende den Hartgesottenen zu spielen, daß er sich besänftigen würde und daß es eines schönen Tages an meiner Tür klingeln würde und daß auf dem Treppenhausabsatz Monsieur Salomon stehen würde mit einem großen Strauß Flieder in der Hand und daß er zu mir sagen würde, Cora, alles ist vergessen, kommen Sie zu mir, wir werden zusammen leben, alles ist vergessen, außer, daß ich Sie liebe...«

Ich habe ein wenig nach Mademoiselle Cora geschielt, und ich habe gesehen, daß sie nicht da war, daß sie in einem Traum lächelte. Sie hatte ein Kindergesicht in der Dunkelheit, mit ihrer Haarsträhne direkt auf der Stirn und dem naiven Lächeln, das Vertrauen in die Zukunft hatte.

Sie hat geseufzt.

»Aber nein. Er verzeiht nicht. Weißt du, wenn er mich weniger liebte, wäre alles schon längst geregelt. Wenn es nicht die Leidenschaft wäre, wäre er gar nicht so fordernd und anspruchsvoll. Und er hat ein Herz, das nicht alt werden konnte, und das macht ihn so unverzeihbar. Er kann mir nicht verzeihen, als ob er noch zwanzig Jahre alt wäre und es noch die Heftigkeit der Gefühle wäre, und daher lieber krepieren als verzeihen. Er kann nicht alt werden. Er wird nur außen rundherum härter, wie die alten Eichen, aber innen ist es die Jugend des Herzens, das kocht, das sich auflehnt, das alles kurz und klein schlagen will. Deshalb lebt er weiterhin umgeben von meinen Fotos und meinen Plakaten, die er bestimmt in einer abgeschlossenen Truhe hat und die er mit Sicherheit nachts hervorholt, um sie zu betrachten. Wenn ich etwas nuttenhafter wäre, würde ich ihm eine Komödie vorspielen, ich würde ihm sagen Monsieur Salomon, ich weiß, daß Sie nie an mich denken, aber ich denke ständig an Sie, ich brauche Sie, und ich würde anfangen zu schluchzen, wenn ich wirklich eine Nutte wäre, würde ich vor ihm auf die Knie fallen, und manchmal glaube ich, daß er genau das erwartet, dieser Schuft, und ich frage mich, ob ich es nicht eines Tages tun werde, manchmal darf man wirklich nicht zögern, seinen Stolz zu vergessen, wenn man dadurch jemandem helfen kann zu leben. Was meinst du dazu?«

Ich habe die Luft eingesogen, ich hatte sie nötig.

»Sie sind wirklich etwas streng zu ihm, Mademoiselle Cora. Man muß verzeihen können.«

»Aber überleg doch mal, seit fünfunddreißig Jahren behandelt er mich mit Schweigen!«
»Ein wenig ist das auch Ihre Schuld. Er weiß schließlich nicht, daß Sie angefangen haben, ihn richtig zu lieben. Sie haben es ihn nicht wissen lassen. Ich bin sicher, daß, wenn heute die Deutschen wiederkämen, und wenn er wieder in seinem Keller wäre...«
»Ich würde mit ihm gehen.«
»Sie müssen ihm das sagen.«
»Er würde nur darüber lachen. Du weißt ja, wie er ist. Er hat ein Lachen, daß man meint, er fegt damit alles hinweg und daß wir alle Strohfötusse sind. Manchmal könnte man meinen, daß das Lachen alles ist, was ihm geblieben ist. Es ist furchtbar, daß man einem Menschen, der so unglücklich ist, nicht helfen kann.«
»Wann haben Sie eigentlich zum ersten Mal gemerkt, daß Sie ihn wirklich lieben?«
»Das kann ich dir nicht sagen. Das ist ganz allmählich gekommen, jedes Jahr ein wenig mehr. Außerdem ist er trotz allem sehr nett zu mir gewesen, als er mich als Klofrau aus der Toilette geholt und mir jeglichen Komfort gegeben und eine Rente ausgesetzt hat. Ich konnte ihm nicht mehr böse sein. Es ist ganz allmählich gekommen. Es war weder Liebeswahn noch Leidenschaft, wie bei Maurice, ich hatte mich geändert, es waren nicht mehr die Verirrungen von früher. Ich fing an, immer öfter an ihn zu denken. Und das ist dann eben gewachsen.«
Wir sind vor der Tür auseinandergegangen. Sie hat mich nicht gebeten mithereinzukommen. Aber wir sind eine ganze Weile auf dem Treppenabsatz stehengeblieben. Ich habe dreimal die Treppenhausbeleuchtung angemacht. Als ich das zweitemal wieder Licht gemacht habe, sah ich, daß sie weinte. Ich habe noch nie soviel weibliche Zärtlichkeit in den Augen einer Frau empfangen, die meine Großmutter hätte sein können. Sie hat mir die Wange gestreichelt und dabei geschluchzt, aber ganz still, ohne Lärm zu machen. Zum Glück ist wieder das Licht ausgegangen. Ich habe noch gesagt:
»Mademoiselle Cora, Mademoiselle Cora«, und ich bin die Treppe hinuntergestürzt. Am liebsten hätte ich ebenfalls geflennt. Aber es war kein Mitleid. Es war Liebe. Es war nicht nur Liebe für Mademoiselle Cora, nein, es war viel mehr. O Scheiße, ich weiß überhaupt nicht, was es war.

XXXI

Ich wollte nicht direkt zu Aline laufen, das wäre zu erbärmlich gewesen. Ich wollte auch nicht mehr in die Rue Neuve zurückgehen, ich hatte zu den Kumpels gesagt, daß ich bei Aline wohnen würde, und sie hätten mich ausgelacht, wenn ich mitten in der Nacht angekommen wäre, so als hätte sie mich rausgeschmissen, ich hatte ihnen nichts zu erklären. Ich war lange genug freiwilliger Helfer, und wenn es mir nicht gelänge, jetzt aufzuhören, wo ich jemanden für mich hatte, würde ich nie wieder aufhören, würde ich immer bei den andern bleiben, würde ich irgendwo bei den aussterbenden großen Affen landen, oder bei den Walen und vielleicht noch weiter, dort, wo es nicht einmal mehr jemanden zu retten gibt. Aline hatte es zum Spaß gesagt, aber manchmal liegt man im Spaß richtiger, und Mademoiselle Cora und der König Salomon und alle die kleinen Alten, die durch die Gegend trippeln, das ist für mich Umweltschutz. Chuck hat sicherlich recht, wenn er sagt, daß ich eine Sensibilität habe, die die Manie zur Größe hat. In der Cinémathèque gibt es so einen Film, *Robin Hood,* mit Errol Flynn, der den Jungen wegnahm und es den Alten gab oder den Reichen wegnahm und es den Armen gab, das kommt aufs gleiche raus. Ich glaube, daß es nicht nur die alte Stadtstreicherin ist, es sind alle, die ein leeres Tandem vor sich herschieben. Die geballten Fäuste in den Taschen, bin ich ein wenig durch die Straßen gelaufen und hatte eine Wahnvorstellung, ich floh aus dem streng überwachten Gefängnisblock, wie Mesrine. Ich war in einem Zustand, den Chuck die beiden Quellen der Moral und der Religion nennt, und das war die Angst. Das gemeinste bei Chuck, das ist seine Art, einen bis zu den Fingerspitzen zu kennen, wobei er mit den Schultern zuckt, eine müde Handbewegung macht und murmelt: »ganz typisch«. Er bringt mich außer mich, dieser Schuft, mit seiner Summe von Kenntnissen. Man nennt so was eine lebende Enzyklopädie. *Lebende Enzyklopädie: eine Person mit äußerst umfassenden Kenntnissen auf allen Gebieten.* Ich hab's gesucht, weil ich mich manchmal so fühle, wie eine Person mit äußerst umfassenden Kenntnissen auf allen Gebieten. Das ist gar nicht so schwer, das kommt ganz von allein. Um eine lebende Enzyklopädie zu werden, genügt es, daß man ein Autodidakt der Angst ist, also

das was man die Gesamtsumme aller Kenntnisse nennt. Ich dachte daran, Chuck aufzuwecken und ihm eine anständige Tracht Prügel zu verpassen, denn das wäre wenigstens etwas, was er nicht verstanden hätte. Ich mache die Tür auf, ich mache Licht, er ratzt wie ein Seliger, ich gehe zu ihm, ich hebe ihn hoch, ich verpasse ihm ein paar Maulschellen, er ist verwundert, er brüllt: sag mal, was fällt dir denn ein, was habe ich dir getan? Und ich lache mir einen Ast und sage zu ihm: na los, dann versuch doch mal zu begreifen, und die Hände in den Taschen gehe ich pfeifend weg. Er hat eins auf die Fresse gekriegt, ohne zu wissen warum, er ist völlig verdutzt, er fragt, er ruft, er versucht zu begreifen, und da ist er nun eine lebende Enzyklopädie, *eine Gesamtsumme aller Kenntnisse*. Allein der Gedanke daran hat mich erleichtert.
Ich bin ins *Maupou* am Montmartre gegangen, das ist eine Bierkneipe, die die ganze Nacht über geöffnet hat, und ich bin eine ganze Weile dort vor meinem Bier sitzen geblieben. An einem Tisch saßen drei Nutten, von denen eine von den Antillen war, ich hatte mich nebenan gesetzt wie ein kleiner Junge, der sich immer wohler fühlt, wenn Mama da ist. Ich sage das nicht, um meine Mutter herunterzumachen, die keine Nutte war und stets auswählte. Aber ich finde, daß die Nutten mütterlich sind, denn sie sind immer da für die Tröstungen der Kirche. Wir haben ein wenig miteinander geplaudert, aber da war nichts, was man ihnen sagen konnte. In einem hatte Chuck recht, wenn er behauptet, daß der Faschismus auch sein Gutes hatte, weil man gegen ihn sein konnte. Das war ein ganz toller soziologischer Trick, der es einem ermöglichte, den Feind zu erkennen. Wenn man keine annehmbaren Feinde hat, verbarrikadiert man sich am Ende auf einem Bauernhof und schießt auf jeden. Ich habe Bücher gelesen über die Widerstandsbewegung, und ich habe mich immer gefragt, was die Widerstandskämpfer wohl hinterher getan haben mochten und gegen wen sie seitdem gelebt haben. Wirklich hart wird es dann, wenn man nicht mehr Antifaschist sein kann. Man findet zwar Ersatzleute, aber das taugt nie genausoviel. In Italien haben sie sogar Aldo Moro umgebracht, weil sie derart dringend Ersatzleute brauchten. Als Chuck mir einmal in die Visage hinein gesagt hat, daß es bei mir lyrisch sei und daß ich zur blökenden Art gehöre, wie man es ohne Talent gar nicht besser tun kann, und daß das Alter und die

Sterblichkeit, daß das neunzehntes Jahrhundert ist, wie Victor Hugo und Lamartine, daß ich als Ungebildeter im Rückstand bin, daß das bei mir Elegien seien und daß ich ein elegischer Mensch sei, habe ich gewartet, bis er weg war, damit es nicht aussah, als wüßte ich nicht Bescheid, und danach habe ich nachgesehen, man kann ja nie wissen, vielleicht bekam ich hier eine Erklärung für die Angst von König Salomon, mit der ich mich infolge Umgangs angesteckt hatte. Ich fand *Elegie*: *Gedicht in Distichen; später wehmutsvolles, klagendes Gedicht*, und für *elegisch* fand ich: *klagend, wehmütig, traurig*. Darüber habe ich vor meinem Glas Bier nachgedacht und das hat mir gut getan, wie immer, wenn ich Verweise und Quellenangaben finde. Das Mädchen aus den Antillen hatte seine Ferien in Martinique verbracht, und das interessierte mich, das war weit weg. Es war gut, es zu hören, als sie sagte »weit weg von allem«, es war ermutigend zu wissen, daß es das gab, weit weg von allem. Es gibt sogar Redensarten, die man dafür vorgesehen hat: *wie ein Stein im Wasser* und *dahinflitzen wie ein Furz auf dem Wachstuch*. Ich sagte zu dem Mädchen, das Mauricette hieß:
»Dort hat man bestimmt seine Ruhe?«
»Ja, es gibt noch stille Winkel. Man muß sie nur kennen.«
»In Paris hat man nie seine Ruhe, wegen der großen Metropolen«, sagte ihre Freundin.
»Es ist das Paradies auf Erden«, sagte Mauricette. »Es lohnt die Reise.«
Darauf habe ich sofort meinen Entschluß gefaßt. Ich würde Aline wach machen, und wir würden beide weggehen. Wir könnten bei Monsieur Salomon Geld leihen und dort eine Buchhandlung aufmachen. Man fühlt sich immer erleichtert, wenn man einen Entschluß faßt, und dieser hatte mir wirklich gutgetan. Ich habe den Kellner gerufen.
»Ich zahle alles.«
Sie haben sich bedankt, wir hatten eine gute Unterhaltung gehabt. Ich bin hinausgegangen, es war etwa vier Uhr morgens, aber eine Buchhandlung in der Sonne der Antillen, das ist ein guter Grund, um jemanden wach zu machen, das ist keine Angst. Es gibt noch stille Winkel, aber man muß sie kennen, wie Mauricette sagte. Am Meeresstrand der Karibik, wo das Meer immer von garantiertem Blau ist. Es gibt Haie, aber sie sind nicht bedroht. Die übrige Welt ist dort sicherlich weiter weg als

gewöhnlich. Wir könnten sogar schwarze Kinder bekommen, Aline und ich. Ich habe mich auf den Bürgersteig gesetzt und mich schiefgelacht. Die Schwarzen haben weniger Angst als die Weißen, weil sie weniger Zivilisation haben, das ist allgemein bekannt. Ich habe zuviel Zivilisation. Also da habe ich mir glatt einen Ast gelacht. Ich habe mich so eine halbe Stunde amüsiert, indem ich mir Sahnetorten ins Gesicht schmiß, um meine Gesamtsumme an Kenntnissen loszuwerden, und als ich an Alines Tür geklingelt habe, sah man das nicht mehr, ich hatte wieder meine normale Visage, die, für die man mich ohne Geständnis ins Kittchen stecken würde.

XXXII

Als Aline mir ganz verschlafen aufgemacht hat, bin ich an ihr vorbeigegangen und habe mich aufs Bett geworfen, wie zu Hause. Sie ist leise hereingekommen und hat mich mit gekreuzten Armen betrachtet, und ich habe sofort gesehen, daß ich mich bei ihr nicht zu verstecken brauchte, und ich habe meinen Ausdruck verloren, er ist mir aus dem Gesicht gefallen. Nackt war ich. Sie hat sich auf den Bettrand gesetzt, und das war wirklich merkwürdig bei einem so jungen Mädchen, das keine Kinder hatte. Man wird jetzt meinen, das ist, weil ich sehr jung meine Mutter verloren habe, aber das ist als Erklärung reine Konfektion, weil das nämlich schon ein paar Millionen Jahre her war, oder aber man muß glauben, daß uns, so als Vaterschaft, die Affen fehlen, von denen wir abstammen. Aline war jung und hübsch, und es tat mir gut, wenigstens einmal mit jemandem zusammen zu sein, der mich nicht brauchte. Kein *S. O. S.*, keine Hilferufe, und gerade das brauchte ich am meisten. Ich weiß nicht, wie es in Martinique ist, wenn man die stillen Winkel kennt, aber ich werde nicht hinfahren, um nachzusehen, es ist besser, man glaubt, daß es das gibt. Was tut man, wenn man seinen menschlichen Zustand nicht mehr ertragen kann? Man entmenscht sich. Man tritt in die roten Brigaden ein und gelangt allmählich zum Zustand der Unempfindlichkeit. Das ist die Selbstüberwindung, nach Chuck. Wie Charlie Chaplin in *The*

Kid, der einen Säugling gefunden hat und einen Kanaldeckel öffnet und sich fragt, ob er sich seiner nicht am besten gleich entledigen soll.
»Aline ...«
»Versuche zu schlafen.«
»Du bist eine richtige herzlose Hure.«
»Man lebt eben.«
»Ich habe gedacht, daß wir beide auf die Antillen gehen. Dort ist es peripherisch. Was heißt das eigentlich peripherisch?«
»Am Rande liegend, vom Zentrum entfernt.«
»Genau das ist es. Es ist peripherisch.«
»Es gibt das Fernsehen.«
»Niemand zwingt uns, es anzusehen. Ich könnte Geld leihen und wir könnten dort leben. Sich entledigen.«
»Das scheint mir schwierig.«
»Nichts ist schwierig, wenn man motiviert ist. Schau dir Mesrine an, der aus dem streng überwachten Gefängnisblock ausgebrochen ist.«
»Er hatte Komplizen.«
»Du und ich, das genügt als Komplizen. Du solltest dir die Haare noch länger wachsen lassen. Damit es mehr von dir gibt.«
»Wird das nach Zentimetern gemessen?«
»Nein, aber es gibt nie genug davon. Weißt du, was elegisch heißt?«
»Ja.«
»Das ist klagend, wehmütig, traurig. Ich habe einen Freund, der erklärt, daß die Studenten der roten Brigaden Moro umgebracht haben, um unempfindlich zu werden. Verstehst du das?«
»Nein.«
»Um unempfindlich zu werden. Um dorthin zu kommen, wo man nichts mehr spürt. Der Stoizismus.«
»Na?«
»Der geht mir völlig ab.«
Sie hat gelacht.
»Weil du nicht literarisch genug bist. Du hast keine Theorie. Oder, wenn dir das lieber ist, um so zu reden wie du ... du bist nicht theoretisch genug, um so weit zu kommen. Man muß sein Köpfchen sehr anstrengen. Man braucht ein System. Wo hast du denn haltgemacht?«
»In einem Bierlokal am Pigalle.«

»Ich meine, wo hast du mit dem Studium aufgehört?«
»Ich bin Autodidakt. So wird man eine lebende Enzyklopädie. Ich war vorhin mit Mademoiselle Cora zusammen. Sie ist so allein, verloren und verzweifelt, daß ich sie am liebsten erwürgt hätte. Verstehst du?«
»In etwa.«
»Und dann ist mir klargeworden, daß ich es war und nicht sie. Sie weiß gar nicht, daß sie alt, verloren und unglücklich ist. Das ist die Gewöhnung. Das Leben als Droge, so ist das doch. Sie hat ihr bißchen Komfort, wie sie sagt. Ich möchte nur wissen: was hat das Leben? Was hat es, das es ihm erlaubt, daß du alles schluckst und noch nach mehr fragst? Weißt du: einatmen, ausatmen, als ob das genügte?«
»Komm schlafen, Pierrot.«
»Ich heiße Jean, verdammte Scheiße. Du gehst zu weit.«
»Zieh dich aus, Pierrot im Mond. Komm heia machen. Komm heia machen in den Armen deiner Mama, mein kleiner Liebling.«
»Du bist eine richtige herzlose Hure, Aline. Das hat mir gleich bei dir gefallen. Das ist einfach toll, endlich jemanden zu finden, der niemanden braucht.«
Sie hat das Licht gelöscht. Die Dunkelheit ist je nachdem. Manchmal ist sie schmeichelnd, still, wie der Ozean gleichen Namens, manchmal ist sie drohend. Auch die Stille hat Verschiedenheiten. Entweder schnurrt sie oder sie fällt über einen herein, oder sie nagt einen ab wie einen Knochen. Es gibt eine Stille, die ist voller Stimmen, die brüllen und die man nicht hört. Es gibt *S. O. S.*-Stille. Und Stille, da weiß man nicht, was mit ihr ist, wo sie herkommt, man bräuchte Ingenieure. Man kann sich zwar die Ohren zustopfen, nicht aber das übrige. Ich habe Aline an mich gedrückt, und ich habe nicht zu ihr gesagt Aline, ich bin immer bei den andern, das ist ärgerlich für eine Frau, wenn sie wie eine Unzulänglichkeit behandelt wird. Ich hielt sie schön warm an mich gedrückt und es war der richtige Augenblick, um ihr von allem zu erzählen, was wir beide draußen lassen konnten. Ich schwieg, damit es besser singt. Wenn wir Worte brauchten wie Fremde, die sich nichts anderes zu geben hatten, dann lohnte es sich gar nicht, daß wir uns verstanden. Nur einmal, als ich Botschaften lauschte, die ich nicht hörte, erzählte ich ihr von Wörterbüchern, und ich sagte ihr, daß ich darin nie ein

Wort gefunden hätte, das erklären würde. Wenn du acht Stunden am Tag unten in einer Grube arbeiten würdest ... Ich bin mit ihr auf den Antillen eingeschlafen, in einem stillen Winkel, den man kennen muß, andernfalls hat man keine Chance, ihn zu finden.

XXXIII

Ich bin mit Sonne wach geworden, mit Kaffee, der lächelte, mit Hörnchen, die fettig glänzten, und mit einem Kuß auf der Nasenspitze. Die besten Augenblicke sind immer die kleinen.
»Ich habe in der Zeitung eine Katze gesehen, die sich verirrt hat, und sie hat ihr Zuhause wiedergefunden, nachdem sie tausend Kilometer gelaufen ist. Es gibt erstaunliche Orientierungsinstinkte. Im letzten Jahr haben sie einen Hund gezeigt, einen Chow-Chow, der ganz allein den Zug genommen hat, um wieder zu seinem Frauchen zu kommen. Bei den Tieren ist das rein affektiv.«
Ich habe noch ein Hörnchen genommen. Sie aß lieber Butterbrote. Es stimmt wirklich, daß Frankreich in zwei Teile geteilt ist. Da sind die einen, die lieber Butterbrote essen, und die andern, die lieber Hörnchen essen.
»Sag mir bitte, wann ...«
»Ich muß um halb zehn in der Buchhandlung sein. Aber du kannst hierbleiben.«
Sie hat nicht einmal gezögert.
»Du kannst für ganz hierherziehen.«
Ich habe kein Wort herausgekriegt.
»Du kennst mich doch nicht gut genug. Ich bin immer bei den andern. Sie nennen das das Landstreicherdelikt.«
»Na schön, du wirst eben bei mir sein.«
Ruhig, sicher, ihr Butterbrot knabbernd. Zuerst habe ich Scheiße zu mir gesagt, sie ist bestimmt verdammt allein, daß sie sich einfach so ins Wasser stürzt, aber das ist wieder so eine Vorstellung von mir.
»Ich habe in der Cinémathèque einen Film gesehen, *Der Briefträger klingelt immer zweimal*, und ich kenne wirklich nichts

Wahreres als Titel. Bei mehr als zweimal ist es nicht mehr der gleiche Briefträger. Dann ist es ein anderer. Dann ist es ein soziologischer Briefträger.«
Sie lachte in ihr Butterbrot. Sie hatte kleine, animalische Zähne und eine Nase, die etwas in der Luft stand.
»Und wovon lebst du, abgesehen davon?«
»Ich habe ein Drittel Taxi, und ich kann alles mögliche reparieren. Das heißt, nicht alles mögliche, nur die Installation, die Elektrizität, die Kleinmechanik. Boßler. Das ist heute sehr gefragt. Ich habe vor einigen Monaten etwas langsam damit gemacht, ich habe einen Kumpel, der mich ersetzt. Ich habe zuviel Arbeit bei Monsieur Salomon. Das ist auch Bosselei, Reparaturen und Instandsetzungen...«
Sie hörte mir zu. Nach einer Stunde merkte ich, daß ich seit einer Stunde sprach. Die Stimmen, die Tag und Nacht anrufen, die Leute, denen man aus der Patsche helfen will, alles das. Und Monsieur Salomon, der manchmal nachts aufstand, um selber auf die Anrufe zu antworten, da sonst niemand da ist. Und der mich für die dringenden Fälle an Ort und Stelle schickte, wie bei Mademoiselle Cora.«
»Bosselei und Reparatur, das ist es.«
Ich erklärte ihr, wie König Salomon seit fünfunddreißig Jahren allein lebte, um Mademoiselle Cora zu bestrafen, die ihn während der Besatzungszeit nicht in seinem Keller besucht hatte.
»Die Juden scheinen einen sehr strengen Gott zu haben.«
Ich habe ihr von den Alten erzählt, die man jeden Tag aufsuchen mußte, um nachzusehen, ob sie noch da waren. Ich habe genau vor der alten Landstreicherin aufgehört, die ihr leeres Tandem vor sich herschob.
»Ich habe einen Freund, Chuck, der bestimmt recht hat. Ich bin anscheinend immer bei den andern, weil es mir an Identität fehlt. Ich habe nicht genügend Identität, um mich mit mir selber zu beschäftigen, weil ich nämlich nicht weiß, wer ich bin, was ich will und was ich für mich tun kann. Verstehst du?«
»Ich verstehe nur, daß sich dein Freund Chuck allem Anschein nach selber genügt. Genügsamkeit, die man auch Selbstgefälligkeit nennen könnte. Aber bei mir sieht es auch nicht schön aus. Das erste, was ich bei dir gespürt habe...«
»Was?«

Sie lachte, aber es war gar nicht so lustig.
»Das erste, was ich bei dir gespürt habe, das war, daß es viel zu holen gibt.«
Sie ist aufgestanden und hat mir den Rücken zugewandt, um sich anzuziehen, aber es war eher, weil sie sich nicht mochte, als sie das sagte.
»Das ist jetzt für dich, Aline. Alles, was ich habe. Nimm.«
»Oh, schon gut. Aber du kannst zu mir ziehen. Ein bißchen hast du es ja schon getan, ohne mich zu fragen, aber jetzt frage ich dich, ob du willst. Manchmal irrt man sich ja, und da ist die beste Art, einander loszuwerden, wenn man irgendwo zusammen wohnt. Ich habe mich schon ziemlich oft so geirrt. Ich bin die Art einer Allesfresserin, die sich auch mit Krumen zufriedengeben würde.«
Sie trug so eine Art kurze Jacke und hellolivgrüne Hosen. Ich habe sie nie anders gesehen. Sie hat sich nach mir umgedreht.
»Wenn ich auch diesmal wieder auf die Schnauze falle, dann ist es besser, wenn es schnell passiert. Ich bin nicht einmal sicher, ob ich dich lieben kann, ob ich überhaupt in der Lage bin, jemanden zu lieben. Man muß wirklich gläubig sein. Deshalb, zieh zu mir.«
»Aline?«
»Ja?«
»Wovor haben wir alle Angst?«
»Daß es nicht ewig dauert.«
Ich saß einen Augenblick da und sah sie an, während sie noch da war.
»Aline.«
»Ja?«
»Es gibt nur noch dich. Mit den andern ist Schluß.«
Was mich an Monsieur Geoffroy de Saint-Ardalousier in seiner Mansarde erinnerte.
»Apropos, ich habe einen Freund, der zweiundsiebzig Jahre alt ist und schreibt. Er hat ein Buch herausgebracht aus eigener Tasche.«
»Im Selbstverlag?«
»Ja, genau. Er hat sein ganzes Leben drangesetzt, um es zu Ende zu schreiben. Könnte man ihn nicht in deine Buchhandlung einladen, ein kleines Fest für ihn geben, wie wenn man ein Buch schreibt und man berühmt ist?«

Sie betrachtete mich mit einer Art von ... was weiß ich, von Freundschaft, oder vielleicht sogar von Zärtlichkeit, woher soll man das wissen bei Augen, die immer lächeln, wenn es hell ist.

»Möchtest du ihm helfen?«

»Was ist daran komisch?«

»Ich glaube, du wolltest dich nicht mehr um die andern kümmern?«

»Das ist zum Abschluß.«

»Zum Ausgleich der Rechnung.«

»Wenn du so willst. Er liegt mir immer noch ein bißchen im Magen in seiner Mansarde und mit dem Buch, das er aus eigener Tasche veröffentlicht hat. Er hat keine Familie, nur die Wohlfahrt, und er gleicht Voltaire. Ich habe Voltaire neulich am Fernsehen gesehen, und er gleicht ihm. Voltaire, das war immerhin wer, oder nicht?«

Sie steckte sich eine Zigarette an, wobei sie mich beobachtete.

»Ich weiß nicht, ob du dich aus Verzweiflung über die Leute lustig machst, Jeannot, oder ob Gott dich so geschaffen hat und ob es das ist, was man eine komische Natur nennt ...«

Ich habe nachgedacht.

»Das ist möglich. Entweder habe ich mich bei König Salomon angesteckt, oder aber es ist bei mir vielleicht filmnärrisch. Ich finde, daß es nichts Angenehmeres gibt, als in der Dunkelheit zu sitzen und zur Erleichterung zu lachen.«

Ich habe ihre Hand genommen.

»Aber das schließt das Gefühl nicht aus«, sagte ich zu ihr. Sie schien erschreckt zu sein. Es überkam sie sogar ein kurzes Frösteln.

»Was hast du?«

»Ich habe so was wie einen kleinen, eisigen Wind verspürt«, sagte sie. »Einen kleinen Wind aus Nichts und Staub ...«

Aber da habe ich sie in Erstaunen gesetzt. Ich habe sie wirklich in Erstaunen gesetzt. Ich erinnerte mich genau an die Verse des unsterblichen Dichters, die Monsieur Salomon mir bei der gleichen Gelegenheit aufgesagt hatte, und ich sagte sie aus Anlaß des oben erwähnten Windes auf:

Der Wind erhebt sich! Zu leben macht den Versuch!
Die unermeßliche Luft öffnet und schließt mein Buch ...

Sie trank Kaffee, aber sie hatte es vergessen und hielt die Tasse halb in die Luft, wobei sie mich ansah. Ich hielt nicht einmal inne, um Atem zu schöpfen und rezitierte:

Lebt jetzt, wenn ihr mir glaubt, und wartet nicht bis morgen,
Pflücket sie heute schon, die Rosen eures Lebens!

»Scheiße«, sagte sie, und ich war froh, daß es endlich mal ein anderer war, der es sagte, und nicht ich.
Ich hob einen belehrenden Zeigefinger und sagte:
»Aha!«
»Wo zum Teufel hast du denn das her, Jeannot?«
»Das hat mir König Salomon beigebracht. Er unterrichtet mich, damit wir ein bißchen unseren Spaß haben. Er unterrichtet mich wegen dem Beispiel. Es scheint irgendwo eine Schule für Clowns zu geben, aber ich weiß nicht wo. Überall vielleicht. Es ist besser sich zu biegen, als sich zu bekriegen. Ich habe ihm mal gesagt, daß ich Autodidakt bin, das hat ihn sehr amüsiert, und dann hat er noch liebevoll gesagt, das sind wir alle, das sind wir alle. Wir sterben alle als Autodidakten, mein kleiner Jean, selbst die größten Doktoren unter uns oder die Hochgelehrten, die Agrégés, wie sie bei uns heißen. Weißt du, Aline, Agrégé ist ein lustiges Wort. Das Gegenteil davon ist ›désagrégé‹, aufgelöst. Ich habe nachgesehen. Und der Mann, von dem ich dir erzählte und der mit seinem Lebenswerk in einer Mansarde wohnt, Monsieur Geoffroy de Saint-Ardalousier, ist aufgelöst, ›désagrégé‹, er ist ganz allein, er hat Arthritis, er hat's mit den Herzkranzgefäßen, das Leben hat eine Menge Schulden bei ihm gemacht, und er kann sie sich nicht mehr zurückzahlen lassen, nicht mal von der Versicherung. Er ist vollkommen aufgelöst. *Agrégé: gehäuft, zu einem Ganzen vereinen, herdenweise zusammenlebend. Désagréger: auflösen, durch Trennung der zusammengehörenden Teile zerstören. Désagrégation: Zerstükkelung, Pulverisierung, Auflösung, Zerfallen, Trennung der Bestandteile.* Mademoiselle Cora hat sich aufgelöst, und Monsieur Salomon unterhält eine Telefonzentrale, um wieder zu einem Ganzen zu werden, um sich wieder mit jemanden zu vereinen, und er sucht sogar in den Kleinanzeigen, *Friseuse, vierundzwanzig Jahre alt, bezaubernd.* Ich habe noch nie einen alten Knacker gesehen, der so kämpferisch ist, so entschlossen, sich nicht auflösen zu lassen. Er zieht einen eleganten Anzug an aus

einem sehr dauerhaften Stoff, und er geht aus reinem Trotz zu einer Hellseherin, um sich zu beweisen, daß er noch eine Zukunft hat. In Tunesien nennt man so was höchster Kämpfer. Nur, die Kämpfer kämpfen, um weiterzukommen, und Monsieur Salomon kämpft, um rückwärts zu gehen. Ich glaube, wenn man ihm vierzig Jahre geben würde, er würde sie nehmen. Ich glaube, wir sollten uns alle in den kriegerischen Künsten üben, Aline, um uns zu verteidigen und zu wehren. Ach.«

»Ja, ach«, sagte sie.

Sie zog ihre Strumpfhose an.

»Das nannte man früher eine Herzstärkung«, sagte ich zu ihr. »Das bot man dir an, um dir wieder Mut zu machen. Wenn ich sehe, wie du deine Strümpfe anziehst, bekomme ich wieder Lebensmut.«

Ich küßte sie auf den Schenkel.

»Tolstoi hat mit neunzig Jahren die Flucht ergriffen«, sagte sie, »aber er ist gestorben, bevor er dort angelangt ist, auf einer Eisenbahnstation.«

»Ja, in Astapowo«, sagte ich zu ihr.

Das hätte ich nicht tun sollen. Das hat sie umgehauen. Ich hätte sie nicht umhauen sollen.

»Wo, zum Teufel, hast du denn das gelernt, du Vieh?« fragte sie sanft.

»Es gibt nicht nur die Schule, Aline. Es gibt auch die öffentliche Schulpflicht, weißt du, das, was man draußen lernt. Bei den Autodidakten nennt man das das Werk seines Lebens.« Sie hat ihre Schuhe angezogen und ist aufgestanden. Sie hat mich nicht ein einziges Mal mehr angesehen.

Um ein anderes Gespräch anzufangen, habe ich gefragt:

»Na, was tun wir für Monsieur Geoffroy de Saint-Ardalousier?«

»Wir können eine Signierstunde für ihn organisieren.«

»Dann müssen wir aber schnell machen. Er ist fast am Ende.«

Sie hat ihre Handtasche und ihren Schlüssel genommen. Sie hat gezögert. Man nennt das bei den Frauen die Unabhängigkeit.

»Ich lege dir den Schlüssel unter die Fußmatte.«

»Auf den Antillen scheint es stille Winkel zu geben, aber man muß sie kennen.«

Sie hat sich nach mir umgedreht. Ohne eine Spur von etwas. Nur hübsch. Oder sogar schön, das kommt auf den Zustand an, in dem man sich befindet, wenn man schaut.

»Jean«, sagte sie, »wo fängst es bei dir an, und wo hört es auf? Gott können wir nur für die Hunde spielen.«

»Wir werden doch nicht anfangen zu diskutieren, Aline. Wir machen keine Geschäfte miteinander. Außerdem ist es zu spät. Neun Uhr zwanzig. Der beste Augenblick ist der frühe Morgen. Danach ist der Tag organisiert.«

Sie sagte noch einmal:

»Jean.«

»Jeannot Lapin oder Meister Lampe, so nennt man mich bei den Jägern. Wohlgemerkt, es gibt einen Hasen, der in Amerika berühmt geworden ist, ein gewisser Harvey, der alle Leute biß. Hast du es gelesen?«

»Ich habe es gelesen.«

»Du siehst also, daß es selbst bei den Hasen rote Brigaden gibt.«

»Ich lege den Schlüssel unter die Tür.«

»Und wegen Mademoiselle Cora, was rätst du mir da?«

»Ich lehne es ab, dir einen Rat zu geben. Dazu habe ich nicht das Recht.«

»Ist es besser, wenn ich weitermache und allmählich nachlasse, oder ist es besser auf einen Schlag?«

»Das ändert nichts. Bis heute abend, vielleicht. Wenn du nie wieder zurückkommst, werde ich Verständnis haben. Wir sind vier Milliarden, glaube ich, ich habe also Konkurrenz. Aber ich möchte, daß du zurückkommst. Auf Wiedersehen.«

»*Ciao.*«

Es ist ein hübsches Wort, *ciao.* Ich frage mich, ob die Studenten der roten Brigaden es zu Aldo Moro gesagt haben. Auch bei ihnen ist es in der Regel nicht persönlich. *Liebe* wechselt gerade das Wörterbuch, sie kommt ins medizinische Wörterbuch.

XXXIV

Ich habe Tong angerufen, damit er meinen Taxi-Dienst übernimmt, und dann bin ich in die Stadtbücherei gegangen, um *Salammbô* zu lesen, es gibt nichts Lustigeres, als diesen Burschen Flaubert, der mit den Wörtern Liebe machte, und sich zu ihnen zurückzog. Danach bin ich zu Monsieur Geoffroy de Saint-Ardalousier gegangen, wegen der guten Nachricht. Er saß in seinem Sessel mit seiner Decke über den Knien. Ich mußte erst mal den Haushalt machen, weil er niemand hat. Bald wird es keine Dienstboten mehr geben. Ich habe ihm gesagt, daß er eine Signierstunde in einer richtigen Buchhandlung bekäme. Er ist so glücklich geworden, daß ich Angst bekam, es würde ihn umbringen. Er saß da mit seinem Anatole-France-Käppchen auf dem Kopf und seinem langen, sauberen Schnurrbart. Er kann noch aufstehen und ganz allein seine Toilette machen, und später wird er mal ins Altersheim gehen, wo er auch nicht schlecht dran sein wird.

»Ist es wenigstens eine gute Buchhandlung?«

Er hat das, was man eine Zitterstimme nennt.

»Die beste. Die junge Frau, die sie führt, war von Ihrem Buch hingerissen.«

»Sie sollten es lesen, Jean.«

»Och, wissen Sie, ich und lesen ... Ich bin nur in der Volksschule gewesen.«

»Ich verstehe, ich verstehe. Überhaupt, unser Schulsystem ist entsetzlich.«

»Das kann man wohl sagen. Wir werden alle noch lebende Enzyklopädien.«

Ich habe ihm seine Einkäufe gemacht. Er mag gern Süßigkeiten. Ich habe Datteln gekauft, weil das exotisch wirkt, die Oasen, so was gibt Horizonte. Er war glücklich.

»Ich esse wahnsinnig gern Datteln.«

Gut, immerhin das gewonnen, und ich bin weggegangen. Es gab eine Sozialhelferin, die zweimal die Woche kam, für den Fall, daß ... Das Gefährdetste bei ihnen sind ja die Knochen. Die brechen wie nichts, und sie kommen nicht mehr hoch. Man brauchte eigentlich zweimal am Tag jemand dafür.

Ich bin in die Bude zurückgegangen, wo ich Chuck und Yoko

angetroffen habe, die über die Probleme am Horn von Afrika diskutierten. Sie brachten sich gegenseitig um. Sie haben dort immer mehr Probleme, die sich gegenseitig umbringen. Chuck lobte die Kubaner, und Yoko bedauerte das sehr. Ich sah Yoko verträumt an, wegen des schwarzen Phantasmas bei den Damen, wie es den Anschein hat, doch wenn ich Mademoiselle Cora vorschlagen würde, mich von Yoko vertreten zu lassen, würde mir Aline nicht verzeihen. Ich habe die Platte aufgelegt, wo Mademoiselle Cora sich mit ihrem illegitimen Kind von der Brücke in die Seine stürzt, und auf der Rückseite war was anderes, wo sie den Verstand verlor und bis zum Ende in den Straßen von Paris umherirrte, auf der Suche nach ihrem Geliebten. Ich habe versucht, mit Chuck und Yoko darüber zu sprechen, aber sie haben mir gelangweilt zugehört, weil das nicht am Horn von Afrika war.

»Gut, du läßt sie sitzen, na und?« sagte Yoko. »Davon bekommt sie Zustände, und das ist besser als nichts.«

»Es stimmt schon, daß eine Frau, die schlechte Literatur mag, gefährlich ist«, gab Chuck zu. »Sie wird dir vielleicht eine Kugel auf den Pelz brummen.«

Ich dachte nach.

»Und wo soll ich einen Revolver hernehmen? Ich kann ihr keinen geben, ich hab' nämlich keinen.«

»Und dazu auch noch Selbstmordkandidat, dieser Armleuchter«, brummte Yoko. »Du solltest ...«

»Ich sollte acht Stunden am Tag in einer Grube arbeiten, ich weiß. Dann würde ich nicht mehr daran denken. Wenn ich Bergmann wäre, würde ich euch aufs Maul hauen.«

»Außerdem, was ist denn eigentlich in dich gefahren, sie zu ficken?« brummte Chuck.

»Ich habe mich so zum Ausdruck gebracht. Ich wollte es ihnen allen zeigen.«

»Du und deine Liebesgeschichten, das ist so ein Fall für sich ...«

Yoko spuckte aus, aber nicht richtig, er machte nur pff mit den Lippen, weil er hygienisch war.

»Ich hab' dir schon einmal erklärt, daß ich es im Eifer des Gefechts gemacht habe. In der Diskothek haben sie sich über sie lustig gemacht, und ich wollte es ihnen zeigen. Und dann hab' ich's wieder getan, damit es nicht so aussieht, als ob. Sie ist eine

Frau, die einmal jung und schön gewesen ist, und warum auch nicht? Außerdem geht es nicht einmal um sie, wißt ihr.«
Das hat Chuck interessiert.
»Du könntest uns vielleicht erklären, worum es geht?«
Ich habe die Schulter gezuckt und bin weggegangen. Ich war zufrieden, daß ich ihnen etwas Geheimnis zurückgelassen hatte. Ich bin in die Sporthalle gegangen, und ich habe zwanzig Minuten lang auf den Sandsack geschlagen, und das hat mich erleichtert. Das einzige, wie ich mir schmerzlos aus der Sache heraushelfen könnte, wäre, wenn König Salomon seinen Groll vergessen wollte und sich selber Mademoiselle Coras annehmen würde. Das wäre auch für sie beide die beste Lösung, wenn sie sich wiederbekämen. Ich konnte verstehen, daß für Monsieur Salomon diese vier Jahre, die er in einem Keller versteckt war, ohne daß Mademoiselle Cora etwas von sich hören ließ, natürlich ein blutiger Vorwurf waren, aber auf der andern Seite schuldete er ihr Dankbarkeit, weil sie ihn nicht als Juden denunziert hatte, obgleich das gut angesehen war. Es gibt Zeiten, Epochen, da darf man nicht zu anspruchsvoll sein und muß den Leuten dankbar sein wegen dem, was sie einem nicht antun. Ich war richtig empört bei dem Gedanken, daß sie nun schon seit fünfunddreißig Jahren ihr Leben vergeudeten mit Groll, Bedauern, Gewissensbissen, anstatt irgendwo auf einer Bank zu sitzen und den Duft des Flieders einzuatmen, dort, wo es welchen gab. Ich bin auf mein Velo gesprungen und geradewegs zu Monsieur Salomon geflitzt, nur er konnte mir aus der Sache heraushelfen.

XXXV

Ich hatte bereits einen Fuß in den Aufzug gesetzt, als Monsieur Tapu aus seiner Hausmeisterloge herausgekommen ist.
»Ach, Sie sind es wieder!«
»Ja. Ich bin's, Monsieur Tapu. Ich hab' noch 'ne Zeitlang, falls mir nichts zustößt.«
»Sie sollten den König der Juden mal bitten, daß er Ihnen seine Briefmarkensammlung zeigt, wenn Sie schon da sind. Gestern bin ich wegen einer undichten Leitung oben gewesen, und da

konnte ich mal 'nen Blick drauf werfen. König Salomon hat zehnmal alle Briefmarken Israels, zehnmal die gleichen!« Ich wartete. Ich hatte eine Vorahnung. Ich wußte, daß man bei Monsieur Tapu nie auf den Grund kam, der ist ohne Grenzen.

»Zuerst kommt das Geschäft, verstehen Sie. Im Augenblick investieren alle Juden in israelischen Briefmarken. Sie sagen sich, wenn die Araber Israel mit Atombomben ausgelöscht haben, dann bleiben nur noch die Briefmarken übrig! Und dann ... Sie können sich denken!«

Er hob den Finger.

»Wenn der jüdische Staat einmal verschwunden ist, bekommen diese Briefmarken einen ungeheuren Wert! Deshalb investieren sie!«

Es war mitten im August, aber ich bekam eine richtige Gänsehaut, so tief ist das gegangen. Chuck sagt, daß so die Welt geschaffen wurde, es werde Dummheit, und die Welt war, aber das sind so Ansichten des Geistes, ich für meinen Teil denke, daß da eher jemand am Werk war, der sich amüsierte, ohne an was Böses zu denken, und das ist dann rausgekommen, ein Gag, der Gestalt angenommen hat. Ich konnte nicht zurückweichen, ich stand da mit dem Rücken zur Wand, ich sah Monsieur Tapu respektvoll an, weil er die Macht und der Ruhm war, ich fing an im Krebsgang zu den Stufen zu gehen, ich habe meinen Motorradhelm ausgezogen, der sich auf meinem Kopf unter der Wirkung der Haare aufgerichtet hatte, und ich sagte:

»Entschuldigen Sie bitte, Majestät, ich muß Sie jetzt verlassen ... Ich nenne Sie Majestät, weil die Etikette es so will, und weil die Könige der Armleuchter zur ältesten Monarchie gehören!«

Er fing an zu brüllen, und ich habe mich gleich wohler gefühlt, ich hatte wieder ein gutes Werk getan.

Als ich zu Monsieur Salomon kam, lag er schon auf seinem Bett, aber er hatte die Augen offen und atmete. Er hatte seinen prächtigen Morgenrock angezogen, die Hände gefaltet und lag reglos da, und plötzlich hatte ich den Eindruck, daß er übte. Der Tod ist eine Sache, die man sich nicht vorstellen kann, man muß dabeisein, um es zu verstehen. Deshalb versetzte er sich in die Lage und versuchte, sich vorzustellen, welchen Eindruck das auf ihn machen würde. Selbst sein Blick war schon ruhig und beinahe hätte ich zu flennen angefangen bei dem Gedanken, daß

er mich mit Mademoiselle Cora allein lassen würde. Ich habe schnell gesagt:
»Monsieur Salomon!« um mich zu vergewissern, mit flehender Stimme, und er hat den Kopf nach mir umgewandt, und ich wollte noch hinzufügen, Monsieur Salomon, Sie dürfen nicht ständig daran denken, und vor allem dürfen Sie sich nicht in diese antizipatorische horizontale Lage versetzen, um zu üben und zu trainieren, mit dem Wort *Training*, das in englischen Buchstaben auf der Brust Ihres Trainingsanzugs unter ihrem prächtigen Morgenrock steht. Ich wollte zu ihm sagen, Monsieur Salomon, Sie müssen mir da heraushelfen, weil Sie mich da reingebracht haben, es ist Ihre humanitäre Pflicht, Mademoiselle Cora wieder selber zu übernehmen und mit ihr glücklich zu werden, wie es gar nicht erlaubt ist und Ihre Reise beide gemeinsam in Heiterkeit zu vollenden und Hand in Hand und mit einem friedlichen Sonnenuntergang und Musik, anstatt mich zu einem ironischen Zweck zu ihr geschickt zu haben. Aber ich habe nichts gesagt. Er sah mich an mit seinen tausend Jahren mehr im Blick als ich, was ihm kleine Kennerlichter verlieh, und ich hatte das Gefühl nackt zu sein, bekannt wie ein junger Hund, durchschaut und ans Licht gebracht, es lohnte gar nicht, er war unanflehbar und auf die Knie würde ich nun doch nicht fallen, damit er Mademoiselle Cora selber übernahm.
»Was gibt es, mein kleiner Jean? Du scheinst Sorgen zu haben.«
Und er hatte noch mehr kleine Lichter in seinen Augen.
»Es ist nichts, Monsieur Salomon, ich habe Ihnen schon von dieser Seemöwe bei der Ölpest erzählt, die immer noch mit den Flügeln schlägt und zu fliegen versucht. Das ist ökologisch bei mir.«
»Man muß sich manchmal beschränken und Distanz zu halten wissen, mein Kleiner. Es gibt jetzt Meditationsgruppen, durch die man vergessen kann. Man versetzt sich zusammen in die Lotusstellung, und das ist dann die Transzendenz. Du solltest es mal versuchen.«
»Ich habe nicht Ihre Mittel, Monsieur Salomon.«
»Welche Mittel?«
»Ich habe nicht Ihre ironischen Mittel.«
Er hat den Kopf etwas abgewandt, aber im Profil sah man es trotzdem, in den Augen- und Mundwinkeln war es noch hohler

geworden, und wieder war es, als ob es ein Lächeln wäre, das er vor fünfunddreißig Jahren gehabt hatte, als er ins Säuberungskomitee gekommen ist, um zu sagen, daß Mademoiselle Cora ihm das Leben gerettet hatte, und von dem etwas übriggeblieben war.

Ich habe mich gesetzt.

»Sie spricht die ganze Zeit über von Ihnen, Monsieur Salomon. Ich finde, daß es etwas Furchtbares ist, sein Leben aus Eigentumsgründen zu verpfuschen. Ich finde, daß die Eigenliebe das Schlimmste von allem ist. Vor allem, wenn man ein Mann von Ihrer Erhabenheit ist. Ich weiß, sie hätte Sie, wenigstens ab und zu, besuchen müssen, um nachzusehen, ob Ihnen in Ihrem Keller auch nichts fehlt, oder um Ihnen am 31. Dezember ein gutes neues Jahr anzuwünschen oder um Ihnen im Mai Maiglöckchen zu bringen, aber Sie wissen ja, wie sie ist, bei ihr befiehlt immer das Herz, und sie hatte es bei diesem Strizzi nun mal schlecht getroffen, beim Herzen sind es immer Blindengeschichten. Sie sind zu stoisch, Monsieur Salomon, das können Sie im Wörterbuch nachprüfen. Ich finde, das ist keine Politik, wenn man lieber krepieren will, als glücklich zu sein. Sie sagen sich vielleicht, daß Sie zu alt sind und daß es sich daher nicht mehr lohnt, glücklich zu sein, aber ich kann Ihnen versichern, daß Sie noch hundertfünfunddreißig Jahre alt werden können, wenn Sie in dieses Äquatortal gehen oder nach Georgien oder ins Gunzaland, ich habe diesen Namen sogar eigens für Sie aus der Zeitung aufgeschrieben, für den Fall, daß Sie langfristige Pläne haben sollten, weil Sie in Ihrem Trainingsanzug trainieren und weil Sie nicht zu der Art gehören, die sich was gefallen läßt. Und ich bin glücklich, daß ich Sie amüsiere, wie ich sehe, Monsieur Salomon, aber Sie würden besser daran tun, glücklich zu sein, anstatt zu lächeln. Bei allem Respekt, den ich Ihnen schulde, aber für mich ist der Stoizismus so, als könntet ihr alle mit offenem Mund krepieren und alle viere von euch strecken, ich bin jedenfalls dagegen, diese Geschichte ist viel zu human für mich. Was bringt es schon, daß man nicht mehr leidet, wenn man dadurch nur noch mehr leidet?«

Aber es war nichts zu machen. König Salomon blieb unversöhnlich. Er hatte so lange mit der Konfektion zu tun gehabt, daß er nichts mehr davon hören wollte. Und ich weiß nicht einmal mehr, ob ich mit ihm sprach, ob ich ihn meine Bitte hören ließ, ob ich laut sprach oder murmelte oder überhaupt nichts sagte,

denn wir waren ein wenig wie Vater und Sohn zueinander und wenn man sich wirklich versteht, gibt es nichts mehr zu sagen.
Ich saß da und wartete eine Weile, in der Hoffnung, er würde mir trotzdem etwas zuwerfen, das ich Mademoiselle Cora bringen könnte, aber es war nichts für dieses Mal. Er hat sogar die Augen zugemacht, zum Abschluß. In der Reglosigkeit und mit geschlossenen Augen schien er noch grauer, als wenn er im Umlauf war.

XXXVI

An der Telefonzentrale war eine Botschaft für mich, ich solle dringend Mademoiselle Cora zurückrufen. Ich habe zurückgerufen, und sie rief sofort aus:
»Jeannot! Wie lieb, daß du mich anrufst.«
»Ich wollte es gerade tun.«
»Es ist so schön heute, deshalb habe ich an dich gedacht. Du wirst lachen, aber ...«
Sie hat gelacht.
»Ich hab' mir gesagt, daß es gut wäre, wenn wir zum Rudern in den Bois de Boulogne fahren würden.«
»Zum was?«
»Zum Rudern. Es ist ein schöner Tag, um im Bois eine Bootsfahrt zu machen.«
»Herrgott!«
Das ist mir einfach so rausgerutscht, ich habe sogar geflucht. Sie war zufrieden.
»Ja, du hättest bestimmt nie daran gedacht, nicht wahr?«
Ich habe die andern in der Telefonzentrale angesehen, Ginette, Tong und die beiden Brüder Masselat, die im gewöhnlichen Leben Studenten waren.
»Mademoiselle Cora, sind Sie sicher, daß es das gibt? Ich habe in unseren Tagen nie von so was gehört.«
»Vom Rudern? Aber ich bin oft zum Rudern im Bois de Boulogne gewesen.«
Ich habe die Sprechmuschel zugehalten. Mit dumpfer Stimme, so aufgeregt war ich, habe ich zu ihnen gesagt:
»Sie will rudern. Im Bois de Boulogne. Herrgottnochmal!«

»Na, dann geh eben rudern!« sagte Ginette.
»Mensch, stell dir doch vor, die ist ja völlig übergeschnappt oder wie? Ich geh' doch nicht am hellichten Tag rudern! Die ist total verrückt.«
Taktvoll habe ich ihr vorgeschlagen:
»Mademoiselle Cora, ich kann in den Zoo mit Ihnen gehen, wenn Ihnen das lieber ist. Das wird Ihnen guttun. Anschließend gehen wir dann ein Eis essen.«
»Warum willst du denn in den Zoo gehen, Jeannot? Was für eine Idee!«
»Sie könnten sich schön anziehen, mit einem Sonnenschirm, und dann würden wir uns die hübschen Tiere ansehen gehen! Die hübschen Löwen und die hübschen Elefanten und die hübschen Giraffen und die hübschen Nilpferde. Wie? Und die hübschen Vögel.«
»Aber hör mal, Jeannot! Was ist denn das für eine Art, wie zu einem kleinen Mädchen mit mir zu sprechen! Was fällt dir denn ein? Wenn ich dir auf die Nerven falle, mußt du es sagen ...«
Ihre Stimme versagte ihr den Dienst.
»Entschuldigen Sie bitte, Mademoiselle Cora, aber ich bin ganz aufgeregt.«
»Mein Gott, ist dir was zugestoßen?«
»Nein, ich bin immer ganz aufgeregt. Also gut, einverstanden, wir gehen nicht in den Zoo, Mademoiselle Cora. Danke, daß Sie daran gedacht haben. Bis bald, Mademoiselle Cora!«
»Jean!«
»Bestimmt, Mademoiselle Cora, glauben Sie mir, es ist wirklich nett, daß Sie daran gedacht haben!«
»Ich-will-nicht-in-den-Zoo-gehen, ätsch! Ich will in den Bois de Boulogne rudern gehen! Ich hatte einen Freund, der ging immer mit mir hin. Du bist nicht nett!«
Gut, was sein muß, muß sein.
»Sag mal, Cora, bist du jetzt fertig, ja? Oder soll ich nach Hause kommen und dir eine ordentliche Tracht Prügel verpassen?«
Und dann habe ich aufgelegt. Sie ist bestimmt ganz glücklich. Es gab noch einen Typen, der sich wirklich Sorgen um sie machte.
Ich sah die andern an, die mich ansahen.
»Ist unter euch so eine Arschgeige, die schon einmal gerudert hat? Offensichtlich hat man das früher immer getan.«
Der ältere der Masselats erinnerte sich vage an etwas.

»Bei den Impressionisten«, sagte er.
»Wo denn?«
»Das muß in der Orangerie sein. Sie will sich sicherlich die Impressionisten ansehen.«
»Sie will in den Bois de Boulogne zum Rudern«, brüllte ich.
»Ungeschissen, was anderes will sie nicht. Und schon gar nicht die Impressionisten.«
»Das stimmt«, sagte der jüngere der Masselats. »Die Impressionisten, das war auf der Marne. Maupassant und das alles. Sie aßen im Grünen und dann gingen sie rudern.«
Ich habe mich dort hingesetzt und mein Gesicht in den Händen versteckt. Ich hätte niemals vor Ort gehen dürfen. Am Telefon antworten ist eins, sich an Ort und Stelle begeben, dorthin, wo sich das abspielt, ist ein anderes. Ich habe mir Ginettes Kopfhörer aufgesetzt, um auf andere Gedanken zu kommen. Der erste Anruf, den ich bekommen habe, war Dodu. Bertrand Dodu. Wir kannten ihn auswendig beim *S. O. S.* Er rief schon seit Jahren an, mehrmals bei Tag und bei Nacht. Er fragte einen nichts, und er sagte nichts. Er mußte sich nur versichern, daß wir da waren. Daß da jemand war. Mehr verlangte er gar nicht.
»Guten Tag, Bertrand.«
»Ach, Sie erkennen mich?«
Voller Glück.
»Aber selbstverständlich, Bertrand. Selbstverständlich erkenne ich dich. Wie gehts?«
Er sagte nie gut oder schlecht. Ich stellte ihn mir immer gut gekleidet vor, grau an den Schläfen.
»Hören Sie mich? Sie sind es doch, Freund *S. O. S.*?«
»So zuverlässig wie nur was, Bertrand. Wir sind da. Und wie! Wir sind wirklich da.«
»Danke. Auf Wiedersehen. Ich werde Sie später wieder anrufen.«
Ich fragte mich immer, was er in der übrigen Zeit tat. Wenn er nicht anrief. Das war schon was.
Ich habe noch zwei oder drei Unglücke am andern Ende der Leitung gehabt, und das hat mich beruhigt. Das half mir heraus. Ich war weniger. Ich habe Aline in der Buchhandlung angerufen, um mit ihr zu sprechen. Ich hatte ihr nichts zu sagen, ich wollte nur ihre Stimme hören, das war alles. Sie hatte die Zustimmung der Direktion bekommen, um für Montag eine Signierstunde zu

organisieren. Ich habe Monsieur Geoffroy de Saint-Ardalousier angerufen.
»Also, es hat geklappt, es findet Montag in acht Tagen statt. Sie können sich denken, daß sie sich diese Gelegenheit nicht entgehen ließen.«
»Aber das ist doch viel zu kurz, bis Montag. Es muß doch vorher Werbung gemacht werden!«
»Monsieur Geoffroy, man darf nicht zu lange warten. Sie haben schon lange genug gewartet. Jetzt müssen Sie sich beeilen. Es kann alles mögliche passieren!«
»Was soll denn passieren?«
Da saß ich nun mit meinem dummen Gesicht. Immer war ich es, der daran dachte, nie sie.
»Ich weiß nicht, Monsieur Geoffroy, was passieren kann. Alles mögliche, irgend etwas. Sie können von einem Terroristen umgebracht werden, die Buchhandlung kann abbrennen, sie haben jetzt Nuklearsysteme, die können innerhalb weniger Minuten zuschlagen. Sie müssen sich eben beeilen.«
»Ich bin sechsundsiebzig Jahre alt, ich habe mein ganzes Leben lang gewartet, ich kann ruhig noch ein bißchen länger warten!«
»Ich wünsche Ihnen von ganzem Herzen, daß Sie noch ein bißchen warten, Monsieur Geoffroy. Man gewinnt immer erst am Ende. Sie haben die richtige Auffassung. Aber es ist Montag in acht Tagen. Sie werden Werbung machen. Für Ihr nächstes Buch wird man alles besser vorbereiten, aber jetzt ist nichts mehr zu ändern. Es ist nun mal so. Diesmal sind Sie an der Reihe. Sie müssen sich vorbereiten.«
»Das ist der wichtigste Augenblick meines Lebens, mein lieber Freund.«
»Ich weiß es. Sie müssen sich mutig darauf vorbereiten. Es gibt einen Dienst.«
»Einen Pressedienst?«
»Ich weiß nicht, was für einen Dienst, ich kenne mich da nicht aus, aber es gibt jedenfalls einen.«
»Und wie komme ich hin?«
Da mußte ich nun wirklich lachen. Diese Vorstellung, er brauche Verkehrsmittel.
»Sie brauchen sich um nichts zu kümmern, Monsieur Geoffroy, Sie werden abgeholt.«

Ich mußte noch einmal lachen, als ich aufgelegt habe. Ich hätte mich um Geburten, Nativitäten, Zukunftsverheißungen, lustige und rosige Dinge, die anfangen statt aufhören, kümmern sollen. Es ist wirklich schade, daß Monsieur Salomon nicht in der Kinderkleidung ist.
»Scheiße«, sagte ich zu ihnen. »Das nächste Mal werde ich mich um Säuglinge kümmern.«
Ich habe Mademoiselle Cora angerufen.
»Mademoiselle Cora, einverstanden, wir gehen rudern.«
Sie rief:
»Du bist ein Goldschatz, Jeannot Lapin!«
»Bitte, nennen Sie mich nicht Jeannot Lapin, Mademoiselle Cora. Ich kann das auf den Tod nicht leiden, und außerdem heiße ich Marcel. Marcel Kermody. Schreib dir das irgendwo auf.«
»Ärgere dich nicht.«
»Ich ärgere mich nicht, aber schließlich habe ich das Recht, so zu heißen wie andere auch.«
»Um wieviel Uhr kommst du mich abholen?«
»Heute nicht, ich habe dringende Fälle. Das nächste Mal, wenn schönes Wetter ist.«
»Versprichst du das?«
»Jaaa.«
Ich habe aufgelegt. Es war zum Verrecken heiß, aber man konnte in der Telefonzentrale kein Fenster aufmachen, wegen der Außengeräusche. Ich hörte einen Augenblick dem jüngeren der Masselats zu, der sich mit vollen Händen verausgabte.
»Ich weiß, ich verstehe. Ich habe das Programm gesehen. Ja, natürlich, es war entsetzlich. Ich habe nicht gesagt, daß man nichts dagegen tun kann, Maryvonne. Es gibt mächtige Organisationen, die sich darum kümmern. Es gibt Amnesty International und die Liga für Menschenrechte. Warte mal eine Sekunde ...«
Er hat eine Zigarette genommen und sie angezündet.
»Sie hat gestern im Fernsehen die Scheußlichkeiten in Kambodscha gesehen«, sagte er.
»Sie hätte ja nicht zu gucken brauchen«, sagte Ginette.
»Ich glaube, es nutzt gar nichts, wenn man gegen die Programme des zweiten französischen Fernsehens protestiert, Maryvonne, weil es sich nämlich vom ersten französischen Fernsehen nicht unterscheidet. Wenn es nicht Kambodscha ist, dann ist es der

Libanon. Ich weiß, daß du etwas tun möchtest. Wir wollen alle etwas tun. Wie alt bist du? Nun, mit vierzehn Jahren darf man nicht allein bleiben. Du mußt dich mit jungen Leuten deines Alters zusammentun und über alle diese Dinge diskutieren, dann wirst du dich hinterher viel wohler fühlen. Ich habe hier eine Liste von Vereinen, die eigens zu diesem Zweck gegründet wurden. Nimm dir einen Bleistift, ich werde sie dir diktieren. Ich weiß, ich weiß. Ich weiß, daß mit Diskutieren nichts an den Massakern geändert wird, aber dann ist dir wenigstens vieles klarer, und außerdem lernt man was von der Geographie. Man fühlt sich immer viel wohler, wenn einem etwas klar ist. Du willst dich nicht wohler fühlen? Ja, das verstehe ich, das verstehe ich. Das ist immer so, wenn man sensibel ist und Herz hat. Aber du mußt dich mit andern Jungen zusammentun, das ist sehr wichtig. In der ersten Zeit könnt ihr natürlich nichts dagegen tun, da hast du recht. Aber in der zweiten oder dritten Zeit, mit klaren Vorstellungen, mit Geduld und Ausdauer schafft man es allmählich, und man fühlt sich wohler. Die Hauptsache ist, daß man nicht allein bleibt und sich mit andern zusammentut und sich klar wird, daß auch andere ein Herz haben und daß es viel guten Willen gibt. Ich weiß, daß es so aussieht, als wollte ich dich trösten, und darauf legst du keinen Wert. Darf ich offen zu dir sprechen? Du rufst mich an, weil du dich isoliert und unglücklich fühlst. Ja, und weil du etwas für oder gegen Kambodscha tun möchtest, also gut, gegen Kambodscha – du siehst, daß du noch keine klaren Vorstellungen hast – und weil du nicht weißt, wie du dich dabei anstellen sollst. Du hast also zwei Probleme: Problem eins, du bist isoliert und du bist unglücklich, Problem zwei, du hast Kambodscha. Die beiden Probleme sind miteinander verknüpft. Aber du mußt mit dem ersten beginnen. In der ersten Zeit *kannst* du dich nicht isoliert und unglücklich fühlen, und das ist sehr wichtig, weil dir das Mut gibt. Danach kommst du zu den anderen Problemen, die dich beschäftigen. Es ist ganz eindeutig, du rufst uns nur an, weil du nicht weißt, an wen du dich wenden sollst. Nimm also einen Bleistift und schreib die Organisationen auf, ... Die Namen, warte ... Die *dir* helfen, den andern zu helfen ...«

Wir hatten die Liste der Organisationen jede Woche auf den neuesten Stand gebracht. Ich spürte allmählich, daß ich meine Runde gemacht hatte. Den andern helfen, um sich selber ein

wenig zu vergessen, um sich aus den Augen zu verlieren. Wir bekamen ständig Anfragen von Leuten, die als freiwillige Helfer bei uns arbeiten wollten.
Ginette gab jemand die Adresse der Organisation geschlagener Frauen.
Ich habe Aline angerufen.
»Mademoiselle Cora will rudern. Sie hat das bei den Impressionisten gesehen.«
»Na, das ist doch sympathisch. Sie freut sich an einfachen Dingen.«
»Du machst dich wohl auch über mich lustig.«
»Ich habe den Schlüssel für dich unter die Fußmatte gelegt, Marcel Kermody.«

XXXVII

Ich hatte noch mehr die Ölpest als je zuvor, ich fühlte mich von Kopf bis Fuß verklebt, und ich wußte nicht, wie ich da herauskommen sollte. Am liebsten wäre ich verschwunden, aber wirklich richtig, wäre überhaupt nicht mehr da gewesen. Ich bin in die Bibliothek gegangen und habe *Der Unsichtbare* von H. G. Wells verlangt, aber es war gar nicht das, was ich glaubte, und selbst wenn ich mich unsichtbar machen könnte, würde ich sie auch weiterhin alle sehen, mit Mademoiselle Cora in der ersten Reihe. Und dann hat mich die Empörung gepackt, denn schließlich habe ich ja noch mein eigenes Leben, ich habe die Nase voll von Jeannot Lapin alias Meister Lampe. Chuck hat schon recht, wenn er sagt, daß ich die Neurose der andern habe, ich bin nie bei mir, immer bei ihnen. Und wenn Mademoiselle Cora im Bois de Boulogne rudern wollte, so konnte ich das für sie arrangieren. Ich bin fest entschlossen hinausgegangen, auf mein Velo gesprungen und wieder zum Boulevard Haussmann zurückgefahren. Ich bin hinaufgegangen, bin durch das kleine Wartezimmer marschiert und habe an Monsieur Salomons Tür geklopft. Er war mit seiner letzten Eleganz gekleidet und gab einem Journalisten, der sich interessierte, ein Interview.
»Sie können diese Frage des Telefons nie stark genug unterstrei-

chen, Monsieur. Sie können sich wohl denken, daß ein einsamer Mensch nicht in die Kneipe nebenan geht, um uns anzurufen, vor allem nachts. Wenn Frankreich ein Telefonnetz hätte, das seines geistigen Auftrags und seiner humanitären Traditionen würdig wäre, so wäre das ein beachtlicher Schritt im Kampf gegen die Vereinzelung und die Einsamkeit. Das ist alles, was ich zu sagen habe.«

»Ich möchte Ihnen eine heikle Frage stellen. Man kann zu der Ansicht gelangen, daß in Ihrem Verhalten vielleicht eine gewisse patriarchalische Komponente steckt.«

»Väterlich vielleicht. Nicht patriarchalisch.«

Und dann hat er mich in Erstaunen gesetzt. Wirklich in Erstaunen gesetzt bei einem Mann seines Alters und der schon so gut angezogen war. In seinen Augen war ein Blitz, der sie aber nicht heller gemacht hat, im Gegenteil, und es fehlte nicht viel, und ich hätte einen Donnerschlag gehört. »Auf jeden Fall, lieber Monsieur, ob patriarchalisch oder nicht, ist es immerhin besser, als allein in seiner Ecke sitzen zu bleiben und Scheiße zu fressen.«

Den Journalisten hat es glatt erschlagen. Er war ein Bißchen. Ich nenne diejenigen Bißchen, die es ein bißchen sind, aber es nicht ganz sein wollen. Der Bursche hat gedankt und ist weggegangen. Monsieur Salomon hat ihn mit seiner ausgesuchten Höflichkeit zur Tür begleitet. Ich habe mich in den Sessel gesetzt, um mehr Sicherheit zu bekommen.

»Na, Jeannot, Probleme?«

»Die werden Sie bald haben, Monsieur Salomon. Sie werden nämlich mit Mademoiselle Cora rudern gehen.«

»Was?«

»Sie möchte gern rudern, wie bei den Impressionisten.«

»Was ist denn das wieder für eine Geschichte?«

»Sie liebt Sie und Sie sie auch. Sie haben lange genug den Armleuchter gespielt.«

Seit es die Welt gibt, habe ich nie so mit ihm gesprochen.

»Mein kleiner Jean ...«

»Ich bin Marcel.«

»Seit wann?«

»Seit Jeannot Lapin alias Master Lampe überfahren wurde.«

»Mein kleiner Jean, ich erlaube dir nicht, in diesem Ton mit mir zu reden ...«

»Monsieur Salomon, ich habe so schon nicht genug Schneid, um

mich an Sie ranzutrauen, deshalb lassen Sie mich in Ruhe, und spielen Sie nicht den Deppen. Mademoiselle Cora liebt Sie.«
»Hat sie es Ihnen gesagt?«
»Sie hat es mir nicht nur gesagt, sie hat es mir bestätigt. Sie sollten beide heiraten und zusammen ein langes, glückliches Leben führen.«
»Schickt sie dich?«
»Nein. Sie hat ihre Würde.«
Monsieur Salomon setzte sich. Er hat sich gesetzt, wie ich es ihn noch nie hatte tun sehen. Ich kann sogar sagen, daß er sich gesetzt hat, während er noch stand. Und als er endlich den Sesselsitz erreicht hat, fuhr er sich mit seiner manikürten Hand über die Augen. Es ist Arlette vom Friseur gegenüber, die ihn manikürt.
»Das ist unmöglich. Ich kann ihr nicht verzeihen.«
»Sie hat Ihnen das Leben gerettet.«
In seinen Augen war wieder ein schwarzer Blitz.
»Weil sie mich nicht denunziert hat?«
»Genau, sie hat Sie nicht denunziert, da gibts nichts dran zu deuteln. Vier Jahre lang wußte sie, daß Sie als Jude in diesem Keller an den Champs-Elysées waren, sie hat Sie aus Liebe nicht denunziert. Sie hätte Sie aus Liebe zu dem Strizzi von der Gestapo denunzieren können, mit dem sie zusammen lebte, aber sie hat es vorgezogen, Sie aus Liebe zu Ihnen nicht zu denunzieren, Monsieur Salomon.«
Damit hatte ich ihn zerschmettert.
»Ja, sie ist eine Frau mit einem großen Herzen«, murmelte er, aber er hatte nicht die Stimme der Ironie.
»Und jetzt will sie mit Ihnen rudern.«
Er hat sich aufgelehnt.
»Ich gehe nicht.«
»Monsieur Salomon, Sie dürfen sich nicht aus Prinzip um etwas bringen. Das ist nicht nett. Das ist nicht nett für Mademoiselle Cora, für Sie selber, für das Leben und nicht einmal für das Prinzip.«
»Was ist denn das überhaupt für eine Idee, in ihrem Alter, rudern zu wollen. Sie wird am nächsten Freitag sechsundsechzig Jahre alt.«
»Ich glaubte vierundsechzig.«
»Sie lügt. Sie versucht abzuschaben. Am nächsten Freitag ist ihr sechsundsechzigster Geburtstag.«

»Na, dann gehen Sie mit ihr rudern.«
Er fuhr sich an die Stirn. Ich fragte:
»Lieben Sie sie noch, Monsieur Salomon? Nur zur Information.«
Er machte eine Handbewegung und dann fuhr er sich mit der Hand wieder an die Stirn.
Und er lächelte.
»Jetzt ist es nicht einmal mehr eine Frage der Liebe«, sagte er. »Es ist viel mehr.«
Ich wußte nicht, was er damit sagen wollte. Bei einem Mann, der seit fünfunddreißig Jahren mit seinen Briefmarken lebte und der Postkarten sammelte, die nicht einmal an ihn gerichtet waren, und der nachts aufstand, um auf das *S. O. S.* der andern zu antworten, da gab es vielleicht so große und hoffnungslose Bedürfnisse, daß ich erst einmal vierundachtzig Jahre alt werden mußte, um sie zu verstehen. Er machte wieder eine müde Handbewegung.
»Ich werde rudern gehen«, sagte er.
Also da konnte ich mich nicht mehr zurückhalten. Ich bin aufgesprungen und habe ihn umarmt. Immerhin war es ein verdammtes Gewicht, das mir von den Schultern fiel.

XXXVIII

Ich wollte sofort zu Mademoiselle Cora laufen, wegen der guten Nachricht, aber ich mußte eine Fahrt für ihn machen. Ein gewisser Monsieur Alekian, ein Stammkunde, hatte seit vier Tagen nicht mehr angerufen und antwortete auch nicht mehr am Telefon. Ich sollte nachsehen, ob er noch da war. Manche fallen hin, brechen sich was und können nicht mehr aufstehen. Aber Monsieur Alekian war so da, wie man besser gar nicht da sein konnte. Ja, er hatte nicht angerufen. Und zwar deshalb nicht, weil er seit einigen Tagen überhaupt keine Angst mehr hatte. Er hat mir sogar selber aufgemacht. Er sah sich beim Gehen vor. Er wollte nie sein Alter sagen, er bekam zwölfhundert Francs im Monat und zweimal in der Woche eine Sozialhelferin. Er streichelte seinen Schnurrbart.

»Ich danke Ihnen, aber ich habe mich noch nie so wohl gefühlt.«
Das war schlecht. Es gibt kein schlimmeres Zeichen bei ihnen als die Erleichterung. Es mußte jetzt morgens und abends jemand nach ihm sehen.
»Bis bald, bis bald.«
Er hatte das Bedürfnis, mir anzuvertrauen, daß er im sowjetischen Armenien noch Verwandte hatte.
»Entfernte Vettern.«
»Es wäre nett, Monsieur Alekian, wenn Sie mir ihre Adresse geben könnten. Um ihnen Bescheid zu sagen. Ich werde im Sommer vielleicht dorthin reisen.«
Er hat mich angesehen und gelächelt. Scheiße. Man mußte immer aufpassen, um nicht ihren Verdacht zu erregen. Vielleicht lächelte er wegen etwas anderem. Jesus Maria voll der Gnade, wie man früher sagte.
»Aber selbstverständlich ...«
Er trippelte zu einer Kommode und zog eine Schublade auf. Es war ein Umschlag mit einer Adresse auf der Rückseite. »Ich wollte immer einmal Armenien besuchen, Monsieur Alekian. Es scheint dort noch Folklore zu geben. Bei der Gelegenheit könnte ich mich mal bei Ihren Verwandten melden, wenn ...«
»Nun, ich wünsche Ihnen eine gute Reise!«
Wir haben uns die Hand gedrückt. Jetzt hatten wir wenigstens den Namen einer Person, die wir benachrichtigen konnten im Fall eines Falles. Ich bin die Treppe hinuntergestürzt und habe von der ersten Kneipe aus telefoniert.
»Es ist wegen Monsieur Alekian, in der Rue de la Victoire. Er hat sich noch nie so wohl gefühlt, er ist ganz zufrieden, ganz sauber und bereit. Man muß halt nur morgens und abends bei ihm vorbeischauen ...«
Wir hatten auch hierzu eine ganze Liste mit Verbänden und Gesellschaften. Danach habe ich der Prinzessin Tchchetchidzé, einer Vormaligen, im Namen von Monsieur Salomon ein Pfund Kaviar ins Altersheim für Damen der guten Gesellschaft in Jouyen-Josas gebracht. Monsieur Salomon sagte, daß es nichts Schlimmeres gäbe, als zu verfallen. Danach bin ich in die Stadtbücherei gelaufen mit der Liste der Bücher, die Chuck mir als unerläßlich angegeben hatte. Er hatte sie in alphabetischer Reihenfolge aufgeschrieben, Kant, Leibniz, Spinoza und Jean-

Jacques Rousseau. Ich habe sie genommen, habe sie auf den Tisch gelegt und bin eine gute Stunde da sitzen geblieben, ohne sie aufzuschlagen. Es hat mir gutgetan, sie nicht anzurühren, das war schließlich eine Sorge weniger.

Danach habe ich die Kumpels aufgesucht, und sie waren alle da: Chuck, Yoko und Tong, und sie machten eine komische Fresse. Auf dem Boden lag auf einem Stück Packpapier ein rot-weißes Trikot, ein Strohhut, ein breiter Ledergürtel und etwas, das ich zuerst nicht begriffen habe, das sich dann aber als falscher Schnurrbart herausstellte. Sie standen alle drum herum und guckten.

»Das ist für dich.«

»Wieso, für mich?«

»Deine Freundin hat dir das gebracht. Eine Blonde.«

»Aline?«

»Wir haben sie nicht gefragt.«

»Aber wozu ist denn dieses Zeug?«

»Zum Rudern.«

Ich bin ans Telefon gerannt. Ich hatte Mühe zu sprechen, derart versagte mir die Stimme.

»Was ist denn in dich gefahren?«

»Ich habe dir einen Strohhut, ein Trikot und alles gebracht.«

»Und alles?«

»So waren sie angezogen bei den Impressionisten. Das will sie doch, oder nicht? Das bringt ihr Jugenderinnerungen ins Gedächtnis.«

»Sei nicht gemein, Aline.«

»Du ziehst das Trikot an, setzt den Strohhut auf, und dann siehst du ganz genauso aus. Also, tschüs.«

»Neeein. Leg nicht auf! Und der Gürtel? Warum der Gürtel?«

»Damit du ihn anziehst.«

Plumps. Es hat plumps gemacht im Telefon, als aufgelegt wurde. Ich habe es deutlich gehört.

Sie schauten mich alle interessiert an.

»Das gibts doch nicht!« brüllte ich. »Sie kann doch nicht auf eine alte Frau eifersüchtig sein, die nächstens sechsundsechzig wird!«

»Das hat damit gar nichts zu tun«, sagte Yoko. »Da ist immer noch das Gefühl.«

»Oh, wirklich, das ist sehr lustig, Yoko. Oh, wirklich, du bist geistreich.«

»Ich guter Neger sein«, sagte Yoko.
»Ja Herrgottnochmal, sie weiß doch genau, daß ich das nur als freiwilliger Helfer mache. Das ist doch humanitär, oder nicht? Sie wußte es, und sie hatte nichts dagegen aufzuwenden.«
Chuck berichtigte:
»Du meinst einzuwenden.«
»Und was habe ich gesagt?«
»Aufzuwenden.«
Das hat mir den Rest gegeben. Ich habe mich hingesetzt.
»Ich will sie nicht verlieren!«
»Mademoiselle Cora?« erkundigte sich Chuck.
»Du, sag mal, du willst wohl meine Faust in die Fresse?«
Pragmatisch haben sie uns auseinandergeholt. Yoko hielt mich auf der einen Seite und Tong auf der andern.
Ich konnte mir nicht vorstellen, daß Aline eifersüchtig war auf Mademoiselle Cora. Oder aber sie muß auf alle bedrohten und aussterbenden Arten eifersüchtig sein. Ich habe Mademoiselle Coras Foto unter meinem Kopfkissen hervorgeholt, bin vom Bett heruntergesprungen, und schon war ich im Treppenhaus und draußen und auf meiner Solex und es hat nicht viel gefehlt, und ich wäre damit in die Buchhandlung hineingefahren. Es war Betrieb und alle haben begriffen, das betraf sie und mich. Ich konnte nicht sprechen, dabei glaubte ich, wir hätten uns letzte Nacht fürs Leben verstanden, und ich hätte nun ein Leben. Sie hat mir den Rücken zugekehrt, und wir sind in den Raum hinterm Laden gegangen, unter die Regale mit der Weltgeschichte.
»Ich habe dir das Foto von Mademoiselle Cora mitgebracht.«
Sie hat einen Blick drauf geworfen. Es war die Seemöwe, die in der Ölpest steckte, die das noch nicht begriff, die noch nicht wußte, daß sie verratzt war und die noch zu fliegen versuchte, wobei sie mit den Flügeln schlug.
»Es hat schon mal jemand versucht, die Welt zu retten, Jean. Es gab früher sogar mal so eine Kirche, die nannte sich katholisch.«
»Gib mir ein wenig Zeit, Aline. Ich brauche Zeit. Ich habe nie jemanden gehabt, deshalb waren es alle. Ich habe mich so weit von mir hinausgewagt, daß ich jetzt praktisch Freilauf hab'. Ich existiere noch nicht für mich selbst. Ich stehe noch nicht auf eigenen Beinen, hab' mich noch nicht selbständig gemacht. Gib

mir ein wenig Zeit, und es wird nur noch dich und mich geben.«
Jetzt machte ich sie lachen. Uff! Ich bin gern eine Quelle der Komik.
»Du bist doch ein Nutterich, wie es nicht erlaubt ist, Jeannot.«
»Wir werden uns selbständig machen, du und ich. Wir werden einen kleinen Lebensmittelladen zu zweit aufmachen. Eine ruhige Kugel wird geschoben. Die Supermärkte, das ist für mich vorbei. Zaire ist da echt super, denn es scheint, daß es allein zweimal größer ist als ganz Europa.«
»Hör mal zu. Vorhin, als ich dir deine impressionistische Verkleidung gebracht habe, habe ich mit einem deiner Kumpel gesprochen...«
»Chuck ist ein Schandmaul. Alles im Kopf, sonstwo nichts.«
»Einverstanden, Jean. Es bleibt uns nur noch das Gefühl und das Gemüt. Ich weiß, daß der Kopf Bankrott gemacht hat. Ich weiß, daß alle Systeme Bankrott gemacht haben, vor allem die, die Erfolg gehabt haben. Ich weiß, daß die Wörter Bankrott gemacht haben, und ich verstehe, daß du nichts mehr davon wissen willst, daß du versuchst, darüber hinauszugehen und dir eine eigene Sprache zu erfinden. Aus lyrischer Verzweiflung.«
»Dieser Chuck ist der größte Sauhund, den ich seit dem letzten kennengelernt habe, Aline. Ich weiß zwar nicht, was er dir erzählt hat, aber er war es.«
»Der Autodidakt der Angst...«
»Das war er. Das war er. Er bringt seine Zeit damit zu, sich an mir zu wichsen. Mal sagt er, ich bin metaphysisch, mal sagt er, ich bin historisch, mal sagt er, ich bin hysterisch, mal sagt er, ich bin neurotisch, mal sagt er, ich bin soziologisch, mal sagt er, ich bin klinisch, mal sagt er, ich bin komisch, mal sagt er, ich bin pathologisch, mal sagt er, ich bin nicht zynisch genug, mal sagt er, ich bin nicht stoisch genug, mal sagt er, ich bin katholisch, mal sagt er, ich bin mystisch, mal sagt er, ich bin lyrisch, mal sagt er, ich bin biologisch, und mal sagt er nichts, weil er Angst hat, daß ich ihm die Fresse vollhaue.«
Ich habe mich auf einen Haufen Bücher gesetzt, die dazu da waren. Sie lehnte sich an die Weltgeschichte in zwölf Bänden, und sie beobachtete mich, als ob ich nur das wäre.
»Aber es ist viel einfacher, Aline. Es ist die Ohnmacht. Weißt du, die echte, die, wo du nichts machen kannst, wenn du nichts

machen kannst, von einem Ende der Welt zum andern, mit den aussterbenden Stimmen, die von allen Seiten kommen. Und es ist die Angst, die Angst des Königs Salomon, die Angst DESSEN, der nicht da ist und krepieren läßt und nie jemandem helfen kommt. Wenn du also etwas oder jemanden findest, wenn du also ein klein wenig beim Leiden helfen kannst, einem Alten hier, einem Alten dort, oder Mademoiselle Cora, dann bediene ich mich. Dann fühle ich mich nicht mehr ganz so ohnmächtig. Es war ein Fehler, daß ich Mademoiselle Cora gefickt habe, aber das hat ihr ganz gutgetan, sie hat sich wieder erholt. Und da ist mein Freund, der bekannte Hosenkönig, der schon fix und fertig angezogen ist, um auszugehen, und der Mademoiselle Cora nie vergessen hat, deshalb versuche ich das zwischen ihnen wieder einzurenken, für das Ende der Strecke. Ich kann nicht von öffentlichem Wohl sein, das ist zu groß, deshalb boßle ich. Und wenn Chuck dir vormacht, daß ich die Neurose der andern und den Komplex des Heilands habe, dann redet er dummes Zeug. Ich bin ein Boßler. Das ist alles, was ich bin. Ein Boßler.«

»Ich werde dir ein Buch zu lesen geben, Jean. Es ist von einem deutschen Autor von vor fünfzig Jahren, der über die Republik von Weimar schrieb. Erich Kästner. Auch ein Humorist. Es heißt *Fabian.* Am Ende des Buches geht Fabian über eine Brücke. Er sieht ein kleines Mädchen, das gerade ertrinkt. Er sprang ins Wasser, um es zu retten. Und der Autor schließt folgendermaßen: *»Das kleine Mädchen schwamm heulend ans Ufer. Fabian ertrank. Er konnte leider nicht schwimmen.«*

»Ich habe es gelesen.«

Das hat sie aus der Fassung gebracht.

»Aber wieso? Du? Wo denn? Das Buch ist seit langem vergriffen...«

Ich habe die Achseln gezuckt.

»Ich lese alles mögliche. Das ist bei mir autodidaktisch.«

Sie konnte es immer noch nicht fassen. Es war, als würde sie mich jetzt weniger kennen. Oder noch mehr.

»Du bist ein falscher Fuffziger, Jean. Wo hast du das gelesen?«

»In der Stadtbücherei von Ivry. Was hast du denn? Habe ich nicht das Recht zu lesen? Paßt das schlecht zu der Visage, die ich habe?«

Ich betrachtete die zwölf Bände der Weltgeschichte, hinter Aline. Ich hätte es nicht so gemacht wie Fabian. Ich hätte mir die zwölf

Bände der Weltgeschichte um den Hals gebunden, um sicherzugehen, daß ich sofort untergehe.

»Du hättest nicht mit Chuck reden sollen, Aline. Er ist zu systematisch. Er ist kein Boßler. Die Einzelteile, die hier und da verlorengehen und die in ihrer Ecke verkommen, die interessieren ihn nicht. Bei ihm ist es immer die Theorie der großen Einheiten, der Systeme. Der ist kein Boßler. Und wenn es etwas gibt, das ich als Autodidakt gelernt habe, dann ist es, daß man lernen muß zu bosseln. Du und ich, wir können uns ein glückliches Leben zusammenbosseln. Wir können schöne Augenblicke haben. Wir werden uns beide selbständig machen. Es scheint auf den Antillen solche ruhigen Winkel zu geben, man muß sie nur kennen.«

Sie hatte Freundschaft für mich in der Stimme.

»Ich glaubte, die Ablehnungsfront sei in Palästina«, sagte sie. »Ich habe nicht die Absicht, mein Leben gegen das Leben zu leben, Jeannot. Die Empörung, der Protest, die Auflehnung auf der ganzen Linie, das ergibt immer nur eine Auswahl von Opfern. Man braucht einen Teil Auflehnung, aber auch einen Teil Zustimmung. Ich bin bereit, mich einzuordnen, bis zu einem gewissen Punkt. Ich werde dir auch sagen, bis zu welchem Punkt ich bereit bin, mich einzuordnen: ich will Kinder haben. Eine Familie. Eine Familie, eine richtige, mit zwei Armen und zwei Beinen.«

Ich habe eine Gänsehaut bekommen. Eine Familie. Das kam vom Rücken herunter bis zu den Hinterbacken.

Sie hat gelacht, und sie ist an mich herangetreten und hat mir eine Hand auf die Schulter gelegt, zum Trost.

»Entschuldige bitte. Ich habe dir Angst gemacht.«

»Nein, es wird schon gehen, so oder so...«

Sie hat mir das Foto von Mademoiselle Cora als Seemöwe zurückgegeben.

»Und jetzt geh rudern.«

»Nein, kommt nicht in Frage.«

»Geh schon. Zieh deine hübsche impressionistische Kleidung an, und geh hin. Ich war verärgert, aber das ist vorbei.«

»Wegen dem Gürtel, das war nicht wahr?«

»Nein. Ich lege den Schlüssel unter die Fußmatte.«

»Gut, ich gehe, weil du drauf bestehst. Ich werde mich damit von ihr verabschieden.«

Ich habe mich an den Schnurrbart erinnert.
»Warum der Schnurrbart?«
»In der schönen alten Zeit trugen alle einen.«
Ich war glücklich. In der Komik, die ich bei ihr erweckte, lag jetzt mehr Fröhlichkeit als Traurigkeit und sogar noch etwas mehr, für meinen Kummer. Es war nicht viel, aber es tat gut, dort zu sein und darauf zurückkommen zu können.

XXXIX

Mademoiselle Cora hat gelacht, als sie mich mit meinem Strohhut und dem Trikot aus der Zeit sah. Es hat mir Spaß gemacht, mich so wie vor achtzig Jahren anzuziehen, und ich hätte wirklich gern in der Zeit gelebt, als man einem noch nicht die Leichen per Satellit ins Haus schickte und man noch in Unkenntnis sein konnte, was viel zur Lebensfreude beiträgt. Ich hatte Tong angerufen, damit er uns bei ihr zu Hause abholen kommt und vorher habe ich in der Orangerie haltgemacht, um zu sehen, ob ich ähnlich sah. Tatsächlich gab es auf einem Bild einen Kerl, der mir glich, an einem Tisch mit einer hübschen Kleinen und einem Schnurrbart, und es fehlte nicht viel, und das Bild hätte vor Glück gesungen. Das hat mir wieder Mut gemacht, daß ich Freude fürs Auge hatte, und ich fuhr durch die Straßen, wobei ich auf der Fahrbahn zwischen den Schlitten Spaghetti zeichnete.
Mademoiselle Cora hatte ein hübsches Kleid angezogen, das nicht allzu auffällig war, mit Farben, die rosa und blaßblau waren, und ihrem sprichwörtlichen weißen Turban, mit der niedlichen Haarsträhne über der Stirn, hohen Absätzen und ihrer Handtasche aus echtem Krokodil. Sie hat meinen Arm genommen, und wir sind hinuntergegangen. Es machte einem Kummer, sie so fröhlich zu sehen und noch so entschlossen, glücklich zu sein, während ich mich darauf vorbereitete, ihr zu sagen, daß ich ihr keinen Halt mehr geben könnte. Sie hatte sich ihre jugendliche Gestalt bewahrt, und wenn man uns betrachtete, gab es Ausdrücke wie »eine kleine Alte« und »sie könnte seine Großmutter sein«, die überhaupt nicht zu ihr paßten und nicht einmal

jemand in den Sinn kommen konnten, so daß wir unsere Ruhe hatten. Sie war wirklich in sehr gutem Zustand. Ich weiß zwar nicht, welche Pläne Monsieur Salomon hinsichtlich der Dauer hatte, aber sie konnten in Nizza einen hübschen gemeinsamen Sonnenuntergang haben und ein stilles Leben wie der Ozean gleichen Namens. Ich hatte Glück, daß ich an Mademoiselle Cora geraten war statt an jemanden, der nur mich auf der Welt hätte. Ich glaube, daß Yoko recht hat, wenn er behauptet, daß die älteren Leute einen Haufen Dinge haben, die wir nicht haben, Weisheit, Gelassenheit, Herzensfrieden, ein Lächeln für die Unruhen dieser Welt, außer Monsieur Salomon, der eine schlecht gelöschte, empörte und wütende Ader hat und der sich Sorgen macht, als ob das Leben ihn noch im höchsten Grad betreffen würde. Aber das liegt nur daran, daß er sein Gefühlsleben verpaßt hat, es ist eben trauriger zu erlöschen, wenn man für nichts und wieder nichts gebrannt hat.

Wir haben unten gewartet, Yoko ist mit dem Taxi gekommen, und ich sah, daß auch Tong, Chuck und die dicke Ginette dabei waren, sie wollten sich meine Ruderfahrt nicht entgehen lassen, diese Saubande, und das alles unter dem Vorwand des schönen Wetters. Wir haben uns hineingezwängt, Yoko ans Steuer, Tong, der der kleinste war, vorn auf Ginettes Knie, und Chuck, Mademoiselle Cora und ich nach hinten. Ich muß zugeben, daß Chuck eigentlich korrekt war und uns eine Vorlesung über die Impressionisten hielt, auf die die kubistische Malerei folgte, von der der wichtigste Braque war. Ich habe ein Boot gemietet und wir haben uns aufs Wasser gestürzt, während Chuck, Yoko, Tong und die dicke Ginette sich am Ufer aufgestellt hatten, um uns zu bewundern, und Chuck hat Fotos gemacht, weil er ein großer Dokumentarbildner ist. Mademoiselle Cora saß ganz brav mir gegenüber, sie hatte ihren weißen Sonnenschirm über sich aufgespannt.

Ich hatte schon alle möglichen Arbeiten gemacht, aber es war das erste Mal, daß ich ruderte. Ich bin eine halbe Stunde und sogar noch länger schweigend gerudert, ich hatte beschlossen, es auf einen Schlag zu machen, aber sie sollte vorher wenigstens noch was davon haben.

»Mademoiselle Cora, ich werde Sie verlassen.«

Sie beunruhigte sich ein wenig.

»Mußt du verreisen?«

»Ich werde Sie verlassen, Mademoiselle Cora. Ich liebe eine andere Frau.«
Sie hat sich nicht gerührt, sie ist sogar noch regloser geworden, außer ihren Händen, die mit den Flügeln schlugen, wobei sie die Handtasche auf ihren Knien festhielten.
»Ich liebe eine andere Frau.«
Ich habe es absichtlich wiederholt, weil ich sicher war, daß ihr das weniger Kummer machen würde, wenn sie wüßte, daß ich sie aus Liebe verließ.
Sie hat lange unter ihrem Sonnenschirm geschwiegen. Ich ruderte weiter, und es war schwer.
»Sie ist jung und hübsch, nicht wahr?«
Es war ungerecht, selbst mit einem Lächeln.
»Mademoiselle Cora, Sie haben nichts damit zu tun, ich verlasse Sie nicht Ihretwegen. Und Sie sind hübsch anzusehen. Sie sind hübsch unter Ihrem weißen Sonnenschirm. Ich verlasse Sie nicht Ihretwegen. Ich verlasse Sie, weil man keine zwei Frauen gleichzeitig lieben kann, wenn man jemanden liebt.«
»Wer ist es?«
»Ich habe sie kennengelernt.«
»Na ja, das kann ich mir denken. Und... hast du es ihr gesagt?«
»Ja. Sie kannte Sie von den Chansons, Mademoiselle Cora.«
Darüber hat sie sich gefreut.
»Ich hab' es nicht absichtlich getan, Mademoiselle Cora. Ich hab' sie kennengelernt. Das ist von ganz allein gekommen, ich habe es nicht gesucht. Und ich habe eine gute Nachricht für Sie.«
»Noch eine?«
»Nein, wirklich. Monsieur Salomon möchte gern, daß Sie ihm verzeihen.«
Sie lebte wieder auf. Sie war sogar aufgeregter als wegen mir, vorhin. Das soll mal einer verstehen.
»Hat er dir das gesagt?«
»So, wie ich Sie sehe. Er hat mich heute morgen angerufen, ich solle mal zu ihm kommen. Dringend. Ja, das haben sie am Telefon zu mir gesagt, Monsieur Salomon will Sie dringend sehen. Er lag da in seinem prächtigen Morgenrock. Die Vorhänge zugezogen und alles. Eine richtige Depression. Er war sehr bleich, und er hatte seit zwei Tagen keine Briefmarke mehr

angerührt. Ich habe ihn noch nie so weit unten gesehen, Mademoiselle Cora, er hatte seinen Fluchtwert verloren ...«
»Welchen Fluchtwert? Hat er an der Börse verloren?«
»Der jüdische Humor, Mademoiselle Cora. Das dient ihnen noch mehr als Flucht und Refugium als Israel. Sie wissen sicherlich auch, daß er immer kleine Lichter im Schwarzen hat, in seinen schwarzen Augen, die in seinen Augen angehen, wenn er sich aus seiner Höhe herab über unsere Nichtigkeiten beugt. Nun, nichts. Das Auge blieb dunkel, Mademoiselle Cora, und es blickte, als gäbe es nirgends mehr etwas zu sehen. Ich habe mich hingesetzt und gewartet, und da er noch tiefer schwieg, habe ich gefragt: ›Monsieur Salomon, was ist los? Sie wissen genau, daß ich alles für Sie tun würde, und Sie haben selber oft gesagt, daß ich ein guter Boßler bin.‹ Darauf hat er zum Herzerweichen geseufzt. Das ist ein sprichwörtlicher Ausdruck, Mademoiselle Cora, ich habe ihn sofort wiedererkannt, er war es wirklich. Und darauf hat unser König Salomon zu mir gesagt: ›Ich kann nicht ohne sie leben. Ich versuche es schon seit fünfunddreißig Jahren, wegen dieser Geschichte im Keller, weißt du, als Mademoiselle Cora mir das Leben gerettet hat ...‹ Und dann hat er mich angesehen, wie es das gar nicht gibt, und er hat gemurmelt: ›Laß sie mir, Jeannot!‹«
Mademoiselle Cora machte sprichwörtlich große Augen.
»Mein Gott, weiß er Bescheid?«
»König Salomon weiß über alles Bescheid. In der Konfektion entgeht ihm nichts, wo er sich schon so lange aus seiner erhabenen Höhe über alles beugt. Er hat mir mit altväterlicher Gebärde die Hand auf die Schulter gelegt und gemurmelt: ›Laß sie mir!‹«
Mademoiselle Cora hat ihre Handtasche aus echtem Krokodil aufgemacht und ein kleines Taschentuch herausgeholt. Sie faltete es auseinander und brachte es an ihre Augen. Sie weinte noch nicht, und ich habe noch einmal sagen müssen: »Laß sie mir.«
Da trocknete sie eine Träne ab und atmete tief.
»Es gibt so ein Chanson«, sagte sie. »Von 1935. *Rosalie.* Das war mit Fernandel.«
Sie trällerte:
»Rosalie ist fortgegangen, wenn du sie siehst, bring sie mir zurück!«
»Es gibt immer für alles ein Chanson, Mademoiselle Cora.«
»Und dann? Was hat er dann gesagt?«

»Er hat die Hand so lange wie nötig auf meiner Schulter gelassen und hat noch einmal gesagt: ›Ich kann ohne sie nicht leben. Ich habe es versucht, Gott weiß, daß ich es versucht habe, aber es geht über meine Kräfte, Jeannot. Ich gehöre nicht zu der Art, die zweimal liebt. Ich liebe einmal. Wenn ich einmal geliebt habe, genügt mir das. Es genügt mir für immer. Nie wieder. Ein einziges Mal, immer die gleiche, es gibt keinen größeren Reichtum. Geh zu ihr, Jeannot. Sprich taktvoll mit ihr, wie du das ja kannst. Sie soll mir verzeihen, daß ich vier Jahre lang in meinem Keller geblieben bin, ohne sie mal zu besuchen!‹«

Mademoiselle Cora versetzte es einen Schlag.

»Das hat er nicht gesagt!«

»Ich schwöre es Ihnen auf dem Kopf von allem, was mir am Heiligsten ist, Mademoiselle Cora, Sie brauchen nur zu wählen! Und er hat sogar eine Träne vergossen, was in seinen Augen viel bedeutet, wegen ihres Drüsenzustands. Eine Träne, die so dick war, wie ich es nie geglaubt hätte, wenn ich nicht mein eigener Zeuge wäre.«

»Und dann? Und dann?«

Ja, aber schließlich was denn noch.

Ich habe noch ein wenig gerudert.

»Und dann hat er sanfte und zärtliche Dinge über Sie gemurmelt, ich war ganz verlegen.«

Mademoiselle Cora war glücklich.

»Dieser alte Narr«, sagte sie voller Freude.

»Eben, er hat nur eine Angst, daß Sie ihn nämlich zu alt finden.«

»Er ist gar nicht so alt«, sagte Mademoiselle Cora energisch.

»Die Zeiten haben sich geändert. Es ist nicht mehr dasselbe Alter.«

»Das ist richtig. Wir leben nicht mehr unter den Impressionisten.«

»Was soll das eigentlich heißen, diese Altersgeschichten?«

»Eigentlich nichts, Mademoiselle Cora.«

»Monsieur Salomon kann noch lange leben.«

Beinahe hätte ich gesagt, der Keller konserviert, aber ich mußte noch etwas aufheben für ein andermal. Ich habe nur den falschen Schnurrbart aus meiner Tasche geholt, und ich habe ihn mir angeklebt, zur besseren Laune.

Mademoiselle Cora hat gelacht.

»Oh, du bist mir was! Ein richtiger Fratellini!«
Kannte ich zwar nicht, aber das hatte noch Zeit.
Ich habe noch einige Stöße gerudert. Jetzt, wo ich etwas Gutes getan hatte, fand ich Vergnügen daran.
Mademoiselle Cora dachte nach.
»Er kann noch lange leben, aber er braucht jemand, der sich um ihn kümmert.«
»Genau. Oder er braucht jemand, um den er sich kümmert. Das kommt aufs gleiche heraus.«
Ich hatte noch nie gerudert, aber ich zog mich gut aus der Affäre. Mademoiselle Cora hatte mich vergessen. Ich begann sanfter zu rudern, um sie nicht zu stören und damit sie sich nicht an mich erinnerte. Es war nicht der richtige Augenblick, um mich bemerkbar zu machen. Sie runzelte die Stirn, sie machte sich Gedanken, sie machte Monsieur Salomon klar, daß sie noch keineswegs entschlossen war.
»Ich möchte jetzt nach Hause.«
Ich habe das Ufer erreicht, und wir fanden uns wieder auf dem Festland. Wir haben uns alle ins Taxi geschwungen, Yoko ans Steuer, die dicke Ginette daneben mit Tong auf den Knien und Mademoiselle Cora hinten, zwischen Chuck und mir. Sie strahlte, als ob sie mich nicht gerade verloren hätte. Die andern schwiegen, und ich spürte, daß ich in ihrer Wertschätzung so hoch stand, wie es mir gegenüber nur möglich war. Sie fragten sich sicherlich, wie hat er es angestellt, dieser Schuft, um sich da herauszuwinden. Ich verachtete sie mit meiner ganzen Höhe, wie König Salomon, und es war fast so, als sei ich selber der Konfektionskönig. Mademoiselle Cora war so in Form, daß sie uns einen ausgeben wollte, und ich schlug eine Café-Terrasse an den Champs-Elysées vor, aber sie hat uns informiert, daß sie nie einen Fuß auf die Champs-Elysées setze, weil sie Monsieur Salomon hatten leiden lassen. Mademoiselle Coras Augen glänzten, und es war das erste Mal in meinem Leben, daß ich eine Frau glücklich machte. Als wir sie nach Hause gebracht haben, nach drei Cognacs und einer halben Pulle Champagner, fing sie an, uns von einem großen Star von früher zu erzählen, den sie nicht selber gekannt hatte, weil sie zu jung war, Yvette Guilbert, und sie fing sogar auf dem Bürgersteig an zu singen, und das hat sich mir eingeprägt, wegen der Emotion, denn zur Erleichterung gibt es nichts Besseres als die Emotion. Wir sind alle aus dem Taxi

gestiegen, Yoko, Tong, Chuck, die dicke Ginette, und sie hat für uns gesungen:

Ermite hyprocrite sortir veux-tu du couvent
Retourne chez ton père et redeviens mon galant!

Scheinheiliger Eremit aus dem Kloster sollst du gehen / Zu deinem Vater heim und als Galan mir neu erstehen!
Ich habe ihr die Treppen hinaufgeholfen, und sie hat mich nicht einmal hereingebeten, sie hat mir auf der Treppe auf Wiedersehen gesagt. Sie hat mir von weitem die Hand hingehalten:
»Danke für die Spazierfahrt, Jeannot.«
»Es ist mir stets ein Vergnügen.«
»Und sag Monsieur Salomon, daß ich es mir erst noch überlegen muß. Es kommt zu plötzlich, verstehst du.«
»Er kann nicht mehr ohne Sie, Mademoiselle Cora.«
»Ich sage natürlich nicht nein, schon wegen der Vergangenheit, die uns verbindet, aber ich muß darüber nachdenken. Ich hatte ein ruhiges, schönes geregeltes Leben, ich kann nicht, einfach so, auf einen Schlag... Ich habe genug Dummheiten in meinem Leben gemacht. Ich will nicht wieder von neuem anfangen, den Kopf zu verlieren.«
»Er wird das sehr gut verstehen, Mademoiselle Cora. Wegen des Verständnisses können Sie auf König Salomon vertrauen. Das ist seine Spezialität, wie es so schön heißt.« Als ich wieder herunterkam, warteten die andern auf mich. »Wie hast du das gemacht?«
Wie die Italiener habe ich mit dem Finger auf mein Auge gezeigt, mich auf mein Solex gesetzt und bin nach Hause gefahren. Ich habe mich aufs Bett geworfen. Ich habe meinen falschen Schnurrbart abgenommen. Ich habe Aline gefragt:
»Wer war Fratellini?«
»Eine Clowns-Familie.«
Ich habe versucht, ihr zu erzählen, aber sie wollte nicht von Mademoiselle Cora reden. Sie hatte ein echtes Talent für das Schweigen, mit ihr konnte man schweigen, ohne je das Gefühl zu haben, daß man sich nichts zu sagen hatte. Als sie mich noch nicht hatte, machte sie manchmal das Radio an, das bei dringenden Zuständen immer besser ist als das Fernsehen, aber abgesehen davon empfing sie wenig Außenwelt. Wir haben also kaum miteinander gesprochen, und ich habe sie eine gute Stunde lang

angesehen, während sie hin- und herging, um sich um ihren Haushalt zu kümmern, ihre zwei Zimmer mit achtzig Quadratmetern, und das war wirklich genug. Sie hat mir zwar eine Frage gestellt, eine richtig komische, die mich sehr verwundert hat, sie hat mich gefragt, ob ich jemanden umgebracht hätte.

»Nein, warum?«

»Weil du dich immer schuldig fühlst.«

»Das ist nicht persönlich. Das ist allgemein.«

»Aber wegen deines humanen Charakters warst du es immer, nicht wahr?«

»Was für ein humaner Charakter? Machst du dich über mich lustig oder was?«

Sie hat sich ein schönes Stück Himbeerkuchen abgeschnitten, und sie hat sich neben mich aufs Bett gesetzt, um es zu essen.

»Weißt du, Jeannot Lapin, in Frankreich gab es früher das Juste Milieu.«

»Wo liegt das? Die Geographie ist nicht meine Stärke.«

»Das Juste Milieu. Irgendwo zwischen sich nichts aus was machen und daran kaputtgehen. Zwischen sich einsperren und die ganze Welt hereinlassen. Nicht hart werden, aber sich auch nicht selbst zerstören. Sehr schwierig.«

Ich lag da und sah sie an und gewöhnte mich daran für zwei zu sein. Wenn du niemanden im Leben hast, dann sind das viele Leute. Und wenn du jemanden hast, ist das schon weniger. Ich begnügte mich und haute nicht mehr in alle Richtungen ab zu den andern. Sie sagte mir, daß sie nie eine Type gesehen hätte, der so wenig Selbstvertrauen hatte, und daß die Hunde das beste Geschäft ihres Lebens mit mir gemacht hätten. Sie sagte übrigens nichts, aber das wollte sie sagen. Manchmal ließ sie die Beschäftigungen sein, denen sie nachging, und kam her, um mich als Antwort auf meine Blicke zu küssen. Nachgehen. Ich gehe nach, du gehst nach, er geht nach. Beispiel: sie ging ihrem Haushalt nach. Es gibt Wörter, die hat man auf dem Buckel, ohne es auch nur zu wissen. Ich habe ein sehr hübsches gefunden, als ich aufs Geratewohl gesucht habe, *Pronaos, Vorhalle des altgriechischen Tempels,* das ich beiseitegelegt habe, und *Potlatch, Geschenkverteilungs- und Verdienstfest besonders der Nordwestküstenindianer Nordamerikas.* Ich habe das Wörterbuch nie von einem Ende zum andern gelesen, wie ich es eigentlich tun müßte, statt nur einzelnen Wörtern nachzugehen. Es war das erste Mal, daß ich mit jemandem zusammen war, der mir ganz gehörte, und nachts war ich ein wenig beunruhigt, niemand wußte, wo ich war, und im Bedarfsfall konnte man mich nicht telefonisch erreichen. Aber schließlich schrie es um mich herum weniger in der Stille, ich hörte nicht mehr die ersterbenden Stimmen, was beweist, daß ich glücklich war. Ich machte mir keine Vorwürfe, ich versuchte, nicht daran zu denken, aber ich war richtig verliebt. Vom Gesichtspunkt der Sterblichkeit aus gesehen, sind die Unglücklichen glücklicher dran als die Glücklichen, man nimmt ihnen nur ihr Unglück. Ich dachte oft an König Salomon, und ich fand, daß er hart war zu Mademoiselle Cora. Wenn es etwas Unverzeihliches gibt, dann ist es das, nicht zu verzeihen. Sie könnten nach Nizza gehen, wo es viele Rentner gibt, die immer noch leben.

XL

Am andern Tag feierte Monsieur Salomon seinen fünfundachtzigsten Geburtstag. Ich habe das Besetztschild rausgestellt und bin zu ihm gefahren. Ich traf ihn sehr gut gelaunt an.
»Ach, Jeannot, das ist aber nett, daß Sie an mich gedacht haben...«
»Monsieur Salomon, erlauben Sie mir, daß ich Ihnen zu Ihrer großartigen Leistung gratuliere.«
»Danke, mein Kleiner, danke, man tut, was man kann, aber man kümmert sich um uns, man kümmert sich um uns... Hier, sehen Sie sich das an, es gibt Hoffnung...«
Er ist zu seinem Schreibtisch getrippelt und hat *Le Monde* genommen.
»Man könnte meinen, daß sie es absichtlich zu meinem fünfundachtzigsten Geburtstag getan haben. Lesen Sie, lesen Sie!« Es war eine Seite, die *Altern* hieß. *Alle gesunden Hundertjährigen führen ein aktives Leben in einer Gebirgsgegend, die für das Training günstig ist. Die Kunst und die Art, besser alt zu werden,* von Dr. Longueville... *Dieses kleine, praktische und leicht zu lesende Buch, mit einigen Zeichnungen von Faizant illustriert, behandelt die Probleme der Hygiene und der Lebensweise, um die älteren Leute dazu anzuregen...*

Monsieur Salomon beugte sich mit seiner Philatelistenlupe über meine Schulter. Er las mit seiner sehr schönen Stimme: »*... um die älteren Leute dazu anzuregen, in einer neuen Phase ihrer Existenz eine unternehmungslustige Haltung einzunehmen...* Eine unternehmungslustige Haltung, darauf kommt es an. Aber es kommt noch besser...«
Er hatte mit dem Rotstift unterstrichen.
»*... zahlreiche Pflanzen und gewisse Fische haben eine unbegrenzte Lebensdauer...*«
Er richtete seine Lupe auf mich.
»Wußtest du das, Jeannot, daß zahlreiche Pflanzen und gewisse Fische eine unbegrenzte Lebensdauer haben?«
»Nein, Monsieur Salomon, aber das freut mich.«
»Nicht wahr? Ich frage mich, warum man uns so wichtige Dinge verhehlt.«
»Das stimmt, Monsieur Salomon. Das nächste Mal sind wir es vielleicht.«
»Zahlreiche Pflanzen und gewisse Fische«, sagte Monsieur Salomon voller Haß.
Ich habe etwas getan, was ich noch nie zuvor getan hatte. Ich habe ihm die Arme um die Schulter gelegt. Aber er hat weiter gemeckert.
»... um die älteren Leute dazu zu ermuntern, in einer neuen Phase ihrer Existenz eine unternehmungslustige Haltung einzunehmen«, schimpfte er.
Es machte Spaß, ihn schimpfen zu hören, ihn in Wut zu sehen. Mit ihm durfte man nicht rechnen, um nach Nizza zu ziehen. Er hatte ein richtiges Kämpfertemperament, in seiner Kategorie.
»Ein kleines, praktisches, leicht zu lesendes Buch...«
Er schlug mit der Faust auf den Schreibtisch.
»Denen werde ich mal einen kräftigen Tritt in den Arsch versetzen, mein Freund!«
»Schreien Sie doch nicht, Monsieur Salomon, was nützt das schon?«
»Ein kleines, leicht zu lesendes Buch, mit einigen Zeichnungen von Faizant illustriert, das Probleme der Hygiene und der Lebensweise behandelt, um die älteren Leute dazu anzuregen, in dieser neuen Phase ihrer Existenz eine neue unternehmungslustige Haltung einzunehmen! Donnerwetter!«
Er schlug noch ein paarmal mit der Faust auf den Schreibtisch,

und auf seinem königlichen Gesicht lag ein Ausdruck von unerbittlicher Entschlossenheit.
»Bringen Sie mich zu den Huren«, sagte er.
Zuerst habe ich geglaubt, ich hätte schlecht gehört. Das gabs doch einfach nicht. Ein Mann von dieser Höhe und Erhabenheit konnte so etwas nicht verlangen.
»Monsieur Salomon, entschuldigen Sie bitte, aber ich habe Dinge gehört, die ich sicherlich nicht gehört habe und die ich nicht einmal hören will!«
»Bringen Sie mich zu den Huren!« brüllte Monsieur Salomon.
Ich wäre nicht entsetzter gewesen, wenn Monsieur Salomon mich als Jude um die letzte Ölung gebeten hätte.
»Monsieur Salomon, ich flehe Sie an, sagen Sie nicht solche Sachen!«
»Ich will zu den Huren gehen!« brüllte Monsieur Salomon, und er fing wieder an, auf seinen Schreibtisch zu schlagen. »Monsieur Salomon, bitte, machen Sie nicht solche Anstrengungen!«
»Was für Anstrengungen?« knurrte König Salomon. »Ach so, Sie machen also auch Ihre Anspielungen, mein kleiner Freund?«
»Brüllen Sie nicht so, Monsieur Salomon, es kann ganz überraschend vorbei sein!«
König Salomon hat mich von seiner erhabenen Höhe herab niedergeschmettert. Das heißt, das hätte der Blitz getan, wenn er mit Blicken hätte Blitze schleudern können.
»Wer ist hier der Herr? Wer ist der Herr vom *S. O. S.*? Ich habe einen Wunsch geäußert. Ich bin bei ausgezeichneter Gesundheit, und es wird nicht überraschend vorbei sein! Ich wünsche zu den Huren gebracht zu werden! Ist das klar?«
Ich fing an zu flennen. Ich wußte, daß es nur seine Angst war, aber ich hätte nicht geglaubt, daß sie ihn zu einer solchen Verzweiflungstat führen könnte. Ein schon so erhabener Mann, ein Greis, der zum Urquell zurückkehrt ... Ich habe ihn am Arm gepackt.
»Mut, Monsieur Salomon. Erinnern Sie sich an Monsieur Victor Hugo!«
Ich habe gebrüllt:

Ein Greis, in seiner Würde zum Urquell kehrt zurück
Vorbei der Tage Wechsel die Ewigkeit hat ihn ...
Die Augen junger Leute sind flammend wie Rubin
Im Aug' des Greises aber sieht Licht man und das Glück!

Monsieur Salomon hat seinen Stock gepackt, und ich habe gesehen, daß er ihn mir in die Fresse schlagen wollte.
»Monsieur Salomon, im Aug' des Greises aber sieht Licht man und das Glück! Der junge Mann ist schön, der Greis jedoch ist groß! Sie können nicht zu den Huren gehen, von dort aus, wo Sie sind!«
»Das ist ein Einschüchterungsversuch«, brüllte Monsieur Salomon. »Als Chef vom *S. O. S.* habe ich einen Befehl erteilt! Ich will, daß man mich zu den Huren bringt!«
Ich bin zur Telefonzentrale gestürzt. Die dicke Ginette war da, Tong, Yoko, Chuck und die beiden Brüder Masselat, von denen der Ältere fehlte. Sie haben sofort gesehen, daß etwas Entsetzliches passiert war. Ich habe gebrüllt:
»Monsieur Salomon will zu den Huren gehen!«
Sie waren ganz verdutzt, außer dem älteren der Masselats, der nicht da war.
»Das ist der Alterswahnsinn«, sagte Chuck seelenruhig.
»Schön, dann sags ihm.«
»Wenn sie alt sind, scheinen sie oft Gelüste von Schwangeren zu haben«, sagte Ginette.
Wir haben sie alle angesehen.
»Na ja, ich meine...«
»Ja, du meinst, aber es wäre besser, wenn du das Maul halten würdest«, brüllte ich. »Es ist schon schrecklich genug zu denken, daß dieser unglückliche Monsieur Salomon zu den Huren gehen will, ohne daß man ihm die Gelüste von Schwangeren verpaßt! Was sollen wir tun?«
»Er ist nicht mehr bei Verstand«, sagte Chuck. »Sein fünfundachtzigster Geburtstag hat ihm einen Schock versetzt. Ich habe noch nie einen Kerl gesehen, der eine solche Angst zu sterben hatte!«
»Eins ist sicher, er besitzt nicht die östliche Weisheit!« sagte Tong.
»Vielleicht hat er ganz einfach Lust, zu den Huren zu gehen«, vermutete Yoko.
»Er ist nie in seinem Leben bei den Huren gewesen!« brüllte ich. »Er nicht! Nicht ein Mann von seiner Erhabenheit.«
»Wir können Dr. Boudien anrufen«, schlug der jüngere der Masselats in Abwesenheit seines Bruders vor.
»Wir brauchen ihn ja nur zu den Huren zu bringen«, sagte Tong. »Vielleicht geschieht etwas.«

In diesem Augenblick kam König Salomon in die Telefonzentrale herein, er hatte bereits seinen sprichwörtlichen Hut aufgesetzt und hielt in der Hand seine Handschuhe und seinen Stock mit dem Pferdekopfknauf.
»Eine kleine Konspiration, wie!« sagte er.
Man brauchte ihn nur anzusehen, um zu begreifen, daß es ihm nicht gutging. Seine Augen hatten einen panischen Glanz. Er preßte die Lippen so stark zusammen, daß man sie nicht sah. Und sein Kopf zitterte.
»Ich komme schon, ich komme schon!« brüllte ich und bin schnell ins Bad gerannt, um nachzusehen, was König Salomon dort hatte, um gegen seine Angst zu kämpfen. Nichts. Es gab nichts dort. Mit nackten Händen bot König Salomon dem Feind die Stirn. Ich hatte einen solchen Film gesehen, wo ein Ritter den Tod, der gekommen war, um ihn abzuholen, auffordert, mit dem eisernen Arm zu kämpfen. Als ich in die Telefonzentrale zurückgekommen bin, fand ich König Salomon mit hocherhobenem Kopf, den Stock leicht hochhaltend und im Vollbesitz seines Zorns.
»Ich warne Sie, daß das nicht so abgehen wird. Es stimmt zwar, daß ich gerade fünfundachtzig Jahre alt geworden bin. Aber deshalb zu glauben, ich sei null und nichtig geworden, ist ein Schritt, den zu tun ich Ihnen nicht erlaube. Ich möchte Ihnen jetzt mal was sagen. Ich möchte Ihnen sagen, meine jungen Freunde, daß ich nicht vier Jahre lang den Nazis entkommen bin, der Gestapo, der Deportation, den Razzien für das Vel' d'Hiv', den Gaskammern und der Ausrottung, um mich jetzt von irgend so einem natürlich genannten Tod dritter Ordnung unter erbärmlichen physiologischen Vorwänden unterkriegen zu lassen. Den Besten ist es nicht gelungen, mich zu bekommen. Sie können sich also denken, daß man mich auch nicht durch Routine bekommt. Ich bin nicht umsonst dem Holocaust entgangen, meine kleinen Freunde. Ich habe die Absicht, alt zu werden, daß man sich das gesagt sein läßt!«
Und er hat das Kinn noch höher gehoben, mit noch größerer Herausforderung, und es war eine echte Angstkrise, die echte, die große Angst des Königs Salomon. Und darauf hat er wieder gebrüllt, mit seinem majestätischen Ausdruck:
»Und jetzt wünsche ich zu den Huren zu gehen!«
Es war nichts zu machen. Wir haben den Bruder Masselat, der

etwas derartiges nicht sehen wollte, in der Telefonzentrale gelassen und haben uns alle ins Taxi gezwängt, sogar Ginette, die wegen der weiblichen Anwesenheit da war. Ich fuhr, Tong saß auf dem Schoß der dicken Ginette, und Monsieur Salomon hatten wir hinten untergebracht, zwischen Chuck und Yoko. Ich sah sein Gesicht im Rückspiegel und es gab im Wörterbuch nur einen Ausdruck, und das war unerbittlich. *Unerbittlich: sich so verhaltend, daß man durch Bitten nicht gerührt, nicht umgestimmt werden kann. Auch: unnachgiebig, hart, unbeugsam.* Wir waren alle wie Leibwachen um ihn herum. Noch nie hatte man gesehen, daß ein Mann in einem solchen Zustand zu den Huren transportiert worden ist. Für mich war das entsetzlicher als für die andern, denn ich liebte Monsieur Salomon mehr als sonst jemand im Taxi. Ich konnte verstehen, was er empfunden haben mußte, als er am Morgen von seinem fünfundachtzigsten Geburtstag wach geworden ist, weil es nämlich das ist, was ich selber jeden Morgen empfinde, wenn ich wach werde. Das erste, was er beim Wachwerden hätte tun müssen, ist pinkeln gehen, denn es gibt in seinem Alter welche, die nicht mehr pinkeln können aus prostatatischen Gründen, aber er pinkelte noch wie ein König und das beruhigte ihn jedesmal. Wir schwiegen alle, wir hatten ihm nichts anzubieten. Was konnten wir ihm auch sagen? Daß er noch sehr gut pinkelte? Daß es welche in seinem Alter gab, die schon seit langem tot waren? Es gab keine Argumente zu seinen Gunsten. Man konnte schließlich nicht die Nazis beschuldigen oder die Foltermethoden der Polizei in Argentinien, dort gab es einen Grund, das war der Weltpokal, man war gezwungen, daraus zu trinken. Unter vagen demokratischen Vorwänden spielte man König Salomon einen unverzeihlichen Streich, und behandelte ihn wie jeden x-beliebigen Sterblichen. Das Argument, das er vorhin vorgebracht hatte, war so richtig, daß es ohne Antwort blieb. Er hatte sich vier Jahre lang in einem Keller versteckt, er war triumphal der Ausrottung der Nazis und der französischen Polizei gleichen Namens entgangen, aber nicht, um wie ein Arsch irgendeines natürlichen Todes zu sterben. Er hatte durch Willen, Entschlossenheit, List, Vorsicht, Seelenstärke, Charakter triumphiert, und jetzt war es, als ob die Nazis zu ihm gesagt hätten, warten Sie nur, wir werden Sie schon noch kriegen.

»Um die älteren Leute zu ermuntern, in einer neuen Phase ihrer

Existenz eine unternehmungslustige Haltung einzunehmen!« brüllte Monsieur Salomon plötzlich, und erst, als er die Faust schüttelnd hinzufügte:
»Oh Wut, oh Verzweiflung, oh feindliches Alter!« fing ich an mißtrauisch zu werden, und ich fragte mich, ob er nicht dabei war, sich einen Spaß zu machen und ob es bei ihm keine homerischen Absichten gab.
»Monsieur Salomon, man hat den Sarg wiedergefunden, den sich Charlie Chaplin stehlen ließ, und er ist innen intakt geblieben, das ist eine gute Nachricht, die Gerechtigkeit triumphiert.«
»Monsieur Salomon«, sagte Chuck, »Sie lieben doch die Musik, Sie sollten nach New York fahren, Horowitz gibt dort sein letztes Konzert...«
»Aber wer sagt Ihnen denn, daß es das letzte sein wird?« brüllte Monsieur Salomon. »Hat er das beschlossen? Wer sagt Ihnen denn, ob Horowitz nicht noch in zwanzig Jahren da sein wird? Warum soll er denn vorher sterben? Weil er Jude ist? Man nimmt immer die gleichen, wie?«
Es war das erste Mal, daß ich sah, wie Chuck völlig das Maul gestopft bekam, er saß da in der größten Verwunderung. Ich fuhr langsam, ich hoffte, Monsieur Salomon bekäme ein Erinnerungsloch, wie das bei ganz alten Greisen oft der Fall ist, und er würde seinen unheilvollen Plan vergessen, aber wir waren schon in der Rue Saint-Denis, und darauf habe ich Monsieur Salomon brüllen hören. Er hatte sich aus dem Wagenfenster hinausgelehnt, und er zeigte mit dem Finger. Es war eine große Blonde im Mini-Rock und mit Lederstiefeln, die sich entspannt an eine Hauswand lehnte. Es waren noch fünf oder sechs andere Huren da, die an der Hauswand lehnten, und ich weiß nicht, warum Monsieur Salomon diese ausgesucht hatte. Ich bin ein Stück dran vorbeigefahren, aber er hat mir mit dem Stock einen Schlag auf die Schulter versetzt, und ich habe gebremst.
»Laßt mich aussteigen!«
»Monsieur Salomon, sollen wir nicht erst mal mit ihr reden?« schlug Yoko vor.
»Und was gedenken Sie ihr zu sagen?« brüllte Monsieur Salomon. »Daß es für Minderjährige verboten ist? Sie können mich am Arsch lecken. Ich bin der Konfektionskönig, ich brauche keine Ratschläge. Wartet hier auf mich.«

Wir sind alle rausgesprungen und haben ihm beim Aussteigen geholfen.
»Monsieur Salomon«, flehte ich ihn an, »es gibt die tripperigen Krankheiten!«
Er hörte gar nicht hin. Er hatte eine unternehmungslustige Haltung eingenommen, wie in *Le Monde*, der Hut saß etwas schief, das Auge war lebhaft und entschlossen, die Handschuhe in der Hand und der Stock schon erhoben. Wir standen alle da und sahen ihn an. Die blonde Hure hat eine gute weibliche Intuition gehabt, sie hat ihn groß angelächelt. Monsieur Salomon lächelte ebenfalls.
Ginette fing an zu weinen.
»Wir werden ihn nicht mehr lebend zu sehen kriegen.«
Es war furchtbar, am hellen Tag, im hellen Licht, ein so erhabener Mann. Es bricht mir das Herz, aber ich bin gezwungen zu sagen, daß König Salomon ein schlüpfriges Lächeln hatte. Er stand da ganz handfest auf der Erde und keineswegs auf seiner sprichwörtlichen Höhe, von der herab er sich mit soviel Nachsichtigkeit über unsere mikroskopischen Nichtigkeiten beugte. Die Hure hat König Salomon eingehakt und hat ihn geradewegs zur Tür des Hotels geführt. Yoko hat respektvoll seine Mütze abgenommen. Tong war blaßgelb geworden, und Chuck schluckte an seinem Adamsapfel. Die dicke Ginette schluchzte. Es war abscheulich, König Salomon an einem solchen Ort von so hoch herabfallen zu sehen.
Wir haben gewartet. Zuerst auf dem Bürgersteig, dann, da es länger dauerte, im Taxi. Ginette war in Tränen aufgelöst.
»Ihr hättet etwas tun müssen!«
Nach zwanzig Minuten.
»Aber das ist doch unterlassene Hilfeleistung!« rief Ginette. »Diese Schlampe bringt ihn um! Wir sollten mal raufgehen!«
»Nur nicht den Kopf verlieren«, sagte Tong. »Sie hat ihn sicher hingelegt, damit er sich ausruht. Sie versucht vielleicht, ihm Mut zu machen. Das gehört zu ihrer Behandlung.« Noch zehn Minuten.
»Ich rufe jetzt die Bullen«, sagte Ginette.
Da erschien Monsieur Salomon in der Hoteltür. Wir hatten alle die Nase draußen, um ihn zu beobachten. Wir konnten nichts sagen, weder ja noch nein. Er stand da mit seinem Stock und mit seinen Handschuhen in einer Hand und dem Hut in der andern,

und er hatte nichts von seiner sprichwörtlichen Würde verloren. Dann setzte er seinen Hut mit einer kleinen, munteren Gebärde auf, etwas schief, und kam auf uns zu. Wir sind alle herausgesprungen und auf ihn zugelaufen, aber wir haben ihn nicht zu stützen brauchen. Ich habe gestartet, und schweigend sind wir dahingefahren, außer Ginette, die Seufzer ausstieß und ihm manchmal vorwurfsvolle Blicke zuwarf. Plötzlich, als wir in der Rue de la Chaussée d'Antin waren, hat Monsieur Salomon gelächelt, was nach all dieser Aufregung etwas Gutes war, und er hat gemurmelt:

»Ein Greis in seiner Würde zum Urquell kehrt zurück ...«

Und dann noch:

»Manche Pflanzen und gewisse Fische haben eine unbegrenzte Lebensdauer ...«

Danach ist er wieder in ein düsteres Schweigen verfallen, und als wir nach Hause gekommen sind, haben wir ihn auf sein Sofa gelegt und Dr. Boudien angerufen, damit er schnell kommt, weil Monsieur Salomon Unsterblichkeitsgelüste hatte. Wir waren alle sehr erschüttert, außer Chuck, der sagte, die Angst von König Salomon sei typisch elitär und aristokratisch, und daß es schon genügend Unglück und Elend gäbe, gegen das man etwas tun könne, anstatt sich in Flüche und Verwünschungen zu ergehen gegen das Unabänderliche. Er hat uns darüber informiert, daß schon im alten Ober-Ägypten das Volk auf die Straße gegangen war und einen Mai 68 organisiert hatte, wobei es die Priester steinigte und die Unsterblichkeit forderte, und daß König Salomon mit seinen Forderungen und Verwünschungen anachronistisch sei. *Anachronistisch: zeitlich falsch eingeordnet, in den betreffenden Zeitabschnitt nicht hineingehörend.* Ich habe die Schulter gezuckt und das Thema fallengelassen. Chuck hatte recht, und es lohnt sich nicht, mit Leuten zu diskutieren, die recht haben. Bei denen ist nichts zu wollen. Arme Kerle. Ich habe auf Dr. Boudien gewartet, der einen angemessenen Blutdruck gefunden hat und keine anderen Bedrohungen am Horizont als das, was normal ist, man brauchte sich nicht übermäßig zu beunruhigen. Ich habe ihm von der Empörung und dem gerechten Zorn König Salomons Mitteilung gemacht, als er erfahren hat, daß zahlreiche Pflanzen und gewisse Fische sich einer unbegrenzten Lebensdauer erfreuten, aber nicht wir, und der Doktor hat uns erklärt, daß man in Frankreich die wissenschaftliche Forschung vernachlässige, man hatte gerade wieder die Kredite herabgesetzt, und Monsieur Salomon habe recht darüber empört zu sein, man unternehme nicht genügend Anstrengungen auf dem Gebiet der Gerontologie. Ich habe mich versichert, daß es Monsieur Salomon an nichts fehlte und daß er normal ein- und ausatmete, und habe wieder mein Solex genommen.

XLI

Der Schlüssel lag nicht unter der Matte und als Aline mir aufgemacht hat, begriff ich sofort, daß es draußen ein Unglück gab. Ich hatte schon bemerkt, daß Aline zornig wurde, wenn sie unglücklich war.
»Sie ist da.«
Ich habe gefragt: wer? Denn bei all den Aufregungen des Tages war Mademoiselle Cora das letzte, woran ich gedacht hätte. Aber es war tatsächlich sie und viel bekleideter als gewöhnlich und geschminkt wie für den großen Abend. Sie hatte Augen, die Spinnen glichen, welche die Beine bewegten, so lang und schwarz von Tusche waren ihre Wimpern, wenn sie sich bewegten. Aber darüber gab es auch Blau, und Rot und Weiß überall, das vor den Lippen nicht haltmachte. Sie trug einen schwarzen Turban mit dem kleinen goldenen Fisch aus dem Tierkreis in der Mitte, und ein Kleid, das seine Farbe wechselte, wenn sie sich bewegte und abwechselnd violett, malvenfarben und purpurrot war. Sogleich entstand ein Schweigen, als ob ich der letzte Schuft sei.
»Guten Tag, Jeannot.«
»Guten Tag, Mademoiselle Cora.«
»Ich wollte deine Freundin kennenlernen.«
Ich habe mich hingesetzt, den Kopf gesenkt und auf die Vorwürfe und den Kummer gewartet, aber es war eher bei mir als bei ihr. Aline drehte mir den Rücken zu und stellte die Blumen, die Mademoiselle Cora ihr gebracht hatte, in die Vase. Ich war sicher, daß sie mich am liebsten umgebracht hätte, so sehr haßte sie mich unter Frauen. Ich fragte mich, wie lange sie schon da war und was sie sich wohl erzählt haben mochten und ob ich noch einmal den Schlüssel unter der Matte finden würde.

»Sie sind jung, Sie sind glücklich, und das hat wieder gute Erinnerungen in mir wachgerufen«, sagte Mademoiselle Cora.
Ich habe gesagt:
»Mademoiselle Cora, Mademoiselle Cora«, und dann habe ich geschwiegen und auch Aline hat die Blumen schweigend in die Vase gestellt.
Mademoiselle Cora weinte ein wenig. Sie hat ein kleines, ganz sauberes Taschentuch aus ihrer Handtasche genommen, und ich war erleichtert, als ich sah, daß es noch nicht benutzt worden war und daß sie nicht schon vorher geweint hatte. Sie hat sich die Augen getrocknet, wobei sie auf ihre Schminke achtgab. Sie war wirklich wie für einen Gala-Abend geschminkt und gekleidet, vielleicht ging sie hinterher zu einer Feier.
»Entschuldigen Sie bitte, Mademoiselle Cora.«
»Du bist komisch, mein kleiner Jean. Du glaubst, daß ich weine, weil du mich fallengelassen hast? Ich bin nur ein wenig gerührt, weil das alte Erinnerungen in mir wachgerufen hat, als ich euch sah. Meine Jugend und jemanden, den ich geliebt habe. Als ich jung war, war ich imstande, den Kopf zu verlieren. Jetzt nicht mehr. Und darüber muß ich eigentlich weinen. Du...«
Sie lächelte etwas unfreundlich.
»Du, du bist ein guter kleiner Junge.«
Sie ist aufgestanden und ist zu Aline gegangen und hat sie umarmt. Sie hat ihre Hand in der ihren behalten.
»Sie sind lieb. Kommen Sie doch mal zu mir nach Hause. Ich werde Ihnen Fotos zeigen.«
Sie hat sich nach mir umgewandt und gut gelaunt meine Wange berührt.
»Und du, Bubi, du hast ein Äußeres, das ganz schön täuscht. Man könnte meinen ein richtiger Draufgänger und...«
Sie hat gelacht.
»...und dann ist es Jeannot Lapin, unser Meister Lampe!«
»Entschuldigen Sie bitte, Mademoiselle Cora.«
»Ich habe nie einen Jungen gesehen, der sich so wenig gleicht!«
»Ich tu's nicht absichtlich, Mademoiselle Cora.«
»Ich weiß. Armes Frankreich!«
Und sie ist gegangen. Aline hat sie hinausbegleitet. Ich habe noch gehört, wie sie sich versprachen, sich wiederzusehen. Ich ging in die Küche ein Glas Wasser trinken, und als ich zurückkam, war Aline immer noch nicht da. Ich habe die Tür aufgemacht und

Mademoiselle Cora gesehen, die in Alines Armen schluchzte. Ich habe gebrüllt:
»Mademoiselle Cora!« und ich bin in den Aufzug gestiegen. Aline weinte ebenfalls. Ich konnte nicht, ich war zu aufgeregt.
»Wenn Sie wüßten, wie er mich leiden ließ!«
»Ich, Mademoiselle Cora? Ich?«
»Wenn er nicht eines Abends zum Pinkeln heruntergekommen wäre, säße ich jetzt noch in den Toiletten, und dabei habe ich nie vorher einen Mann so geliebt, wie ich ihn jetzt liebe! Sie können sich das nicht vorstellen, man kann das nicht verstehen, wenn man jung ist. Aber was glauben Sie, wie nachtragend der sein kann!«
Ich war so erleichtert, daß ich freigesprochen und von jedem Zweifel an ihrer Liebe reingewaschen war, daß ich sie geküßt habe.
»Er ist nicht nachtragend, Mademoiselle Cora, er traut sich nicht! Er wollte Sie anrufen, aber er traut sich nicht. Er glaubt, daß er zu alt für Sie ist!«
»Hat er dir das wirklich gesagt, oder sagst du das nur, um mir eine Freude zu machen?«
»Erst vorhin noch! Er hat sich sogar hinlegen müssen, solche Sorgen hat er sich wegen seinem Alter gemacht. Er ist gerade fünfundachtzig Lenze jung geworden, aber was soll's, es gibt welche, die werden noch viel älter, in Nizza.«
»Das stimmt.«
»Er möchte sein Leben mit Ihnen neu beginnen, aber er traut sich nicht mehr, sich das zu erlauben.«
»Nun, dann sag ihm ...«
Sie konnte nicht einmal sprechen, und es war nur im Blick. Ich habe gebrüllt:
»Ich werde es ihm sagen, Mademoiselle Cora! Sie können auf mich zählen!«
Sie hat sich wieder die Augen abgetrocknet, und dann ist sie hinuntergegangen, wobei sie uns leicht zuwinkte, bevor sie im Aufzug verschwand. Wir sind wieder reingegangen. Aline hat sich an die Tür gelehnt. Sie brauchte eine Stärkung. Ein Herzmittel hat man das früher genannt. Es gibt nichts Besseres als das Lachen. Ich habe zu ihr gesagt:
»Da sind wir ja mal wieder mit einem blauen Auge davongekommen.«

Sie hat groß geguckt.
»Wieso?«
»Wir hätten ja auch alt sein können, wir beide.«
»Bist du jetzt fertig, ja? Bist du jetzt fertig?«
»Aber es ist doch so! Man gratuliert sich nie genug!«
Ich wollte sogar meinen falschen Schnurrbart ankleben, aber ich fand ihn nicht mehr.

XLII

Ich habe beim *S. O. S.* Bescheid gesagt, daß ich Schluß mache und wieder ins Reparaturgeschäft einsteige, aber nur für Installation, Heizung und Elektrizität, gute, kleine, nicht menschliche Sachen.
Ich habe zehn Stunden am Tag bei den Leuten herumgebosselt, und das war gut für meinen inneren Halt, dort zu reparieren, wo es möglich ist. Ich mag einen schönen tropfenden Wasserhahn, ein Rohr, das platzt, die zerbrochenen Fliesen, die man auswechseln kann, einen Schlüssel, der im Schloß steckenbleibt. Ansonsten gab es nur Aline. Ich wollte sogar das Foto von der Seemöwe zerreißen, die der Ölpest auf den Leim gegangen war, so wurscht war sie mir, aber im letzten Augenblick habe ich doch nicht gekonnt. Jeden Tag, der an den Himmel kam, liebte ich Mademoiselle Cora mehr, selbst wenn sie nichts dafür konnte und es nur mein allgemeiner Zustand war. Es gelang mir noch nicht, mich auf zwei Zimmer mit achtzig Quadratmetern zu beschränken. Ich bin eines Nachts lachend wach geworden, weil ich geträumt hatte, ich stände an einem Metro-Eingang und würde Glücksfahrkarten verteilen. Ich ging jeden Tag zu Monsieur Salomon, um nachzusehen, wie er sich von seinem fünfundachtzigsten Geburtstag erholte, und ich wartete auf den günstigen Augenblick, um meine letzte Reparatur zu machen. Ich fand ihn bald in seinem Sessel aus echtem Leder sitzen, bald an seinem Philatelistenschreibtisch, die Lupe im Auge, bald über seine Postkartensammlung mit den zärtlichen Küssen und den freundlichen Worten gebeugt. Seit seiner letzten Aufregung war sein Gesicht grauer geblieben. Die Augen waren noch dunkler und hatten weniger Fumarolen, aber

ich spürte, daß es im Innern nicht ganz erloschen war und daß er nur Atem schöpfte. Er sagte mir, daß er daran dächte, seine Briefmarkensammlung zu verkaufen.

»Es ist Zeit, zu etwas anderem überzugehen.«

»Sie dürfen nicht daran denken, Monsieur Salomon. Bei Ihrer eisernen Konstitution brauchen Sie nicht daran zu denken.«

Das hat ihn amüsiert, ich habe ein kleines Licht gesehen. Er trommelte. Ich werde mich immer an seine Hände mit den langen, weißen, schlanken Fingern erinnern, die man Virtuosenhände nennt.

»Ich werde mich immer an Ihre Hände erinnern, Monsieur Salomon.«

Er heiterte sich noch weiter auf. Er mochte es, wenn ich nichts Gesalbtes von mir gab. Das verharmlost.

»Du bist ein Witzbold, Jeannot.«

»Ja, ich verdanke Ihnen da viel, Monsieur Salomon.«

»Ich werde vielleicht zu etwas anderem übergehen. Mit den Briefmarken bin ich fast fertig. Was mich jetzt einigermaßen reizt, ist altes Elfenbein ...«

Wir haben beide gelacht.

»Ich wollte mit Ihnen über Mademoiselle Cora reden.«

»Wie geht es ihr? Ich hoffe, du kümmerst dich auch weiterhin um sie?«

»Danke, Monsieur Salomon, es ist nett, daß Sie an mich gedacht haben.«

Die Fumarolen kamen wieder. Gerade ein kleines, ironisches Licht, eine kleine Strecke auf den Lippen.

»Seltsam, wie lebhaft sich die Vergangenheit wieder einstellt, wenn man alt wird«, sagte er. »Ich denke immer öfter an sie.«

Er trug einen hellgrauen Flanellanzug, schwarze Halbstiefel, eine rosa Krawatte, und es war erstaunlich, wie man für sich selber so elegant sein konnte. Auf dem Schreibtisch lagen Gedichte von Monsieur José Maria de Heredia, die er immer mehr liebte, weil sie ebenfalls sehr gealtert waren.

»Ja«, sagte er, als er meinen Blick sah.

Und auswendig rezitierte er:

Die er die Süße nannte von Anjou,
Sie läßt die Seele auf den Saiten irren,
Wenn Angst und Liebe ihm das Herz verwirren;

Sein Gesicht war noch sanfter geworden.

Und sendet es den schnellen Winden zu,
Die es zu ihr, der Ungetreuen stieben ...

Er schwieg, und dann machte er eine Handbewegung.
»Das war eine andere Zeit, Jeannot. Die Welt nahm noch nicht soviel Platz ein. Ja, es gab noch viel mehr Platz für den intimen Kummer als heute ...«
»Ich glaube, daß Sie unverzeihlich zu ihr sind, Monsieur Salomon. Fünfunddreißig Jahre Groll, das genügt. Das ist nicht einmal elegant, wo Sie doch so gut angezogen sind. Sie sollten sie mitnehmen.«
Er kniff die Augen ein wenig zusammen.
»Und wohin genau soll ich sie mitnehmen, mein kleiner Jeannot?« fragte er mich mit einer Spur von Verdacht und einer etwas unangenehmen Stimme.
Aber ich habe nichts gepfiffen.
»Nach Nizza, Monsieur Salomon, nur nach Nizza.«
Er ist düster geworden. Vorsichtig habe ich noch einen Schritt getan.
»Sie sollten ihr verzeihen, Monsieur Salomon, bei Ihrer sprichwörtlichen Nachsicht. Sie will nicht einmal mehr was auf den Champs-Elysées verzehren, wissen Sie. Das kann sie nicht verwinden. Sie ist oft an diesem Keller vorbeigegangen, unter den Deutschen ...«
»Und warum ist sie nicht hereingekommen, diese Hure?« brüllte Monsieur Salomon verzweifelt und schlug sogar mit der Faust auf den Schreibtisch, und das war ein Wort, dem es auf seinen Lippen an Respekt fehlte: »Warum ist sie mich nicht ein einziges Mal besuchen gekommen?«
»Das ist Groll und Gehässigkeit, Monsieur Salomon, das ist es. Und das ist nicht gut.«
Monsieur Salomon atmete ein und atmete aus.
»Du kannst dir gar kein Bild machen, wie ich gelitten habe«, sagte er nach einer Stille, um sich zu beruhigen. »Ich liebte sie.«
Er hat noch einmal eingeatmet und ausgeatmet, und in seinen Augen war die Flamme der Erinnerung.
»Ich liebte ihre Naivität, ihre etwas heisere Stimme, ihr kleines Gesicht einer blöden Kuh. Man hatte immer Lust, sie zwischen

zwei Dummheiten zu retten und zu beschützen. Es ist einfach unvorstellbar, sein Leben so zu vergeuden, wie sie es getan hat. Und doch ... Und doch bewundere ich sie manchmal. Sein Leben wegen einer Liebschaft zu vergeuden, das ist nicht jedem gegeben.«

»Na ja, Monsieur Salomon, dann sollten Sie sich selber bewundern.«

Er schien sprachlos. Ich war zufrieden, weil ich das kannte. *Sprachlos: so erstaunt oder erschrocken, daß man nicht sprechen kann.*

Er hat mich lange gemustert, als ob er mich zum ersten Mal sähe.

»Du bist ein ... überraschender Junge, Jean.«

»Man muß auf alles gefaßt sein und alles erwarten, vor allem das Unerwartete, Monsieur Salomon.«

In diesem Augenblick sind sie alle hereingekommen. Es waren die dicke Ginette, Tong, Yoko, die beiden Brüder Masselat, außer Chuck, der nicht da war, und sie machten alle Gesichter wie im Falle eines Unglücks. Wir sind am Telefon alle an harte Schläge gewöhnt, aber ich habe sofort gespürt, daß es persönlich war. Sie sahen uns an, und sie schwiegen, als wollten sie ein wenig Zeit gewinnen.

»Na, was gibt es?« fragte Monsieur Salomon ein wenig irritiert, denn es ist immer nervenaufreibend, wenn man sich dramatischen Folgen ausgesetzt sieht.

»Mademoiselle Cora Lamenaire hat versucht, ihrem Leben ein Ende zu setzen«, sagte Ginette.

Das war so stark, daß ich zuerst nichts gespürt habe. Und dann war der erste Gedanke, den Monsieur Salomon und ich gehabt haben, der gleiche. Mir war die Kehle viel zu zugeschnürt, als daß ich hätte reden können, und dann habe ich die Stimme von Monsieur Salomon gehört, der zuerst nichts sagte und dann murmelte: *»Und für wen?«*

Sie begriffen nicht. Sie standen alle da und guckten, außer Chuck, der nicht da war. Ginette machte den Mund auf und zu wie ein Fisch außer Wasser, wenn er nicht mehr in seinem natürlichen Element ist.

»Für wen hat sie es getan?« fragte Monsieur Salomon noch einmal mit größerer Lautstärke, und ich sah in seinen Augen, daß es die Angst war.

»Für ihn oder für mich?«
Sein Gesicht war unbeweglich, ein Gesicht aus Stein, wie das der Könige von Frankreich auf ihren abgeschlagenen Köpfen, nur daß er noch seine Nase ganz hatte. Er ist völlig grau geworden, und das wirkte noch mehr wie Stein. Selbst jetzt noch wage ich nicht dran zu denken, selbst wenn ich dran denke. Ich weiß, daß es das gibt, und zwar heftig, aber wenn es mit fünfundachtzig Jahren ist und fünfunddreißig Jahre danach, davon vier Jahre in einem Keller, und immer noch genauso heftig wie in den schönsten Tagen, dann ist es nicht mehr die Jugend des Herzens, dann ist es die Unsterblichkeit. Monsieur Salomon wollte wissen, ob Mademoiselle Cora ihren Selbstmordversuch wegen ihm oder wegen mir begangen hatte.
Darauf hat er sich in seiner ganzen Höhe erhoben.
Er hat sich zu ihnen vorgebeugt.
Er hat einen verfluchenden Finger auf mich gerichtet und gebrüllt: »Für wen hat sie das getan, Herrgottnochmal? Für ihn oder für mich?«
»Monsieur Salomon«, sagte Ginette, »aber Monsieur Salomon...«
Wir sind beide unter Ausschluß aller andern hingegangen. Man hat uns beide in den großen Saal geführt, wo noch andere Fälle waren. Wir haben uns beide auf zwei Stühle zu beiden Seiten des Bettes gesetzt. Mademoiselle Cora lag bis zum Kinn in Weiß. Sie schien nicht allzu aufgeregt. Die Oberschwester hat uns gesagt, daß sie vor Verzweiflung zu viele Medikamente geschluckt hatte. Es gab noch andere Krankenschwestern, um sich um die andern Fälle im Saal zu kümmern, und es gab einen Wandschirm für mehr Intimität. Man hat uns erklärt, daß Mademoiselle Cora seit sechsunddreißig Stunden da war und daß sie außer Lebensgefahr war, aber das war so eine Redensart. Ich dachte, daß wir Glück gehabt hatten, sie hatte sich nicht unter die Metro geworfen oder in die Seine gestürzt, sie hatte nicht so geendet wie in ihren realistischen Chansons. Sie hatte nur zu viele Medikamente gegen die Verzweiflung eingenommen, und dadurch hat man sie retten können. Die Putzfrau, denn sie erlaubte sich eine, hatte geklingelt, ohne Antwort zu bekommen, und sie hatte die Polizei gerufen, wegen der Überfälle auf die älteren Leute. Sie hatte auf dem Nachttisch eine kurze Erklärung zurückgelassen, aber sie war an niemanden gerichtet, und das ist in diesem Fall

immer das Schlimmste. Und als man sie später gefragt hat, ob sie jemanden hat, den man benachrichtigen kann, hatte sie einfach gebeten, man solle die *S. O. S. Freiwilligenhilfe* anrufen, sie würde dort jemanden kennen. Wir durften nicht zuviel mit ihr reden, weil Aufregung schlecht für sie war. Monsieur Salomon hat gefragt, ob er die schriftliche Erklärung, die sie zurückgelassen hat, sehen könne, aber man hat es ihm abgeschlagen, weil er nicht zur Familie gehörte. Er war empört, und er hat laut gesagt:

»Ich bin der einzige Mensch, den sie auf der Welt hat«, und er hat mich nicht einmal angesehen, so recht hatte er.

Die Oberschwester hat gezögert und sie hätte ihm das Papier gegeben, wenn ich ihr nicht mit der Hand und mit dem Kopf Zeichen gemacht hätte nein, nein, nein. Man konnte ja nicht wissen, was sie in ihrem Briefchen geschrieben hatte. Vielleicht hatte sie geschrieben, daß Monsieur Salomon ein gemeiner Schuft war. Das war eine Gelegenheit, es war eine letzte Chance, die durfte man nicht verpatzen, jetzt, wo sie gerettet war, man konnte sie noch mehr retten, und Monsieur Salomon auch, trotz seinem bösen Charakter. Wir saßen auf beiden Seiten des Bettes im Schweigen der Umstände, und Mademoiselle Cora, bis zum Kinn in Weiß liegend und ihre beiden kleinen Arme auf der Bettdecke, glich noch mehr ihren Jugendfotos als im gewöhnlichen Leben. Sie lächelte ein wenig mit der Zufriedenheit des vollbrachten Muts, und sie schaute geradewegs vor sich, weder auf den einen noch auf den andern. Ich wäre am liebsten verreckt, aber man kann nicht jedesmal verrecken, wenn es einen Grund dazu gibt, es würde kein Ende mehr nehmen. Wir schwiegen also alle drei, wie es die Ärzteschaft empfohlen hatte. Ich warf dem einen und der andern manchmal einen flehenden Blick zu, aber bei Mademoiselle war es immer noch ihr weiblicher Stolz und bei Monsieur Salomon seine vier Jahre im Keller. Ich wäre am liebsten aufgestanden und hätte irgend etwas zerdeppert, sie hatten einfach kein Recht, so jugendlich zu sein, sie mit fünfundsechzig Jahren und sogar noch mehr und er mit fünfundachtzig, daß Gott bewahre.

Und als ich da saß mit niedergeschlagenen Augen und innerlich wütete und wetterte, fragte Monsieur Salomon mit einer Höhlenstimme, mit einer Stimme, die aus der Tiefe seines Hurenkellers zu kommen schien:

»Für wen war es, Cora? Für ihn ... oder für mich?«
Ich habe die Augen zugemacht und fast gebetet. Ich sage fast, denn ich habe es nicht getan, ich bin zwar ein Kinonarr, aber so nun auch wieder nicht. Wenn Mademoiselle Cora sagen würde, sie hätte es getan, weil ich sie hatte fallenlassen, war alles im Eimer. Um beide in der ganzen Maßgabe des Möglichen zu retten, mußte Mademoiselle Cora murmeln »für Sie, Monsieur Salomon« oder auch »es war für dich, mein Salomon«, weil es keine Verkleinerungsform gibt und weil »mein Salo« zu Fehldeutungen Anlaß gibt.
Sie schwieg. Das war besser als nichts, denn wenn sie meinen Namen sagen oder mir auch nur einen jener zärtlichen Blicke zuwerfen würde, deren sie fähig war, würde Monsieur Salomon endgültig aufstehen, zur Tür gehen und sich für immer auf seine Erhabenheit zurückziehen. Und ich würde endgültig und endlich meinem Äußeren Ehre machen und ein Seehundbabyschlächter werden. Das einzige, was ich tun konnte, war, mit der Nase unten zu bleiben und zu warten, daß es so abgeht wie bei der Identifizierungsparade bei der Polizei, wenn das Opfer aufgefordert wird, seinen Angreifer zu erkennen.
Sie hat nichts gesagt. Während der ganzen Zeit, die wir dagewesen sind, hat sie uns nicht einmal angesehen, weder den einen noch den andern, sondern stur vor sich hin, dorthin, wo niemand war. Sie wollte nicht antworten, und sie blieb da liegen, ohne sich herabzulassen, mit ihrer weißen Decke, die bis zum Kinn hochgeschoben war, und ihrem weiblichen Stolz. Zum Glück ist die Krankenschwester gekommen und hat uns mitgeteilt, daß es genug sei, und wir sind aufgestanden. Ich habe einen Schritt gemacht, um hinauszugehen, aber Monsieur Salomon hat sich nicht gerührt. Man sah nicht einmal sein Gesicht, nichts als die Verzweiflung. Er hat gesagt:
»Ich komme wieder.«
Im Aufzug hat er mehrere Male eingeatmet und ausgeatmet, und zwar ganz tief. Er hat sich zum einen auf seinen Stock und zum andern auf meinen Arm gestützt, und wir sind hinausgegangen. Ich habe ihm in den Wagen geholfen, neben mir, und man hätte alles mögliche in sein Schweigen legen können, Mademoiselle Cora und alles, was man nicht mehr vom Leben erwartet, und doch alles, was man noch von ihm erwartet.
Ich habe ihn zum Boulevard Haussmann zurückgebracht und

bin in größter Eile wieder zurückgefahren. Ich habe einen Kugelschreiber, ein Blatt Papier, einen Umschlag gekauft und bin hinaufgegangen. Die Krankenschwester wollte mich daran hindern, aber ich habe ihr gesagt, daß es eine Frage auf Leben oder Tod sei für alle, und sie hat begriffen, daß das stimmte, weil das immer stimmt. Ich bin durch den Krankensaal gegangen bis in die Ecke von Mademoiselle Cora und habe mich hingesetzt.

»Cora.«

Sie hat den Kopf nach mir umgedreht und gelächelt, sie hatte schon seit langem beschlossen, daß ich drollig sei.

»Was willst du wieder von mir, Jeannot Lapin?«

Scheiße. Aber ich habe es nicht gesagt. Um ihr eine Freude zu machen, hätte ich sogar mit meinen großen Ohren gewackelt.

»Warum hast du das gemacht? Wegen ihm? Oder wegen ...«

»Wegen dir, Jeannot Lapin? Oh nein!«

Sie schüttelte den Kopf.

»Nein. Es war weder für dich noch für ihn. Es war ... ach, ich weiß es auch nicht. Es war im allgemeinen. Ich war es satt, so ausgeliefert zu sein. Alt und allein, nennt man das. Verstehst du?«

»Ja. Ich verstehe. Deshalb werde ich dir jetzt einen Trick verraten.«

»Es gibt keinen. Ich weiß zwar, daß es welche gibt, die sich die Haut abziehen lassen ... aber für wen?«

»Ich werde dir einen Trick verraten, Cora. Wenn du dich allein und alt fühlst, dann denk an all die andern, die ebenfalls allein und alt sind, aber im Elend und in den Krankenhäusern. Du wirst dich als Luxusgeschöpf fühlen. Oder du stellst das Fernsehen an, die letzten Massaker in Afrika, hier, da oder sonstwo. Du wirst dich noch besser fühlen. Es gibt die Volksweisheit, die einen sehr guten Ausdruck hierfür hat: jedes Unglück ist für etwas gut. Und jetzt nimm das und schreib.«

»Was soll ich denn schreiben? Und wem?«

Ich bin aufgestanden und zur Krankenschwester gegangen. »Mademoiselle möchte ihren Abschiedsbrief wieder zurückhaben.«

Und ich habe die Hand ausgestreckt. Sie hat gezögert, aber bei meiner Visage hatte sie nicht viel Vertrauen. Für sie war ich der Mörder. Sie hat mich angesehen und dabei mit den Wimpern

geklimpert, und dann hat sie mir sofort den Umschlag gegeben.
Er war an niemanden adressiert.
Innen stand nur, *Adieu, Cora Lamenaire.* Man wußte nicht, ob sie sich selber Adieu sagte oder ob es hieß *Adieu* und dann ihre Unterschrift. Beides wahrscheinlich. Ich habe den Zettel zerrissen.
»Schreib ihm.«
»Was soll ich ihm sagen?«
»Daß du seinetwegen Selbstmord begangen hast. Daß du genug hattest davon, auf ihn zu warten, daß du ihn seit fünfunddreißig Jahren immer mehr liebtest, und daß es nicht mehr bloß Verliebtheit ist, sondern die wahre Liebe, und daß du ohne ihn nicht leben kannst, du gibst dich auf. Adieu, verzeih mir, wie ich dir verzeihe. Unterzeichnet Cora.«
Sie hat eine Zeitlang den Bleistift und das Blatt in der Hand betrachtet, dann hat sie sie hingelegt.
»Nein.«
»Mach schon und schreib, sonst schmier ich dir eine...«
»Nein.«
Sie hat sogar das Blatt Papier zerrissen, und mehr kann man sich wohl nicht weigern.
»Ich hab's nicht für ihn getan.«
Ich bin aufgestanden und fing an zu brüllen, wobei ich den Himmel, ich meine die Decke betrachtete. Ich habe nichts deutlich Gesprochenes gebrüllt, es war nicht zur Verteidigung, es war, um mich zu erleichtern. Danach konnte ich mich zusammenhängend ausdrücken.
»Ihr werdet doch euren Liebeszank nicht noch fünfunddreißig Jahre lang fortführen wollen, oder? Es muß wohl stimmen, was Brel sagt, je älter, um so dümmer!«
»Och, Brel, das hat man schon vor ihm gesagt, er hat es halt nur in Poesie gebracht.«
Ich habe mich wieder hingesetzt.
»Mademoiselle Cora, tun Sie es für uns, tun Sie es für uns alle. Wir brauchen ein wenig Menschlichkeit, Mademoiselle Cora. Schreiben Sie etwas Hübsches. Tun Sie es für die Freundlichkeit, für die Sympathie, tun Sie es für die Blumen. Damit es ein Sonnenstrahl in seinem Leben ist, Herrgottnochmal. Von Ihren alten realistischen Hurenchansons haben wir jetzt die Nase

gestrichen voll, Mademoiselle Cora, machen Sie jetzt etwas Himmelblaues und Rosarotes für uns, ich schwöre Ihnen, daß wir es brauchen! Ein Zuckerlein, Mademoiselle Cora, ein Zukkerlein für das Leben, es braucht etwas Süßes, zur Abwechslung. Für Ihr gutes Herz, Mademoiselle Cora. Schreiben Sie ihm etwas wie in der Jugendzeit, als ob das noch möglich wäre. Daß Sie ohne ihn nicht mehr leben können und daß die Gewissensbisse seit fünfunddreißig Jahren an Ihnen nagen, und daß Sie, bevor Sie sterben, nur um eins bitten, daß er Ihnen verzeiht! Mademoiselle Cora, er ist ein sehr alter Mann, er braucht etwas Hübsches. Geben Sie ihm ein wenig Herzensfreude, ein wenig Zärtlichkeit, Scheiße. Mademoiselle Cora, tun Sie es für die Chansons, tun Sie es für das glückliche Alter, tun Sie es für uns, tun Sie es für ihn, tun Sie es...« Und da habe ich diese geniale Idee gehabt:
»Tun Sie es für die Juden, Mademoiselle Cora.«
Also das hat die tollste Wirkung auf sie gehabt. In ihrem kleinen Gesicht ging ein einziges Durcheinander los, das zerknitterte, das legte sich in Falten, das verrunzelte und sie fing an zu schluchzen und sich die Fäuste in die Augen zu bohren. Das war der Durchbruch.
»Tun Sie es für Israel, Mademoiselle Cora.«
Sie verbarg ihr Gesicht in den Händen und nun, wo man sie nicht ganz sah, war sie wirklich wie ein Kind, ein Kind, in diesem Chanson, das sie im *Slush* gesungen hatte: *Wenn du vielleicht glaubst Mein Kind, mein Kind Wenn du vielleicht glaubst Daß das daß das daß das*... Ich erinnerte mich nicht mehr. Ich war völlig kaputt, ich wäre am liebsten aufgestanden und hätte alles geändert, hätte die Dinge in die Hand genommen und die Welt von Anfang bis Ende gerettet und dabei alles verbessert, und zwar vom Anfang an, der bis jetzt schlecht geraten war und auch einigen Schaden verursacht hat, um das alles im einzelnen zu überprüfen und Verbesserungen anzubringen, um alles im einzelnen zu überprüfen, alle zwölf Bände der Weltgeschichte, und sie alle zu retten bis zur letzten Seemöwe. Das konnte so nicht weitergehen, in dem Zustand, in dem das war. Ich würde meine Boßlerärmel hochkrempeln und mir alles vom Anfang an wieder vornehmen, und ich würde auf alle *S. O. S.*-Rufe antworten, die seit den allerersten in der Natur verlorengegangen sind, und ich würde sie alle mit meiner sprichwörtlichen Großzügigkeit entschädigen, und ich würde ihnen Gerechtigkeit widerfahren

lassen, und ich wäre König Salomon, der richtige, nicht der Hosenkönig und der Konfektionskönig, und auch nicht der, der die Kinder zweiteilt, sondern der echte, der echte König Salomon dort oben, wo es an König Salomon fehlt, wie es gar nicht erlaubt sein dürfte, und zwar in jeder Hinsicht, und ich würde die Dinge in die Hand nehmen, und ich würde meine Wohltaten und mein Gemeinwohl auf ihre Köpfe herabregnen lassen.

»Mademoiselle Cora! Schreiben Sie ihm Liebesworte! Tun Sie das für die Liebe, für die Menschlichkeit! Ohne das kann man nicht. Man braucht Menschlichkeit, um zu leben! Ich weiß, daß Sie Grund haben, gemein zu ihm zu sein, nach all dem, was er Ihnen angetan hat, als er vier Jahre lang als lebender Vorwurf in diesem Keller geblieben ist, aber selbst bei den Gemeinen ist es nicht nett, so gemein zu sein. Scheiße, man wird am Ende noch glauben, daß Sie Antisemitin sind!«

»Also das bestimmt nicht!« sagte Mademoiselle Cora. »Wenn ich Antisemitin wäre, hätte ich nur ein Wort zu sagen brauchen ... und er hätte keine vier Jahre in einem Keller verbracht, glaub mir! Selbst als es legal war und gern gesehen und als sie diese Razzia im Vel'd'Hiv' gemacht haben, um die letzten Juden nach Deutschland zu schicken, habe ich nichts gesagt.«

»Mademoiselle Cora, schreiben Sie! Versüßen Sie seine letzten Tage und die Ihren auch! Sie wissen ja nicht einmal, wie sehr ihr das beide braucht! Schreiben Sie, lieber Monsieur Salomon, da nun mal nichts zu machen ist und Sie nichts Endgültiges von mir wissen wollen, setze ich, unterzeichnete Cora Lamenaire, meinem Leben ein Ende! Unterzeichnet und mit Datum versehen von vorgestern, weil er nämlich mißtrauisch ist. Mademoiselle Cora, schreiben Sie, damit es zwischen euch beiden mit einem Lächeln endet!« Aber es war nichts zu machen.

»Ich kann nicht. Ich habe meinen Stolz als Frau. Wenn er will, daß ich ihm verzeihe, dann soll er sich entschuldigen kommen. Er soll mir Blumen bringen, mir die Hand küssen, wie er das so gut kann, und sagen, Cora, verzeihen Sie mir, ich bin hartherzig, ungerecht und unverzeihlich gewesen, und ich bedauere es bitter, und ich wäre glücklich, wenn Sie mich wieder aufnehmen würden und wenn Sie zustimmen würden, mit mir in Nizza in einer Wohnung mit Meeresblick zu leben!«

Ich habe zehn Tage lang verhandeln müssen. Ich lief von einem zum andern, und ich verhandelte. Monsieur Salomon wollte sich nicht entschuldigen, aber er wollte sein Bedauern für das Mißverständnis ausdrücken. Er wollte ihr Blumen bringen, aber beide Parteien verpflichteten sich, nicht über ihre gegenseitigen Fehler zu diskutieren. Wegen der Blumen sind wir uns einig geworden: drei Dutzend weiße Rosen und drei Dutzend rote Rosen. Die Champs-Elysées würden nie erwähnt werden, und es gäbe nie wieder irgendeinen Vorwurf in dieser Hinsicht. Mademoiselle Cora wollte wissen, ob sie Anrecht auf einen Dienstboten hätte, und Monsieur Salomon hat sich hierzu verpflichtet. Bis zur Abreise nach Nizza würde Monsieur Salomon nicht mehr nachts aufstehen, um selber auf die *S. O. S.*-Rufe zu antworten, weil er nie wieder allein sein würde. Mademoiselle Cora würde die Fotos ihres Scheichs vernichten, die sie unter einem großen Haufen alter Papiere in der zweiten Schublade ihrer Kommode aufbewahrte. Wieso Monsieur Salomon wußte, daß sie diese Fotos aufbewahrt hatte, habe ich nie zu fragen gewagt. Es muß angenommen werden, daß er heimtückisch einen Schlüssel zurückbehalten hatte, als er Mademoiselle Cora die Wohnung geschenkt hatte und daß er aus Eifersucht schnausen kam. Ich will nicht einmal daran denken, eine solche Leidenschaft mit achtzig und einigen Jahren, das übersteigt ganz einfach die Vorstellung. Monsieur Salomon wollte nie wieder einen Fuß in Mademoiselles Wohnung setzen, und dabei war sogar Sadat nach Tel-Aviv gereist. Ich weiß nicht warum, er hat mir erklärt, daß ihn das teuer zu stehen gekommen sei, nicht im Hinblick auf das Geld, sondern im Hinblick auf den Kummer, der Gedanke, daß die Wohnung ihre endgültige Trennung besiegele. Mademoiselle Cora wollte ebenfalls nicht die ersten Schritte machen, indem sie zu Monsieur Salomon ging, wegen ihrer Vergangenheit als Frau und dem Stolz, den das mit sich bringt. Ich habe noch einmal zwei Tage verhandelt, und sie sind sich einig geworden, sich ganz freundschaftlich beim Rudern im Bois de Boulogne zu treffen. Wir haben sie an einem Sonntag hingefahren, Tong, Yoko und die dicke Ginette für Monsieur Salomon in seinem persönlichen Citroën, und Chuck, Aline und ich selber im Taxi, für Mademoiselle Cora. Aline wollte das sehen, sie sagte, es sei wahrscheinlich das letzte Mal, daß man das sehen könne, aber ich fand, daß sei eine recht traurige Vorstellung und daß sie noch jahrelang auf dem Mittelmeer rudern könnten.

Wir haben uns am Ufer getroffen, Monsieur Salomon trug den

ersten Rosenstrauß, den er Mademoiselle Cora überreicht hat, die ihm gedankt hat. Danach haben wir sie aufs Wasser gestoßen, und sie haben gerudert. Es war Monsieur Salomon, der ruderte, denn er hatte noch ein kräftiges Herz. Das erinnerte mich daran, daß Monsieur Geoffroy de Saint-Ardalousier einige Tage nach der Signierstunde in der Buchhandlung gestorben ist, die in jeder Hinsicht ein großer Erfolg war. Wir haben über *S. O. S.* alle unsere Freunde zusammengetrommelt, und er hat über dreihundert Exemplare signiert, so findet manchmal alles ein gutes Ende. Ich sage das schnell so nebenbei, denn wenn die Dinge in Ordnung gehen, bekomme ich Angst, ich frage mich immer, was die Zukunft im Sinn hat. Sie haben über eine Stunde rudernd miteinander gesprochen, und Monsieur Salomon muß sich sehr taktvoll gezeigt haben, denn sie hat darin eingewilligt, bis zu ihrer gemeinsamen Abreise bei Monsieur Salomon zu wohnen. Sie war auch damit einverstanden, daß Monsieur seine Briefmarken behält, so selbstsicher war sie geworden. Aber vom *S. O. S.* wollte sie nichts wissen, sie sagte, da habe sie zu viele Leute in ihrer Wohnung. Monsieur Salomon hat einen automatischen Anrufbeantworter einbauen lassen, der die Anrufe an einen anderen Bereitschaftsdienst verwies.
Ich machte mit meinem Reparaturdienst weiter, aber nur mit dem andern, Installation, Heizung und Elektrizität. Ansonsten wohnte ich bei Aline. Chuck ist nach Amerika zurückgekehrt, wo er eine neue politische Partei gründen wird. Yoko bekam sein Diplom als Masseur, und er verschafft Muskelerleichterungen. Tong hat das Taxi ganz gekauft, und Ginette ist es nicht gelungen, abzumagern. Sie hat einen Antrag gestellt, um bei der katholischen Fürsorge zu arbeiten. Ich springe ein wenig in die Zukunft, denn man muß sich beeilen, bevor es zu Ende ist. Ich besuchte Monsieur Salomon und Mademoiselle Cora jeden Tag, solange sie noch da waren, und einmal habe ich, als ich angeklopft habe, das Klavier gehört und Mademoiselle Cora, die sang. Ich habe noch einmal angeklopft, aber sie waren ganz bei der Sache, und ich habe die Tür aufgestoßen. Monsieur Salomon saß am Klavier, mit seiner letzten Eleganz gekleidet, und Mademoiselle Cora stand mitten im Zimmer. Sie sang:

Avec des gestes de gamine
Elle vendait des mandarines

Et dans les rues de Buenos Aires
De sa voix claire
Vous les offrait . . .

Mit Gebärden eines Kindes / Verkaufte sie Mandarinen / Und sie bot sie an / Mit ihrer hellen Stimme / In den Straßen von Buenos Aires . . .

Das ist von Lucien Boyer, Musik von René Sylviano, um sie ein bißchen in Erinnerung zu bringen.
Ich war zufrieden. Meine Bosselarbeit war wirklich gelungen. Mademoiselle Cora schien viel jünger und Monsieur Salomon nicht mehr ganz so alt.

Dans sa corbeille
On choisissait
Et á l'oreille
Elle vous glissait . . .

Aus ihrem Korb / Da wählte man / Und in Ihr Ohr / Da sprach sie dann . . . /

Hier lächelte Mademoiselle etwas verschmitzt, und sie machte Anstalten, ihre Klementinchen zu berühren, wie um sie hochzuheben

Prenez mes mandarines
Elles vous plairont beaucoup
Car elles ont la peau fine
Et d'jolis pépins au bout!

Kauft meine Mandarinen / Sie gefallen euch bestimmt / Denn sie haben eine feine Schale / Und zum Schluß noch hübsche Kerne!

Hier hob sie wirklich die Stimme und Monsieur Salomon, im Gesicht ganz verklärt und sogar ausgesprochen fröhlich, schlug wie ein Taubstummer auf sein Klavier:

Prenez mes mandarines
Et dites-moi où vous perchez
A moins qu'ça vous chagrine
J'irai vous les éplucher!

Kauft meine Mandarinen / Und sagt mir, wo ihr haust / Ich komm' sie euch gern schälen / Es sei denn, daß euch das verdrießt!

Hier hat Monsieur Salomon ein letztes Mal fest in die Tasten gegriffen, und zwar so, daß ihm die Asche von der Zigarre gefallen ist. Ich wollte nicht zuviel sein, derart waren sie ein Herz und eine Seele, und bin weggegangen. Ich habe mich auf die Treppe gesetzt und habe von weitem den Rest des Chansons gehört, und als es aus war, habe ich dem Schweigen gelauscht, denn das singt immer als letztes.
Als ich runterging, war Monsieur Tapu da, wie gewöhnlich, mit seiner Baskenmütze, seiner Kippe und seinem alles wissenden Gesicht.
»Haben Sie gesehen? Er hat endlich jemanden gefunden! Er sucht ja auch schon lange genug in den Kleinanzeigen!«
»Ja, er hat an nichts anderes gedacht.«
»Ich kenne sie. Sie hieß früher Cora Lamenaire. Sie hat am Radio gesungen. Hinterher hat man ihr Schwierigkeiten gemacht.«
Ja, sie hat Monsieur Salomon während des Krieges versteckt. In einem Keller.«
»Ach, diese Geschichte mit dem Keller, die habe ich oft genug gehört! Er spricht ja von nichts anderem.«
»Sie hat ihn jeden Tag besucht und ihm was kleines gekocht. Jeden Tag, vier Jahre lang. Das ist eine hübsche Geschichte, Monsieur Tapu. Er braucht das. Monsieur Salomon hat während der Besatzung viel gelitten, und jetzt ist er ein glücklicher Mann! Er braucht das.«
»Viel gelitten, viel gelitten ...«
Er war überhaupt nicht zufrieden. Und er hat etwas gesucht, aber es kam nicht. Und dann hat er es gefunden.
»Gelitten, Sie wollen wohl einen Witz machen! Denn wo hatte er ihn sich denn ausgesucht, seinen Keller? Auf den Champs-Elysées, jawohl! Im schönsten Viertel von Paris! Er hat sich das beste und teuerste reserviert, kein Wunder, die stinken ja vor Geld!«
Ich erlebte wieder einen ehrfurchtsvollen Augenblick, wie immer, wenn man in diesen Tempel kommt, zum Ewigen zu beten.

XLIII

Sie reisten am übernächsten Tag ab, und wir sind alle mit zum Bahnhof gegangen, Chuck, der noch da war, die dicke Ginette, Tong, Yoko, die beiden Brüder Masselat, außer dem älteren, der in der Prüfung steckte, alle vom *S. O. S.* Aline ist ebenfalls gekommen. Sie war im dritten Monat. Sie fuhren mit dem Zug. Mademoiselle Cora reiste wie früher. Sie war in sanften Farben angezogen und geschminkt. Sie hatten zwölf Koffer, Monsieur Salomon hatte sich eine neue Garderobe machen lassen. Alles für das Meer und das Gebirge und Jachtkleidung, für den Fall, daß sie aufs Meer hinausfahren würden. Sie beugten sich aus dem Fenster zu uns herab, und es war eine Freude, sie anzusehen. Mademoiselle Cora hatte ihre Sonnenbrille letztes Modell angezogen, die ihr halbes Gesicht verdeckte. Ich hatte sie noch nie so jung gesehen, und niemand hätte Monsieur Salomon seine fünfundachtzig Jahre gegeben, selbst wenn man wußte, daß er sich nach Nizza zurückzog.
Ginette weinte ein wenig.
»Das macht nichts, sie sollten nicht nach Nizza ziehen, um dort zu leben. Armer Monsieur Salomon, das ist, als wollte er nicht mehr kämpfen.«
»Warum denn? In Nizza ist das Durchschnittsalter viel höher als sonstwo.«
»Es gibt sogar eine Universität für das dritte Alter, um sie umzuschulen!«
»Das macht nichts, sie sollten nicht dort hinziehen!«
»Du verstehst das nicht. Du kennst König Salomon nicht. Für ihn ist das eine Herausforderung. Er zieht nach Nizza, um zu beweisen, daß er vor nichts Angst hat. Diese Burschen muß man mit der Wurzel ausreißen!«
Monsieur Salomon war mit seinem berühmten langlebigen, karierten Anzug bekleidet, und er trug dazu eine azurblaue gepunktete Schmetterlingskrawatte. Er hatte seinen Hut etwas schief aufs Ohr gesetzt, mit viel Schwung. Sein Gesicht hatte bereits die heitere Gelassenheit der besseren Tage. Mademoiselle Cora hatte ihn zärtlich untergehakt und vom Fenster des Schlafwagenabteils erster Klasse, das sie nach Nizza bringen wollte, wandten sie sich uns zu. Mademoiselle Cora hatte einen Blumen-

strauß in allen Farben von uns bekommen, den sie mit ihrem noch freien Arm an sich drückte. Monsieur Salomon beugte sich zu mir herab, und wir haben uns die Hand gedrückt.

»Nun, Freund Jean, wir müssen uns verlassen, das sind Dinge, die kommen vor«, sagte er gut gelaunt zu mir. »Wenn du ebenfalls das Morgenrot des hohen Alters heraufziehen siehst, dann komm zu mir nach Nizza, und ich werde dir helfen, eine unternehmungslustige Haltung einzunehmen, die es dir erlauben wird, die nächste Phase in guter Kondition anzugehen.«

Wir haben beide herzlich gelacht.

»Nur Mut, Monsieur Salomon! Lebt jetzt, wenn ihr mir glaubt, und wartet nicht bis morgen, pflücket sie heute schon, die Rosen eures Lebens!«

Hier haben wir uns wirklich halb totgelacht wie Wale, die man ausrottet.

»So ist es gut, Jeannot! Schlag dich weiterhin durch, und bilde dich selbst mit allen Mitteln, über die das Leben verfügt, und du wirst noch eine lebende Enzyklopädie werden!«

Er behielt meine Hand noch in der seinen, aber es hatte schon gepfiffen, und es mußte von einem Augenblick auf den andern losgehen. Der Zug hat sich in Bewegung gesetzt, ich bin nebenher gelaufen. Monsieur Salomon hat zwangsläufig meine Hand losgelassen, er hat seinen Hut in die Luft geschoben wie um den Ewigen zu grüßen, die dicke Ginette schluchzte, Chuck, Tong, Yoko und alle vom *S. O. S.* außer den Brüdern Masselat, die nicht da waren, schwiegen, als ob es schon aus sei und nichts mehr zu machen wäre. Monsieur Salomon grüßte mit erhobenem Hut, Mademoiselle Cora winkte anmutig mit der Hand, wie die Königin von England.

Der Zug wurde schneller, ich fing an zu laufen.

»Halten Sie die Ohren steif, Monsieur Salomon!«

Ich habe in seinen dunklen Augen die kleinen, sprichwörtlichen Lichter gesehen.

»Und wie, aber selbstverständlich! Schon zahlreiche Pflanzen und gewisse Fische haben eine unbegrenzte Lebensdauer!«

Wir haben beide wieder herzlich gelacht.

»Adieu, Jeannot! Der Greis, in seiner Würde zum Urquell kehrt zurück, vorbei der Tage Wechsel die Ewigkeit hat ihn!«

»Richtig, Monsieur Salomon! Schreiben Sie mir, wenn Sie dort sind!«

»Sie können auf mich zählen, Freund! Ich werde Ihnen Postkarten von dort schicken!«
Der Zug wurde immer schneller, ich lief, aber ich konnte nichts dagegen tun, weder ich noch sonst jemand, ich lächelte von einem Ohr zum andern, und der Rest, ich wußte nicht mehr, ob es der Zug war, der brummte, oder die Stimme von Monsieur Salomon in seiner schwarzen Wut:

»Die Augen junger Leute sind flammend wie Rubin
im Aug' des Greises aber sieht Licht man und das Glück!«

Sie sind schon lange fort, wir sind zweimal in Nizza gewesen, unser Sohn schreit und weint schon, es ist die Konfektion, die anfängt, ich werde ihm eines Tages von König Salomon erzählen, den ich manchmal lachen höre, während er sich von seiner erhabenen Höhe aus über uns beugt.

Emile Ajar

Als 1975 der Roman von Emile Ajar »Du hast das Leben noch vor Dir« mit dem Prix Goncourt ausgezeichnet wurde, war der leibhaftige Autor nicht aufzutreiben. Mit Verlag und Öffentlichkeit verkehrte er nur über einen Anwalt. Drei Jahre später spürten Journalisten den 1940 in Nizza geborenen Paul Pavlowitsch als Verfasser auf. Der Neffe von **Romain Gary** *bekannte sich zum Werk, obwohl einige Kritiker seinen Onkel hinter dem ursprünglichen Pseudonym vermuteten. Im Juli 1981 kam die ganze Wahrheit heraus. Tatsächlich ist Gary (geb. 1914 in Wilna, 1980 Selbstmord in Paris), der sich vor allem mit dem Roman »Die Wurzeln des Himmels« (1956) Weltruhm erschrieben hatte, Autor sämtlicher unter dem Namen* **Ajar** *erschienenen Bücher.*

Du hast das Leben noch vor Dir
Roman. Band 2126
»Wie bei allen guten Büchern muß man hier gleichzeitig lachen und weinen.«
Nouvel Observateur

König Salomons Ängste
Roman. Band 8066
Dieser zärtlich bittere Roman von der Bewältigung der Einsamkeit gehört zum Bezauberndsten, was in den vergangenen Jahren aus der französischen Literatur in die Bundesrepublik gekommen ist.

Romain Gary
Kleider ohne Leute
Roman. Band 8053
Dieser Roman führt zurück in das Paris der ersten Nachkriegsjahre. Der halbwüchsige Luc Martin, dessen Vater als Widerstandskämpfer gefallen ist, gerät in die Hände eines alten Schwarzmarkthändlers und entwickelt sich rasch zu einem gerissenen Straßenjungen.

Oliver La Farge

Indianische Liebesgeschichte
»Laughing Boy«
Roman
Fischer Taschenbuch Band 2458

Dieser Roman, der 1929 mit dem Pulitzer-Preis ausgezeichnet wurde, erzählt die melancholische Geschichte der Liebe zwischen Lachender-Knabe und Schlankes-Mädchen, Indianer vom Stamm der Navajo, die an den unseligen Auswirkungen der weißen Zivilisation schließlich scheitert.
Lachender-Knabe lernt Schlankes-Mädchen auf einem traditionellen Indianerfest kennen, weit entfernt von seinem Heimat-Wigwam. Sie verlieben sich ineinander und heiraten. Schlankes-Mädchen, die in einer Missionsschule der Weißen erzogen wurde, muß mühsam die alten Sitten und Bräuche erlernen. Sie leben vom Verkauf selbstgeschmiedeten Silberschmucks und handgewebter Decken und wollen zu seinem Volk in den Norden ziehen, sobald sie genug verdient haben. Aber es kommt anders. Schlankes-Mädchen wird von ihrer verhängnisvollen Vergangenheit unter den Weißen eingeholt.
Diese »Indianische Liebesgeschichte«, von der Dichterin Lulu von Strauß und Torney meisterhaft ins Deutsche übertragen, gehört zu den berühmten klassischen Werken über die sterbende Welt der Indianer.

Fischer Taschenbuch Verlag

THORNTON WILDER

Die Brücke von San Luis Rey
Erzählung. Fischer Bibliothek, 171 Seiten, geb.
Fischer Taschenbuch Band 1

**Die Cabala/Die Brücke von San Luis Rey/
Die Iden des März**
Drei Romane. Sonderausgabe, 495 Seiten, Leinen

Die Frau aus Andros
Fischer Bibliothek, 128 Seiten, geb.

Theophilus North oder Ein Heiliger wider Willen
Roman. 400 Seiten, Leinen
Fischer Taschenbuch Band 1826

Der achte Schöpfungstag
Roman. Fischer Taschenbuch Band 1444

Die Iden des März
Roman. Fischer Taschenbuch Band 1638

Einakter und Dreiminutenspiele
Fischer Taschenbuch Band 7066

Unsere kleine Stadt
Schauspiel in drei Akten
Fischer Taschenbuch Band 7022

Wir sind noch einmal davongekommen
Schauspiel in drei Akten
Fischer Taschenbuch Band 7029